博雅文学论丛

解读文本
五四与中国现当代文学

王风 蒋朗朗 王娟 编

北京大学出版社
PEKING UNIVERSITY PRESS

图书在版编目(CIP)数据

解读文本:五四与中国现当代文学/王风,蒋朗朗,王娟编.—北京:北京大学出版社,2014.1
(博雅文学论丛)
ISBN 978-7-301-23274-3

Ⅰ.①解… Ⅱ.①王…②蒋…③王… Ⅲ.①新文学(五四)-文学研究-文集②中国文学-现代文学-文学研究-文集③中国文学-当代文学-文学研究-文集 Ⅳ.①I206.6

中国版本图书馆 CIP 数据核字(2013)第 228326 号

书　　　名:解读文本——五四与中国现当代文学
著作责任者:王　风　蒋朗朗　王　娟　编
责 任 编 辑:延城城
标 准 书 号:ISBN 978-7-301-23274-3/I·2679
出 版 发 行:北京大学出版社
地　　　址:北京市海淀区成府路 205 号　100871
网　　　址:http://www.pup.cn　新浪官方微博:@北京大学出版社
电 子 信 箱:pkuwsz@126.com
电　　　话:邮购部 62752015　发行部 62750672　出版部 62754962
　　　　　　编辑部 62767315
印　刷　者:北京大学印刷厂
经　销　者:新华书店
　　　　　　650mm×980mm　16 开本　18.5 印张　296 千字
　　　　　　2014 年 1 月第 1 版　2014 年 1 月第 1 次印刷
定　　　价:38.00 元

未经许可,不得以任何方式复制或抄袭本书之部分或全部内容。
版权所有,侵权必究
举报电话:010-62752024　电子信箱:fd@pup.pku.edu.cn

目 录

序 1

文本阐释

白话散文与传统的再发明
　　——《中国新文学的源流》与五四的激进诠释学 ……… 张旭东/3
五四文学与乡土叙事 ………………………………………… 陈继会/33
许地山的"五四精神"与"台湾渊源"
　　——以《读〈芝兰与茉莉〉因而想及我底祖母》为例 ……… 赖芳伶/43
从北大到台大
　　——台湾大学的新文学传承与转化 ……………………… 梅家玲/63
小说教育与现代中国小说史学的兴起
　　——以北京大学为中心 …………………………………… 鲍国华/82
写作时间与文学史现场 ……………………………………… 许子东/89
"人"脉绝续
　　——1950年代"革命历史小说"的五四资源 …………… 姚　丹/102
五四文学的启蒙指归与当代的"底层"写作 ………………… 赵学勇/115
近二十年中国文学症候分析 ………………………………… 李俊国/129

专题研究

·女性研究

女性视界中的晚清诗学
　　——薛绍徽及晚清闽派女诗人对闽诗派的历史建构 …… 钱南秀/145

从发刊词与征文广告看小说女作者的存在位置
　　——以清末民初小说杂志为观察中心 ……………… 黄锦珠/166
五四离婚思潮与欧阳予倩《回家以后》"本事"考论 ………… 杨联芬/180

· **戏剧电影**

五四运动与现代戏剧理论的诞生 …………… 费南山(Natascha Gentz)/189
家破国碎思家国
　　——四十年代的上海话剧与五四精神 ……………………… 邵迎建/200
巴金《家》与香港电影
　　——五四现代主义的重现 …………………………………… 山口守/226

· **通俗文学**

1921—1923年:中国雅俗文坛的"分道扬镳"与"各得其所" …………
　　……………………………………………………………… 范伯群/241
另类五四青年与章回体罗曼史
　　——张恨水的北京叙事 ……………………………………… 宋伟杰/261
五四新文学与"鸳鸯蝴蝶派"文学究竟是什么关系 ………… 汤哲声/274
大众文化对"民间遗产"的继承与改造 ……………………… 徐国源/284

序

陈平原

  2009年4月23—25日,北京大学中文系主持召开了"五四与中国现当代文学"国际学术研讨会。会议"盛况空前",共提交学术论文103篇,加上未提交论文但主持各专题讨论会的三位教授,以及致开幕词的校长,险些凑成了梁山泊一百单八将。正是因诸多前辈后学、旧雨新知的共襄盛举,加上媒体朋友的闻风而动,这次会议获得了很大的成功。

  为了此次国际会议,我前前后后写了好几篇文章。作为"预热"的《走不出的"五四"?》(《中华读书报》2009年4月15日),其中有这么一段自白:"我所学的专业,促使我无论如何绕不过五四这个巨大的存在;作为一个北大教授,我当然乐意谈论'光辉的五四';而作为对现代大学充满关怀、对中国大学往哪里走心存疑虑的人文学者,我必须直面五四新文化人的洞见与偏见。在这个意义上,不断跟五四对话,那是我的宿命。"

  在会议的开幕式上,我又提及:人类历史上,有过许多"关键时刻",其巨大的辐射力量,对后世产生了决定性影响。不管你喜欢不喜欢,你都必须认真面对,这样,才能在沉思与对话中,获得前进的方向感与原动力。在我看来,"'事件'早已死去,但经由一代代学人的追问与解剖,它已然成为后来者不可或缺的思想资料"。对于20世纪中国思想文化进程来说,五四便扮演了这样的重要角色。作为后来者,我们必须跟诸如五四(包括思想学说、文化潮流、政治运作等)这样的关键时刻、关键人物、关键学说,保持不间断的对话关系。这是一种必要的"思维操练",也是走向"心灵成熟"的必由之路。

  与五四对话,可以是追怀与摹写,也可以是反省与批判;唯一不能允许的,是漠视或刻意回避。在这个意义上,五四之于我辈,既是历史,也是现实;既是学术,更是精神。类似的意思,我在好多地方提及——而且至今坚信不疑。此前一年,为了筹备这次会议,我给国内外同行发去"邀请信",除了强调五四新文化运动与现代中国的命运密不可分,更称:此前八十年,"纪念五四",成了中国思想文化界的一件大事,但也不无"走过场"的时候。近年风气陡变,随着保守主义思潮的迅速崛起,社会乃至学界对五四有很多批评,对此,我们需要做出回应。并非主张"坚决捍卫",而是希望站在新时代的立场,重新审视五四新文化运动。

此次国际会议的分主题包括:五四新文学及新文化内部的多元场景;五四新文化与晚清新学的历史纠葛;新文学与新学术;五四文学与左翼文学;新时期文学与五四之关联;台港及海外作家如何与五四对话;重读五四与保守主义思潮等。之所以将论述的焦点锁定在"新文学"及"新文化",除了五四运动的主要成就在此,而现代作家及当代作家更是在与五四的对话中逐渐成长,还有一个很现实的考虑——自我限制,以便获得学校的鼎力支持。外面的人只晓得北大与五四运动关系密切,有责任扛这个旗子;不知道北大为了这个"责无旁贷"所必须承担的风险。此前十年,北大曾主办纪念五四运动八十周年国际学术研讨会,因会上若干发言"不合时宜",被人四处告状,害得主办者做了好多次深刻检讨。因此,我这次申请办会,必须从技术层面上取消校方的顾虑。既要让大家畅所欲言,又必须适当控制会议的节奏与气氛;而且,这一切都不能明言,要处理得"水过无痕",还真不容易。直到会议结束,代表们平安归去,各方反应良好,我这才大大松了口气——平日开会没那么复杂,谁让我们抢在这让人浮想联翩的节骨眼上,而且是在五四运动的发祥地北大!

这些后台的"花絮",不该影响世人对于"演出"的评价。作为一次国际学术会议,成功与否,关键还在各位学者提供的论文以及现场对话。这方面,我有自信——当初感觉不错,两年后翻看论文集目录,依旧兴致盎然。这三册、六大专题62篇文章,我相信还是能代表目前中外学界此领域的思路及水平。

会前,北大出版社刊行了中文系同人的论文集《红楼钟声及其回响——重新审读五四新文化》;会议中间,中文系学生在办公楼礼堂演出了让代表们惊艳的"红楼回响——北大诗人的'五四'"诗歌朗诵会;会后,除了各种媒体上的报道,学生们撰写了四篇各具特色的研讨会综述——袁一丹《作为方法的"五四"》(《北京大学学报》2009年第4期)、张广海《"五四"遗产的溯源、建构和反思》(《中国现代文学研究丛刊》2009年第4期)、林峥《触摸历史与对话五四》(《鲁迅研究月刊》2009年第7期)、王鸿莉《对话五四》(《社会科学论坛》2009 年第 8 期)。

　　将所有会议资料装订成册,上交给学校,表示不辱使命,作为这次国际会议的主持人,我的任务就算是完成了。至于编辑会议论文集,就交给了王风、蒋朗朗、王娟负责。积极参与会议筹备工作的,除了以上三位老师,还有陈跃红、李杨、高远东、吴晓东四位教授,以及中文系办公室主任杨强,研究生张广海、袁一丹、周昀、林峥等,对于他们所付出的艰辛劳动,我深表谢意。

2011 年 9 月 10 日于香港中文大学客舍

文本阐释

白话散文与传统的再发明

——《中国新文学的源流》与五四的激进诠释学[①]

张旭东

如果说五四启蒙运动初始阶段的特征主要体现为激烈地呼唤"人的解放"、"个体的自我决断"这些"现代"观念,那么在接下来的那个阶段,也就是我们要处理的统称为"1930年代"的这个历史阶段,我们看到的是一种规模庞大的、体系化的努力:即将现代性的种子(作为从西方盗取的"火种")栽种在中国独特的文化—历史的土壤里。对于那些深深赞同"世界主义"图景——一个更具普遍性的意识形态,即进化论,强化了这一图景——的那些五四知识分子们来说,着手处理传统绝非意味着重新召唤一个神话的年代,从而接纳一个由象征仪式和集体无意识构成的非历史的空间。事实上,正是在现代性的内在冲突中,他们重新发现了传统,在构造"现在的"文化的过程中,他们再次发明了传统。在社会和文化领域里同对手面对面地交战使五四知识分子意识到这样一个事实:即为了建立"中国新文化"体制并将其合法化,他们必须使传统也参与进来,也就是说,在这场极其政治化的斗争中要解构和重新激发一个"过去"。换句话说,在1930年代的经济发展、社会合理化和文化制度化的进程中,"新文化"在什么意义上是"中国的",这一问题和"中国文化在什么意义上是新的、和现代世界的生活相关的"同样重要。中国知识分子理解这一处境、介入这个问题的不同方式,超越了更为显著的政治路线的分野,在文化生产的领域,对于不同阵地、立场的形成起到了重要的作用。

[①] 本文为作者1995年完成的博士学位论文"The Politics of Aestheticization: Zhou Zuoren and the Making of Modern Chinese Essay"(Duke University, Durham, NC)之第六章,英文标题为"The Essay and the Invention of Tradition, or, Toward A Radical Hermeneutics of Chinese Literary Criticism"。

我们在这里必须精确地区分"历史"和"传统",或者说,必须注意到这两者极富生产性的彼此交织的方式。在新文化的干将们看来,旧中国的"历史"是由统治阶级的历史、意识形态道统和文化霸权掌握着的。借助"过去"之光来理解"现在",从策略上说,就是揭示出一个怪诞的连续统一体,它操纵着这一转瞬即逝的现代阶段。为此,新文化运动的知识分子不能也不愿意放弃全部文化传统。1930年代最具创新精神的作家和知识分子们,没有把"现在"浸染在整体性的"过去"中,或者以"现在"之棱镜来评价过去,而是以各自的方式对传统进行着无声的但有条理的区分和识别。这一项工作,在每个意义上都重新激发了历史的活力,把历史重构成了一个持续冲突和矛盾的进程,因而,使历史成为现代性的一种叙事,或者说现代性的一个内在剧场。因此,激进的五四知识分子们持有一个决定性的政治立场,他们尽力地把传统历史化,从而使它成为"新文化"建设中一个有用的角色。同样的,这项工作也变成了一个明白无误的招牌,保守主义借此坚持着对传统的形形色色公式化的、非历史的、本质化的理解。

继历史和传统的区分而来的,是传统和正统的区分。事实上,一旦一个"非历史化"的传统成为一个无意义的范畴,那么对历史文本的诠释内部所出现的政治的或文化—政治的冲突就预示了权力状态。自从五四运动进入低潮之后,像鲁迅、胡适、周作人这样一些新文化阵营中的作家与知识分子逐步意识到,中国的启蒙运动必然是一场旷日持久的斗争,而且越来越明晰地意识到从他们试图变革的文化传统中获取道德资源和文化资本的必要性——借助这些道德资源和文化资本,新文化阵营可以保卫自己,也可以召集人们起来对社会—文化领域中的中国正统堡垒进行反攻。从一场反对"传统"的全面战争转移到对"传统"(应该挽救的、重建的)与"正统"(必须拆解的、摧毁的)之间做出关键性的区分,周作人在1930年代的声望和这一新的文化转向密不可分。正如耿云志观察到的,五四知识分子们热衷于在中国历史中挖掘各式各样的文化和意识形态的异端分子,并且颇为自豪地宣扬这些个人或学派的思想、理论与文学创作,欣然将其视为自己的同道。在耿的观察中,这些异端资源包括:"1)先秦的非儒家派别;2)上起《诗经》,下迄明清白话小说的一切民谣、民歌和白话式的作品;3)魏晋时代的反叛文人的写作、思想和举止;4)从王充到康有为、章炳麟这一怀疑的、不迷信权威的传统;5)从墨子、经由王充、再到清中叶的实证主义和实用主义这一中国实用主义传统;6)从王莽、王安石、张居正到'百日维新'康有为、梁启超、谭嗣同等人的政治和思想活动。"①

周作人与这些文学、思想和政治倾向都有着极为密切的联系,这是由他的教育背景、阶级意识和他早年在白话文革命中形成的思想状况共同决定的。即便早在五四运动时期,有意识地重建非正统的传统就已经是他最关心的议题了。他提倡研究中国的民间歌谣,并且在诗学上努力尝试将现代思想的灵感和一个在中国散文传统中滋生的平衡的美学风格结合在一起,这一努力在当时就被高度评价为新文化运动中最具有实质意义的"成就"之一。在文化上重新发掘一个非正统的"传统",既为新文化开掘了资源,也成为了一个历史命题——将现代性视为"过去"的一道地平线。如果我们根据这一诠释学操作来看待周作人1927年的转变,将会发现这一转变不过是为他自己的思想和风格规划的逻辑发展添加了一个感伤的注脚,而这一规划在一个更深的层次上触及了新文化的危机。

一、历史—文化差异与现代性的内化

1932年春,周作人应沈兼士之邀在辅仁大学做了一系列演讲,这些演讲经由他的学生邓恭三(邓广铭)记录和汇编,最后形成了《中国新文学的源流》一书。这本书1932年在上海出版以后,立刻成为了一部经典作品。不仅因为这本书表明了周作人对文学的大体看法,尤其是对新文学的看法,而且通过对张力重重的中国文学史进行系统的重新解读,周作人阐发了他的散文理论。事实上,正如我将在下文中表明的,这一作品的重要性和它在理论上的意义远远超出了文学史的范围。毋宁说,它是在为五四知识分子的文化工程发言,亦即针对传统来定义白话文革命,针对日常生活和前美学状况来建构新文学(作为一种思想的话语和文体的实践)的经典,最后在一个文化—政治自我决定的过程中,将新文化重新建基于一个再发明的传统之上。

《中国新文学的源流》试图提供一个新文学的系谱,并以自己的方式重新定义传统及其流变。在这一新的系谱中,"现在"不仅在传统中找到了它的根基,并且将一个业已存在的生活世界——作为一个被压制的过去一直与"主流"相互缠绕——收归名下,以便用自己的方式定义传统和变革。为了实现这一目的,周作人把中国文学的历史区分为两个系统,并且把这一历

---

① 耿云志:《中国新文化的源流及其趋向》,《历史研究》1994年第2期,第127—132页。

史重建为这两个系统在时间维度上互相竞争、互相更替的过程。正如他说的:"中国的文学,在过去所走并不是一条直路,而是像一道弯曲的河流,从甲处流到乙处,又从乙处流到甲处,遇到一次抵抗,其方向即起一次转变。"从而,他给出了整个中国文学发展的图示。图示中,虚线表示中国文学在时间发展上的方向,周作人指出,这样一个直线的发展线条是纯粹空想的,实际并不存在。这条线的下方,是表现主义的传统,或者说是在"诗言志"旗帜下的文学;而在这条线的上方则是教条主义的传统,或者说在"文以载道"的教条统治下的文学作品。

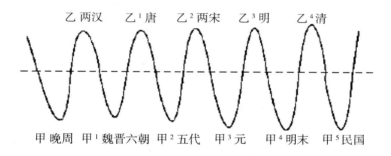

这样解释文学史,周作人的本意当然不是要为中国文学史的研究提供一个新理论或新范式,毋宁说,他的这一解释完全是他文化批评运作的一个必要组成部分。在这样一种叙述中,中国文学史第一次成为了一个想象中的连续体,它建立在两个对立的倾向或力量的持续斗争之上。这一投射的能指,与其说具体体现了这两种倾向或力量的共同的、普遍的意义和价值,不如说它是作为区分两个具有各自历史的疆域的一种边界而存在的。更确切地说,它是作为这两种历史互相竞争和互相作用的场所而存在的,在这个空间中,各种文体样式、文学范式和文化霸权以支配、反抗和寻找替代品的方式发展进化。乍看之下,周作人描绘的中国文学史,就像一条蜿蜒穿越文化地貌的"自由自在的河流",这如果不是出于纯粹的偶然而形成的一个超历史图式,就只能是一个非历史的圆圈("遇到一次抵抗,其方向即起一次转变")。然而当我们进一步仔细观察,就会发现周作人的图示旨在从一系列儒学正统文学经典所统领的文学史编纂中挖掘一个具有内在差异性的历史。表面上是一种过分简单的戏剧化,实质上周作人指出了中国文学过去的经验内部的一种激进的异质性。这一内在的多样性或异质性不仅仅解构了"中国文学的伟大遗产"这一压迫性的同一性表述,而且通过一个关键的区分,进一步使这一复杂的经验呈现在一个现代的视角中,这一视角从西方以及从曾被它排斥的"传统"中寻求它的同盟。

周作人在《中国新文学的源流》一书中,对他的"理论"做了值得关注的详细阐发。对于周作人来说,文学的兴衰和社会—政治的处境密切相关:文学的兴衰总和政治情形的好坏相背反。在晚周从春秋到战国的时代,"正是大纷乱的时候,国家不统一,没有强有力的政府,社会上更无道德标准之可言"。但正是在这样一个时代,我们看到了第一次文学和思想的创造性爆发,一次以诸子百家为代表的文化大繁荣,这是因为社会—政治的多样性和解体状态使得"文学上也没有统制的力量去拘束它",因此,"人人都得自由讲自己愿讲的话,各派思想都能自由发展"。周作人把这一时期定义为中国文学史上"最先的一次诗言志的潮流"①。

与这一状况相反,在西汉时期,社会比较稳定,经济发展比较顺畅,政治系统也相应地比较公正。然而自从董仲舒以来,"思想定于一尊,儒家的思想统治了整个的思想界",其后"文学也走入了载道的路子"。在周作人看来,除了伟大的历史学家司马迁的作品以外,这个时代很少有文学作品可以和晚周及随后魏晋时代那些富于原创性的、充满生机的、在形式上独具禀赋的作品相媲美。②

既然中国的社会始终在乱与治、衰退与复兴中摇摆,中国文学也就经历了个人创造力的繁荣时期,以及在单调僵化的官方儒教意识形态影响下的集体平庸时期。周作人态度鲜明地认同他喜欢的作家作品,并批评那些他认为"无聊"的作品。比如说,他赞赏像六朝时期的《洛阳伽蓝记》、《水经注》和《严氏家训》这些相对生僻的非主流作品,不仅欣赏这些作品对日常经验平易自然的讲述,而且欣赏他们思想上的坦诚和豁达,用周作人自己的话来讲,"即使他生在现代,也绝不算是落伍的人物"③。相反,他对在中国文学史中几乎占据无可争辩的经典地位的唐代文学却评价很低。在他看来,唐朝诗歌的繁荣只不过是科举制度的副产品,因为当时的诗歌写作不仅在考试中是必需的,而且还是选拔官员最重要的标准。于是,"作品多了自然就有很多的好诗",周作人争辩说这个情形与主要作为一种私人表达的

---

① 周作人:《中国新文学的源流》,北平:北平人文书店1934版,第37页。
② 同上书,第37页。
③ 同上书,第38页。

"六朝时候的创作情形是不相同的"。① 周作人进一步指出了堪称唐代最伟大的散文家、号称"文起八代之衰"的韩愈,作为一种坏文学的"随手的举例"——这种文学以宣扬儒家道统的说教目的为己任。

周作人明确地将"言志"传统和"载道"传统对立起来,给人以这样的印象,即他更关心的是将中国文学的历史分成两个部分——一个好的,一个坏的——从而向他的追随者们指出正确的文学道路。周作人版的摇摆在两极之间的中国文学,看起来似乎与历史和美学的循环论有所接壤。这种笼统而言对于历史,具体而言对于文学史的、似乎是愤世嫉俗的观点——即把历史看作循环的、非历史化的一幕戏——招来了一些轻率而简单的质疑。的确,他宣称,他更关心对文学的一般观点或"态度"的观点可能更强化了这样一种理解,即他是以牺牲文学史为代价以表明一个理论观点,他的中国文学史是一条"自由自在的河流"的理论并不能处理被不同的文学创作思想所分割开的各个时代之间的复杂关联。然而一旦我们进行更仔细的观察,就会认识到,与其说周作人要在美学价值判断或政治姿态上做出一个非此即彼的选择,毋宁说,他是将中国文学史处理成"一个"不断变革和转向的整体过程,一个充满着不连续性的连续体。比如说,在周作人看来,元代新文学运动,以元杂剧的兴起为代表,显示了中国文学从既存的回路和旧伎俩中解放出来的内在倾向。类似的,16世纪上半期的前后七子,则是站在试图超越元代和明代早期文学范式的立场上,以一种复古的——即回到数千年以前去继承春秋战国时期的遗产——策略演化发展的。而周作人对公安和竟陵两派作家的欣赏则不仅因为他们在风格上有所创新,更在于他们看到了中国文学一以贯之的变革和再发明,这个想法甚至比"现代谈文学的人或者还更要清楚一点"②。周作人强调公安—竟陵作家和新文学知识分子的相似之处在于都坚持对文学进行变革,并且提醒我们这样一个事实,前者生活的时代是在利玛窦来到中国之前(即西方文化尚未传到中国之时)。③

真正要紧的不是要废弃传统,而是告诉我们对传统的继承意味着什么,以及怎样通过激进的历史变革来改造和发扬这一传统。因此,周作人的观

---

① 周作人:《中国新文学的源流》,北平:北平人文书店1934年版,第40页。
② 同上书,第43页。
③ 周作人半开玩笑地假设,如果从现代胡适的思想中减去他所受到的西洋影响——科学、哲学(杜威的实用主义)等,那便是公安派的思想和主张了。

点并不是要表明在传统中有好的和坏的部分,并且告诉我们应该把"言志"传统看成是好的、合法的传统遗产,从而站在它这一边去反对与之相反的"载道"传统(尽管这恰好是他在1930年代的特殊情境中所呼吁过的)。周作人所鼓励的是对传统的重新定义,这一工作基于具体历史时刻的偶然性和必然性,这些时刻中的每一个都呼唤着和预示了再现自身的方式。因此,中国文学发展中的"摇摆"模式,意味着在试图处理特殊的历史情境时强调抵抗、妥协和激进变革的偶然性和必然性。从这一角度看,传统并不是一个物化的结构,由那些试图保存它们自己的合法性、权威性和权力的僵化经典所构成,相反,它是"一条自由自在的河流",为适应变化了的社会生活的地形,它在不断地塑造自己,不断地重新寻找自己新的方向。因此,在周作人那里,与其说"言志"指个人内在情感的主观象征化,毋宁说它是一套再现机制,通过借助相对透明和自然的个人自我流露,确保了它与社会日常生活的有机联系和全面参与。同样,周作人主张的(在某些时候自我确信的)反说教的说教主义则体现了去寻找和再现真理——并非任何道德、正统意义上的真理,而是现代生活世界中的"物质"现实——的强烈意图。

周作人完全赞同袁宏道针对当时文人照搬前代经典的习气的抨击。他全文照录地引用了袁宏道在《序小修诗》中的评论来表明自己的主张。公安派在周作人的中国文学史中是"言志"文学的典范之作,而《序小修诗》一文则是定义公安派文学主张的重要文献,因而在下面所引的袁宏道的论述中所透露出来的"变"的哲学,对我们领会周作人"依时代再发明和再定义传统"这一观点非常重要。袁宏道这样写道:

> 盖诗文至近代而卑极矣。文则必欲准于秦汉,诗则必欲准于盛唐,剿袭模拟,影响步趋,见人有一语不相肖者,则共指以为野狐外道。曾不知文准秦汉矣,秦汉人曷尝字字准六经欤?诗准盛唐矣,盛唐人曷尝字字准魏晋欤?秦汉而学六经,岂复有秦汉之文?盛唐而学汉魏,岂复有盛唐之诗?惟夫代有升降而法不相沿,各极其变,各穷其趣,所以可贵,原不可以优劣论也。①

周作人认为这些话"说得都很得要领,也很像近代人所讲的话"②。除了赞赏袁宏道对崇古习气的批评和他对变革的提倡外,周作人还颇欣赏他

---

① 袁宏道:《叙小修诗》,引自周作人:《中国新文学的源流》,北平:北平人文书店1934年版,第44页。
② 周作人:《中国新文学的源流》,北平:北平人文书店1934年版,第45页。

对文学发展的"法"的理解。事实上,这一理解为中国文学史提供了一种新的叙事模式:在这样一种描述中,中国文学史出于不断打破先前作品陈规的意愿,形成了一个不断创新的动态过程。在《雪涛阁集》的序文中,袁中郎这样写道:

> 夫法因于敝而成于过者也:矫六朝骈丽饤饾之习者以流丽胜,饤饾者固流利之因也,然其过在于轻纤,盛唐诸人以阔大矫之;已阔矣又因阔而生莽,是故续盛唐者,以情实矫之;已实矣,又因实而生俚,是故续中唐者以奇僻矫之。然奇则其境必狭,而僻则其务为不以根相胜。故诗之道至晚唐而益小。有宋欧苏辈出,大变晚习,于物无所不收,于法无所不有,于情无所不畅,于境无所不取,滔滔莽莽,有若江河。今人之徒见宋之不法唐,而不知宋因唐而有法者也。①

在这个段落里,袁宏道在"新的文学"内在的两种倾向或功能之间建立了一个微妙的平衡。一方面,"新的文学"通过修正前代的经典发动了一场范式革命;另一方面,它寻找和辨认着自己的历史处境,把自己牢固建立在"传统"之上,并既否定又肯定地汲取传统。这样一种平衡和周作人的努力相吻合。周作人一直试图在旧与新之间,在作为一个巨大而极为复杂的经验体的中国文学与作为一个在形式和风格上努力追求"肇始现代性"的白话文学之间,建立一个更具实质性因而也是更为辩证的关系。在周作人看来,袁宏道在这里所表达的中国文化史上的"变"的观念比生硬地认为"中国文学在过去所走的全非正路,而只有现在所走的道路才对"要"高明得多"②。后一种观念在胡适的《白话文学史》中得到阐述,并为五四时期那些试图建设"新的文学"的知识分子们所共享。周作人对他的新文学阵营同伴们所做出的微妙批评,与其说改变了新文学是一场文化革命这一看法,不如说表明了他更关心的是依据其历史、社会和文化条件重新定义这一革命。

作为一个启蒙知识分子,周作人迫切地想凭借着对现在的尖锐理解而穿透过去的世界,这使他获得了中国文学的历史发展的私密知识;而这些知识反过来又使他在一个更广阔的历史动力机制的背景中重新审视现在的文学和文化革命。所有这一切,最终使周作人得以在不失其根基和立场的前

---

① 袁宏道:《雪涛阁序》,引自周作人:《中国新文学的源流》,北平:北平人文书店1934年版,第46页。
② 周作人:《中国新文学的源流》,北平:北平人文书店1934年版,第46页。

提下锻造出一种关于现代性和启蒙问题的激进观念,使他可以在一个他所自觉归属并且他首先在其中看到革命必要性的特殊的传统中来定义这一巨大的变革。从这个角度出发,周作人把五四以来的新文学运动看成是对清代主流文学、文化和意识形态的一个必要反动("清代"在文学和学术层面上,大致指 1700 年到 1900 年这段时间)。而清代文学本身也是对于像袁氏兄弟、李贽这些被周作人视为文学上遥远的同道和伙伴的晚明和前清作家的一个反动。由于把新文学看作是继"公安派"和"竟陵派"文人之后"反动力量所激起的反动",周作人建议对作为新文学运动的"原因"的清代文学做深入彻底的研究。周作人总结道:"不看清楚清代的文学情形,则新文学运动所以起来的原因也将弄不清楚,要说明也便没有依据。"①他在这一立场上走得很远,以至于他极力主张北京大学开设课程研究已经臭名昭著、久已废弃的八股文——将八股文作为一种文体、一种制度,一种精神和文化遗产来研究——因为他看到了"八股文和现代文学,有着很大的关系"②。

因此,周作人关于中国文学弯弯曲曲的谱系的描述中,最有意思的部分与其说在于他对历史进行的戏剧性的(并且看起来是相当简单化的)划界,在于他对"载道"和"言志"的极端清晰的两极区分,毋宁说,这一理论的重要性在于它对中国文学范式变革的特殊情境和条件做出了精致的分析和叙事,这一分析/叙事不仅有助于人们对白话文学运动做出历史的理解,同时,进一步地,为身陷社会巨变和文化冲突中的中国现代知识分子提供了一个思想模型,使他们能够在其中进行激烈的和相当复杂的斡旋、谈判和自我定位。

如果说,周作人对于公安派和竟陵派的挑战以及清代主流文学对这两者的反动进行的分析称得上是他的中国文学史理论的路径,那么在《中国新文学源流》的最后一章(第五章)中,周作人则对白话文革命进行了详尽的历史化工作,他指出了这一革命复杂的史前史、它的多重条件以及这些条件的汇合聚集:正是这些使得 1919 年的新文化运动得以兴起。首先,他从四个方面勾勒了晚清文学所处的大致情境:

1. 在第一次鸦片战争以后,特别是在太平天国运动以后,八股文在政治上被废除了。在维新派看来,八股文是绝对空疏和无用的,因而在科举考试

---

① 周作人:《中国新文学的源流》,北平:北平人文书店 1934 年版,第 57 页。
② 同上书,第 57 页。

中它被策论所取代。八股文在社会和文化方面的影响经过很长一段时间才消亡,但对西方新思想的引进和白话文愈加广泛的使用(在从事社会动员和获取公众支持上)显然使得整个古典文学越来越失去价值。

2. 随着作为清代学术基石的"汉学"的衰落,学者们渐渐将兴趣转移到了诗歌、散文、戏剧和小说上,有些人比如俞樾(曲园)、李渔(笠翁)、金圣叹、郑燮(板桥)和袁枚(子才)甚至成了脱离正统的非主流作家,因此在周作人看来,"于是,被章实斋骂倒的公安派,又得以复活在汉学家的手里。"

3. 作为传统的"载道"派,富有影响力的桐城派作家也被迫做出转变。比如严复转向翻译西洋科学和哲学方面的著作,而林纾则开始翻译西方小说。尽管在像章太炎那样的激进主义者看来,严复的翻译依然有着"八股调",而林纾翻译欧洲小说的动机在于显示西洋文学与《左传》、《史记》并无二致,但周作人认为,这些新的元素标志了一个意义深远的思想和意识形态上的分水岭。尽管严复和林纾依然是旧的写作形式的热忱捍卫者,但他们最终还是被新的形式——作为他们所引介的思想的唯一形式——所抛弃。

4. 通俗文化,特别是通俗小说(比如说《孽海花》)照旧发达,这些作品构成了和精英主义者的主流文化截然不同的一个面向。

周作人的分析是沿着两个方向展开的:一方面,他简要描述了从1894年甲午中日战争以来的社会政治事件,这些事件极大地重塑了中华民族的思想和心灵,他提醒我们注意(从严复到梁启超)文化改革中的最初创举是被激进地改造中国社会的政治这一动机所驱动的;另一方面,周作人列举了文学和思想领域中业已存在的立场和选择,从桐城派和西方文学的译介,到晚明散文的余绪与白话文在思想论争和文学实践中的悄然复兴。在将这两股事件和潮流拉拢在一起的过程中,周作人向我们揭示出,中国社会发生的意义深远的历史性变革必须作为在它自己的文化和象征范式中的一个内在变革来处理。因此他帮助我们认识到,尽管社会历史和文学形式的历史并不总是具有相同的结构,也不总是以一种共时的方式演进,但它们却创造出一个特定的形势,在这里,那些将自己表现为唯一的或最合理的方案的事物必须在困境中闯出自己的道路,从而开创一个新的范式。

事实上,在《中国新文学的源流》一书中,周作人向我们表明了,在清朝末年文化和思想的生产领域中,从宋学(哲学和形而上学)、汉学(语言学,语文学和史学)到文学中的各种倾向,诸如以桐城派为代表的古典散文,或者晚明浪漫主义的余韵等,每一种可能的立场和方向都被证明是一种耗尽的资源和风格的死胡同。当作为其话语结构的儒教意识形态或世界观遭遇到它前所未有的危机之时,文言文的霸权地位也被动摇了。就此而言,周作人认为严复、林纾甚至被称为"太平天国的刽子手"的曾国藩和其他一些儒家正统的热忱拥护者,都在白话文学历史性的复兴中扮演了极为重要的角色。这是因为他们政治上和文化上的实用主义恰恰削弱了其试图补救的那个象征秩序,并因此为新文学在1918年前后的最终突围铺平了道路。然而,最后的推动力或者说社会和文化能量发生聚变反应的来源却并不是"自然地"发生的。事实上,必须要有一个文化上的催化剂才能触发这一反应链。借用古典小说《水浒传》中家喻户晓的名言,周作人把这个情形称作"万事俱备,只欠东风"。周作人补充道,"所谓的'东风'在这里却正应改作'西风'","即是西洋的科学、哲学和文学各方面的思想"。当民国初年西方的思想被足够多地输入到中国以后,"文学革命的主张便正式地提出来了"。①

  周作人把新文学革命定义为一场文化"复古"或者说"文艺复兴"运动,绝不意味着他分享了保守主义的唏嘘感伤,这种感伤情绪在后五四的十年中悄悄地潜返,并成为文化领域"自由"派的时尚。② 然而,必须在两者之间划分出一条准确的界线,一是对过去的神话时代进行的"美学"招魂,一是通过解构过去使过去成为现代性问题的必要组成部分的文化—批评工程。正如我在第二章中讨论的,周作人研究在中国当代文学研究中的复兴与思想上的"文化寻根运动"密切相关,而这一"寻根"运动为文学和文化从中国社会主义的主流话语中脱离出来提供了象征资本。在这种背景下,周作人的被"重新发现"冒着与他本人的思想抱负和文化策略相抵触的风险。在钱理群所著关于周作人的传记中,钱先生对周作人与后毛泽东时代的寻根运动的关联性做出了一个简短却重要的暗示,这一看法是富于启示性的,却

---

① 袁宏道:《雪涛阁序》,引自周作人:《中国新文学的源流》,北平:北平人文书店1934年版,第101页。
② 事实上,周作人与新文化阵营中的其他人一样,对任何一种关于传统的本质化概念都是非常严厉的。和他的同志们一样,他早年受到的传统教育的影响使得他对"中国文化遗产"的批判极具破坏力。他批评说传统中有四样"遗产"特别值得我们注意,那就是太监、小脚、八股文和鸦片。关于这四个题目,他写了大量的文字并且从来没有为他某种程度上带有精英主义倾向的自我种族意识——这在世界主义的五四作家群里是非常普遍的(尽管五四知识分子在面对西方或日本帝国主义时同样显露出不可屈服的民族主义激情)——而懊悔过。

又亟需一些基本限定①。说它富有启示性,是因为不论是周作人的晚期散文创作还是1980年代寻根作家的作品,都试图以迂回传统的方式构建另一个可供选择的文化政治空间。当钱理群指出周作人关注的是"寻找五四新文学与传统的内在联系"并"使五四新文学真正在本民族的土壤上扎下根来"②时,他大体是正确的。然而一旦钱先生将"根"与周作人的活动联系起来,一个根本性的悖论就产生了。因为这一术语和它所代表的运动有着完全不同的文化—政治诉求和思想倾向。后毛泽东时代的中国作家们试图通过对古老而遥远的时代进行"人类学发现",从而为中国的现代主义建立一套制度,周作人却尝试着为新文学及其内含的意识形态展开一整套具体的历史阐述。在寻根作家那里,"根"总是不加批判地指涉一些"空间性的"、"形而上的"和"被神秘了化的"事物(地方风俗、宗教、集体无意识等等),也就是说,是一种最大程度上去历史化的"文化",因此,"追溯"只不过是一个巨大的隐喻,通过它,寻根作家们才能够"向前"跃入日常生活的领域,进入"正在生成"的美学世界,并由此进入"世界文学"(这本身是后革命时代和后现代语境中一种激进的政治行动)。相反,周作人所从事的却是一个历史化的区分,通过这一区分使得传统去神秘化,从而可以被新文学所利用。假如把"倾向"放在过去和现在之间来衡量,周作人从来不曾"倾向传统",恰恰相反,他总是倾向于现在,以至于他急切地想在理论上定义什么是"新",这个"新"可以充分地把"旧"归为己有,并把自身建构为现在的传统。

与寻"根"相反,周作人是在历史的野蛮中播撒下现代的种子,他好像是要证明在正统之下总是存活着生命,去证明本土的土壤也能够抚育新文化的稼穑。因此,尽管钱理群先生的著作在别的方面深思熟虑,但在这一点上,它没能挑战一直以来的习惯性解读,情况正相反,周作人的《中国新文学的源流》是对中国文学的过去经验最不"伤感"和最不"怀旧"的作品之一。它并没有在过往中注入忧郁的情思或者移情于往昔的器物之中,周作人所表明的是新文学可以而且必须,从一个期待着通过新文学的积极介入而获得解放的文学、文化历史中,找到自己的盟友,也即它自身的谱系。

周作人书中所描述的中国现代文学史中的许多历史事件和它们的运行

---

① 钱理群:《周作人传》,北京:十月文艺出版社1990年版,第364—369页。
② 同上书,第369页。

轨迹,如今看来也许都已经变成了共同的知识。但在组织和阐述他主张的过程中,周作人为我们展示了很多有意思的理论触发点,它们的文化意义有待于进一步发掘。通过历史分析的方法,周作人破坏了作为统一整体的传统,并且向我们展示了传统内部的动力和种种可能性,它们最终捕捉到了新文学并将其作为自身的历史表达。在这个过程中,周作人不仅使传统最大程度地为现代经验所用,并且给我们提供了一个将变革和现代性本身内在化的纯熟的机制。对于周作人来说,现代性不是一种外在的力量,它不是一种强加于中国原本封闭自足的文化系统并阻断其进程的力量。现代性是传统在当前的状况,这一状况由外部力量和内在冲突共同构成。内在冲突通过外部力量而解决自身矛盾,外部力量也只有依赖内在冲突才能发挥功能。这样一种"一元论书写"不仅标志了周作人的文学风格,同时也是他的话语和思想原则,他凭借着这一原则去生活并理解那个极端多变而异质的时间和空间。在这个意义上来说,周作人最好并且最有力地代表了五四"新文化"的传统。这一新文化令人震惊的稳定性(它总使它后现代和后殖民世界中的追随者们显得苍白无力)在于它拒绝通过空间进行思考(即东方和西方对立的错误话语),也拒绝借助时间去思考(同样错误的一套话语,传统和现代的对立)。换句话说,周作人的某些作品所表现出来的五四一代的文化视野,总是建立在一种可贵的"感性确定性"之上,其原因就在于这些人全力以赴地介入了由不同的象征秩序和时空(TimeSpaces)造成的给人带来解放的混乱之中。

由此看来,给周作人那一代知识分子贴上"传统中国知识分子的最后一代和现代中国知识分子的第一代"的惯用标签[①],不仅感情用事,而且不得要领。因为在这种特殊的情境中,重要的不是他们双重的生活经历和分裂的文化性格或文化身份。事实上,约瑟夫·列文森对中国现代知识分子作出的关于"传统情结"的著名诊断,即"在理智上疏离传统,在感情上倾向传统"这一说法,很难应用在周作人身上。因为事实是周作人恰恰在感情上要求与过去作本体论上的分离,却在理性上尽力去分析和重建过去与现在在文化和意识形态上的联系,以便为新的秩序奠定认识论的基础。[②] 然

---

① 这类说法几乎已然成了中国学者研究五四知识分子时的基本常识乃至陈词滥调。即便是在最晚近的周作人研究的著作中,比如在钱理群的和舒芜的原创性著作中(两者在当下学术研究中被频繁征引),这一代作为沟通传统和现代的"桥"的意象仍然是不容置疑的。
② 约瑟夫·R.列文森:《儒教中国及其现代命运》,伯克利:加利福尼亚大学出版社1965年版;《革命和世界主义》,伯克利:加利福尼亚大学出版社1971年版。

而,这并不意味着列文森对变革的连续性与断裂性的洞见是无效的,正如他在《儒教中国及其现代命运》第一卷序言中所论述的:"在中国历史中的很多时候,新思想如果想要被接受,就必须被证明是与传统相融合的。而在更晚近的历史时期那里,传统如果希望被保存,就必须被认为是与新思想相协调的。"①然而,在当下的语境中,列文森这一说法成立的必要前提是我们把现代性视为构成社会—文化系统的一个历史空间(即便不是一个"本体论的"背景),中国知识分子自己在其中遭遇到现代世界这个问题,由此调整着自己的方向,在其中,"传统",作为这个问题的一个面向,既是物理遗迹,也是一种内在的经验。列文森对现代中国思想史的理解经常反映和投射了他自己,作为生活在20世纪美国、具有世界主义倾向的一位犹太知识分子,所特有的焦虑和困境。和他的欧洲同胞不一样,列文森并没有将自己建立在犹太人这个身份认同上。但是,和卡夫卡与肖勒姆(Gersholm Scholem)一样,列文森也一直关注着这样一个问题:在启蒙时代,作为一个衰退的传统和溃散的社群中的一员,这到底意味着什么?在普遍主义和世界主义的话语框架里思考,列文森提出了"我们是谁?我们往哪里走?我们有什么样的社会和文化方案?"等问题。这使他能够对儒教中国和它的现代命运有着同情的、个人化的解读,然而这也免除了他思考其他迫切相关的问题(诸如阶级、意识形态、权力关系以及历史本身)的任务。因而,他在文化和传统上的"悲观主义"可以视为对现代性和启蒙运动的一个温和的悲叹,而这一悲叹往往非常接近政治上的保守主义。这一意识形态抱负,即使抛开个人趣味不论,很明显未必——像五四知识分子身上所体现出来的那样——同情中国现代文学、文化和思想发展史。事实上,列文森所假设的中国现代知识分子面临的"困境",不仅早已在理论和文体上被正视,而且在1930年代已经导向了各种各样的"解决方案"。

作为20世纪中国一个充满激情的启蒙知识分子,周作人毫无保留地拥抱着启蒙运动。他攻击一切冥顽不化的愚昧、迷信和独裁统治。事实上,正是他对作为一个生活世界的"传统"的彻底拒绝,才使得他对于顽固的"过去"渗入到我们自己的时代非常警觉,并使他能够在理性的实验室里对之加以分析。在我看来,周作人处理"传统"的新意在于他对传统的密切参与和无情区分,从而将现代性的冲突放置在了"传统"自身的舞台中心。在

---

① 约瑟夫·R.列文森:《儒教中国及其现代命运》,伯克利:加利福尼亚大学出版社1965年版,第21页。

《中国新文学的源流》里,周作人向我们展示了一个混乱的、动荡的和多元的"传统"的概念何以成为一个有力的、解放性的源流:它不仅是新文学体制的源流,事实上也是对一个处于初始和脆弱状态的现代日常生活进行编码的源流。对于周作人来说,只有当后传统时代的现代个人感到需要把传统收归己有时,传统才成了一个意义丰富的议题。正是从这一新浮现的主体—位置的视角出发,我们才能去考虑如下一种辩证关系:传统,在被新事物穿透并成为其图景的同时,被理解为是过去与现在的一种激进的重组,它将新事物包围在内,使其成为自身的内在范畴,成为它被悬置的视野和重重矛盾的当下状况。我们从《中国新文学的源流》中学到的新东西正在于它轻而易举地将一个全新的传统带入到了当下正在展开的戏剧之中,而这一戏剧,反过来,也正是在唤醒了一个被压抑的过去之后才被赋予了新能量并得以存活。通过解读历史上那些与他志趣相投的人的作品,周作人编织了一个谱系学,但这并不是一个由传统的内在愿望所推动的自足的行动,而是一份久已失散的朋友们的清单,他把他们请回新文学的话语世界,和他们进行了一次惬意的闲谈。

二、结缘:朋友、引用和救赎

毫不夸张地说,至少在周作人自己的文学作品中,"引用"成了被解放的传统参与到新文学中去的典型方式。如果说周作人1927年以前散文中的大部分作品是文化、社会评论和诗化散文,那么在1927年以后就集中在读书笔记上。周作人1934年的《夜读抄》,《永日集》以后的第二个集子,可以被视为一个转折点,这标志着周作人在他晚期文学创作中有意识运用的"引用"策略已经发展成熟了。在1930年代,周作人绝大部分的散文创作都是建立在对西方、日本尤其是对中国古代和近代作家作品的细读上。这种"读书笔记"类型的写作涵盖了他在1930年代大部分的散文集子,从《苦茶笔记》(1935)、《苦竹杂记》(1936)、《秉烛谈》(1936)、《风雨谈》(1936),一直到《瓜豆集》(1937)。事实上,在周作人通过这些作品逐渐成为了"右翼"作家的精神领袖的同时,针对他退缩在图书馆一角当"文抄公"的批评也同样没有停止过。

在周作人对文章仔细而精心的组织安排中,这些看上去总有些超出正常比例的引用,却形成了它们自己的一个社群。当我们试图将"社群"这个词应用在对周作人的讨论中时,当然需要稍加说明。因为周作人"闭户读书"的形象,以及他有时候非常决绝的自我疏离的姿态,似乎排除了将他放置在任何社会或思想团体之中的可能性。事实上,1930年代的文化和政治环境也似乎鼓励这些启蒙运动的老将们将他们关于新文学的独到观点安置于其私人生活的内部,而不是外部的公共空间。自从1927年,尽管不情愿但还是断然地退出社会领域之后,周作人也就自觉响应了这一内在的必要性。不过,正如我们在前面的章节中显示的,在苦涩地宣称失败的过程中,他却成功地拓展了现代散文的疆域,借着经过改造的"理性"和"个人风格"的习惯,周作人坚持不懈地从事着重新组编"新文化"的工作,并且延续性地攻击任何他认为不属于"新文化"的事物。而事实上,如果没有这样一个既是符号和理念的网络、又是一个志同道合者之团体的社群的存在,周作人作为所谓右翼作家的精神领袖的地位和他的文化—政治活动的展开是根本不可想象的。也正是通过周作人不倦的寻找、持续的探访和痴迷的召唤,这一社群才得以存活。周作人微妙的"复古"策略无疑显示了建设这样一个社群的努力——正是这个社群使得周作人的"知堂"斋得以安置、保护和加强。

在周作人1936年的散文《结缘豆》中,他从自己读过的"杂文学"中引用了几个段落,介绍了一个称作"结缘"的古老的地方风俗。这一风俗根据地域的不同略有区别,但通常都包含在三月初八佛诞日那天给陌生人东西的举动,诸如向乞丐散铜钱,给路人分烧饼,或者沿路邀人吃盐煮豆。根据周作人引用的材料,这一风俗的关键之处在于"结来世之缘"。周作人在文中写道,自从佛教传入了"结缘"的概念,中国人就很看重"缘",有时候还把它说得很神秘,以至近乎于宿命。而在这个地方风俗里,周作人感兴趣的则是"温和的人情"和"十分积极"地邀请那些从未见面的人的行为。在他看来,"缘"似乎和其他一些佛教概念诸如"出世"和"轮回"不大一样,因为其他一些概念总让人觉得"太冷太沉重"。① 在文章开始部分的引用和简短的对这一风俗的人类学、社会学式介绍之后,周作人对"结缘"作出了如下评论:

---

① 总的来说,周作人对佛教感兴趣却不喜欢和尚。既然周作人把佛教看成是中国历史上很长时期内唯一一个可以和本土传统抗争的"外国"宗教,他就把一个作家对佛教的态度看作其作品的宽容度从而是可挽回性的一块试金石。另外一块试金石是对女性的态度,周作人曾经对他的朋友这样谈道:中国历史上的任何作品,只要看不起佛教或者女人就不值得读,不管它被评价得有多高。周作人这样的态度当然是一个政治的姿态或文化政治的策略,而不是一种思想上的甄别。用周作人自己的话来说,在对宗教的态度上他是"无宗教"的。

为什么这样的要结缘的呢？我想，这或者由于不安于孤寂的缘故吧。

富贵子嗣是大众的愿望，不过这都有地方可以去求，如财神送子娘娘等处，然而此外还有一种苦痛却无法解除，即是上文所说的人生的孤寂。

……人是喜群的，但他往往在人群中感到不可堪的寂寞，有如在庙会时挤在潮水般的人丛里，特别像是一片树叶，与一切绝缘而孤立着。念佛号的老公公老婆婆也不会不感到，或者比平常人还要深切吧，想用什么仪式来施行祓除，列位莫笑他们这几颗豆或小烧饼，有点近似小孩们的"办人家"，实在却是圣餐的面包蒲陶酒似的一种象征，很寄存着深重的情意呢。我们的确彼此太缺少缘分，假如可能实有多结之必要，因此我对于那些好善者着实同情，而且大有加入的意思，虽然青头白面的和尚我与刘青园同样的讨厌，觉得不必与他们去结缘，而朱漆盘中的五色香花豆盖亦本来不是献给我辈者也。①

如果说周作人"闭户读书"的姿态是努力让自己躲在紧闭的大门之后，那么，很多事实可以证实，他同样也在焦急地打破社会强加在他身上的束缚，从而参与到一个更大的象征和精神的社群中去。在我前面的论述中已经说明，周作人的"隐退"并不是要放弃一个激进的启蒙思想，周作人不过是改变了策略去维护和阐发作为一个新的主体位置的日常规范和象征特性的新文化，而这一主体位置也反过来为原本"无根"的新文化提供了社会的和道德的落脚点。周作人作为一个"文抄公"的美誉或恶名显示了他有意识地通过阅读和摘抄的策略去建立一个思想团体和文化社群的抱负。坐在他私人的书斋里，周作人通过他的散文穿越了时空，与众多新老朋友相遇。在这样一种"结缘"的仪式中，周作人使得他的"苦茶庵"成为了这些思想的同道，也就是他所说的"近代人"聚会谈天的地方。也就是在这里，他发现自己被他们妙趣横生的语言和毫不恭敬的幽默所包围。对于周作人来说，除了在这样一群思想自由的朋友们中间，没有别处能使你更充分地成为"个人"；也再也没有别处可以比融入这样一个到处激荡情感共鸣的象征世界更能让人感受到内在自由的活力与安心了。如果说作为自由主义者的周作人发现他被抛弃在一个现代性的沙漠中，被"人民"和政权所疏离，那么

---

① 周作人：《结缘豆》，《瓜豆集》，上海：宇宙风出版社1937年版，第253—254页。

作为激进分子的周作人却从来没有停止过反击,在被迫的平静中,周作人一直在争取他的权力——事实上是他的特权——也就是作为一个顽固的启蒙知识分子,活在一个正常的、真实的、有意义的、有时候甚至是舒适惬意的生活中,在他散文的内部和外部都如此生活。就此而言,新文学的源流对他来说同时也是一个新的生活社群的源流。

周作人想象中的朋友组成了一个象征的社群,这个社群包含一个超越时空的世界。在他的"苦雨庵"里,我们碰到了西方哲人、日本作家、被他邀为同志的明清文学革命中的作家,他在古代找到的同道以及他在地方志这样的"杂文学"中漫步时偶然碰到的朋友。在这些人中,最常见到的是李贽(卓吾)、傅山(青竹)、金圣叹、俞正燮(理初),这些人经常定期聚集在周作人创作小品文的书斋里,他们聊天、交换讯息、互相启发,共同分享着幽默与智慧。也许颇具讽刺意味的是,恰恰是在他书斋"自我封闭"的内在空间里,在这些古书的"枯燥乏味的书页"上,文学革命才能安置下来;同时恰恰只有在这些已逝的士绅文人的反叛者中,一个激进的新文化知识分子发现了一个可以分享日常经验的朋友圈子。

然而也就在这些时刻,在自己这代人和一个根本上是异质的过去之间所共享的经验中,周作人似乎获得了一个扩充了的自我。① 只有在这个意义上,我们才能正确地领会钱理群先生的洞见:周作人转向过去所展示的绝非他思想上的无望,而是他对新文化主体性的一种更为深刻的把握。② 因此,周作人重新发明传统以作为中国新文学的源流,从而预示了一个双重过程:在努力将传统改造为现代的表征之外,通过把激进的现代融入一个社群的文化符码和道德举止之中,通过将它作为一种日常的生活方式来实践,他寻求着使激进的现代常规化的方案。这似乎是他的个人主义和他对日常生活规范化的迷醉(正如我在第五章中讨论过的)的底线。他对"结缘"和建设社群的热情,可以被视为他为更开阔的主体性空间和它的日常生活美学所进行的建构活动的一种更成熟的形式。

三、扩大的文学概念

周作人投身于传统和文化社群的再发明,使他得以从看似狭窄的小品

---

① 钱理群:《周作人传》,北京:北京十月文艺出版社1990年版,第366页。
② 同上书,第364页。

文的写作空间内部提出一个扩大了的文学概念。事实上,认为当周作人将自我放逐到札记和随笔的丛林中后就从理论思考的阵地上完全隐退了是一个错觉。的确,以白话文革命时期重要的文学批评家和理论家著称的周作人,作为《人的文学》、《平民的文学》这些开创性理论文本作者的周作人,在1927年以后使自己远离了宏大理论,转而灌溉他小品文的园地。他将精力集中在一个体裁的实践上,意图为"后五四"的主体性重建它的具体性和感性。他放弃了表征着思想青春期的对理论公式的热情——这种理论热情曾经被一种要全盘彻底地改造国民思想的激进、神圣的信仰所鼓动;然而,在《中国新文学的源流》里,周作人却依然展示了在理论上重新定义文学的热诚。正如我想阐明的,在更广阔的社会生活及其表征中重构文学概念的这一努力,是与他在现代性的时空(TimeSpace)中再发明传统的计划互相缠绕并互为阐释的。

  从这个复杂运作一开始,周作人就表现得谨慎而富于策略。他首先宣布说这不是一个对中国文学史的学术性的、专业性的研究,而只不过是一个作家个人的并且颇有些古怪的见解罢了,周作人借此微妙地批评了当时中国文学理论和文学批评中的学院化、经院化倾向。考虑到周作人作为颇有名望的北京大学的国文教授,而且专攻早期现代的中国散文,这一说法就不能被看作是逃避学术严谨性的托词或者单纯的谦虚,毋宁说,这样一种说法和周作人希望在书中展开的理论运作密切相关。通过宣称《中国新文学的源流》的内容是完全"无所根据的发想",周作人讽刺了那些坚持儒家正统或者死命照搬西方(主要是俄国)和东方(即日本)教科书的学者。然而,在直接的文化—政治领域以外,周作人最关心的,似乎是为自己以散文写作为媒介的理论运作清理出一片文化的、文化—历史的空地。他甚至否认了自己与他极为赞赏的公安派、竟陵派的任何理论关联,在他看来,公安和竟陵两派的文学运动聚焦在风格和文体问题上,而他要处理的是"作为一个整体的文学,它的主义和态度"。通过一种标志着他的晚期写作的怪异风格,周作人指出,他的"没有根基的"理论同时也可以被看作是"很有根基"的,取决于你站在哪个立场来看。然而《中国新文学的源流》的作者仅仅向我们揭示了他理论操作的一个来源:即来自"说书的"[①]。

  于是这位通常被认为、很可能是通过他一己的风格将白话文提升到美学领域,因此也提升到大写的"文学"体制中的作家,将自己的论述建立在

[①] 周作人:《中国新文学的源流》,北平:北平人文书店1934年版,第4页。

对文学读者和批评家们广为接受的"偏于狭义的文学方面,即所谓纯文学"的抨击之上。与这样一种常规看法相反,周作人给出了一个山型文学类型划分图:

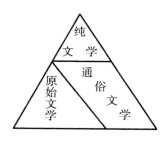

周作人评论道:"我们现在所偏重的纯粹文学,只是在这山顶上的一小部分。实则文学和政治经济一样,是整个文化的一部分,是一层层累积起来的。我们必须拿它当作文化的一种去研究,必须注意到它的全体,只是山顶上一部分是不够用的。"①

这一说法,撇开它的简洁和清晰,听起来就像是从 1990 年代文化研究的当代理论教科书中直接引用的。然而周作人在文学研究方法论上的兴趣并不大,他更感兴趣的是在一个充满创造力的、尚未定型的前文化世界中,文化形式的历史发生的理论。因此,周作人在这里所做的不是重新将艺术作品安置在它的文化—历史语境中,而是去颠覆和拆毁这一文化—历史制度本身:去暴露它的史前史,这一史前史不单单是一个过去了的时刻,而且是文学艺术制度内部一个永恒的在场,正是这一"在场"将文艺制度本身与滋养了它的历史混乱和创造力相联系,与它自身的解构和再发明相联系。

周作人是怎么定义"原始文学"和"通俗文学"的并不重要。对他来说,"原始文学"指的是像山歌民谣那样"由民间自己创造出来,供他们自己歌咏欣赏的"一种文学种类。在周作人那里,"这种东西所用的都是文学上最低级的形式,然而却是后来诗歌的本源"②。然而,这些并非对"原始文学"总体的观察,而只是同儒家经典和中国文学史相关的特定观察。"现在,一般研究中国文学或编著中国文学史的,多半是从《诗经》开始,但民间的歌谣是远在《诗经》之前便已产生了。"③在这里,将论述引入到前《诗经》的阶

---

① 周作人:《中国新文学的源流》,北平:北平人文书店 1934 年版,第 13 页。
② 同上书,第 14 页。
③ 同上。

段,本身就是削弱儒家制度对文学研究和文学阅读全面统治的一种文化策略。尽管冒犯是在时间维度上发起的,它的含义却是哲学上的:将眼光瞄准一个异质性的、前儒教的世界观,对于那些正经历着社会—文化秩序的全局转变的现代中国人是富有启示的。作为一个启蒙作家,周作人将自己的使命定为揭露那些被"物化"了的儒家正统,而不是全盘拒绝传统。事实上,这个传统如此的活跃和异质,以至于无法完全拒绝它参与到现代性的实现过程中来。

类似的,周作人把"通俗文学"看成是在纯文学的影响下,比原始文学高级一点、由"低级文人"创作的一种文学表现方式。周作人告诉我们,在通俗文化中掺和进了很多封建思想,主要包含的文类有通俗小说(比如《三国演义》和《水浒传》)、大鼓书曲本和现今报纸上每天一段的连载小说。周作人认为这部分文学对中国社会的影响是最大的。他以一个去过现代希腊的英国学者为例,这个英国人回来后一味地抱怨说现代希腊人和苏格拉底、亚里士多德毫无瓜葛,周作人就此指出,在中国影响力最大的不是孔子和老子,或者说纯文学(比如唐诗),而是一种流行的准宗教,即作为"萨满教"迷信的道教。① 如果说"原始文学"指向的是"前儒家"的文化,那么"通俗文学"便是指"次儒家"的文化了。这两个方面拓展了中国传统的定义,并且也预示了由新的文化实践所担纲的、对传统所做的激进的再诠释和再组织。

散文和诗歌在中国古典文学的经典中占据了核心地位,而小说在传统的视野中则是被边缘化而备受歧视的一个文类。因此,晚清以来的改良运动开始在文化干预行动中重视小说的复兴,梁启超的《论小说与群治之关系》是知识分子坚信小说力量的最雄辩的论述。当新文学不断往前发展时,小说在政治和文化上的优越性被进一步强化了。周作人早年同样把小说放置在他的翻译、批评和理论建设工作的中心,后来转向了散文领域,并且全神贯注于被他称为新文学"极致形式"的散文上。然而,这并不是说周作人努力将散文巩固为"纯文学"体制中的一种形式,相反,周作人不仅开拓了更加广阔的知识的疆域(人类学、神话学、心理学、性学等),而且"向下"深挖到一个令人眼花缭乱的通俗文化领域中。这一切组成了周作人的"杂文学"并且成为他多姿多彩的散文世界的宽广地基。正如舒芜提醒我们的,这不是周作人在1927年转向的结果,这一杂文学要素在周作人的思

---

① 周作人:《中国新文学的源流》,北平:北平人文书店1934年版,第15页。

想和文学发展中是一以贯之的。①

周作人1923年的集子《自己的园地》被广泛地称赞为"确立了中国新文艺批评的基石"(阿英)。但在这个集子里,周作人并没有在小说的题目上花费很大的篇幅,而把大量的评论建立在对"杂文学"的阅读之上。根据舒芜的统计,只有五篇文章是关于外国或中国小说作家的,另外却有五十五篇文章是关于这个"杂文学"的,这些文章涵盖了从神话、传说、童话、歌谣、小诗、日本的"川柳"、寓言、民间版画、儿童剧、谜语到日记和科学散文的各个主题。之后这一单子扩展到了随笔、札记、尺牍、家训、游记、笑话、滑稽文学、方志和地方风俗、流行宗教等等,其中以"随笔"为兴趣的焦点。

周作人对通俗文化和非正统表达形式的"发现"与所持有的兴趣不仅是他定义新文学"源流"的策略的构成要素,也必须被视为他整个启蒙工程中必不可少的组成部分。在阅读流行小说和戏剧时,他非常敏锐地意识到了同时存在于它们身上的"低的"和"高的"艺术特征,并且细致地区分了一方面是"活力的体现",另一方面则是"僵尸"和"原始思想"的两个不同面向。在神话和传说中,他既对平民百姓根深蒂固的迷信、愚昧与顺从进行批判,却也同时为他们一生经历无数痛苦却依然保持着力量、想象和健全乐观的精神状态所鼓舞。在评论日本浮世绘艺人的作品时,周作人认为他们应该被归为日本历史上的圣贤和哲人,指出"假如要找出这民族的代表来问问他们的悲欢苦乐,则还该到小胡同大杂院去找,浮世绘工亦是其一"②。对于周作人来说,从事通俗文化研究不仅为新文学从儒教正统和士绅传统中解脱出来开辟了生长的土壤,同时也许可了启蒙知识分子对其中所发现的文化和意识形态问题作出系统的批评。

尽管周作人同时在通俗文化中看到了希望和失望、梦想与现实,却并不意味着周作人完全同情大众和他们"粗俗的"文化表达。在谈到文化的时候,他从未持平民主义的立场。恰恰相反,他对通俗文化的兴趣通常伴随着一个愈来愈强烈的对于大众的消极看法,也伴随着他对自己批评活动的精英性质日益明确的自我意识。在通俗文化中"披沙拣金"时,他充当着文化批评家和历史评判员的角色,从而在通俗文化中整理出能与现代性相容的思想和情感模式。然而,启蒙主义作家精英式的、经常赋予自我以特权的这种意识,似乎并没有阻碍他去寻求文学与它发源于其中的社会经验的密切

---

① 舒芜:《周作人的是非功过》,北京:人民文学出版社1993年版,第182页。
② 周作人:《读日本文化书》(其二),《瓜豆集》,上海:宇宙风出版社1937年版,第85页。

接触。不管是他对勒庞的群众心理学的短促赞赏,还是他根深蒂固的以进化论为基础的人类历史观,似乎都无损他对高雅文化下各种致力于形式创造并能够孕育思想的种种力量的感受能力。从英国19、20世纪之交的文化哲学家,特别是赫伯特·斯宾塞(H. Spencer)那里,周作人自己引申出"文化全体的平均成绩"的概念。在他的文章《拥护〈达生编〉等》中,周作人支持北京大学图书馆对各种混杂的亚文化作品的整理收集工作,这里的《达生编》就是这样一本在前科学的社会里非常流行的关于助产术的小册子。他观察到:"关于性的现象,交接、孕娠、生产、哺乳、保育,种种民间的思想与习惯,如能搜集研究,横的从地方上,纵的从年代上编成有统系的一种史志,我相信它能抓住中国文化的一面,会比《九通》之类还要多,还要精确。"①而早在1926年,他就已经写下:"我们自称以儒教立国的中华实际上还是在崇拜那正流行于东北亚洲的萨满教。有人背诵孔孟,有人注释老庄,但他们(孔老等)对于中国国民实在等于不曾有过这个人。海面的波浪是在走动,海底的水却千年如故。"②

在这篇文章里,周作人一再重复如上观察,并且进一步主张"把这些成文的混合道教经典与不成文(却更为重要)的风俗礼节,广加采集,深加研究"③是很有必要的。考虑到周作人在1930年代一以贯之地悉心为日常生活进行美学的和思想的重新编码,我们发现这个针对亚文化和"不成文"的风俗研究已经不再是一个针对物化传统的消极策略了。现在,它必须被视作一项重要工程的一部分,这个工程试图去沟通一个被官僚文化拒绝的传统和一个要超越官僚文化建立新规范的文化系统。

在前面的一些章节中我们已经讨论到,从他最初变革民族国家的雄心,到后来顽固的精英主义,再到能够"以平民的精神为基调,再加以贵族的洗礼";从挫败的文化精英主义,到设若不是玩世不恭的、那就是一种审慎的努力,去建设一个接受了启蒙的个人(即他自己)的道德和象征规范,周作人激进的启蒙哲学经历了,在某种程度上,可以说是"向低处的"但显然是更趋向于精致的过程。在整个过程中,他对通俗文化的关注占据了他不断变化着的文化策略的中心。在1925年,也就是他人生中最幻灭的时期,他写道:"我想知道的一点都是关于野蛮人的事",在这样一个目的之下,人类

---

① 周作人:《拥护〈达生编〉等》,《看云集》,上海:开明书店1932年版,第241—242页。
② 周作人:《回丧与买水》,《自己的园地》,上海:北新书局1929年版,第225—226页。
③ 周作人:《拥护〈达生编〉等》,《看云集》,上海:开明书店1932年版,第242页。

历史可以被划分为三个不同的状态来研究,即"古野蛮","小野蛮"和"文明的野蛮"①。在一个新文化尚未建立之前,野蛮和文明之间的最后一条界线也已经崩塌了,周作人发现他面临着一个文化上的虚无主义的深渊。在他的著名散文《伟大的捕风》中,他写下了:"察明同类之狂妄和愚昧,与思索个人之老死病苦,一样是伟大的事业。"②那么,面对这些绝望的言论,我们是不是可以得出结论说周作人对通俗文化的喜欢来源于他对这些文化的极度憎恶呢——正如舒芜在分析周作人对他的"杂文学"的热爱时曾做出的看似深思熟虑的论断?在我看来,得出这样的结论还是有些过于草率了。③

周作人超越既存的文化历史等级的行动记录下了自 1840 年鸦片战争以来一连串思想和文化改革中的一次又一次尝试,这些改良一直试图重新定位、重新塑造和重建中华帝国的象征秩序。五四新文化运动,从表面上看,似乎是一场激进的破除偶像和"全盘西化"的运动,但它更内在的并且同样重要的本性却由一个更为谨慎的文化工程组成,它将传统的碎片变为现代形成过程中的构成要素;它努力发掘和拯救着"传统"中那些建设性的、能与新的中国文化相契合的资源;它使新事物的根基不仅建立在对过去的激进否定上,更建立在对过去加以继承的连续性中,亦即对过去的改造上。值得注意的是,这一工程内含于五四知识分子的激进阵营的思想中,对于他们来说最紧迫的任务并不是在新的环境中通过赋予旧事物某些有效性而保存它们;恰恰相反,对于周作人和他的同志们来说(比如胡适和鲁迅),最为重要的是通过将过去宣布为他自身历史中的活的时代,从而为新事物建立文化和社会的合法性。

在《中国新文学的源流》一书中,周作人指出,即便是林纾和严复也通过介绍西方新思想和新的文学形式而为新文化的形成分别做出了贡献。他们本质上是"载道派",并且敏锐地察觉到了,新文学运动必然要冲破文学领域而从根本上动摇儒家思想的意识形态秩序。林纾还写了一封很长的公开信给当时国立北京大学的校长蔡元培,在这封信里他指出,白话文运动将最终使得中国人不能读古书,并因此将最终动摇中国的伦理道德根基。④周作人和他的同伴们试图实现的却完全相反,他们想要获得在现代性时空

---

① 周作人:《占阄》,《谈虎集》,上海:北新书局1928年版,第398页。
② 周作人:《伟大的捕风》,《看云集》,上海:开明书店1932年版,第97页。
③ 舒芜:《周作人的是非功过》,北京:人民文学出版社1993年版,第198—201页。
④ 同上书,第101页。

中浮现出新的生活世界（Lebenswelt）的再现和象征秩序。尽管新文化和作为一个文化和政治实体的儒家正统无关（事实上，新文化还不得不建立在这一"传统"的坟墓上），它却是日常生活及其文化表达这一悠长广阔的河流的一部分，这一连续体不仅定义了现在，并且从现在的观点出发而定义并解放了过去，赋予了它新的内涵及与现在的关联。于是我们可以这么说，"新文学的源流"能够被开拓得有多深，新文化就能将它的历史性和普遍价值向最偏僻的领域推进多远。

尽管周作人从未做过孔子的好学生，他所做的却完全符合孔子的教导——"礼失而求诸野"①。不管孔子后来如何经受了上千年的崇拜和持续的物化，他自己作为一个剧烈变动的社会和文化环境的产物，却深深地意识到了变革和再发明文化的必要性和永恒性：只有这样才能将文化作为一个象征秩序建立起来并保存下去。作为儒教公开的敌人但同时也作为"孔子的朋友"，周作人有意识地寻找和界定这新文学的"野"：在这里，那些尚未被编码的事件和经验将作为现代性文化的"仪式"被展现；在这里，"粗俗"的文化生活孕育了一个"优雅"文化的美学抱负；在这里，新时代初生的思想，即将在时代的话语制度中正式形成；同时"自然的"和日常生活的经验渴望获得它们的确定性、特征和表达风格。周作人的散文创作着手处理了所有这些问题。

在中国五四一代知识分子中，周作人似乎特别意识到中国文化危机的核心在于形式和内容的脱节。在这个意义上，新文学的任务就是去重建社会及其文化在形式和内容上的关联性，这要通过打破"传统"在形式上的物化，从而使它能够与变化着的现代日常的真实性再相遇来完成——这样一种重新相遇必然是新鲜而富有生产力的。在通过散文写作而持续推进着新文学的地平线时，周作人也热衷于将新的形式建立在一个经过更新并加以区分的中国文学的总体概念上。事实上，周作人在新文化知识分子和作家中格外引人注目的原因，正在于他有意识地通过这一新的形式去反思传统，努力开拓这一新形式和历史的相关性。

周作人不同意胡适关于白话文学史的目的论式的观点：将中国文学的历史说成是一个白话文学自我实现并从边缘发展到中心的历史。换句话说，根据胡适的看法，文言文是一种死的语言，而白话文则是一种活的语言。

---

① "礼失而求诸野"，据信出于孔子，语出班固：《汉书·艺文志》，《汉书》（第六册），北京：中华书局 1962 年版，第 1746 页。

中国文学总是并将一直从古典文学朝向白话发展，克服所有的困难走向它既定的轨道。相反，周作人将中国文学史看作是一条自由流淌的河流，它漫无目的地蜿蜒着，根据社会、政治和文化事件改变着方向并使自己适应于新的环境。令人惊讶的是，这个看起来似乎是反目的论、反说教和反宏大叙述的立场却导致了一个激进的"说教"的标准：即便周作人也同时强调文学唯一的作用是"得到愉快"①，并且文学"只有感情没有目的"②，然而，无论言志或者载道，文学"必得对于人生和社会有好处的才行"③。

就此而言，周作人不同意对古文和白话文作一刀切的区分，并且对胡适在前现代的中国文学中将白话文从古文中割裂出来的做法有所保留。进一步，周作人列举了一些具体的例子（比如《晏子春秋》中"二桃杀三士"的例子）来说明很难从白话文中区分出古文来，并且更难确定到底谁是活的谁是死的。④ 周作人指出一些古代经典作品本身就是"白话的"而不是"古文的"或"文学的"（literary）。另一方面，一些文言作品（比如公安派和竟陵派的散文）应该在精神上被认为是"白话文"。它们以文言文的形式来表达，仅仅因为在那时的文学创作中没有其他可供选择的方式。在某些观点上，周作人似乎是要争辩，只是在某一段时间内，语言才"成为"了书面的和"古文的"。至于那些文字的死或活，周作人仅仅指出是顺序和文字的安排，而并非文字本身决定了语言的性质。也就是说，对于周作人来说，"文言文"和"白话文"都必须在一个具体的历史和日常的语境中被审视和评判，而这两者在理论上都与文学的概念有关，并且这两者都服从于文化和意识形态语法的支配，正是这些语法决定了它们与现实的关系。在周作人看来，我们现在之所以要使用白话并不是因为文言是"死"的，而是因为其他一些原因。⑤

---

① 周作人：《中国新文学的源流》，北平：北平人文书店1934年版，第10页。
② 同上书，第27页。
③ 同上书，第105页。
④ 1923年，文化保守主义者和后来北洋政府教育部长章士钊（1882—1973），写了一篇文章攻击白话文学运动。为了表达他对文言文节奏之美的赞赏，章士钊也使用了这个"二桃杀三士"的故事，不过章士钊却误将"士"解释成了"读书人"，并且把这个故事解释成"两个桃子杀了三个读书人"。这遭到了鲁迅如下的攻击："旧文化也实在太难解，古典也诚然太难记，而那两个旧桃子也未免太作怪：不但那时使三个读书人因此送命，到现在还使一个读书人因此出丑。"参见《再来一次》，收入《华盖集（续编）》，见《鲁迅全集》（第三卷），北京：人民文学出版社2005年版，第314—319页。
⑤ 同上书，第105—107页。

周作人认为,我们"现在(必须)用白话"的理由有两个方面:第一是因为要言志,要表达情感和实现交流所以要用白话;第二,因为思想和意识形态的现实有了很大的变动,因此表现形式也就要变化。他指出"旧的皮囊盛不下新的东西,新的思想必须用新的文体以传达出来"①。和五四阵营里的其他同伴一样,他毫不含糊地指出了变革的本质:"由于西洋思想的输入,人们对于政治、经济、道德等的观念,和对于人生、社会的见解,都和从前不同了。应用这新的观点去观察一切,遂对一切问题又都有了新的意见要说要写。"②周作人认为白话文是除了音乐和口语之外最贴近我们物质和精神现实的媒介。没有了文学语言在形式上的中介和扭曲,白话文最大程度地以书写的形式保存了我们的各种行动。

相比于书写系统,周作人更倾向于口语系统,这一思想特点与周作人研究日本语言的态度是一致的。从更广泛的意义上来说,这一倾向与周作人"一元的作文态度"相关,即不管场合与对象,一律用白话形式去思考、说话和写作。事实上,对周作人来说,这一"一元论"是五四白话文革命和先前的以社会政治改造为目的的对白话文的运用(比如说我们在梁启超的主张中看到的,以新文学为媒介培养新公民)③有着质的不同的关键标志之一。事实上,语言学的一元论表现了五四知识分子全盘改造中国社会和文化的信念,表现了他们关于新文化的深刻的洞见,即新文化是现代总体性的一个必要的形式,同时也是这一总体性赋予了新文学文化说服力和风格力量。鲁迅在评论保守主义者的折中主义时,在所谓的"二重思想"中辨认出了一种政治上的机会主义,也在"文化冲突"的修辞中发现了一种复古的态度,他因而强调:"要想进步,要想太平,总得连根的拔去了'二重思想'。"④尽管周氏兄弟在1923年大打出手,并且在整个1930年代时而互相攻讦,但在这里他们明显地共享着同一个激进启蒙运动的信仰。

另一方面,周作人也同样清楚地认识到这一观点的简化倾向,他自己作为一个文体风格的大师,对于书写的二次建构的本质以及任何形式思想的、再现的直接性的神话本质看得再清楚不过了。然而,文化领域里严峻的斗争形势,以及新文学革命性和建设性的本质都使得周作人没有必要参与任

---

① 周作人:《中国新文学的源流》,北平:北平人文书店1934年版。
② 同上书,第113页。
③ 同上书,第98—100页。
④ 鲁迅:《热风·五十四》,《鲁迅全集》(第一卷),北京:人民文学出版社2005年版,第361页。

何关于"书写"、"延异"和"替补"等的解构话题,虽然这些话题,在某些方面看来,似乎与他意图拆解、重建传统的复杂的散文运作更相关。对于周作人来说,能够挑战"写作白话文比写作文言文要容易"这样一种盛行的错觉就已经足够了。周作人评论道:

> 据我的经验说却不如是:写古文较之写白话容易得多,而写白话则有时实是自讨苦吃。我常说,如有人想跟我学作白话文,一两年内实难保其必有成绩;如学古文,则一百天的功夫定可使他学好。因为教古文,只须从古文中选出百来篇形式不同格调不同的作为标本,让学生去熟读即可。……可按谱填词……这种办法,并非我自己想出的……那时候便不得不削足以适履了。古文之容易在此,其毛病亦在此。①

他接下来将古文与白话文作了比较:

> 白话文的难处,是必须有感情或思想作内容,古文中可以没有这东西,而白话文缺少了内容便作不成。白话文有如口袋装进什么东西去都可以,但不能任何东西不装。而且无论装进什么,原物的形状都可以显现得出来。古文有如一只箱子,只能装方的东西,圆东西则盛不下,而最好还是让他空着。任何东西都不装,大抵在无话可讲而又非讲不可时,古文是最有用的。譬如远道接得一位亲属写来的信,觉得对他讲什么都不好,然而又必须回复他,在这样的时候,若写白话,简单的几句便可完事,当然是不相宜的,若用古文,则可以套用旧调,虽则空洞无物,但八行书准可写满。②

尽管这曾经很有趣,但所有这些论述对于经历了 20 世纪"语言学转型",对作为调停和区分的动态系统的语言和文本性具有高度自觉的批判型头脑来说,在理论上看,即使不很成问题,至少也是过于简单了。但这里,周作人的策略却在于处理一个完全不同的文化和历史情境。对于他和其他五四知识分子来说,新文化的理论必须在支持新的总体性的同时,摧毁旧的总体性。在这样做的时候,新文化的理论不仅需要对人的生活及其表达持有"一元论"的立场,同时必须要用多元的、异质的观点来看待传统,或者说看待正在成形的新事物的过往经验。这一多元主义对于周作人和其他五四

---

① 周作人:《中国新文学的源流》,北平:北平人文书店 1934 年版,第 111—112 页。
② 同上书,第 112—113 页。

知识分子对现代性的复杂性和西方之外其他世界的探索激情来说,至关重要。① 它对于拆毁"传统"的整体神话是必要的,同时对于在旧正统的消亡之上发掘新文化的"源泉"也是紧要的。因此中国新文化的文化策略必须在拒绝或超越传统和现代性的"鸿沟"的同时,找到一条保卫激进的现代总体性的道路。在这一现代总体性和它哲学的永恒性基础上,周作人带着他标志性的风格,投身于中国文学发展的轨道。在这里,五四时期的新文化,正如过去各个时期的"新的文学"一样,是内在于历史地形上亟待实现的、充满活力的个人生活规范的一个范畴。在他"一元论"的视野中,文学、社会个体性及其历史环境被封闭成单一的总体性,从而使它可以面向作为一种生活方式的现代性视野打开。当然,周作人的文化—政治诉求也主张以一种无所不包的一元论写作来保持文学和社会—政治之间的结构性分离。而事实上,他的散文创作也是在这一想象性的制度之内,而不是之外,运转的。然而周作人沉溺于这一制度的前提是对宇宙进化论不可动摇的信仰,正是这一宇宙进化论带来了日常生活的及其表达方式的彻底变革。

  这就是周作人为什么拒绝接受胡适提出的、在白话和文言之间进行的非历史划分。在周作人看来,文言文并不总是死的,对他来说更为有意思的是判断这个媒介中死的部分和活的部分。同样,"新文学"也可能变成旧的,不仅因其风格的前景是旧的,也可能因为它的表征方式的本质是旧的。然而,这就意味着对周作人来说,那些看似不可救药的旧事物,并非可以轻易地被抛弃。在《中国新文学的源流》的开篇,周作人就诚实地交待了他关注的是文学的"主义"和"态度",而非它们的风格或类型差异。因为在他看来"白话"和"文言"代表了对待文学的两种不同的意识形态和态度:正如有人可以用文言文写作"白话"文学,也同样可以很容易用白话文构思某种类型的"古文"(比如"洋八股"和"党八股"),通过削弱古文和白话文在"文体"上的划分,周作人确定了作为现代文学的新文学:既是一种紧密联系日常生活世界的语言,也是一种具有历史—哲学的真实内容的语言。就此而言,过去以现在的形式被拯救和复苏了,我们可以非常公允地说,对于周作人来说,无论是一般的"新的文学"还是特指的"新文学",都是过去经验的

---

① 从周作人对纯文学的超越或者从他"化俗为雅"的策略中,我们可以看到他对各种各样前现代的、非西方的文学和文化形式的态度。除了他早年翻译的东欧和北欧文学以外,我们可以在他的散文创作中找到他关于日本流行文化、韩国童话、蒙古故事、印度史诗和佛教传说、阿拉伯寓言、中世界欧洲流行文学的评论文字。所有这些似乎都包含在他的"杂文学"之内并且有助于他新文学观念的形成。

总和形式。换句话说,在他对文学的理解中,对现代性绝对的自我认同,其自身包含着一个解放了的传统,正如一个现代人他自身就是人的经验的意义的具体体现。于是,散文作为一种形式就可以被看作是一个风格上、政治上的行动,通过这一行动,新文化不仅展示了它和现代性日常生活现实的亲密关系,同时也展示了它和现代性的哲学阐述的相关性。在这一过程中,散文必须把自己展现根植于传统的活生生的记忆,并将对传统的挪用作为一种象征资源以服务于它自己的想象力。在周作人的文学创作中,他向我们展示了作为"文学发达的极致"的"小品文"不仅是一场文化革命的"浪尖",也是一个被压制的过去在一个常新的现代性地平线上汹涌着的"浪尖"。

一九九五年五月于北卡罗莱纳州达勒姆市
(作者单位:美国,New York University)

五四文学与乡土叙事

陈继会

时光匆匆,一晃五四竟已 90 周年。在不断被否定和遗忘中纪念五四,不胜感慨,倍感亲切。

在 20 世纪中国文学、文化现代转化的历史丰碑上,五四被深深地镌刻着。像一个常被讲述但又永远让人感到新鲜的故事,五四成了一个永远的话题。五四文学与乡土叙事,便是其中的一个话题。诞生于这一大的文化背景下的五四乡土文学,它在东西方文化冲突撞击中的勃兴,它所表现的理性的文化批判与文化选择的态度,以及现代知识者在这种批判选择中"两难"的文化心境……——在向我们昭示着富于当代意义的文化精神。

文化的冲突与文学的选择

认真说来,"乡土文学"的大量涌现、勃兴,是上世纪二十年代中期的事。寓居北京、上海等现代都会的知识青年,在开放的异地,写着遥远却熟悉的故乡,抒发着他们爱与恨相胶结的情愫。但现代"乡土文学"的诞生其渊源却要早于此,最初的源头无疑应当追溯到五四前后。

五四新文化运动是中国文化的一次重要的现代转化运动。它给沉闷闭锁的华夏古国吹进了缕缕新风。包括马克思主义在内的西方近现代进步的思想文化,作为一种异质于封建文化的新文化,最先在中国发达的现代都市传播。而远离现代文明的闭塞的乡村,却继续保持着小农宗法的封建文化。这样,城市文化因较多地汲取异质文化的进步营养,便以其现代品格,作为古老乡村文化的对立物而存在。在五四新文化运动的感发下,一批祖居偏远乡村的知识青年从闭塞的乡村走入都市。在这种新的文化环境中,他们汲取着城市文化的营养,反顾着、批判着传统、落后的乡村文化,同时也表现着此间自我心理上诸多的冲突、焦灼、痛苦及调适。于是,一种奇异而又正常的文学现象出现了,以描写乡土生活,审视乡村文化为内容的"乡土文学",因了城市文化的催发而破土抽芽,茁壮成长。

以"民主"、"科学"为内容的五四新文化运动,在其本质上是一次"人"的自觉、"人性的解放"的文化运动。这一带有鲜明"现代"胎记的文化思潮,在不同的社会文化系统中,以不同的方式表现出来。政治思想界"劳工神圣"思想的传播,与文学领域里"为人生"启蒙的文学思潮的高涨,无不导源于"人性的解放"的文化思潮。它们又都给"乡土文学"作家以直接的、巨大的影响。

1918年11月,蔡元培在天安门前的集会演讲中高呼"劳工神圣"的口号,这不啻是一种昭告。它表达了中国一般知识分子在新文化思潮的濡染下,对处在社会最底层的"人"——劳动者的一种新的认识。也正是在这种思潮下,农民问题日益为人们所重视。《新青年》1918年第4卷第3号开始在"社会调查"栏内刊载关于农民问题的情况介绍。同期的《震泽之民》(张祖荫)一文,正是一篇乡村生态的报告。1920年创刊的《醒农》,创办者把"促农民之觉悟"、"谋农业之改进"①定为刊物的宗旨。《钱江评论》也强调提倡新思潮的人绝不可忘了农民。② 1919年2月,李大钊在《晨报》发表了《青年与农村》一文,对于农民在中国社会政治生活中所处的地位,对于中国农村的黑暗状况,以及青年应取的态度都作了比较明确的阐述。他号召青年关心农民疾苦,帮助他们"脱去黑暗"。这种尊重劳工、关心农民的文化思潮,给当时包括"乡土文学"作家在内的广大新文学者以巨大的刺激与启悟,影响并开阔了作家们的视野。

统一于"人性的解放"这一文化思潮下的"人的文学"、"为人生"启蒙主义的文学思潮,作为城市文化的又一方面,也给"乡土文学"作家以影响。创造社一任主观情感宣泄的浪漫的、抒情的文学,文学研究会提倡并实践的"为人生"的"血和泪的文学",特别是新文学伟大旗手鲁迅以敢于直面惨淡的人生、敢于正视淋漓的鲜血的勇气,撕破一切"瞒"和"骗"的假象,深入、大胆地写出广大乡村落后闭塞、广大农民苦难愚昧的艺术实践,给了"乡土文学"作家以深深的启迪感召。他们从自己熟悉的生活出发,在"为人生"的总目标下,展示了一幅幅独异的乡村生活画卷。

问题的复杂性在于,"乡土文学"作家们对于城市文化并非完全认同、适应。这种不适应主要源于两个方面:其一,现代中国都市不仅深藏着数千

---

① 《发行〈醒农〉的用意》,《醒农》1920年5月第1期。
② 《代农民呼吁》,《钱江评论》1920年4月。

年的封建古道(尤其如北京这样的老城),而且从一开始它们就受到西方商业文化的冲击,畸形地发展着。作为半殖民地的城市文化是部分地被腐化了,它本身也并非一种健全的文化。其二,"人情同于怀土"。这是人类的普遍情感,而中国现代作家在这一方面表现又尤为强烈。他们的乡土根性极强。他们的童年、少年时代大抵在故乡村镇度过,后来漂泊到北京、上海等都市念书、谋生。这里虽有乡村所没有的红灯绿酒、夜半歌声,但都市的浮嚣、繁华并没有给他们带来欢快。故园萦怀,乡情依依,乡下人所特有的价值观念、思维方式、情感趣味……一时还难以被城市文化所同化,或他们有意保持着不合作态度。他们在精神上始终有一种身份认同的危机。"在北京生活的人们,如其有灵魂,他们的灵魂恐怕未有不染了灰色罢!"①这感慨,这失望,是他们心灵的回声。身份认同的危机感,固守"乡下人"精神家园的努力,这种复杂的、矛盾的、微妙的心境,许多时候使他们反倒与身边的现实都市生活更远,而与过往的故乡生活更近,于是便时时反顾和眷恋着故乡。"乡土文学"中因此而呈现出另一种景象:对浓烈的乡愁乡情的抒写,对质朴静谧的乡村生活(浑然的自然景观、淳厚的人伦风情)的礼赞。"乡土文学"作家这种矛盾的创作心境与错综的审美选择,自然仍是导源于城市文化与乡村文化的冲突与撞击。也许,正是这种冲突与撞击,五四乡土文学才这般纷繁多姿,才留给今人如此丰富的文化宝藏。

理性批判的文化价值

在五四乡土文学多元的价值中,最能引动我们注意的自然首先是它的文化批判精神,以及蕴含于这"批判"过程中的理性的文化选择意识。

当"乡土文学"作家们以一个都会文化的负载者——觉醒的现代知识者的眼光去冷静地审视他们曾经生活其中的乡村文化时,种种落后、封闭、沉闷、愚昧的景象首先进入他们的视界。这种因神圣忧思而带来的焦灼、激愤,表现为一种峻急的、强烈的文化批判。这种批判是对乡村农民群体生存方式——他们所处的文化生态与心态的一种整体剖析。

"愚昧的山谷里,生活着一群幸福的人们。"一位诗人用这样的诗句形象地表达了他对文化环境与人的自觉以及社会进步诸问题间关系的看法。是的,当人类对自己所处文化环境的认识还处在一种非自觉的、混沌模糊的

---

① 黎锦明:《烈火集·再版自序》,上海:开明书店1927年版。

状态,当他们还在自己所创造而又异于自我的文化环境的盲目推动下无意识地前进的时候,这时的人类还是蒙昧的、未开化的。五四乡土文学以大量的篇什,向我们展示了诸如"水葬"、"冥婚"、村仇械斗、"典妻"、"偷汉",鬼节超度……一类乡土风俗,在理性的批判中,突出表现了远离现代文明的乡民落后愚昧的生存方式。塞先艾的《水葬》向我们展现了偏远的贵州乡间习俗的原始冷酷:虽然已是民国时代,但这里仍沿袭着古老的把人推下水去活活淹死的"水葬"。产生并保持这习俗的是"古已有之"的"文明":"文明的桐村向来就没有什么村长……等名目,犯罪用不着裁夺,私下都可以处置。"惟其"古已有之",它才陶冶出了一批适应这文化环境的人。桐村人对于"水葬"不仅表示出一种文化认同,而且还为这精神盛举而兴奋。他们"都为着热闹而来",被水葬的骆毛也如阿Q般无师自通地喊出了"再过几十年,又是一条好汉"的告别演说。作者把批判锋芒明白地指向了"桐村文明"。千百年来停滞的小农生活方式造出了这原始而又野蛮的乡俗,并最终成为桐村人生活的必然组成部分。

许杰的《惨雾》所描绘的文化景象更为野蛮惨烈:玉湖、环溪两村为一沙渚,展开血淋淋的世族械斗。在这些农民身上表现出如此严重的原始性的强悍和传统的恶劣作风。械斗的双方所为只是"希求有最好的上风的名誉"——那毫无价值的、老中国儿女们所注重的"面子"。更为可悲的是,这乡俗作为人们生活的一部分,反转来又强烈地影响着乡村的生存方式,制约着农民人格、心理的健全发展。械斗的双方都把这野蛮的行径视为"天经地义"的事情,听到锣声,人们"如同着了魔一般",一个个表现出病态的亢奋。马克思在批判封建宗法社会时曾说过:"这种失掉尊严的、停滞的、苟安的生活,这种消极的生产方式,在另一方面反而产生了野性的、盲目的、放纵的破坏力量","它们使人屈服于环境而不是把人提升为环境的主宰"。[①]封闭的乡村文化最终导致了农民作为"人"的生命的退化,导致了文化的"返祖"。

现代人文地理学有一句名言:"文化产生于自然景观。"落后愚昧的文化心理,总是在文化隔离的条件下形成的,几乎可以作为中国"国粹"的封建迷信心理在中国乡村尤为炽盛,正缘于此。"宿命难逃"、"鬼魂脱生"这类被文化人类学家称为"原逻辑的"思维方式仍弥漫在广大乡村。部分乡

---

① 马克思:《大不列颠在印度的统治》,《马克思恩格斯选集》第2卷,北京:人民出版社1972年版,第67页。

土小说表现了乡民们这种蒙昧的文化心理。王鲁彦《菊英的出嫁》描写了由上述心理造出的东方乡村奇观。人死而为鬼也照样生长,和活人一样有婚嫁的要求,于是死去十年、正满十八岁的女儿,母亲为其择定一个鬼婿,选好良辰吉日,隆重地举行婚配。而且,每一个参加者都是那样真诚!这文化景观令人惊叹,也令人战栗!透过乡民这"集体心象",我们看到封建闭锁下中国乡村文化的落后、原始。穿透蒙盖着这场"白日梦"的重重帷帐,我们不难发现,为鬼排解寂寞,实在是现世活着的人对寂寞的一种宣泄。

  彭家煌的《活鬼》显示着宗法农村的另一种丑风恶俗:荷生的祖父为求得家中人丁兴旺,便放纵自己女人、寡媳去"偷汉",因效果不佳又给刚及十三四岁的孙儿娶一大龄女人,于是演出孙媳房中经常"闹鬼"的悲喜剧。许多乡土小说也都反复写到南部中国的"典妻"之风。"不孝有三,无后为大",这是连阿Q都知晓的人伦大道。言为"人伦",其实并不讲"人",正是这种封建伦理把人尤其是女人异化为非人,成为男性传宗接代、宣淫泄欲的"工具"。这在闭塞的乡村看来,实乃司空见惯、天经地义的事情。世代相传的停滞的生活方式,压抑了人性的自然生长,导致了"兽性"的滋生膨胀。"乡土文学"在对这些道德沦丧行为的描写中,喊出了对于以男性为本位的儒家文化的诅咒。

  五四乡土文学并不满足于只是把自己文化审视的目光停留在对乡村文化的一般性批判上,他们试图挖掘中国文化的深层结构,寻找它最致命的病灶。王鲁彦的《一个危险的人物》作出了有益的探索,小说所写确乎一个"近乎没有事情的悲剧":一个在城里读书八年的大学生子平归家探亲,因为不合乡村古老的规范而终于被活活打死。林家塘人以传统的乡村文化规范去衡量子平,于是从另一文化环境中来的青年从说话声调、走路姿势、服饰款式、着装方式,甚至进食的"吃相",都因不合古老的乡俗而成为越轨之举,一一遭到非议。同子平合影的十几位女同学全部被说成他的"相好的女人",并最终传为子平有十几个老婆。子平最后糊糊涂涂地以"共产党"的罪名被他叔父告发,在全村人通力协助下,官兵抓捕了子平并拷打致死。透过子平的悲剧,我们看到了乡村文化那种凝固、保守的"东方不动性"的品格,看到了杀死子平的这种文化模式可怕的结构—功能。

  林家塘人的反应是自然的。封闭的生活环境养成了他们保守、狭隘的文化心理。他们只是日出而作,日入而息,守护着自己那古老的规范,希望永远保持乡村的宁静。林家塘人有一套统一的行为模式,它是由集体定向而非自我定向,所以也只承认"群体"而不承认"个体"。一旦个人的行为偏离了这一模式,超越了它的文化期望,并因此搅扰了乡村的"宁静",则全村公愤,群起而攻之。

　　大陆农耕型的文化极易成为停滞的、大一统的文化。相对隔绝的地理环境,导致了乡村文化畸形的早熟。由于缺乏一种异质文化并存的观念,其传播方式总是由内向外单向性地辐射,很难因涵纳新质而部分地改变自己。对于异质文化,它更多地表现为"强制型同化"。当子平作为异质文化(城市文化)的负载者出现在这静寂但也充满喧哗和骚动的乡村之时,被村民视同扫帚星而立即成了全村的异己者,乡村文化马上执行起自己"同化"的功能。不仅子平传播的思想被改造——譬如,"自由恋爱"到了乡民那里变成了"自由睡觉",于是被大加攻击;而且连子平的肉体也最终被"同化"。一种文化假若没有自己强固的凝聚力是可悲的,但如果这种凝聚力导出的是有害的后果,则更为可悲。乡村文化这种极强的内聚力是可怕的。如同鲁迅剖析阿Q的病态精神时发现了"未庄文化"一样,大批乡土小说写出了"松村文化"(许钦文《鼻涕阿二》)、"桐村文明"(蹇先艾《水葬》)、"陈四桥道德"(王鲁彦《黄金》)、"林家塘规矩"(王鲁彦《一个危险的人物》)……的巨大同化、规范功能。"乡土文学"以其深深的思考昭告人们,如果没有一种开放的、健全的文化生态,如果不对传统文化心态作彻底的调适与重建,任何进步的异质文化都将在这"染缸"(鲁迅语)中失色变质,中国传统文化的"老调"也便永远不会唱完。

　　在已有的关于五四文学的研究中,比较一致的结论是,五四新文学主要表现为对传统文化的批判。这种结论在一定意义上讲是正确的,但如若把它绝对化,则有悖事实。"乡土文学"的实践表明,五四文学的文化批判一开始就是双向的:一方面是对古老的乡村文化的彻底批判。这种批判成为当时文化调整中的主导潮流。另一方面是对被近代商业文化"污染"腐化的都市文明的批判。这种批判虽然并未构成主流,但却是具有未来意义、应当引起注意的文化现象。五四乡土小说中的部分作品如《赌徒吉顺》、《阿卓呆子》、《黄金》等,在对乡村文化的全面考察中作出了别种意义的文化批判与选择。这些作品写出了迅速发展的物质文明经由都市然后对乡村产生的巨大冲击,古老的乡村农民由于缺乏一种涵纳异质文化的健全心态,很快染上都市的腐化,陷入物欲追求的迷狂中,成为一批"危疑扰乱的被物质欲支配的人物"。本来勤劳节俭的吉顺,当他步入"建筑有些仿效上海,带着八分乡村化的洋气"的县城之后,因抵御不了灯红酒绿的诱惑,终于染上城市的腐化:赌博、酗酒、肆意挥霍。他只信奉一个上帝:金钱。他毫不掩饰自己这种心理:"对呀!人生行乐耳!有了钱就是幸福,有了钱就是名誉;物质的存在,是真实的存在,精神不过是变化无常、骗人愚人的幻影罢了。"所谓的"名誉"全被金钱踏在脚下,最后竟发展到不惜以"典妻"去餍足自己的欲求。

阿卓(《阿卓呆子》)生活在地滨东海的傅家镇,旧有的恶习和从滨海城镇最新熏陶而来的贪欲,使他成为一个蛀虫。二十万遗产硬是在他"坐吃山空"式的消费方式中烟消云散。挟着巨资,携着佳人,带着好酒,遍游名山大川,阿卓终因挥霍无度而住进破庙中。《黄金》中的如史伯伯因为没有接到儿子寄回的钱,便遭村人冷漠、奚落。大女儿悟透了,陈四桥人的心态是:"你有钱了,他们都来了,对神似的恭敬你;你穷了,他们转过背去,冷笑你,诽谤你,尽力地欺侮你,没有一点人心。"这种膜拜金钱、淡漠人情,以金钱作为价值判断标准的观念、行为,表现出一种商业文化的庸俗品格。旧的迷信同新的贪欲杂糅一处,老中国儿女的愚蠢顽固被融化在市俗化的恶习之中。鲁迅在批判中国传统文化时曾沉痛地指出,凡属新的东西在中国都不会有好的命运,或者被排拒于外,或者被改造得面目全非,成为济私助焰的工具。吉顺、阿卓、陈四桥人……这些老中国儿女们在文化选择中正是这种心态。上述作品在双向批判中作出的思考是深刻的:它既看到了堕落的半殖民地都市文明对乡村的腐蚀,又看到了传统的乡村文化由于自我闭锁而在新冲击面前的张皇失措、消极应对、畸形发展。古老的悲哀与崭新的忧虑,赋予"五四"乡土小说以深沉的历史意识和鲜明的理性批判的文化品格。

游魂何处

对于一个文化传统悠久而又处在文化调整、重建期的民族,即使是那些先觉者,也极难摆脱"两栖"者的形象。未来如仙山琼阁,诱惑召唤着他们;历史却像故园旧舍般死死扯拽着他们。在其个体生命的历程中,内在的心灵冲突始终是剧烈的。他们不得不常常处在"两难"——中国现代知识分子特有的精神生活方式中。他们在与传统决裂时所进行的理智思考,往往言之成理,持之有故;而他们的价值观念、行为方式又深受传统文化的影响。传统意识与现代观念,依依乡情与锐敏的理性时时在冲突纠结中,使得他们无以安顿那个游荡的灵魂。

活跃在中国现代文学史上的几代知识分子都是以这种"两难"的精神

方式生活着。这些"地之子"们,不管走向哪里,都会听到地母的呼唤。绵绵乡情成为他们一份不好处置的精神财富。一方面,这乡情使他们时时关注养育过他们和这个社会的广大乡村,同时也是他们抵御腐化的都市文化的有力盾牌;另一方面,这乡情又成为他们的文化包袱,影响制约着他们,使其对乡村文化的批判与选择失却理性,判断悖常。在五四乡土文学作家身上,最早也最强烈地表现出这种"文化两难"——乡情与理性的纠结、冲突。

思乡的蛊惑是乡情与理性冲突、纠结最为明显、最为普遍的表现形态。五四乡土文学的多数作家对于古老乡村文化的批判是峻急的、尖锐的。但是,即使在做着这种激烈的批判时,在心底深处,他们仍难以适应这浮嚣喧哗的都市生活,他们灵魂的另一半仍一往情深地眷恋着那曾长时间生活过如今却疏离的故乡。他们在自己的小说中表现出那样浓烈的乡情乡愁。童年和少年时代都在乡村度过的鲁彦,留在他脑海中的是冬日落雪的旷野,春天繁花似锦的山梁,农家孩子朴质的兄弟般的情谊……一幅幅充满诗意的印象。走入都市的王鲁彦无限感慨地写道:

> 呵,我愿意回到我可爱的童年时代,回到我那梦幻的浮云的时代!
> 神呵,给我伟大的力,不能让我回到那时代去,至少也让我的回忆拍着翅膀飞到那最凄凉的一隅去,暂时让悲哀的梦来充实我吧!我愿意这样,因为即使童年的悲哀也比青年的欢乐来得梦幻,来得甜蜜呵!(《童年的悲哀》)

从老远的贵州跑到北京的蹇先艾,在灰沙中彷徨,童年的影子渐渐消淡,他所感到的只是"空虚与寂寞",只能以创作"纪念从此阔别的可爱的童年"(《朝雾》)。许钦文痛悼失去了"父亲的花园",无可奈何、无限惆怅的乡情是那样难以割舍。这并非一般小康人家子弟的怀旧情绪。"父亲的花园"作为一种文化意象在这里获得了广阔的象征意义。那个始终以"乡下人"自居的沈从文,手提行李,一副呆头呆脑的站相,一下子便以"乡巴佬"的身份同北京接上了极不协调的关系[①],并最终成为现代"乡土文学"的一个特殊存在。

由于文化素养与文化情趣的不同,这种乡情的呈露,在不同作家身上表现出较大的差异。一般说来,乡情并没有特别影响多数五四乡土文学作家对乡村文化理性的批判与选择,只是在废名与沈从文那里,稍稍走远了点。

---

① 沈从文:《从文自传》,北京:北京十月文艺出版社2008年版。

在他们的创作中表现出五四乡土文学作家乡情与理性纠结、冲突的另一表现形态——文化选择的彷徨。不同于其他"乡土文学"作家对乡村文化的尖锐批判,废名抒写乡村生活的小说以其田园牧歌般的情趣,引动人们的关注。在其较早的一些作品中,对于乡村文化曾表现出一种废名式的批判——淡淡的忧思与怨怼。《柚子》流露着有情人最终难成眷属的遗憾和对旧式婚姻制度的微愠;《浣衣母》表达了对于封建礼教的忧思;《河上柳》回荡着对世风不古的慨叹。但是,这只是废名小说中极为有限的构成,其最主要的方面是对"东方朔日暖,柳下惠风和"(《河上柳》)式的远古乡村生活一往情深的描摹。"竹林"的恬静,"河上柳"的古朴,"桃园"的静谧,"菱荡"的澄澈……修竹绿水,小桥孤塔,迷人的自然风光;"三姑娘"的清纯,"陈老爹"的耿介,"李妈"的慈爱,"聋子长工"的勤敏……朴讷笃实,宽厚仁爱,美好的乡村人性。一幅宁静和谐的乡村乐景。显然,这是被诗化了的宗法农村生活,这是作家幻想中的世界。废名在他后来的《桥》中,更是把古朴的乡风浪漫化,浪漫得把带有浓厚封建印痕的旧式婚姻也予以诗化的表现。深受废名影响的沈从文,在其创作伊始,即已表现出上述文化情致。他感叹:"这诚实,这城中人所不屑要的东西,为什么独留在一个乡下穷妇人心中?"(《船上岸上》)他赞美乡下人待人的诚挚朴实(《雪》)。

看得出来,在对传统的乡村文化的批判与选择中,废名冷落、放逐了自己的理性,一任着自己乡情的奔突。这是一种复杂而又矛盾的文化现象。这种批判与选择在价值取向上是双向的:作为被"污染"了的半殖民地都市文化的对立物,废名刻意表现远离尘嚣的静谧谐和的乡村风光,和与这风光相协调的古朴淳厚的人际关系,这种批判与选择包含着别一价值,其间蕴含着具有未来意义的文化因子;但在另一方面,脱离血与泪的现实生活的田园牧歌毕竟是苍白的,唱得太多,令人腻歪。① 极力讴歌经由作家玄想的抽象的乡村人性与古朴的农家乡风,以恬淡的态度引导人们向宗法农村皈依,也便失却了新文学的现代理性批判精神。在我们这样一个有着数千年封建历史的农业国度里,乡村成为封建文化盘根错节的地方,不管作家的主观愿望多么良好,对于传统的乡村文化的吟颂,总是自觉不自觉地导致对封建文化的肯定。时时保持理性的现代批判精神,谨防超前的、浪漫主义的批判态

---

① 鲁迅在《中国新文学大系·小说二集·序言》中批评废名"作者过于珍惜他有限的'哀愁',不久就更加不欲像先前一般的闪露,于是从率真的读者看来,就只见其有意低徊,顾影自怜之态了"。

度,是值得每一位艺术家深长思之的问题。

  选择总是艰难的。对错综的审美选择作价值判断也许本来即非明智之举,面对着这种"两难"、"悖论",批评者也难免手足无措。也许,你别无选择。一代乃至几代中国现代知识分子已经并将继续以这种特殊的精神生活方式而存在。"冲突是生活的实质。没有它,个人生命便没有意义,而且所能获得的也仅是甚为肤浅的生存价值。"[①]中国现代知识分子在领略这种冲突带给他们的痛苦与幸福中,伴着民族走向现代文明的坎坷步履,守护着自己的精神家园,一步步地丈量着自己的精神历程。

(作者单位:深圳大学)

---

① 露丝·本尼迪克特:《文化模式》,北京:华夏出版社1987年版,第41页。

许地山的"五四精神"与"台湾渊源"
——以《读〈芝兰与茉莉〉因而想及我底祖母》为例

赖芳伶

一、五四语境与台湾根源

学界对五四运动的研究和评论,向来强调它"新"的一面,其在近代思想上的正面意义确实在此;惟反传统反儒家,提倡新文化、新思想之余,仍不免夹杂旧传统的成分。五四运动的倡导者如陈独秀、胡适、钱玄同、鲁迅……都出身于中国旧传统,对旧学都有相当的造诣和贡献。在他们年轻时代,对他们思想最有影响的,是严复、康有为、梁启超、章炳麟一辈人;一方面他们固然受到晚清学人所鼓吹的进化论、变法、革命等源于西方的社会政治思想的深刻刺激,另一方面则在不知不觉中接受其对中国传统的解释。康、梁之外,如章炳麟,对五四以来知识界所推崇的非正统思想家王充、嵇康、阮籍、颜元、戴震等人都做过评价,其影响面不可谓小。五四以后"反程朱"的风气与他也有关系,对于伊川先生(程颐)的"饿死事小,失节事大"之说,他早就指出"一言以为不智";余如提倡"五朝学"、重估玄学清谈等等,都和鲁迅的反传统、反礼教有极深的渊源。其实从鲁迅的例子,不难明白五四的新文化运动所凭借于旧传统的深厚。①

五四一代知识人在反传统、反礼教之余,总不免回到传统中非正统或反传统的源头上去找根据,对外来的新思想也常附会于某些已有的观念使其发生真实的意义。胡适就把"整理国故"当作"新思潮的意义"的一部份;鲁迅虽然后来很讨厌"国故",但也做了不少"整理国故"的工作,《小说旧闻

---

① 余英时:《五四运动与中国传统》,《五四研究论文集》,汪荣祖编,台北:联经出版事业公司1979年版,第113—124页。

钞》到1935年1月增益再版,距其亡故也才一年多。① 周作人《我的杂学》一文里头所强调的"伦理自然化,道义事功化",何尝不是中西学的有机汇通。②

后来者很难想象,乾嘉考证学者虽非有意倡导一种非正统或反传统的思想运动,但研究所及,竟给后来的新思想运动创造了条件。由章炳麟首先发现的戴震"以理杀人"之说,到了五四时代,自然而然与"吃人礼教"合流了。③ 其实早自鸦片战争伊始,中国闭关自守的局面就被打破,西方文化入侵,导致旧有的文化传统起了质的变化,可是相对的文化自觉并未同步产生。五四运动是对于近代西方文化冲击的强烈响应,其嫁接的个人主义,原本是要将被旧礼教压制的个人解放出来,之所以流于极端,是因为在彻底反传统的张扬下,未能含融更高的人文指导精神。④

然而,五四运动把近代中国的问题归结到文化的再造上,使中西文化的交流推展到一个新的阶段,这种普遍的"文化自觉"应当是极大的进步。在消极方面,五四的文化运动者要"打倒孔家店"与"吃人礼教",并要以"科学方法整理国故",要"重新估定一切价值";积极方面则追求西方近代文明的主要成果——科学与民主。前者是经由对中国文化的自觉了解获得的结论,可惜对文化问题本身的认识却并不深切,普遍夹杂怨恨之情;后者是客观体认西方文化之后的选择。⑤ 而日后亦逐步证明西式的科学与民主,也不是解决社会、文化、礼教问题的万灵丹。

90年后的今天我们重思五四,虽早已时过境迁,唯历经先前的"中体西用"和当时"全盘西化"的错误试验之后,流波仍在。民主与科学实应置放于新人文运动的一般基础之上,恐怕要等到真正实现"尊重并提高人的价值"后,才会发生文化的意义。五四的生发原因可以是外铄的,可是它最终的成就必须是内在的,亦即让它能在自己的文化中生根,庶几可期待中西文

---

① 余英时:《五四运动与中国传统》,《五四研究论文集》,汪荣祖编,台北:联经出版事业公司1979年版,第113—124页。
② 周作人:《我的杂学》,《周作人先生文集》(《苦口甘口》),台北:里仁书局1983年版,第54—95页。又,请参赖芳伶:《儒而近墨:试论周作人》,《东华人文学报》第11期,花莲:东华大学2007年版,第236—268页。
③ 余英时:《五四运动与中国传统》,《五四研究论文集》,汪荣祖编,台北:联经出版事业公司1979年版,第113—124页。
④ 余英时:《五四文化的精神反省》,《五四与中国》,周策纵等,台北:时报出版公司1979年版,第407—421页。
⑤ 同上。

化有生命的融合。是以中国传统的人文精神,在一定程度上,正是贯通中西文化的主要关键所在,不仅在横的方面求如何融解中西之冲突,在纵的方面更要求如何贯通古今之变。①

五四对中国的影响当不只是科学、政治、社会、思想诸层面,其最深者或许是文学。由五四而引起的"新文化运动"与文学——胡适、陈独秀在《新青年》上高呼的"文学革命"——实有不可分离的密切关系。1920至1930年间,白话文风行,文学杂志、文学社团纷纷出现,"新文学"先后在北京、上海等地风起云涌。② 许地山诸人亲与耕耘的文研会,创发"为人生而文学"的宗旨,重点认为知识人必须在社会上"做些事情",对国家文化尽一己之责。这种生命态度,秉承的正是中国两千年来的传统,亦即"士不可以不弘毅,任重而道远"以及"先天下之忧而忧,后天下之乐而乐"的精神。这种"承担精神",西方当然也有,对人生如此,对社会文化亦如此。③ 晚清至五四思潮鼎盛之时,不少人想通过小说、杂文来改造社会风气,介绍新思想,其实都跟这些息息相关。

五四新文学运动反对"古典"传统的迂迴、雕琢、形式化,主张发扬个性、主观、人性、皈依自然,奔泻一己的坦诚和情感。④ 相对来看,五四的烈火与旋风,固然在许多面向上颠覆了旧有传统,可是文坛也随之漫起漂泊感和零余感。⑤ 不仅旧传统的扬弃不易,新文化的创造也困难重重。新旧之间,是否还存在着一个极其重要的转化、更新契机?许地山的文学创作集中在20世纪20—40年代之间,除了了解五四的时代语境外,重新检视他的台湾渊源,当有助于我们今天进一步认识他的人和作品。

五四一代知识人对个人解放、人权自由的关注,不唯与政治相关,同时也延及性别、阶级、家族、伦理种种传统礼教课题。胡适写过宋明理学家天天讲气节、讲天理人欲,却没有一个看见女人缠足的痛苦。1923年12月26日鲁迅在北京女师的著名演讲《娜拉走后怎样》所引起的热烈回响,以及周

---

① 余英时:《五四文化的精神反省》,周策纵等:《五四与中国》,台北:时报出版公司1979年版,第419—420页。
② 李欧梵:《五四文人的浪漫精神》,周策纵等:《五四与中国》,台北:时报出版公司1979年版,第295页。
③ 同上书,第300页。
④ 同上书,第306页。
⑤ 李欧梵认为蒋光慈的"飘泊"与郁达夫的"零馀",可说是后来五四文人的两大特征。虽非全面,但可酌参。参上书,第309页。

作人长期创作的性学、人学系列的文章,都不难从中得知,"自我解放"是一股多么强劲的时潮。① 而为求个人自由而脱离家庭,亲身到都市里去体验生活的丁玲、庐隐、白薇……更透过她们的文章言行,为时代女性写下多少爱情悲喜剧,展演无比动人的生命乐章。五四初期主张恋爱自由、婚姻自主的新文艺作品,总有一个"礼教吃人"的叙述模式,不是极端的决裂,就是以无奈的屈从告终。鲁迅的《祝福》《伤逝》与《离婚》这些作品,文笔犀利幽邃,小说中所碰触的女性、婚姻、爱情、人权、阶级、伦理问题都深刻至极,唯常见死亡与疯狂穿梭其间,末尾皆惨淡无以复加。读者除了深化传统礼教吃人的恐怖感之外,或许会油然而生新社会、新青年改革之心志。

21世纪初重读许地山,审视他的《读〈芝兰与茉莉〉因而想及我底祖母》,必然难忘诞生它的五四文坛背景,与五四一代人的精神。如果谛观1920—1930年代日本统治下的台湾,其时也在进行激烈的"新文学运动"。与五四相同的是,它同时是一场新文化运动、新社会运动,而不无差异的是,台湾"新文学、新文化运动",在政治上反对日本殖民统治,本质上连结了乡土文学运动的辩证,以及相近的议会设置请愿运动、农民运动、左翼思潮运动。从当时主要的宣传刊物考察,可知其援引、转载五四新文学运动主将鲁迅、胡适、陈独秀等人的论述颇多。可是进入1930年代后,此一"新文学、新文化运动",已因日本的皇民化政策及各种政治因素而式微。② 以许地山对五四运动与台湾故土的关切之情,及新知刊物的流通状况而论,他于1933年返台探亲,接触先辈友朋,有十数天的停留,虽未长时间躬逢台湾的新文学、新文化运动,但不至于对此完全无知。

1920年代中叶,不管大陆还是台湾,当时以"祖母"一代的婚姻故事作为叙事主轴的小说,几乎没有。就算顾一樵《芝兰与茉莉》(1923年)里头的祖母一角,是感发许地山写作的一个重要触媒,可是小说核心处理的,还是当时年轻一代受制于亲情的爱情苦难曲。夏志清曾经在《亲情与爱情——漫谈许地山与顾一樵的作品》中说:

> 许地山是五四时期唯一全国著名的土生台湾作家,以台湾为背景

---

① 请参赖芳伶:《当初亚当种田,夏娃织布——试论周作人的"人学"与"性学"》,《东华汉学》第4期,花莲:东华大学2006年版,第171—212页。
② 林载爵:《五四与台湾新文化运动》,《五四研究论文集》,汪荣祖编,台北:联经出版事业公司1979年版,第235—261页。

的家庭故事,最早发表在全国性期刊上的,可能也就是他那篇《我底祖母》。①

这样的观察似乎一直也没有得到太多注意,或许由于《读〈芝兰与茉莉〉因而想及我底祖母》的标题有点怪,看起来一点也不像一篇小说,尽管发表在1924年5月号的《小说月报》时,编者特地于"后记"中将它和鲁迅的《在酒楼上》相提并论,一起赞扬;可是得到的响应、讨论却很少,有的选家还把它忽略了。②

五四时期写女性为主的作品蔚成时尚,诗人将自己心爱的女子喻为女神、缪斯者所在多有;像鲁迅那样的小说家,则为旧社会里悲苦的女性塑造了几个令人难忘的典型——祥林嫂、单四嫂子、华大妈、爱姑,都立体深刻,我们读到的不只是这些可怜可叹的女性生涯,主要还是传统礼教中恶的一面对她们身心的蹂躏,是那样惊心动魄。五四前后的社会情势,即使是所谓的"新女性",也还走不出家庭、经济与阶级的基本困境。

许地山的小说大半以女性为主角,如尚洁、春桃、玉官等,她们都有共同乖蹇的命运,无论在人世间遭遇到怎样的横逆,总是那么坚毅地面对、承受,博人同情,而且能以慈善的人格感化周边的人们。新文学初期的作家,似乎只有许地山一人,喜欢借用女性的形象来写出人的精神崇高处,尽管有象征隐喻,但总是他与同时代作家很不同的地方。③ 此外,这些引人上升的女性,往往都不是平面的描摹而已,她们在文本中往往要一步一步通过严酷的身心考验,才能攀登到不可思议的灵魂高度,有如经历一场朝圣之旅,终得正果。若将《读》文置入这样的语境脉络当中,我们要如何去释出文中的"祖母"涵蕴,才算妥帖呢?

二、《读〈芝兰与茉莉〉因而想及我底祖母》的纪实体裁
—— 中国人伦传统中的"我"、"父祖"和"我的祖母"

祖孙情深在中国的家族社会中很寻常,顾一樵的《芝兰与茉莉》,一开

---

① 夏志清:《亲情与爱情——漫谈许地山与顾一樵的作品》,《新文学的传统》,台北:时报出版公司1979年版,第151页。
② 同上书,第151页。例如林绿编的《许地山选集》(台北:黎明文化事业股份有限公司1975年版)即未收此作。
③ 同上书,第178页。

头便写道:"祖母真爱我!从我生出来的时候,她就爱我。她的爱我简直就是她生活的安慰。"①第一句话就把当时在哥大研究唐代佛教史的许地山给吸引住了,当他一字一句细读完后,感慨很深,于是写了《读〈芝兰与茉莉〉因而想及我底祖母》这篇长文。《芝兰与茉莉》中的祖母将一个两岁丧母的遗腹子明哥辛苦养育成人,由她做主让明哥与苏州表妹慧娟(茉莉)配亲。虽然明哥与住在无锡的表妹芝瑞(芝兰)自小就相爱,还是不忍拂逆相依为命的祖母的好意;而芝妹听了父母之命,也要嫁给素不相识的何君。小说中苦恋的两个年轻人,缩影了五四初期许多年轻人的爱情困境、婚姻难题,不论是小说或现实,通常他们都会选择升华无望的爱情绮梦,回到当前的柴米人生。例如文中的叙事者"我"说:

> 我们的爱情,绝不因为事之不能尽如人意而减少。我们反而因为如此,发生一种格外神圣格外纯洁的爱。我们因为彼此的遭遇格外有同情心。我们精神上的了解,因为表面上的离散而益坚固。②

短短的文字中一再出现的"我们",好像宣告两人早已永结同心,不管礼教如何横亘其间,仍可穿越时空的藩篱,矢志不悔。自命前卫的读者读了不免发笑,即使两人始终没有去抗争家中长辈的安排,但毕竟如此的情操是要逼近宗教的了。末了顾文并未对主角的婚后再加着墨,仅止于明月下凄凉的分手。而没有恶意的祖母或父母,虽不至于像清儒戴东原说的"以理杀人",可是不觉间却落入"以爱杀人"的境地。这种温情的"杀",很让人寻索。或许触动许地山的刺点,就在这里,而不是五四时期遭到众人大肆挞伐、表面简化僵化了的三纲五常。

这类作品一向带有或隐或显的自传色彩,本不足为奇;五四当代人有两个以上的祖母亦不足为奇,倒是以"祖母"为主角的文学作品不能说不奇。《芝兰与茉莉》勾起许地山对自己家族中两个"祖母"的感怀,关键一是顾文写的祖孙情深,及因情深所产生的合乎礼教却违逆人情的故事;关键二是婚姻爱情如何依违其间。《读〈芝兰与茉莉〉因而想及我底祖母》以较诸顾文更精致的文学语言、更幽邃的人情义理、更纪实写真的方式,来处理此一普世难题。文中许地山集中叙述"我底祖母",既个别又群体的,那一辈人的婚姻故事,让读者见证到社会文化风土和民间礼俗。故事深处反复缠绕着

---

① 顾一樵:《芝兰与茉莉》,台北:商务印书馆1968年版,第1页。
② 同上书,第59页。

礼教和人性、亲情、爱情之间的冲突、辩证、和解,并不是简单的"吃人礼教"所能概括。放在五四潮流的语境下,从对汉文化古籍经典的浸淫中,缅怀先祖的家族历史,一方面迂迴省思中华民族的传统伦理,一方面婉转渲染某些台湾的人文风情、地域特质,这些都值得我们细加考察。

《读〈芝兰与茉莉〉因而想及我底祖母》的叙事结构包含三个部分:开头、正文、结尾。开场白和结尾皆以第一人称的"我"叙述,相互连贯,前者像话本小说的楔子,后者如散场诗文,里头包含写作(叙述)的"此际"和某些"过往"的年少记忆,参差对照;中间正文一大段采用类似传统说书人的全知叙事观点,偶尔介入其中情境,来讲述许氏祖父母一辈人的家族故事。故事发生的时间主要放在1840年前后数十年。文中的叙事者"我",大致可以将之视为许地山。① 就整个叙事文本来看,时间贯穿了许家祖孙三代,叙事空间则自作者当下写作所在的美国哥伦比亚大学,回转到清朝统治下的台湾台南府城,再联结到哥大的图书馆。昔今交错的时间轴线与空间系统,构成一极独特的叙事时空,读来饶富盘桓的人情、绵缠的意趣;即使故事中的主要人物皆已作古,他们苦于礼教、深于爱恋的情感,却又仿佛重生于许氏的文本,不断回响。

胡适《四十自述》的第一章曾用小说体裁写他父母成亲的故事,后被编入国语教科书。许地山的《读〈芝兰与茉莉〉因而想及我底祖母》试用小说体裁写他的两个祖母,比胡适要早上好几年。② 在真正进入讲述祖母的故事之前,小说的开头告诉我们,"我正在哥伦比亚的检讨室校阅梵籍","研究唐代佛教在西域衰灭的原因",从史坦因在和阗所得的唐代文契中,许地山看似不经意地点出:"恨当时的和尚只会营利,不顾转法轮,无怪回纥一入,便尔扫灭无余。"旋即自解:"为释迦文担忧,本是大愚,曾不知成、住、坏、空,是一切法性?"③这个如同楔子性质,缘自佛教的观世间法,到了小说的结尾似乎已经消失,反而还氤氲于一片"爱亲底特性"的情感世界当中。

---

① 文本即使以第一人称"我"作为叙事主体,作者与文本之间还是不能画上等号;一般而论,文本有真实作者、隐藏作者与文本叙事声音之分殊,不过,亦常重叠。晚清至五四新文学,日记体散文、小说所在多有,基本上以第一人称叙事抒情之作,尽管存真,细节的想象虚构难保没有,也必须有。许地山的作品多以真实闻见或体验为基底,写实骨干附丽想象而成。此作明示书写家族故事,当属纪实体裁;惟自叙闻自家中长辈辈口述,其辗转成篇过程必有润饰,如篇中人物之私密对话、表情姿态、心理揣摩以及事件之场景刻绘等等,然其原型架构必然早已存在。
② 夏志清:《亲情与爱情——漫谈许地山与顾一樵的作品》,《新文学的传统》,台北:时报出版公司1979年版,第175页。
③ 许地山:《许地山小说选》,杨牧编,台北:洪范书店1984年版,第117页。

如此深远的情意,要如何连贯此文中无我、虚空的宗教信仰呢?许地山所描摹的亘古亲情,究竟是生命避风的港湾,抑或是恼人的身心牢笼?

五四初期的新文学通常将"家"明示、隐喻为"枷",因此才有许多有形无形的"离家出走"、"追寻漂流"。许地山和这些作家很不一样,他认为顾一樵的《芝兰与茉莉》文中所讲的:"这种父母的爱底经验,是我们最能体会底。人人经验中都有多少'祖母的心'、'母亲'、'祖父'、'爱儿'等等事迹,偶一感触便如悬崖泻水。……这爱父母底特性,在作品中,任你说到什么程度,这一点总抹杀不掉。"①而他所以那么喜欢读《芝兰与茉莉》,就是因为它"源源本本地说","用我们经验中极普遍的事实触动"了他。② 就是这种真实的人性情感,使许地山有别于五四时期大半作家。在他的许多作品与现实人生中,虽然不无反传统的思维和行动,像代表性的《春桃》,像亲身参与五四运动、改革港大课程、参加抗日宣传等等,可是与同时代人相较,许地山显然无意站在传统的对立面去抨击礼教,而是基于体察人性情感,细审传统礼教之根源,进而萌生深刻的文化自觉。他借《读〈芝兰与茉莉〉因而想及我底祖母》这篇近距离书写家族故事的小说,婉转叙事,浓郁抒情,缓缓陈诉他的见解,分别于开场白和结尾强调我们是"爱父母底民族"、"爱亲底特性是中国文化底细胞核",并于其间概略比较西方的文化、文艺。许地山说:

> 中华民族是爱父母底民族,那边欧西是爱夫妇的民族。因为是"爱父母的",故叙事直贯,有始有终,源源本本,自自然然地说下来。这"说来话长"底特性——很和拔丝山药一样地甜热而黏——可以在一切作品里找出来。……这写生生因果底好尚是中华文学底文心,是纵的,是亲子的,所以最易抽出我们底情绪。③

他以为爱夫妇的民族正和我们相反,夫妇本是人为关系,只要有男女之欲即可,它可以在一切空间显其功用。这样的心境含有一种舒展性和侵略性,关系可以随时发生,强侵软夺。所以在文心上无需溯其本源,究其终局,常有"霸道"、"喜新"、"乐得"、"为我自己享受"种种倾向。④ 但是在中国,夫妻关系本是五伦之一,当然长期以来这一伦也并不平等。五四一代人不断翻

---

① 许地山:《许地山小说选》,杨牧编,台北:洪范书店1984年版,第130页。
② 同上书,第130页。
③ 同上书,第118页。
④ 同上。

检这些最基本的三纲五常,甚至有谓"祖先崇拜"应改为"子孙崇拜"之说①;然而许地山主张,父母基于天性自然会为子女担忧受苦,子女也为父母之所爱而爱,故"从爱父母的民族眼中看夫妇底爱是为三件事而起:一是继续这生生底线,二是往溯先人底旧典,三是承纳长幼底情谊。"②

难得的是,这三件事许地山都做到了。《读〈芝兰与茉莉〉因而想及我底祖母》写他祖父母那一代的婚姻,尽管是一桩被旧礼教给框住的悲剧,表面上看来,确实有太多的不人道纵横其中,但许地山还是昌明了他想说的中国式的夫妇底情爱,以及父母子女自然相爱底亲情,有时反因受到钳制而更显光华。而媒妁之言的婚姻,其实也有可能生发真诚不渝的爱情。细读其作,将发现许地山不是盲目恋旧怀古,或趋新时尚。他个人自小所接受的古典熏染、家庭教养,结合渊博的学识,融入良善的心性,使其每每在生命困厄的关卡,得以产生穿越的力量。这篇小说中有一段文字是这么叙述的:

> 八岁时,读《诗经·凯风》和《陟岵》,不知怎样,眼泪没得我底同意就流下来?九岁读《檀弓》到"今丘也,东西南北之人也"一段,伏案大哭。先生问我:"今天底书并没给你多上,也没生字,为何委屈?"我说:"我并不是委屈,我只伤心这'东西南北'四字。"第二天,接着念"晋献公将杀其世子申生"一段,到"天下岂有无父之国哉?"又哭。直到于今,这"东西南北"四个字还能使我一念便伤怀。③

1924年正值五四反儒家的声浪方兴未艾之际,居然从中看见儒家经典对许地山的感发,未曾或已,即使人在异地他乡的美国,亦不稍减。在他三岁时,父亲许南英因受日本通缉,自福建南溪避走新加坡,转赴暹罗。五岁那年父亲返国,改知广州,遂举家迁往团聚。故八九岁的许地山,已经识知离家、别亲的颠沛流离滋味。事后他反省为何读这些经籍会哭泣,自己说:"爱父母的民族底理想生活便是在这里生、在这里长、在这里聚族、在这里埋葬,东西南北地跑当然是一种可悲的事了。"对许地山而言,不管什么原因,需得离家、离父母、离国都是可悲的,所以能和父母乡党过活的人是可羡的。可是命运却安排他与父母亲、手足都是东西南北人。

生于台湾长于大陆,深受儒汉传统、家族情感浸淫的许地山,在1920年

---

① 如周作人的《祖先崇拜》,从生物学的观点,提出人是为子孙而存在,非为祖先而存在的说法。见周作人:《周作人文选I》,杨牧编,台北:洪范书店1983年版。
② 许地山:《许地山小说选》,杨牧编,台北:洪范书店1984年版,第120页。
③ 同上书,第118—119页。

代的新文化潮流里,以纪实性质的《读》文,坚守世代相承的血缘亲情、人伦义理,不能说不是异数。

三、融渗"地方情感"的语言风格、人物细节、思想意识

种种有关台湾的乡土情感、家园记忆,恐怕只具体真实地存在于许地山三岁前的生活里,以及1933年四十岁返台短暂停留的十几天当中。可是它将随附于许地山的身心深处,终其一生。二十余岁的许地山已迭经丧亲之痛(弟、父、妻……)童年受教强烈感发的父母亲谊,使他认为"无论什么都以这事为准绳:做文章为这一件大事做,讲爱情为这一件大事讲"①。当我们设身处地去阅读他的人生时,其实一点都不足为奇。

1917年许地山父亲病故于苏门答腊异域,时值烽火流徙,其遗稿辗转经许地山整理编辑成《窥园留草》,直到1933年方能自行出资在北京出版。② 书中附录《窥园先生自订年谱》,并有许地山写的《窥园先生诗传》,文中配合简要家族系谱,记述许氏入台一世祖,乃于嘉靖中从广东揭阳移居赤崁(台南)。其间旧家谱尝毁于道光年间,后自家庭代代相延传说,得悉宗族诸事迹。读其《窥园先生诗传》知地山祖父许廷璋为秀才之后,父亲许南英即出生于"窥园",亦为日后地山的诞生地。

地山本身对窥园记忆虽不甚清楚,然自先人口述得知,其源起不惟为一居住场地而已,尚为儒学家传所在,父亲南英更一生自号"窥园主人"。窥园一词,在纪实性质浓厚的《我底童年:延平郡王祠边》一文中,是这样被叙写出来的:

> 在公元一八九四年,二月四日,正当光绪十九年十二月二十八日底上午丑时,我生于台湾台南府城延平郡王祠边底窥园里。这园是我祖父置底,出门不远,有一座马伏波祠,本地人称为马公庙,称我们底家为许家厝。③

台南府城、延平郡王祠、窥园、马伏波祠、马公庙、许家厝……,短短几句话,字里行间却缭绕着赤真的地方根源与认同情感,关于《我底童年》副标题下的"延平郡王祠边",实亦明示许家历代祖宗的文化认同。Mike Crang 在界

---

① 许地山:《许地山小说选》,杨牧编,台北:洪范书店1984年版,第118—119页。
② 《窥园留草》之后由台湾银行经济研究室于1962年编印,列为"台湾文献丛刊"第147种,共二册。
③ 许地山:《许地山散文选》,杨牧编,台北:洪范书店1985年版,第193页。

定"地景"意义时,曾指出"地景"是由人群的活动力及实践所塑造的,以符合文化表意的重要象征;其并非仅是个人资产,而是反映了某种社会(文化)的信仰、实践和技术。① 在这样的理解下,许地山文中所有关于台湾地理历史的绾结,应该是饶富人文渊源、家国意识的。

《窥园先生诗传》尤其细数窥园源起:是业儒的祖父特斋公,在南英先生六岁时,将武馆街旧居卖掉,另置南门里延平郡王祠边马公庙住宅,营建学舍数楹。学舍后面有空地数亩,任由草木自然滋长,特斋公将其名为"窥园",乃取董子"下帷讲诵,三年不窥园"的意思,以自我惕励并训勉子孙。许地山的祖父自在宅中开馆授徒,谢世后留给四个儿子。是以地山父亲自幼即得与当时教大馆的塾师切磋,从二十四至三十五岁期间,都以教学为业。② 由此观之,许地山自此一"窥园"所传袭之父祖门风、家学渊源,意义非比寻常。John Agnew 认为,"空间有别于地方……当人将意义投注于局部空间,以某种方式(命名是一种方式)依附其上,空间就成了地方"③。缘此来看,可以说"窥园"不只停留在一个空白的"空间"层次上,它已经由被"命名"而被赋予了特殊的意义,含摄了传统文化与个体意识之间,相互濡染指涉、彼此形塑的共生关系,而成为一种"地方感"的来源。

《窥园先生诗传》是地山为使读者了解诗中本事与作者的心境而作,自该文中,我们可以得悉清末民初时期,大陆、台湾地区与日本间错综复杂的关联;而允文允武的地山父亲,虽一生颠沛,父子亲友间却无限情深。1894年南英举家迁居中国,惟许氏尚有诸多亲友留住台湾,这是南英念旧之情未能消解的主要原因,因此也才有 1912、1916 年,两次携子同行返台省亲,扫墓会友,聊慰乡思之行。

Tuan Yi-Fe 与 Relph 都强调,"经由人的居住,以及某地经常性活动的涉入;经由亲密性及记忆的累积过程;经由意象、观念及符号等等意义的给予;经由充满意义的'真实的'经验或动人事件,以及个人对地区的认同感、安全感及关怀(concern)的建立;空间及其实质特征于是被动员并转型为

---

① Mike Crang:《文化地理学》(第二章《人群、地景与时间》及第三章《具有象征意义的地景》),王志宏、余佳玲、方淑惠译,台北:巨流图书有限公司 2003 年版,第 17—56 页。
② 许南英:《窥园留草》第二册,台湾银行经济研究室 1962 年版,第 234 页。
③ Tim Cresswell:《地方:记忆、想象和认同》,徐苔玲、王志宏译,台北:群学出版有限公司 2006 年版,第 2—25 页。

'地方'"①。《窥园先生诗传》正是许地山以他时空特殊性的实践,来重新诠释许氏家族的"地方感"。借着这样的地方感,伴随许地山其他意识发展和社会化的元素,乃成为其个人经历极重要的一部分。传中说他的父亲,酷爱梅花,对人对己不装道学模样,处处可见情深意挚;既喜欢商量旧学,景仰苏、黄,又对时代新知追求甚力,兹引片段于下:

> 凡当时报章杂志都用心去读;凡关于世界大势底论文先生尤有体会底能力。他不怕请教别人,对于外国字有时问问到儿辈。他底诗中用了很多帮时底新名词,并且流露出他对于国家前途底忧虑,足以知道他是个富于时代意识底诗人。②

这样一位"富于时代意势底诗人"父亲,一生坚守"生无建树死嫌迟","除民害、不爱钱"的处世原则,其有所为有所不为的言教身教,对许地山一生之志业实有深远的影响。③

在《读〈芝兰与茉莉〉因而想及我底祖母》的开场白中,许地山就坦承自己有"上坟瘾",且谓此一"上坟瘾"并非他特有,而"是我所属底民族自盘古以来遗传给我底"。④《窥园先生诗传》于此是一个重要的脚注。不由让人想起鲁迅一些纠结旧社会家族亲情的哀感文章(如《在酒楼上》),当可想见五四一代人,处于文化传统的新旧之间,何其难以为怀,亦可作为我们省思旧传统更新的人情参照。它们有若五四新潮流中一朵朵逆风而开的旧浪花。

许地山自述乡土记忆、父母亲谊是其为文行事的一大准绳,他的文章中最能显发此一台湾特质的,除前述的《窥园先生诗传》外,当数《读〈芝兰与茉莉〉因而想及我底祖母》、《落花生》和《我底童年:延平郡王祠边》。《我底童年:延平郡王祠边》文中提到可堪玩味的几件事,一是出船到福建前,母亲去关帝庙求签问台湾的未来前途。二是台湾风俗在男孩养到十三四岁时,为他抱养一只小公猪,等十六岁上元日那天宰来祭天,男孩在神前剃去"囟鬊",用红线包起和公猪一同供着,应该是古代冠礼的遗留;而许家也曾为地山的大哥,养了预备作牺牲的一只圣畜,可惜许家到汕头半年后,管家

---

① Allan Pred:《结构历程和地方——地方感和感觉结构的形成过程》,许坤荣译,收录于夏铸九、王志宏编:《空间的文化形式与社会理论读本》,台北:明文书局1993年版,第86—88页。
② 许南英:《窥园留草》第二册,台湾银行经济研究室1962年版,第246页。
③ 同上书,第241、243页。
④ 许地山:《许地山小说选》,杨牧编,台北:洪范书店1984年版,第119页。

来信说死了。三是母亲在老家养的一只戴金耳环、很会下蛋的竹丝鸡,让他印象极深。① 这些看似寻常生活的"琐碎细节",竟然成了许地山缅怀"童年"记忆的要素,实由于其中横亘着一条沉重的乱离岁月的鸿沟。

台湾割日时,许地山的父亲因为领着国防兵在山里,刘永福又要他去守安平,并没有与家人一起离台。据说地山父亲骑的马,教日本人给牵去上了铁蹄,因为受不了,不久也死了。② 这些借物事写人情的抒怀记载,透露出地山家里非常尊崇常民的生命礼俗,以及父亲的尽忠职守。在他们行船到福建后,与各房亲族分住本家祠堂的厢房,文中许地山一一细数其人、其名、其处,清楚得令人吃惊。这些闻录,即便是从亲长口述得知,亦可见许地山对亲族情谊看重之深。③ 大家族合居,当然一方面有其伦理传统,一方面源于彼时风雨飘摇的现实处境。在五四的时代浪潮中,很多人不堪其苦,固是事实,可是许地山从离乱时期"随地而安"的角度,说他们是生活得"很舒适"的。④

即使文章是成人后的追忆述往,仿佛1920和1930年代五四贲张的个人主义全与他无关。深入些来看,许地山晓得个人就在群体之中,所追求的毋宁是个人于群体、于传统中的真正自由解放,而非自私浅薄的个人主义。许地山的诸多文本,不只引导读者"看到"自由的本质,更触发读者得以"那本质"的化身在世界中游履,体认个人与群体世界的互为一体。

《我底童年:延平郡王祠边》文章末了叙述本家祠堂前有一条溪,溪流边有一大片的蔗园,蔗园不远处还有区柚子果园,成了许地山几个小兄弟爱去的游乐天堂。他们在花香和蜂闹的树下玩泥土,直到被大人叫回去。许地山母亲不喜欢小孩去祠堂外玩,因为怕危险出事。尽管有禁令,犯了禁令会挨母亲打,还要受"缔佛"的刑罚,据说许地山和弟弟叔庚被"缔"的时候和次数总是最多。⑤

许地山还说柚子树开花时,"一阵阵的清香教人闻到觉得非常愉快"",有意味的是,"这气味好在现在还有留著"。⑥ 至于"缔佛",他可也深深记

---

① 许地山:《许地山散文选》,杨牧编,台北:洪范书店1985年版,第194—196页。
② 同上书,第196页。
③ 同上书,第197页。
④ 同上。
⑤ 同上书,第197—198页。
⑥ 同上书,第197页。

得,那是"从乡人迎神赛会时把偶像缔结在神舆上,以防倾倒的意义得来的"。① 他的童年与延平郡王祠、许家祠堂、祠堂不远处的溪流、蔗园、果园、泥土花香、蜂闹和处罚,互相缠绕、依偎,那特别的时间感和空间感,一一渗透在他的思维与情感的每一条脉络当中,让他一再转换不同的艺术形式,细细为读者诉说,也借以铭刻自己的故园情深。Michel Foucault 曾以"镜面"比喻"异质地方"(heterotopias)说:

> 在此镜面中,我看到了不存在于其中的自我,处在那打开表层的、不真实的虚像空间中;我就在那儿,那儿却又非我之所在,是一种让我看见自己的能力,使我能在自己缺席之处,看见自身。②

对许地山而言,那似浅实深的家园缅怀、宗族亲情,仿佛如 Foucault 所称述的,有别于此时此地的"异质地方",使他在曾有然已不再的时间——"童年",虽在却难以企及的空间——"延平郡王祠边",看见最纯粹的自身。而纪实体裁的《读〈芝兰与茉莉〉因而想及我底祖母》中,更得以有最酣畅淋漓的涉入与发挥,就算时移事往、昔人已远,祖父母的故事似乎斜阳一般,对映着五四时代的新潮流,始终像萦回人们心头的花香,不忍散去。

亲情、爱情与社会时事一向是许地山热爱的写作题材,《读〈芝兰与茉莉〉因而想及我底祖母》与五四新文学、新文化的运动潮流实有极密切的关系,而 1920 年代的台湾,新文学、新文化运动亦风起云涌,很多违反人道的旧礼俗,也被知识人纷纷拿来论述批判。像张文环的《阉鸡》。《读〈芝兰与茉莉〉因而想及我底祖母》中以 1840 年左右的台南府城作为故事发生的场景,显现在华汉文化底下,类似的家庭悲剧,直至 20 世纪初仍然持续存在。

此作写的是一段家族伤心史,同时也为许多受礼教残害的妇女造像、代言。小说中对人物性情的塑造相当立体多面,像姑太(许家大姊)这个要角,许地山并没有刻意描述她有多凶恶,只是平实想象、录载她的声口言行而已,惟其平实,反更让读者感受到她的狠酷,原是有旧礼教在背后撑腰的。许地山运用的白话语言,素朴简净、婉转不尽,如我"底"祖母、父母"底"亲情,联结轻柔的音响和意义,并不与一般"的"混用,极为考究。这类用法兼含五四新文学运动的用字表情,与许地山的个人风格相生相成。

又如文中写家里老父亲(即许地山的曾祖父)过世,细腻深刻。晚辈守

---

① 许地山:《许地山散文选》,杨牧编,台北:洪范书店 1985 年版,第 198 页。
② Michel Foucault:《不同空间的正文与上下文(脉络)》,陈志梧译,收录于夏铸九、王志宏编《空间的文化形式与社会理论读本》,台北:明文书局 1993 年版,第 403 页。

丧期间,按照礼俗规矩,"夫妇们在殡前是要在孝堂前后底地上睡底,好容易到早晨同进屋里略略梳洗一下,借这时间谈谈"①,以人情而言,四弟夫妻"对于享尽天年底老父底悲哀,自然盖不过对于婚媾不久的夫妇底欢愉。所以外头虽然尽其孝思,里面底'琴瑟'还是一样地和鸣"②。不仅读了让人莞尔,尤其惊觉许地山于礼俗人情的洞察入微,及语言的精致幽默。

接下来许地山不着痕迹地叙道:"中国底天地好像不许夫妇们在丧期里有谈笑底权利似地"③,其实暗暗点出了千百年来扭曲人性自然的伦理。果不其然,四弟和爱妻素官因闺中玩闹而拖延料理上供的事,不巧给姊姊看见了这玩闹的一幕,无明火因而高起,劈头就是"泼妇"骂个不休。若就心理分析而言,如母的长姐,嫉妒占有的心态也可能转成虐待别人。逮到机会不分皂白痛斥弟媳,何尝不流泻了平日压抑的情思。不想那陪嫁的十三四岁年轻小丫头,竟就跑回外家告状,外家一听大怒,起动工人一轰,"大兴问罪之师",惹得两方亲家变冤家。事情闹大了之后,素官被姊姊套上"不孝的贱人"的骂名,说她犯了"不守制"、"不敬夫"的"七出"之条。另一方面,姊姊就讲出我们素日似曾相识的话来安抚弟弟:

> 女子多着呢,日后我再给你挑个好的,我们已预备和她家打官司,看看是礼教有势,还是她家工人底力量大。④

果然一时是"礼教有势","诗礼之家"占了上风。尽管弟弟很爱妻子,但光是辩白说理,却无能反抗。素官被休回娘家后,虽有父母袒护,愿意打官司讨回公道,可是她就认了命。许地山写出了在礼教的网罗下,息事宁人的作为可能纵容恶者,使得一切只能往幽暗的路上走去。这中间还藏着重重叠叠的性别、阶级、人伦的压迫。

不论是东方或西方世界,千百年来多少人不知道自己是人,有人的权利,只能认命地任由他人强势宰割。以西方而言,到了文艺复兴时期,人总算从上帝那里解放出来,连带后续兴起了启蒙运动、人权民主观念⑤,而闭锁的中国,恐怕要等到晚清五四,这些思潮才真正波澜壮阔起来。

受到这股强浪冲击的许地山,在文中以传统说书人的姿态,忍不住跳出

---

① 许地山:《许地山小说选》,杨牧编,台北:洪范书店1984年版,第122页。
② 同上书,第122页。
③ 同上。
④ 同上书,第124页。
⑤ 周作人:《人的文学》,《周作人文选I》,杨牧编,台北:洪范书店1983年版,第64页。

来夹议夹叙:他们"原不是生在为夫妇的爱而生活底地方呀!"①这么讲,岂不是与文章前头自己的开场白,故唱反调?读者对许地山之前写的记忆犹新,西方是爱夫妇底民族,易流于霸道、专横,我们是爱父母爱亲底民族……;可是,这爱父母爱亲底民族,岂仅只是口口声声自称"我们诗礼之家"的姑太而已,连同我们整体看"礼"比夫妇的"爱"要紧的民族,于日常生活各处,还不是常假借伦理之名,行扭曲人情之实?莫非这才是许地山希望大家引生的文化自觉?如是的用心,刚好是乘着五四的洪波,踏浪而起的。

《读〈芝兰与茉莉〉因而想及我底祖母》中的素官被丈夫的姊姊强迫休回娘家后,不仅娘家父母,连深爱她的丈夫都无可奈何。因为许家大姊祭出"礼教"的名目,罗织她的罪状。至此自责极甚的素官,决心戒掉当初让自己惹祸的"吸旱烟、嚼槟榔"的习惯。根据文中的叙述,"吸旱烟、嚼槟榔"是当时台湾妇女的一般嗜好。② 台湾天候地力,适宜栽种烟草、槟榔。烟草本为人际往来通好的随兴礼品,而广延蔓生、多子多孙的槟榔,意思甚佳,成为两家婚娶时,男方"纳采"(俗称"大聘")的礼品之一。③ 怎料这些吉祥物竟变成祸源。

还好,小丫头可以通风报信,名正言顺的夫妻,要等天黑掌灯,才偷偷谋面诉衷情,为的是"恐怕人家看见要笑话"④。文中一再出现这种反差对照,何其讽刺。身心的双重打击,让素官小产了个男孩;得着丈夫安慰的妻,悲哀地笑着说:"痴男子,既休的妻还能有生子女底荣耀么?"丈夫心痛神驰道:"我并没休你。我们的婚书,我还留着呢。无论如何,总要想法子请你回去底。除了你,我还有谁?"……⑤

从前旧社会的女性确切是以生子女为天职,为荣耀的。当男子有情有义,女子必然生命相酬,成全对方。这种人情义理何止男女之间?虔心吃斋念佛,转向宗教寻求慰安的妻子素官,后来连丈夫偶尔来看望,也谨守距离了。素官终于病故,消息传来,四弟要去致哀,姊姊依旧不许,还不断怂恿弟弟另娶。原来姊姊就是吃人礼教的镜像。许地山没写,不忍说,是读者自己看见会心。

---

① 许地山:《许地山小说选》,杨牧编,台北:洪范书店1984年版,第124页。
② 同上书,第121页。
③ 片冈岩:《台湾风俗志》(第二章"台湾人的结婚"《六礼》〈三〉纳采),陈金田译,台北:众文图书公司1990年版,第16页。
④ 许地山:《许地山小说选》,杨牧编,台北:洪范书店1984年版,第125页。
⑤ 同上书,第125—126页。

被旧礼教吃了的素官,她永恒的形象不会消失,但她和鲁迅《祝福》的祥林嫂不同,素官没有发疯,因为她至死都拥有丈夫的爱,以及信佛的情操。她并没有怨怒许家大姐这个"阃内之长",或许素官已从宗教中获取了对世间苦的认知,承认了自我能力的局限,转而面对"命运"。当丈夫对她说:"除了你,我还有谁?"素官的回答是这样的:"好罢,我们底恩义是生生世世的……你如纪念我们旧时的恩义,就请带她回去……"①不由让人想起许地山丧偶后的自述:"人怎能只有生前的恩爱而没有死后底情愫?"

"我们底恩义是生生世世的……"深爱妻子的丈夫心领神会。素官明白丫头自那件事后,一直很伤心自己无心的过失。故早就先问她:"你愿意么?"素官指着旁边已经二十多岁,妩媚懂事的丫头,向丈夫作最后的交待。在生命的终点前,素官愿意放下一切情缠并且宽恕,将爱移转给一直贴身照护她的婢女。如此的成人之美,可谓合乎台湾的礼俗民风、华汉的人文传统。② 素官病危,"死生亦大矣!"不外人情的传统,终使四弟不顾姊姊的拦阻跑去探视爱妻;而"姊姊虽然不高兴,也没办法揪他回来"。③ 真是举重若轻。礼教的加害与受害关系,如此互为一体,充满吊诡。

正值此际,家族里的一位长辈,有一次遇到素官已经长大成人的随嫁丫头,就出面提议,让丧妻多载未娶的四弟把她娶回来做继室。到这时辰姊姊仍然不允准,弟弟不再退让,终于听取亡妻遗嘱,按照民间礼数接回当年的丫头,总算改写了《孔雀东南飞》的结局。可是跨出这一步,却需要千百年的时间。

许地山既旁观又介入地描写当年祖父母受礼教之苦的心境,认为那做丈夫的"并不是没有反抗礼教底勇气,是他还没得反抗礼教底启示"④。此话颇堪玩索。相形之下,受到五四潮流洗礼的青年,必也得到诸多人权自由的启示,透过回顾先人于婚姻爱情上受过的残毁,是否可以在痛批旧社会之余,同时想想他们在黑暗礼教里所绽放出的人性温暖、情爱芬芳?尽管他们是那样缺乏改造环境的行动力。

回头看文中的素官,起初也非单纯婉约的小媳妇形象,和当时台湾妇女

---

① 许地山:《许地山小说选》,杨牧编,台北:洪范书店1984年版,第128页。此处的"她",指陪嫁的丫头。
② 《读》文有云:"从前的风俗对于随嫁底丫头多是预备给姑爷收起来做二房底",揆诸华汉礼俗,与此亦相同。见上书,第129页。
③ 同上书,第128页。
④ 同上书,第126页。

一样,有嚼槟榔、吸旱烟嗜好的她,热情活泼,敢在家翁丧期的闺房内调情笑闹。从许地山想象、创造他们夫妇间的细节来推测,不知有无暗喻,此一悲剧人生,她自己也应负点责任? 当然整个事件过程中一直不敢正面反抗姊姊的四弟,其懦弱书生的屈从本质,也由着读者去省察。最后,眼睁睁看着爱妻成了旧礼教的祭品;何其悲怆的,是旧社会的礼俗站出来,让深情不渝、伤心至极的丈夫,得以迎娶亡妻遗言托付的丫头。这个丫头,后来成了许地山的祖母,这是他为什么有两个祖母的缘故。① 先前亡故的祖母就被称为"吃斋祖母"。

《读〈芝兰与茉莉〉因而想及我底祖母》中提到四爷的家住在"武馆街",素官的丫头姓"蓝"。② 此处不妨与《窥园先生诗传》相参照,《诗传》说:

> 道光中叶,许家兄弟共同经营了四间商店……特斋公因此分得西定坊武馆街烬余底鞋店为业。咸丰五年……在那破屋里得窥园先生。……自特斋公殁后,家计专仗少数田产;蓝太恭人善于调度,十数年来诸子底学费都由她一人支持。③

其中的旧居"武馆街"与"蓝"姓祖母皆一致,涉及的年代也与故事符合,除可佐证《读〈芝兰与茉莉〉因而想及我的祖母》的家族纪实外,更显见这位庶祖母是个精明世道之人,许家何幸有她。《窥园先生诗传》言及地山之父许南英,接受台南士绅吴三樵遗愿,二十七岁时娶其女吴慎为妻,三十三岁左右喜爱当地歌伎吴湘玉,两年后排除诸多困难,商定纳她为妾,不料湘玉竟罹病而亡。玉母感念许父情意,乃将湘玉之婢吴逊送给他为妾。南英诗集中的"情词"都是为湘玉而作的。④ 许地山四十一岁返台时,曾去拜望那位庶母。从这些文献资料与先人事迹推测,尚然诺、重情义一直都是许家的特质,而家庭环境、遗传因素也塑造了许地山的主要性格。

许地山不是不知道"祖母"的悲剧,是历代一再重出的"礼教吃人"的悲剧。文中早年守寡的许家大姊,夫家没什么人,所以常住在外家。因为许多弟弟是她帮忙抱大的,故对弟弟们很具母亲的威仪,浑然不觉地毁掉人家原本幸福的婚姻,"以爱杀人"至此成了很具悲剧意味的讽刺。因而亦呼应了

---

① 许地山:《许地山小说选》,杨牧编,台北:洪范书店1984年版,第129—130页。
② 同上书,第129页。
③ 许南英:《窥园留草》第二册,台湾银行经济研究室1962年版,第234页。
④ 同上书,第235—236页。

之前顾一樵的《芝兰与茉莉》。

此篇微型的家族书写,与《落花生》、《我的童年:延平郡王祠边》和《窥园先生诗传》不无失乐园式的惆怅,但总夹带着回顾之时的前瞻感。温柔蕴藉与狂狷耿介一直是许地山的一体双面,因此,透过这篇文章对旧礼教的厌恶,并不是因为许地山如何去痛批它,反倒是油然而生的。而所谓的旧礼教,也可以正、反、合地辩证出许多生命中的人情义理,无论任何时空,皆不能呆板其用。

许地山以最素朴的语言风格、最迂回的情感伏流,穿梭文学艺术的想象,再现先人的家族史,有时代风貌、有地域色彩,自然也早已融入他喜欢的宗教元素。文中的祖母不仅能够儒家地"行有不得,反求诸己",还能接受命运,悔过赎愆,从宗教信仰中获取心灵慰安;在"不孝有三,无后为大"的考量下,遗爱夫君,希望他爱屋及乌、泽及陪嫁丫头。这样一步一步攀升的行止情操,不能说不伟大。而《读〈芝兰与茉利〉因而想及我底祖母》中所叙及的一些台湾礼俗,也温润了它的情感世界。可以说,这篇写于1924年、纪实性浓厚的家族小说,融摄了五四初期重思旧有礼教吃人的可怕,能够摆脱陈陈相因的叙事模式,不流于铺张扬厉;反而带着逆向操作的意味,从儒家亲亲仁民的家族据点,曲折地辩证出普世皆然的人情义理,同时肯定佛教信仰所带给苦难人生中弱者的慰藉。许地山借"四弟"一角,婉转指出个性自由、人权意识需立基于深层的文化自觉,并勇敢去争取实现,否则爱人与被爱的能力都将被取消,个人无法做自己的主人,必然流失人之所以为人的尊严。这点即是五四论述个人解放、人权自由中最要紧的"尊重并提高人的价值",最具体而微的精神展现。

四、结语:见微知著

《读〈芝兰与茉莉〉因而想及我底祖母》以精致的文学语言,幽邃的人情义理,纪实写真的方式,来处理祖母一代人有关亲情、爱情与婚姻的难题。看似寻常琐碎的家族故事,其实正映照了五四初期那一辈人对礼教人伦的多重反思,而许地山出生于台湾的土地情感和家学渊源,更让此文汇聚了绵远的华汉传统、人文礼俗;适可作为一结合许地山的"五四精神"与"台湾渊源"、见微知著的论述文本。故事深处反复缠绕的礼教和人性、亲情、爱情的扞格冲突、辩证和解,阐明了"吃人礼教"的繁复多面性。在五四一片反传统反儒家的潮流里,许氏细数其对汉文古典的喜好浸淫,从先祖口述及载录的家族史中,坚定自己对宗亲伦理的深厚情感,却又不失温和的批评,其间婉转渲染台湾的人文风情、地域特质,更加深此文的纽带作用。

许地山早期的作品总不免于些许的疑惑、忧虑和不安,但终究还是对人生怀抱希望,肯定爱、关怀与奉献。他有一颗敏感探索的心,因为博学,故能汲取外国古典和中国传统文学的象征系统来作为创作的基础,他又擅长吸收转化神话、宗教、民俗、传说的素材,将它们精准地注入文学世界之中。许地山的小说和散文,都是"有我"的艺术,兼具抒情与叙事的特质;这种"有我"的性格,更增加他的魅力。①《读〈芝兰与茉莉〉因而想及我底祖母》文寄抒情议论于叙事之中,处处有我和家族、亲人,一如他的《我底童年:延平郡王祠边》、《落花生》、《窥园先生诗传》,以时间记忆,经纬出一个独特的、虽已逝却又永恒存在的家园故里空间,那里长存着跨越现实边界的花香人语、温馨惆怅。

谦冲温良的许地山,并不仅止于启迪我们爱的信念、奋斗的勇气与生活的智慧而已;他对所处的时局,始终具备积极投入的忧患情怀,是一位身体力行的改革家。《危巢坠简》、《先农坛》……这类教诲批判毫不隐晦的篇章,是认识许地山理念、意识的另一重要凭借。爱学术、爱自然、爱人文历史的许地山,是会为现实社会的粗鄙堕落而激动愤怒的,是会以他犀利讽刺的笔锋,克尽知识分子的言责的。许地山和沈从文一样,文笔深刻优美,都是五四以来令人着迷的"说故事者",虽然作品的数量不是很多,但对中国的新文学有相当的影响和贡献,允为五四以来杰出的文学家。②

许氏生于清末台湾,成长于于五四热潮蓬兴的1920至1930年代,病逝于1940年代的香港,旅迹海内外,多元受教,兼容并蓄,孜矻耕耘无时或已,可谓毕生奉献家国。其言行文章不仅是台湾也是整个中国的瑰宝,他堪称是人类的知识良知、永恒的慈悲仁者。

(作者单位:中国台湾,东华大学)

---

① 杨牧:《编后》,《许地山散文选》,杨牧编,台北:洪范书店1985年版,第199—207页。
② 同上书,第199—207页。

从北大到台大

——台湾大学的新文学传承与转化

梅家玲

那时我们都是台湾大学外文系的学生,虽然傅斯年校长已经不在了,可是他却把从前北京大学的自由风气带到了台大。我们都知道傅校长是五四运动的学生领袖,他办过当时鼎鼎有名的《新潮》杂志。我们也知道文学院里我们的几位老师台静农先生、黎烈文先生跟五四时代的一些名作家关系密切。当胡适之先生第一次返台公开演讲时,人山人海的盛况,我深深记在脑子里。五四运动对我们来说,仍旧有其莫大的吸引力。五四打破传统禁忌的怀疑精神、创新求变的锐气对我们一直是一种鼓励,而我们的逻辑教授殷海光先生本人就是这种五四精神的具体表现。

前 言

现代大学在中国的兴起与建制,是近代教育文化史上划时代的盛事。无论是知识生产、文化启蒙抑或文学传播,大学的作用,无不举足轻重。五四新文化与新文学运动中,北京大学师生的作用与影响向为世所公认。无独有偶,1954年台湾光复,在"台湾需要一个新五四运动"[①]的呼声中,台湾大学同样为战后台湾新文学的生成与发展,做出了重大贡献。它的重要,不只是先后培育了白先勇、王文兴、朱天心、黄锦树等作家,以及李欧梵、王德威、陈芳明等文学研究者,更重要的是,早自台湾光复以来,台大就在语言文学教育方面多所用心,经由教材编选、课程规划、各种校内外刊物的发行,对当代文学的生产与传播,发挥了深远的影响。早年台大的师资多来自北大,台大学生也每每以继承五四精神与北大学风自命。然而,时移势易,传承之外,其转化与创新处,毋宁更值得注意。而本文,即拟聚焦于"语文教育"与

---

① 许寿裳:《台湾需要一个新五四运动》,《台湾新生报》1947年5月4日。

"文学传播"方面,论析台大对于五四新文学运动的传承与转化。主要讨论的面向有三:一、《大学国语文选》与战后台湾的国语文教育;二、校园刊物与校园文艺青年的养成;三、学院与文坛的互动——《文学杂志》及其后续。

(一)《大学国语文选》与战后台湾的国语文教育

从历史的进程看来,"语言"、"文学"与"教育"三者,一直是生成、推进现代文学与文化发展的重要环节。五四新文学运动倡导"文学的国语,国语的文学",其"国语"所指涉的,虽然还是"白话文(学)",但之后的"国(汉)语推行运动",就已完全落实在"语言"层面了。而在政府推动下,各级学校对白话文学、国语运动如应斯响,亦印证此三者相互扣连的关系。事实上,纯正统一的语言,不只是有助于"我手写我口"之理念的实践,以及白话文学的发展推进,其终极指向,实在于民族文化认同之形塑。尤其,对于台湾而言,乙未(1895年)割让之后,推行日语教育,是为日人在台殖民的重要工作项目。经由语言教育而改变既有的文学风景、重新形塑新的文化与民族认同,更是其终极旨归。1945年台湾光复,国民政府接收台湾,如何迅速推行国语(汉语)并强化中华文化认同,同样成为当务之急。值得注意的是,当时衔命由大陆来台从事文化重建与大学教育的主要人员,如许寿裳、魏建功、台静农、毛子水、洪炎秋等,不仅与北大多有渊源,而且皆先后在台湾大学中文系执教。台湾大学由日本帝国大学改制而来,在高等教育界中向来动见观瞻。光复初期,文化重建工作与台湾大学的文学教育相应互通,正体现了"语言"、"文学"与"教育"之间千丝万缕的密切关联。尤其,光复之初,是为台湾面临语言转换、文化认同迁变的关键时期,它的当务之急,乃是要将原先的"日语台湾",改造为"国语台湾";有了语文学习的基础,才能进一步谈到文学的创作,也才可能有所谓台湾当代文学的生成。而大学的文学教育,毕竟又不能仅止于语言的学习而已,它所必须考虑的,还包括:如何能在实行语文教育的同时,兼及文学教育的训练?语言与文学、国家政策与教育理念之间,经历了怎样的协调折冲?特别是,在大陆的官话系统之外,台湾早有流通广远的方言,如果说,"我手写我口"是为现代白话文学的核心理念,那么,在这个台湾的语言与文学发展面临重大转变的阶段,"方言"又扮演了一个什么样的角色?在此,台大于1947年编印出版的国语文教本——《大学国语文选》,正是一个很好的研究切入点。

《大学国语文选》是战后初期台湾大学所使用的国语文教材。它由台大中文系教授魏建功编选,吴守礼注音,1947年出版。当时主要的作用,是在台湾光复之初,协助推行校内国语运动。虽然它只是一份简单的语文教材,但在台湾战后初期的文化语境中,却正好体现了复杂的文学旅行与文化交会情形。个中曲折,涵括以下几方面:

一、编选者魏建功毕业于北大中文系,本身是语言学家。早年,他曾任北大研究所国学门助教,师事钱玄同,并协助北大教授刘半农"语音乐律实验室"的工作。1946年来台前,曾任北京大学教授、教育部国语统一筹备委员会常务委员、教育部国语推行委员会常务委员、西南联合大学教授,是当时中国"国语"政策的重要推手。《大学国语文选》由他主导编选,所意味的,一方面是中国的大学教育与国语政策,已随同渡海而来的学者,进入台湾高等教育界,并发挥实质影响。而注音者吴守礼为省籍人士,毕业于帝国大学,是典型的台湾本土学者,二者合作,所内蕴的,既是不同文化传统之间的交会互动,也是"从北大到台大"教学实践之空间位移。

二、基于"学习国语"的编选宗旨,以及因应台湾当时的语言环境,特别强调"从台湾话学习国语",其目的乃在于"语文复原"——亦即借由"方言"(台湾话)与"国语"相近相通的原理,让本省籍的学生能够经由台湾话而有效地学习国语。

三、相对于当时重视经典文本的台大的另一国文教材《大学国文选》,[①]《大学国语文选》的重点其实在于"由语而文"——也就是经由"语言"的言说与诵读,进入"文学"的欣赏与写作,以期达致"言文一致"的终极目标。

以下,即进行对此一选本的旨趣及选文实况的初步了解。

选本一开始,编选者魏建功即以《"国立"台湾大学一年级国语课程旨趣》一文,明叙它的编选旨趣,及其与既有之"国文"课程的关系:

> 本大学为应台省学生需要,开设国语课程,与国文课程相辅为用,主旨在使学者能——(1)认识国字,(2)正确读音,(3)流利应用标准语。

---

① 《大学国文选》由当时台大中文系主任许寿裳先生编选,原书现已不存,根据许寿裳先生遗存之手稿,所选之篇目大致包括陈独秀《文学革命论》、钱玄同《与黎锦熙罗常培书》、胡适《国语的文学,文学的国语》、鲁迅《呐喊自序》、《狂人日记》等。关于战后初期台大国语文教育的问题,详参梅家玲:《战后初期台湾的国语运动与语文教育——以魏建功与台湾大学的国语文教育为中心》,《台湾文学研究集刊》第7期,第125—160页。

"说""读"在国语课程占重要地位,"写作""欣赏"归到国文课程里,但这里也不能不顾到。同样,国文课程对于"说""读",并不比"写作""欣赏"可以轻忽了多少。本大学为了特别需要,在语文复原的意义上,把国文多分出一部分来叫做国语而已。①

至于教材编选,则共计二十目,"备与发音、会话同时并进",分"故事"、"对话"、"小说"、"戏剧"、"歌谣"、"演说词"、"文"七大类,每类选目之后,都简要说明其特定考虑及相对应的教学目标,纲举目张,自具体系。此一做法,不仅是国语文教材编选者之创举,同时也凸显出选文背后,编者的理念、学术背景,以及当代语境的特殊性。其七类选文及说明文字如下:

A:故事一目,有赵元任《北风跟太阳》(国语)、罗常培《北风及日头》(厦语)

(这一目表示国语方言对照的例子,是一个国际间语学研究的母题。)

B:对话二目,有赵元任《功课完毕太阳西》、叶绍钧《水患》

(这两目表示一种会话的例子,所以别于一般会话那样陋而且俗的意味,前一篇是儿童会话,后一篇是成人会话,都是语学和文学的专家之作。)

C:小说三目,有老舍《骆驼祥子》、《伤天害理欲泄机谋》(节选自清文康《儿女英雄传》)、《俞伯牙摔琴谢知音》(节选自明冯梦龙编《醒世恒言》)

(这三目表示国语小说的时代变迁。老舍为当代北平人,所写是现在的标准语。文康是清代北京人,所写是标准语从前的面目,冯梦龙所编的《醒世恒言》中的短篇小说,是宋元明以来传统的通俗文学,表现了更早的一种语体文,和现在的标准〈语〉②有血脉相通的关系。)

---

① 魏建功编:《大学国语文选》,"国立"台湾大学印行,1947年12月10日出版,第2—5页。
② 《大学国语文选》原文无"语"字,此据《魏建功文集四》所收录之版本补入。

D：戏剧三目，有曹禺《蜕变》（节选）、丁西林《压迫》、赵元任（译）《最后五分钟》

（这三目话剧，后两个独幕剧，用国语推行委员会注音本；前一个是五幕剧的一段。）

E：歌谣二目，有北平歌谣《澎澎澎》（国语）、台湾歌谣《草蜢公》（闽南语）

（这两目是民间文艺形式相似的例子。国语闽南语除了音、词、语法可以对照，还有表现形式也完全相通。A类故事表现了词和语法的对照，这类表现形式的对照。至于音的对照，在G类有一篇怎样从台湾话学习国语，可以得到一些参考。对照是比较的，而比较所得到的条例却要能"举一隅""以三隅反"才行。文言词说"隅反"，我们现在就叫它做"类推"。）

F：演说词二目，有梁启超《学问之趣味》、蔡元培《劳工神圣》

（这两目表示演说词的例子。两位讲演人都是现代文化的先驱领导者，所以特别选入。论讲演用语言，这两篇可以代表知识高的人士说的话，不完全是普通口语尤其未必是北平话。但不能说不是"国语"。因为内容思想的关系，也就渐渐近于"文"了。这是国语便是国文的证明。）①

G：文七目，有鲁迅《聪明人，傻子和奴才》、落华生《补破衣底老妇人》、胡适《差不多先生传》、朱自清《春》、冰心《寄小读者通讯七》（节选）、巴金《海上的日出》、魏建功《怎样从台湾话学习国语》

（这七目前六篇是现代文的各体，大半都属于小品。鲁迅作品中这一篇最合于口语。落华生是台湾省作家，这一篇用字颇有他特殊的风格，如"底"字和"的"字的分别，又有台湾方言字用法，如"号"字。其余胡适朱自清冰心巴金诸作，从诵读上都能体味到个人个性的不同。最后一篇是为了说明"对照类推法"的学习国语，应该算做附录。对照类推法正适合于知识青年的台省学生需要。）

---

① 《大学国语文选》版字误，据《魏建功文集四》，原文"知识高的人土"校订为"知识高的人士"，"这是神语便是国文的证明"校订为"这是国语便是国文的证明"。

七类的教学重点各有侧重,却又彼此呼应。整体看来,"语文复原"是它的总体目标;"由方言而国语",继之"由'语'而'文'",是它的推进过程。细部观之,则作为一份重点在"说"与"读"的国语文教材,它不只选择了"对话"、"戏剧"、"歌谣"、"演说词"等语文类型为教学内容,同时也收录"故事"、"小说"和"文";选文取材,更是兼括方言与国语、语言与文学、古典与现代,以及大陆与台湾不同面向;甚至于,还意图借由不同时代的白话小说,来"表示'国语'小说的时代变迁"。因此,它的意义,当不仅限于作为一份战后初期为推行国语运动而编选的大学国语文教材而已,而几乎可以视为五四以来,北大诸子对于新文学/文化运动诸子之语文理念的实践。

　　以一开始的"故事"类为例,所标举的,即是"国语方言对照的例子";"文"类中特别标举落华生是台省作家,指出他的文章中"有台湾方言字用法";"歌谣类"以国、闽南语歌谣并举,说明国语和闽南语在音、词、语法、形式上的可对照性,最后,干脆再附以魏建功自己的《怎样从台湾话学习国语》一文,凡此,都呼应当时国语运动的核心理念:从方言学习国语。而它的具体学习策略,则是经由"对照模拟"的方式,举一反三,"从台湾话学习国语"。

　　此外,注重歌谣,视歌谣为"国民心声之选集",收集保存各地方言歌谣的目的是"要替中国文学扩大范围,增添范本"①,以及由"方言"而"国语"的教育理念,其实原就是胡适、刘半农、钱玄同、常惠等北大诸子的主张。魏建功曾表示:"初期国语运动注重了文学与文字,而忽略了语言和声音"②;对照于当时高等学校的文学教育,可见的是,尽管新文学的倡导已行之有年,但在大学院校之中,其"国文"教学,仍然以古典文学为大宗,白话文并无一席之地③。据此,台湾大学的《大学国语文选》作为1940年代后期的大一语文教材,本身便是新文学成果与推动国语文的结合,揭示了"国语"和"文学"在新文学运动中扮演着相辅相成的角色。《大学国语文选》的编选,毋宁是以既传承,却又创新的形式,体现了五四以来,北大学者重视"方言"、"歌谣"的一贯传统,并将它们融入台湾战后的特殊时代环境之中,成

---

① 魏建功:《歌谣采集十五年的回顾》,1937年4月2日《歌谣》第5卷第2期。
② 魏建功:《中国语文教育精神和训练方法的演变——〈国语说话教材及教法序〉》,原载1948年《国文月刊》73期,后收入《魏建功文集四》,第398页。
③ 参见1940年代,魏建功与朱光潜两位在《高等教育季刊》的讨论。

为当时推展新文学教育的重要凭借。①

（二）校园刊物与校园文艺青年的养成

1949 年初，傅斯年接掌台大，特重"通习科目"（即今"共同科目"及"通识科目"），他希望学生"一进大门，便得到第一流的教授教他们的普通课"。语文与文学是人文教育的重要基础，大一国文与英文共同科目的设置及教学情形，因此特别受到关注。在授课师资方面，台大既延聘台静农、郑骞、毛子水等来自大陆的优秀教师，以传承中国文化传统，同时留任日据时期帝大毕业留校任教的黄得时、吴守礼、杨云萍等先生，以保留帝大的传统。台、郑教授之于中国文学、黄、吴教授之于台湾文史语言方面的教学与研究，共同为战后初期台湾语言文学的教育，奠定了初基。此外，外文系的英千里、夏济安、赵丽莲等教授，也借由各项教学与译介工作，为外国文学的引介与传播，做出了重要贡献。而在校方重视人文化成，鼓励学生从事文艺性的社团活动与创作的情况下，台大在 1950 年代，便有相当活跃的文艺社团及刊物，它不仅是台大爱好文艺的青年学子初试啼声、自我养成的园地，也成为与当时艺文界往来交流的场域。以下，即以 1950 年，由台大"诗歌研究社"所发行的刊物《青潮》，及 1957 年"海洋诗社"所发行的《海洋诗刊》为例，来见其一斑。其中，《青潮》是战后台大最早的校园文艺刊物；《海洋诗刊》聚焦于现代诗，发行时间长，并在当时文坛具有一定的知名度。在《文学杂志》及《现代文学》多关注小说及散文的同时，这两份刊物，恰恰体现出新文学中，"诗"这一文类在校园中的开展情况。

1.《青潮》

根据台大校刊记载，到 1950 年 4 月底止，台大的各类社团共成立四十个。② 其中与文学相关者有蓓蕾文艺研究社、诗歌研究社，皆创于 1950 年，诗歌研究社略早于蓓蕾文艺研究社，两社的创立者皆为当年台大中文系的学生林恭祖。

《青潮》为"台大诗歌研究社"所发行，当时是台大唯一的文学性社团。

---

① 虽然不久之后，由于许寿裳猝逝，魏建功返回大陆，以及傅斯年入主台大，台大语文教育的重点遂从讲求"由'语'而'文'"，鼓励欣赏阅读现代白话文学，转变为国语课程不再，国文课唯求"能读古书，可以接受中国文化"而已，发生了大幅度改变，但这份教材所体现的时代意义，仍不容忽视。
② 《"国立"台湾大学校刊》第 76 期第 2 版，1950 年 5 月 8 日。

刊物专门研究新诗,为一"不定期"发行的刊物,属于校园刊物,也对外发行,园地公开。前后可以明显分两个时期:前期是1950年至1952年。当时出版第五期后,因主持人林晓峰毕业离校产生人手不足的问题而停刊。此一时期刊物的内容有新诗、旧诗、译诗、词曲、歌谣及诗歌理论等,但整体仍以新诗为主。二年后,1954年6月,刊物由杨允达、罗行等台大新晋年轻诗人接手,《青潮》以革新号姿态重新问世,是为后期。

据创办人林恭祖回忆,它的创办缘由是因为:

> 当时台大校园,非常寂寞。大学二年级时,我发起创立"台大诗歌研究社"。在文学院院长沈刚伯、中国文学系系主任台静农教授,以及戴师君仁、伍师叔、许师世瑛、屈师翼鹏、董师同和、王师叔岷诸教授指导之下,经常举行讨论会,还编印《青潮》诗刊,按期出版。①

在此背景下,该社的理念是:

> 研究与创作并重。在诗歌研究方面,上自《诗经》、《楚辞》,下至民歌、民谣,我们都要研究、探讨。诗歌创作方面,我们是不分古典诗与新体白话诗的。只要有境界,读起来觉得是一首好诗,就行了。②

因此,《青潮》诗刊虽名之为"诗刊",但可定位为一"不定期诗歌综合杂志",出刊的消息同时见于校刊及报纸,在尚未发行之前便积极宣传,如在《中央日报》刊登消息:"本校唯一文学社团诗歌研究社,本学期拟出版《青潮》诗刊,并定于本月二十五日在本校法学院大礼堂租映电影,发动春季大攻势。"③在校内也广为发行,在4月续出第2期诗刊,其中内容有校内教授及社员的作品,并分赠给同好,借以抛砖引玉,酝酿诗歌研究创作风气。④

《青潮》虽为校园刊物,但因园地公开,作者并不限于台大学生。检视它的作者群,发现自第3期起,即开始出现不少著名诗人的诗作。如第3期有李莎、纪弦、罗家伦,第4期又增加墨人、上官予、彭邦桢、季薇、孙陵,第5期则有青空律(纪弦)、潘垒、公孙嬿、蓝芳子等。由此可见,该刊不仅园地公开,而且受到当时诗坛的一定重视。革新号的《青潮》更邀请了当时于台

---

① 林恭祖:《41年前台大校园忆述上》,《宇宙月刊》1994年4、5月,第14页。
② 同上。
③ 《"中央日报"》1950年3月23号第三版。
④ 《"中央日报"》1950年4月28号第三版。

湾诗坛已颇有名气的诗人群撰稿,如钟鼎文、余光中、郑愁予、阿予、杨念慈、方思、钟雷、林郊、蓉子、夏菁、邓禹平、腾辉、吴瀛涛、李莎、李政乃、明秋水、覃子豪、薛柏谷、叶泥、纪弦等。凡此,皆可见借由校园诗刊的发行,联系了学院与文坛,为校园青年诗人与当时文艺界诗人提供了相互观摩的交流平台。

《青潮》不仅是台大成立之后第一份的文学性刊物,在台湾现代诗刊史上亦有其鲜为人知的特定意义。张默在其编选的《台湾现代诗编目》中,错以革新号《青潮》的出版时间为根据,将刊物排列于《新诗周刊》、《诗志》、《现代诗》、《旭日诗刊》、《蓝星周刊》之后,位居光复以后所发行的第六份诗刊。① 然而麦穗根据资料指出,第 2 期《青潮》于 1950 年 4 月 20 日出版,比《诗志》还早上两年多,发行年代上的厘清,可重新定位为台湾光复后诗刊史上的第一本诗刊。事实上,进一步考订《青潮》创刊号发行的时间,可再往前推至 1950 年 1 月 10 日,面对战后初期文化与教育生态均处调整适应时期的情况,校园内的知识青年已能自觉且实践文学理念,实属难得,刊物之作者群又能结合校园诗人与文坛诗人,提供交流与分享的园地,无法持续且稳定发展固有其人事环境局限,但仍为萌芽中的教育空间以及文化场域带来"青春的热潮"②。

2.《海洋诗刊》

《海洋诗刊》创刊于 1957 年,是为同年成立的海洋诗社所发行的刊物。诗社首任社长为中文系学生余玉书,创社成员多为来自香港的侨生,因此在香港及中部均有办事处,发行范围并不限于台大校内。创刊号的编者言《丑小鸭的行列——代发刊词》,曾特别借"跨海"一词来宣示刊物宗旨:

> ……跨海远征,去寻觅原始的无人岛,去开辟□□(字迹漫漶)的新大陆……海洋诗刊是意味着跨过重洋,我们要发现诗的处女地,探勘深层的矿苗,垦殖荒野的丛林。

在此,"跨海"一方面指涉社团由侨生发起、经营,他们来台求学,确实

---

① 张默:《台湾现代诗编目》,台北:尔雅出版社 1996 年版,第 139 页。
② 参见麦穗:《谈台湾光复后的第一本诗刊——台湾大学诗歌研究社编印的〈青潮〉》,《台湾新闻报》1987 年 2 月 23 日第 13 版。按,《青潮》于今未见,此部分资料由我的研究生林姿君代为搜集整理。

是跨海而来;另一方面,"发现诗的处女地",也揭示了该刊在创作上的自我期许:要以探矿垦荒的精神,为新诗的发展而努力。

　　此一诗刊的特色之一,是编委具有跨校性,发刊期间,所刊登的作品,不仅有他校来稿,也包括了不少当时已颇有名气的校外诗人之作,如覃子豪、古丁、文晓村、绿蒂、赵天仪、郑愁予、高准、戴天、温健骝、许达然、周梦蝶、夏菁、余光中、叶珊、白萩、林佛儿、蓉子、黄用等。从这些阵容看来,该刊虽是纯由学生负责的校园刊物,在诗的爱好者与写作者之间,应颇有名气。尤其,创刊号发行后,诗人张秀亚、上官予等人都曾来信赞赏,覃子豪更表示愿给予诗社精神上和理论上的支持。①

　　除此之外,该刊曾多次举办征诗比赛以及读作者联谊会,扩大参与,十分活跃。尤其是征诗比赛,吸引了许多校内外人士参加,如当时的军中诗人王禄松,与时为台北工专学生、后成为知名诗人的李贤魁等,都是第一届征诗比赛的获奖者。由于诗刊以"海洋"为名,创刊号亦针对海洋此一意象诠释,作为全刊基本精神,所刊出的诗作,当然也就出现了不少应和刊名之作。观察全刊涉及海洋的诗作,多半与水手、船长、灯塔、海岸、(孤)岛屿、大陆、洋流、水手等意象联结,所透显的意义,大致包括了反共爱国、思乡、情爱离别、自由奔放之精神或天地变换须臾之感等。而台湾与金门的战斗位置,也不时被强调。所举办的征诗比赛,其奖项不特以"珊瑚"、"贝壳"、"海燕"等作为奖项名称,首届得奖的十四首诗中,涉及海洋的就有九首。从模仿郑愁予、以海洋作为离别流浪之象征的艾予的《归航曲》,到澎湃富丽的刘英杰的《海洋交响诗》,不一而足。基本上,"海洋"为该刊带来了开阔流动的意象视景,对种种出航、漂流、追寻等情事用心经营,投射出的,正是青年学子青春浪漫的情怀。然而它受到当时反共怀乡政治氛围的影响处,仍不时可见。如刘永和的《月夜之航》,主角在驾驶台瞭望远方,碧波荡漾,明月当空,心中所想的,却是"我们将驶向何方?渤海湾还是黄埔港?""我要驶上那蓝色的天河/照那万里迢迢的祖国/照那苦难的家邦"。② 又如王禄松得到征诗比赛首奖的作品《无名勋章传》,它的主角是一枚七色的贝壳,在海底礁藻间遍览海天美景,最后的归宿,则是要投入战士的怀抱,"餐烽火、饮凯歌,贝壳伴着英雄,成为无名的勋章"③。

---

① 《海洋诗刊》第1卷2期,1957年7月,第14页。
② 《海洋诗刊》第3期,第20页。
③ 《海洋诗刊》第5期,第38—39页。

创作之外,海洋诗社的成员们和覃子豪主持的蓝星诗社颇有往来,如创刊号即有覃子豪的诗稿,刊内亦曾刊登蓝星诗刊及其出版物的广告,并数次在编者言或评论文章中,明确表示:虽不否认"横的移植",但尤其重视中国新诗"纵的继承"的部分。而创刊号的编后语,不只大力抨击现代派的主张,同时也强烈地表达了要维护中国传统诗歌的立场:

> 今日的诗坛是苍白而贫乏的,但是我们宁愿诗坛永远苍白贫乏下去,我们也不愿使具有数千年辉煌历史的中国诗城,插上了颓废和玄虚主义的魔旗!①

对于1950年代前后的几次现代诗论战,诗刊也有所响应。如第9期(1948年5月)刊登《中国新诗运动的后顾与展望——代创刊周年纪念献辞》一文,将五四以来的新诗分为三个演变:第一个演变是五四至抗战前,第二个演变是抗战至战争结束,第三个演变则发生在台湾,强调自由形式、内在节奏,兼具西洋浪漫派与象征派的长处,诗刊诗集激增,乃五四以来的高峰。可见,这些年轻诗人并不以"孤岛偏安"的政治情况为囿限,反以为自身正处在新诗高峰期的历史现场。该文举列当时在台湾的代表性诗人:钟鼎文、彭邦桢、夏菁、方思、覃子豪、纪弦、李莎、余光中、杨唤;其中锺、覃、纪三人,三十年代即开始在上海文坛出现,参与以戴望舒等人为首的"现代派"活动;彭为军中诗人,夏、余属蓝星诗社,方、杨属现代诗社;年龄上,这九位诗人从二十余岁到四十余岁都有,且全为战后大陆来台者。由此看来,当时的校园新诗写作者仍是以五四以来大陆民国时期诸家以及战后来台者为主,诗刊中的作品除了以一些热带风物入诗,尚未能在本地找到创作路途的援仿资源。

总体而言,从创社开始,这份诗刊的成员不少皆来自中文系,因此与同一时期、同样与台大师生渊源匪浅的《文学杂志》及《现代文学》相对照,《海洋诗刊》对于文学传统有更多的关注与情感。而当时经常在其中发表诗作的学生作者,除了创社社长余玉书外,吴宏一、吕兴昌、吴达芸、古伟瀛等人,日后大多往学界发展,诗的写作,虽然只是个人青春岁月中的一小段文学行旅,但这批学者们,日后皆为台湾从事文学研究及大学教育之中坚分子。他们的教学及研究,多与新文学有关。追溯战后台湾新文学的发展,这些始发于校园,却又跨越学院门墙的刊物及相关成员,应有其一定的贡献与影响。

---

① 《编后语》,《海洋诗刊》1957年5月创刊号,第7页。

(三) 学院与文坛的互动——《文学杂志》及其后续

《青潮》与《海洋诗刊》之外,台大的文艺性校园刊物,还有《暖流》、《新潮》等①,虽然蓬勃,但真正要开始对台湾的当代文学发挥影响,则仍要从夏济安及其所创办的《文学杂志》说起。夏凭借台大文学院的学院力量,以台大中、外文学系师生为主要作者群,创办纯文学性的杂志《文学杂志》,一方面刊载优秀的纯文学创作,一方面译介欧西重要文学理论、经典作品,并持续发表中国文学研究的学术论文,为1950年代的台湾文化界注入新血与活力,成绩有目共睹。而这份杂志,亦可视为前述语文学教育,以及校园文艺青年自觉性地从事文学创作的成果结晶。以下,将先略述1950年代台大关于文学教育的情形,进而说明,学院中的文学教育,如何经由《文学杂志》而跨越学院的门墙,深远地影响了当代台湾文学的发展。

1. 1950年代台大的文学教育

前已提及,傅斯年接掌台大之后,重视人文教育②,语文与文学是人文教育的重要基础,大一国文与英文共同科目的设置及教学情形,因此特别受到关注。如1949年学年开始,傅校长即亲自召集大一课程有关各学系教授副教授讲师聚谈,明订大一国文之目的为:(一)使大一学生因能读古书,可以接受中国文化;(二)训练写作能力。并且选定《孟子》、《史记》两书为课本,另选宋以前诗为补充教材,选印《白话文示范》为课外读物。英文方面,则分授文法与读本,"务使大一新生,在一年之内,将第一种外国语打定一坚实基础"。③

傅斯年虽在1950年底即猝然弃世,但他任内所揭橥的理想及订定的制度,却影响深远。特别是文学院,"国内硕彦咸集本校?风云际会盛极一时",当年许多北大名师,都来此任教,并且亲自担任大一国文与大一英文

---

① 《新潮》创刊于1961年5月4日,是中文系学会所出版的半年刊,迄今发行不辍。其创刊词以《"五四"再生!》为题,文中特别强调五四"那种崇高的理想和期待确曾给我们下一代带来了不少启示和指引,我们要超脱旧文学的束缚和羁绊,创造新的,活的文学,我们吸收西洋文学的精髓和要义,创造中国新的,活的文化"。此外,创刊号的第一篇文章为《"五四"与"新文化运动"的关系》,阐析北大在新文化运动中的重要性。尔后数年,每逢五四周年,皆会有相关的社论文章,凡此,都显示了其传承北大及五四精神的用心。
② 《傅斯年先生传》,《"国立"台湾大学校史稿》,第454—455页。
③ 《台大校刊》第38期,1949年9月20日;第45期,1949年11月21日。

的授课工作①。专业的文学教育方面,由于政治因素,中文系以古典文学训练为主,现代课程完全缺席,学生也并不被鼓励从事新文学的创作。而1950年代的台大外文系课程,又实以"学英文"为主。李欧梵曾回忆当时的学习情况:

> 作为主修西方文学的我们,主要的外国语文是英文。……在台大,我们四年的课程都在学英文——大一英文,大二会话与文法,以及英国文学史的课程,大三英国散文与小说,大四戏剧与翻译——我们被引导以英美文学为主要研究对象。并且课堂上指定阅读的文本主要是十八、十九世纪的作品,上起课来不免无聊〔比如,仔细阅读的 Thackeray《浮华世界》(*Vanity Fair*)及哈代的《故里人归》(*The Return of the Native*)〕。②

不过,这里的"学英文",其实仍多是由对文学作品的解读入手。综观当时外文系,四年必修课程中除"英语语音学"、"演说与辩论"属于应用语文性课程外,其他如英国文学史、英文散文选读及习作、小说选读、戏剧选读、英诗选读、西洋文学名著选读等,都是文学性课程,只不过"主要是十八、十九世纪的作品",欠缺对西方现当代文学作品的引介。然而值得注意的是,在这一以"学英文"为主要目标的教学设计中,外文系却从1949年秋季学年开始,便商请中文系主任台静农先生,为大二学生开授一学年六学分的必修课程"中国文学史"(与中文系大二合班);而素来重视文字、声韵等小学训练的中文系,也在1951年秋季学年,将全年六学分的"英国文学史"列为大三大四生的必修课程,并由外文系主任英千里先生授课。两系互以对方"文学史"课程为必修课的规定,前后持续长达十年之久,恰恰纵贯了整个1950年代。③

---

① 据台大课务组课程表,三十八学年度(1949年秋)的大一国文授课教师包括台静农、毛子水、洪棪(炎秋)、孙云遐、何定生、董同和、黄得时、史次耘、刘仲阮、王叔岷、屈万里等多人;大一英文则有罗素英、傅从德、白静明、赵经羲、俞大采、黄琼玖、黄国安曹文彦、朱谨章、张肖松、万国铮、钱歌川等。
② 李欧梵:《在台湾发现卡夫卡:一段个人回忆》,林秀玲译,《中外文学》2001年1月第30卷第6期,第177页。
③ 外文系的"中国文学史"必修课程,至1959年暂告一段落,前后持续计有十年之久;中文系则于次一学年度起,以"西洋文学史纲"(与外文系大一合班),取代"英国文学史",作为大三必修课程,仍由英千里授课。之后,该课程虽有两年由郝继隆开授,但作为中文系的必修课,同样持续了十年之久。

此一情形,显示早年台大中文、外文两系在课程安排上,实有相辅相成、彼此交流汇通的用心,并且意味着所谓"文学"的教育,原就需要兼摄中西,相互映照。经由前述课程安排,不仅两系学生,都能分别得到相对完整的中西文学训练,两系师生,也因此多有互动。而这一切,正所以为日后《文学杂志》兼重中西文学传统的论述特色,奠立了良好基础。

2. 从台湾大学到《文学杂志》

《文学杂志》的重要特色之一,即是将学院中的研究与教学成果,成功地转化为阅读市场中的文化产品,让大学人文/文学教育,突破学院门墙的局限,面向社会大众,产生开放性的位移。此一位移,首先反映在稿件取向及撰稿者的教授身份上。《文学杂志》兼收文学评论、翻译与创作,但征用稿件,显然特重论著:

> 本刊欢迎投稿。各种体裁的文学创作与翻译,希望海内外作家译家,源源赐寄,共观厥成。
>
> 文学理论和有关中西文学的论著,可以激发研究的兴趣;它们本身不是文学创作,但是可以诱导出更好的文学创作。这一类的稿件,我们特别欢迎。①

检视6卷凡48期《文学杂志》所刊登的篇章,篇数固然还是以各类创作居多,但每一期,必然会选择一篇极有分量的"有关中西文学的论著",作为全刊开篇之作。② 如创刊号首排,便是劳干的论文《李商隐燕台诗评述》;之后2、3期,首篇分别是梁实秋《文学的境界》、Robert Penn Warren 原作,张爱玲译《海明威论》。第4期的首排之作,则是台大中文系主任台静农以"白简"为笔名所撰写的《魏晋文学思想的述论》。同期,还有劳干《论文章传统的道路与现在的方向》、叶庆炳《赚蒯通杂剧》。《文学杂志》大量刊登台大中文系教师的古典文学论文,便是自此期开始。

除首排论文外,其他没有编排在首篇、同样极具重要性的论文,当然还所在多有。包括:夏济安援用西方文学批评方法评论本地作品的重量级论文《评彭歌的"落月"兼论现代小说》(第1卷第2期)、《白话文与新诗》(第2卷第1期)、《一则故事? 两种写法》(第5卷第5期)、白简(台

---

① 《致读者》,《文学杂志》1956年9月第1卷第1期,第70页。
② 《文学杂志》每期都以重量级的文学论著,作为该刊首排。

静农)《关于李白》(第4卷第3期)、叶嘉莹《从义山嫦娥诗谈起》(第3卷第4期)、Stephen Spender 著,朱乃长译《论亨利詹姆士的早期作品》(第4卷第5期)等。这些论述或作或译,全数出自名家手笔,其中又以台大中、外文两系教师,占了绝大多数。如隶属外文系者,有夏济安、吴鲁芹、黄琼玖、张沅长、英千里、朱立民、侯健、朱乃长等;中文系有台静农、郑骞、叶庆炳、林文月、许世瑛、廖蔚卿、叶嘉莹、王贵苓等。此外,劳干、沈刚伯时为台大历史系教授,梁实秋、余光中任教于师大、东吴;再加上任教于美国纽约州立大学的夏志清、柏克莱大学的陈世骧、西雅图华盛顿大学的高格(Jacoborg),学界硕彦,可谓尽萃于斯。

事实上,能够拥有如此坚实众多的学界精英作者群,正是《文学杂志》与当时其他文学杂志最大的不同处。而值得注意的是,无论是自著,抑或翻译,出自这些学院教授之手的篇章,多数与各人当时的任教课程有关,间或有个人学术研究所得者。以中文系教师为例,台静农长年开授"中国文学史",郑骞开授"词曲选"、"小说戏剧选"、"宋诗选";所发表的古典文学评论,都是当时所授科目中的讲授课题;外文系方面,夏济安、吴鲁芹①、侯健三人先后都开授过"翻译"、"翻译与写作"、"小说选读"等课程;黎烈文多年来一直是"法文"、"法国文学"、"法国文学名著选读"的专任教师;黄琼玖开授"戏剧选读";朱立民开授"美国文学",他们在《文学杂志》发表的译作及评论,几乎都是以自己任教的课程为中心,衍生而出者。特别是夏济安,其英文译笔优美流畅,向为世所公认,创刊号以齐文瑜笔名,亲自操觚,翻译霍桑《古屋杂忆》,不啻现身说法,为所开授的"翻译"课程,作出了最佳的示范性操作。

此外,还特别值得一提的,是陈世骧。他的力作《中国诗之分析与鉴赏示例》,将中西文学相互对照,不仅援引西方"静态悲剧"的观念来诠解杜诗,并以"新批评"的方法与文类观念分析《八阵图》,为中国古典文学研究开拓新视野,《文学杂志》第4卷第4期刊出之后,影响深远。但事实上,这篇论述,乃是陈世骧当年在台大文学院的演讲稿——陈教授于1958年5月返台,两周之内,在台大文学院做了一系列关于中国诗学的密集讲座,6月7

---

① 吴鲁芹本名吴鸿藻,与夏济安同为《文学杂志》创办人之一,向来以散文名家。《文学杂志》时期,他自谓只负责筹募补助款项,一般人因此往往忽略了他原也是台大外文系的教授。1954至1961年间,他在台大外文系开授的课程计有"新闻英语"、"文学批评"、"翻译"、"小说选读"、"翻译与写作"等多种。

日第三场,演讲的题目正是《中国诗之分析与鉴赏示例》①。

因此,当陈世骧的演讲以文稿形式,刊载于《文学杂志》时,其实正是以更具体的行动过程,呼应了前述中、外文系教师为该杂志撰稿的意义:大学中,无论是常设课程,抑或特邀的学者讲座,只是作为特定学院教育的一环,所面对的,原本仅仅是该院校中的学生。然而一旦将它文字化,并以出版品的形式进入阅读市场后,遂无形中将学院的教育空间开放、位移至社会文化场域,使之产生更具延扩性的效应,如此,"诱导出更好的文学创作",庶几可期。

与此同时,学院中年轻同仁及学生们的研习成果,也得以借由这一经过位移后的开放性空间,公开体现。前曾述及,1950年代台大的"文学"教育,原就以兼摄中西为理想。中、外文系互相必修对方的文学史课程,合班上课,是为两系互动,提供良好基础。夏济安主编《文学杂志》,更增添了双方合作的机会。更何况,对于《文学杂志》,夏先生自始便期待"真正有现代的眼光,能融合中西,论评中国旧文学的人"②,创刊号起,便多有讨论中国古典文学的论文,这当然需要中文学界大力支持。对此,台大中文系台静农、郑骞、许世瑛等资深教授都以身作则,共襄盛举;年轻讲师以叶庆炳先生最为热心,除不时自己提交论文外,还鼓励系内研究生投稿,发表读书心得。如林文月,当年仍是台大硕士生,她的古典文学研究论文,所以频频在《文学杂志》刊出,叶庆炳先生,实功不可没。③

此外,由于当年外文系大一国文课程,恰巧由叶庆炳担任,叶同时借此帮忙发掘优秀的创作。现今的成名作家陈秀美(若曦)、白先勇、王文兴等,当年都是外文系学生,他们的小说,原先不过是当年的课堂习作,经叶推荐给夏济安先生,经过精心删修之后,才逐一于《文学杂志》发表。这一点,叶先生本人曾言之甚详:

> 我和外文系结缘要从夏济安先生主编《文学杂志》说起。那时我和夏先生在台大单身教员宿舍对门而居,我常把我所教的大一国文班上看到的好作文推荐给夏先生。夏济安先生的书案我至今记得,永远

---

① 据《中国诗之分析与鉴赏示例》文后《编者附言》(《文学杂志》第4卷第4期),美国加州大学教授陈世骧先生1958年5月返国,在台湾大学演讲四次,讲题及日期分别是:第一次,5月31日,《时间与节律在中国诗中之示意作用》;第二次,6月3日,《论中国诗原始观念之形成》;第三次:6月7日,《中国诗之分析与鉴赏示例》;第四次,6月10日,《宋代文艺思想之一斑》。

② 见彭歌:《夏济安的四封信》。

③ 见《〈文学杂志〉、〈现代文学〉、〈中外文学〉——对台湾文学深具影响的文学杂志》。

是乱得无一方可供读写之地,然而有许许多多当今文坛上赫赫有名的作家,是当年夏先生在那张案前埋头审稿、修稿时发掘的。

像是陈秀美,就是后来写《尹县长》的陈若曦,她那时有一篇作文我觉得不错,便拿给夏先生过目。虽然夏先生认为作者的文字还不够成熟,但是颇具潜力,于是将作品删修后便刊载于他主编的《文学杂志》上,这是陈若曦初试莺啼之作。之后她又有一篇《钦之舅舅》,大获夏先生激赏,一字未改便予以发表。另外还有一位元同学的作品,我已经记不得名字了,本来说的是一则非常老套的爱情故事,一个穷学生给有钱人家的小姐做家教,然后两人坠入爱河云云。经过夏先生的整修后,情事件全部化为男主角的想象,时空也浓缩在他第一次去上课的途中。等到他见到了那位富家女,才发现对方十分丑肥,他的幻想因此全部破灭。夏先生对小说技巧的运用掌握可见一斑,尤其处理来稿的审慎态度更非一般人所能及。①

当然,夏之审慎处理来稿,并不限于台大自己的学生,如名家林海音,同样对此感佩不已。② 然而对于学生,他总是格外用心,这当与夏对《文学杂志》的理念有关。与夏有师友之情的刘绍铭先生,曾为文引述夏的说法:

> 我办《文杂》非为名,更非为利,因此作为编辑的最大安慰是登载一些优秀的稿子。同学投稿,稿子太坏,退稿时双方不会伤感情。如果稿子还可以,那么我可以替他动手术修改。我是台大讲师,责任是改同学的文章,因此即使在必要时删去一大半,他也不能怀恨在心。……

因此,"《文杂》内容虽常参差,然每期中总有一两篇上好的短篇小说,而好的短篇小说,常来自台大的同学"③。至于因为阅读《文学杂志》而毅然重考大学,进入外文系的白先勇,更生动地记下他主动找夏先生投稿的经过:

> 进入台大外文系后,最大的奢望便是在《文学杂志》上登文章,因为那时《文学杂志》也常常登载同学的小说。我们的国文老师经常给

---

① 见《〈文学杂志〉》、〈现代文学〉、〈中外文学〉——对台湾文学深具影响的文学杂志》。
② 林海音在《小说家应有广大的同情——悼念夏济安先生》中曾提到:"王敬羲曾告诉我:'夏先生为了修改你的稿子,整整用了上午的时间。'果然《琼君》刊出后,硬是把其中的一个人物取消了,衔接的工作,当然要因而费一番手脚的了。"收入《永久的怀念》,第21—23页。
③ 刘绍铭:《怀济安先生》。

《文学杂志》拉稿。有一次作文,老师要我们写一篇小说,我想这下展才的机会来了,一下子交上去三篇,发下来厚厚一迭,我翻了半天,一句评语也没找到,开头还以为老师看漏了,后来一想不对,三篇总会看到一篇,一定是老师不赏识,懒得下评。顿时脸上热辣辣,赶快把那一大迭稿子塞进书包里去,生怕别人看见。"作家梦"醒了一半,心却没有死,反而觉得有点怀不遇,没有碰到知音。于是自己贸贸然便去找夏济安先生,开始还不好意思把自己的作品拿出来,借口去请他修改英文作文。一两次后,才不尴不尬地把自己一篇小说放到他书桌上去。我记得他那天只穿了一件汗衫,一面在翻我的稿子,烟斗吸得呼呼响……我的心直在跳,好像在等法官判刑似的。如果夏先生当时宣判我的文章"死刑",恐怕我的写作生涯要多许多波折,因为那时我对夏先生十分景仰,而且自己又毫无信心,他的话,对于一个初学写作的人,一褒一贬,天壤之别。夏先生却抬起头对我笑道:"你的文字很老辣,这篇小说我们要用,刊登《文学杂志》上去。"那便是《金大奶奶》,我第一篇正式发表的小说。①

  由此可见,从课堂讲授,到研习成果;从学术论文,到文学创作,以台大文学院为主的师生们,便是如此这般地经由《文学杂志》,将原先学院中的所教所学,推移到开放性的出版市场之中,为当时的文化场域,经营出深具学院性格的教育空间。在那个风声鹤唳,一切文艺以反共国策为依归的1950年代里,这一批来自学院的作者及其相关书写,无疑具有相当的异质性——而也正是这样的异质性,成就了《文学杂志》不同于其他艺文杂志的特色。它为贫瘠森严的文化场域引进新血,注入清流,不仅与当时的艺文界进行多方对话,树立了以严肃态度讨论文学的风气,流风所及,更对其后《现代文学》与《中外文学》的发刊,产生了深远影响,对台湾当代文学的生成、发展,做出了重大的贡献。白先勇《〈现代文学〉创立的时代背景及其精神风貌》一文,即曾清楚指出台湾大学、夏济安与《文学杂志》和《现代文学》的关系:

  那时我们都是台湾大学的学生,虽然傅斯年校长已经不在了,可是傅校长却把从前北京大学的自由风气带到了台大。……台大外文系当年无为而治,我们乃有足够的时间去从事文学活动。我们有幸,遇到夏

---

① 白先勇:《蓦然回首》,收入《蓦然回首》,台北:尔雅出版社1978年版。

济安先生这样一位学养精深的文学导师,他给我们文学创作上的引导,奠定了我们日后写作的基本路线。他主编的《文学杂志》其实是《现代文学》的先驱。

《现代文学》创刊后,不仅大力译介西方现代主义文学理论及名家作品,以为攻错之资,白先勇、王文兴等亦借此持续进行各自的小说写作实验,终至卓然成家。此外,此一公开园地同时也吸引了王祯和、施叔青、李昂等有志于文艺写作的青年投入创作,共同缔造1960年代"现代主义文学"的辉煌时代。《中外文学》自1970年代创刊以来,迄今已逾三十年,创作方面的成绩或许有限,但于译介西方文学/文化理论、带动研究风潮方面的成果,却早为各界公认。尤其近十数年来,从后现代到后殖民,从女性主义到同志理论,由台大外文系所主导的《中外》莫不引领风骚,早发先声。它集合师生力量,以专辑形式,从事各种重要欧西理论的引介,其效应,每每是社会文化与学院教育的频频追步,并且深化了当代文学的研究。凡此,也正可见出:在台湾当代文学的发展过程中,"大学"的文学教育是如何介入了当代文学生成、发展的过程,并产生了积极的作用;而台湾大学,又是如何在五四新文化运动的启发,以及对于北大学风、精神的传承、转化与创发过程中,做出了一定的贡献①。

(作者单位:中国台湾,台湾大学)

---

① 有关《文学杂志》,以及学院与文坛的互涉研究,请详参梅家玲:《夏济安、〈文学杂志〉与台湾大学——兼论台湾"学院派"文学杂志及其与"文化场域"和"教育空间"的互涉》,《台湾文学研究集刊》创刊号,第61—102页。

小说教育与现代中国小说史学的兴起

——以北京大学为中心

鲍国华

  小说在20世纪中国获得了前所未有的价值提升,除对晚清学人大力倡导之风气的余绪的承继,新文学倡导者的重视与推崇,使之进入现代大学教育体制、成为学术研究对象,更对这一提升起到了至为关键的作用,并因此建立起具有学科意义的中国小说史学。小说史学一跃成为文学研究中的一大显学,吸引了大批杰出学人投入其中,是20世纪中国学术史上的一个突出现象,甚至可以作为一个文化事件来解读。一方面,作为俗文学文类的小说的价值提升,是新文学倡导者实现其文化主张的需要。五四一代学人激扬民间文化的生命活力,作为颠覆正统文化的思想资源,力图借此建立新的文化与文学秩序。小说在中国古代文学体系中长期处于边缘地位,民间性至为突出,成为实现上述文化主张的有效工具。另一方面,随着小说等俗文学文类逐渐由边缘走向中心,又反过来影响并规约了中国人对"文学"的理解与想象的图景,改变了既有的"文学常识"。可见,发生时期的中国小说史学,其认识价值不仅在于对小说史学科的奠基作用,还在于中国学人第一次将小说纳入学术研究视野,并采用西来之文学史(小说史)的研究体式,预示并最终实现了一种新的学术认同与文化选择。小说成为学术,其影响也不限于学科内部,还包括对"文学"概念的重新建构,对一种新的文学研究思路与阅读趣味的倡导和发扬。在促成小说史学之兴起的诸多因素中,现代大学教育至为关键。中国现代大学学制建立以来,小说逐渐成为大学教学与研究的对象。特别是蔡元培掌校的北京大学,将小说纳入大学课程之中,有效地提升了其文学和文化地位。五四学人在北京大学开设小说史课程,从事小说史研究,不仅使小说进入最高学府,而且培养了以小说为研究对象的新一代研究者,实现了学术的薪火相传。以北京大学的小说教育为研究对象,不仅有助于揭示现代大学制度与中国小说史学兴起之关系,而且能为考察五四新文化的众多发现和主张如何以制度化的方式得以落实提供一个有效的个案。

一

作为中国第一所现代意义上的大学,北京大学及其前身京师大学堂在诸多方面均做到了"开风气之先"。但是,"文学"特别是小说在大学学制中占据一席之地,则经历了一个渐进的过程。清光绪二十八年(1902年)由京师大学堂管学大臣张百熙主持拟定的《钦定大学堂章程》为文学设科。但所谓"文学科",包括经学、史学、理学、诸子学、掌故学、词章学、外国语言文字学七类①,与今天理解的作为常识的"文学"概念相去甚远。次年由张氏会同荣庆、张之洞共同拟定的《奏定大学堂章程》,将经学、史学、理学等分别设门,中国文学门始获独立。在其所设科目中,包括接近文学史的"历代文章流别";而在研究法上,则强调了小说等诸文体与古文之不同。②然而,章程对于小说只是顺带提及,并未赋予其独立地位。1917年1月蔡元培正式出任北京大学校长后,小说才在大学学制中真正浮出水面。同年年底发表的《改订文科课程会议纪事》,在中国文学门(简称国文门)选修课中增设《宋以后小说》一项。③而由蔡元培筹办的北京大学各科研究所中,国文门研究所的研究科目即包括小说科,指导教师为周作人、胡适和刘复(半农)。④从1917年12月到1918年4月,国文门研究所小说科共举行研究会六次。⑤刘半农和周作人全程参与,胡适也在一次会议上做了关于短篇小说的演讲;学生身份的研究员有袁振英、崔龙人、傅斯年和俞平伯。⑥在每次研究会上,首先由指导教师做关于小说的演讲,再由学生提问。演讲稿经记录整理发表,如周作人《日本近三十年小说之发达》,刘半农《通俗小说之积极教训与消极教训》、《中国之下等小说》,胡适《论短篇小说》等,都成为新文化运动期间著名的小说理论文献。通过演讲,研究会力图解决"何谓小说"和"怎

---

① 《钦定京师大学堂章程》,《中国近代教育史资料》(中),舒新城编,北京:人民教育出版社1981年版,第544页。
② 《奏定大学堂章程》,同上书,第587—588页。
③ 《北京大学日刊》,1917年12月2日第四版。
④ 梁柱:《蔡元培与北京大学》,北京:北京大学出版社1996年版,第60页。
⑤ 1918年5月的研究会仅有预告,未获进行,此后则中断。
⑥ 参看《北京大学日刊》1917年12月27日第二版、1918年1月17日第三版、1918年1月20日第二版、1918年2月3日第二版、1918年4月16日第三版、1918年4月22日第一版。

样读小说"的问题。无论是刘半农重新定义中国小说,还是周作人介绍域外经验,以及胡适对短篇小说文体概念的界定,都出于新文学的立场,确立对小说文类的评判标准,从而为小说获得新文学的身份、进入现代大学学制奠定了理论基础。不过,研究会参加者人数有限,也并未采用授课方式。将小说史列入中国文学系的课程,时在1920年。①

  五四新文化运动之后的北京大学,在文学课程设置上较之大学堂章程有相当大的调整和突破,其中最突出的是"中国文学史"和"中国文学"课程的分置。②此举使二者的学术分界渐趋明朗,开始形成各自独立的学术视野和理论个性。这两门课程的边界,类似于后来高等院校文学专业的"文学史"和"文学作品选"的区分,前者讲历史演变,提供文学知识和研究思路;后者重艺术分析,培养鉴赏能力和写作水平。课程分置改变了晚清学制中"文学史"概念上的混沌局面,使之逐渐摆脱了传统"文章流别"的干扰,理论个性得到更充分的发挥。文学史概念的正本清源,是提升其学术价值的基本条件之一。同时,为长期被排除在学术视野之外的小说和戏曲单独设课,也使具有西学背景的研究者有了用武之地。这一时期进入北大的刘师培、"章门弟子"等学者,既有深厚的国学基础,又对西方文学理论非常熟悉,在经营文学史方面有着前辈学人不可比拟的理论优势。他们往往依据自家的研究兴趣与学术水平,对教学大纲中规定的文学史教学内容及书写形式有所调整和自由发挥,植入研究者本人的理论个性,促进文学史由教科书向个人著作的转化。此外,蔡元培掌校时期的北大,在为各门课程选择教师时,特别注重其学有所长与术业专攻,延请刘师培讲授中古文学史,周作人讲授欧洲文学史,吴梅讲授戏曲史,鲁迅讲授小说史,俱为一时之选。其中小说史课程的设置,最初由于找不到合适的人选,而暂时搁置。1920年预备增加小说史课,拟请周作人讲授。周作人考虑到鲁迅更为适合,就向当时的系主任马幼渔推荐。鲁迅于是受聘北大,开设小说史课,并因此成就了

---

① 参看《学科课程一览》,《北京大学日刊》1920年12月17日《本校二十三周年纪念日特刊》,第五版。北京大学于1919年"废门改系",国文门改为中国文学系。

② 参看陈平原《新教育与新文学——从京师大学堂到北京大学》中引录1917年北京大学国文门课程表。该文未指出两门课程内容上的区别。见陈平原:《中国大学十讲》,上海:复旦大学出版社2002年版,第131页。在此后发表的一篇学术随笔中,陈平原依据巴黎法兰西学院汉学研究所收藏的北大讲义,论述了两门课程的分界,并有精彩的发挥。参看陈平原《在巴黎邂逅"老北大"》,《读书》2005年第3期。"中国文学史"和"中国文学"课程的分置,突出两种文学研究思路,并规定了各自的学术对象和方法,使前者逐渐趋向史学。

其小说史的撰写。①可见,在北京大学的课程设置和教师遴选中,体现着因人设课,因课择人的办学理念。这既保证了各门课程的学术水平,又促使学者将其学术思路与研究成果以文学史的书写方式落实到文字,公之于世。

晚清至五四学人选择文学史这一著述体式,大都与其在学院任教的经历有关。②而且随着对文学史概念理解的深入,以及具有西学背景的研究者加盟,文学史开始由教材式的书写形态向专著化发展,学术价值获得了明显的提升。在讲义基础上形成的文学史著作,不乏在观点和体例上卓有创见者,不仅显示出作者的学术个性,而且实现了对文学史这一著述体式的学术潜质的创造性发挥。衡量一部文学史著作学术价值的高下,除作者学术水平的因素外,也有赖于作者对自家著作的学术定位。教材型的文学史,以知识传授为主,汇集各家学术观点,较少突出自家独见,强调材料的准确和论述的稳健。专著型的文学史,则避免滞着于知识的介绍,而重在自家研究思路与方法的展示,以及个人学术创见的充分发挥。③依上述标准考量由课程讲义增补修订而成的《中国小说史略》,④不难看出鲁迅经营自家小说史专著的明确意识。与刘师培、黄侃、吴梅等学者一样,鲁迅登北大讲坛,是因为在某一学术领域中的非凡造诣,而不是为课程的开设,涉足新的专业。这保证了他们从事研究的主动性和学术特长的发挥。鲁迅在讲授小说史课程之前,在这一研究领域中浸淫已久,凭借深厚的学术积累撰写讲义,一出手便不同凡响。同时,小说史作为选修课,不同于必修课在内容上有着明确的规定性,讲授者可根据自家的学术兴趣和研究水平调整课程内容,选择讲述方式,可进可退,拥有更大的自由度。鲁迅个人的学术创见因此得到了更充分的发挥。应北大之请讲授小说史,为鲁迅学术思路的系统梳理和研究成果的全面展示提供了一个难得的契机,不仅促成了中国小说史学划时代的名

---

① 周作人:《知堂回想录》,香港:三育图书文具公司1980年版,第410页。
② 中国古代不存在文学史这一研究体式,以之取代传统"文章流别",实有赖于晚清以降对西方学制的引进,对近代日本及欧美文学教育思路的移植。参看陈平原:《新教育与新文学——从京师大学堂到北京大学》,《中国大学十讲》,上海:复旦大学出版社2002年版,第112—113页。
③ 对于文学史书写形态和著述类型的划分,参看陈平原《小说史:理论与实践》第三章《独上高楼》,见陈平原:《陈平原小说史论集》〈下〉,石家庄:河北人民出版社1998年版,第1201—1202页。
④ 该书最初作为鲁迅在北京大学、北京高等师范学校、北京女子高等师范学校等院校讲授"中国小说史"课程的讲义,陆续分发,或题名《小说史大略》,或题名《中国小说史略》,或题名《中国小说史》,至1923年12月由北京大学第一院新潮社正式出版时,定名《中国小说史略》。参看拙文《论〈中国小说史略〉的版本演进及其修改的学术史意义》,《鲁迅研究月刊》2007年第1期。

著《中国小说史略》的撰写,也开启了小说史学的"鲁迅时代",并最终奠定了中国小说史学的学科规范与学术品格。

二

与鲁迅相近的是,作为北京大学专职教员的胡适,也通过对小说的研究与传播,彰显出自家的学术选择,进而奠定了中国小说史学的学术品格。

作为新文学倡导者,出于为建立新文学提供历史依据的目的,胡适选择并最终确立历史进化的白话文学史观,作为构筑中国文学史的基本线索,从而决定了其对小说文类的密切关注——小说凭借其白话文学的身份参与新文学的建构。在胡适构筑的新文学体系中,小说一直作为其主要依据和资源。早在1906年,时在上海中国公学读书的胡适,就在《竞业旬报》上连载长篇章回体小说《真如岛》,意在"破除迷信,开通民智"①。以小说为启蒙之利器,是其从事新文化建设的起点。因新文化运动骤得大名之后,时任教于北大的胡适,参与北大研究所国学门的学术活动,致力于小说的研究与传播,此举不仅是与小说再续前缘,也源于胡适宣扬自家学术理念和方法的目的,并受到北大学风的深刻影响。

"方法"对于胡适而言具有特殊的意义。胡适承认自家在治学方法上受到赫胥黎进化论和杜威实验主义哲学的影响②,并在清代考据学中发现了"科学"精神,据此总结出"大胆的假设,小心的求证"的十字真言。③这既是胡适治学的基本原则,也是支撑其"文学革命"主张的理论基础。胡适大部分学术著作都有教人以"拿证据来"的思想方式和治学方法这一终极目的。大力倡导"文学革命",也意在传播其重实证的科学法则和科学精神。据此,胡适的学术研究在二十世纪中国学术史上构成一种研究范式,提供了一种具有典范性的方法论。④对于胡适而言,"方法"不是学术研究中的技术因素,而是具有决定性的意义:"方法"决定了胡适发现问题、思考问题的视

---

① 胡适:《四十自述·在上海(二)》,《胡适文集》第1卷,欧阳哲生编,北京:北京大学出版社1998年版,第80—81页。
② 唐德刚译注:《胡适口述自传》,上海:华东师范大学出版社1993年版,第94—98页。
③ 胡适:《清代学者的治学方法》,《胡适文集》第2卷,第288页。
④ 陈平原《胡适的文学史研究》一文指出:"胡适的这两部大书(指《中国哲学史大纲》和《白话文学史》——引者按)都是建立'典范'(paradigm)之作,既开启了新途径,引进了新方法,提供了新概念,又留下了不少待证的新问题。……其意义主要不在自身论述的完美无瑕,而在于提供了示范的样板。"见王瑶主编:《中国文学研究现代化进程》,北京:北京大学出版社1996年版,第215页。

角和眼光,也决定了他对于研究对象的取舍与判断。在学术论著中,胡适不断强调方法的重要性,并进一步将自家治学的基本方法定位在"考证"之上。胡适以科学的眼光考量中国传统学术,在清儒家法和杜威实验主义之间寻找交集,于是,在清学的考证方法中发现了与科学理念的相契合处——实证性。在胡适看来,考证方法经过科学理念的改造与整合,已不为传统学术所囿,而成为自家得以安身立命的学术根基,并能担负起"整理国故"——建设新文化的历史使命。

胡适选择考证作为治学的主要方法,不仅出于其新派立场,回国之初的学术环境及其带来的巨大压力也促成了这一选择。胡适最初因提倡白话文而被蔡元培延请,担任北大教职。彼时北大文科正笼罩在一股考证学风之下,当时最有声望的三位文科教授:刘师培、黄侃和陈汉章,都在小学方面功力深厚。①而且,胡适发现他的学生——如傅斯年、顾颉刚、毛子水等——在旧学根底上也胜过自己。②这一学术环境,及其带来的生存压力,使胡适不得不在治学上,尤其是考证之学上加倍用功。不过,胡适毕竟是以新文化倡导者的身份进入北大,将自家治学完全纳入旧学轨辙,既非胡适所能,亦非其所愿。胡适以自家西学之根基,调整考证的学术思路与研究对象,将考证从传统经学、史学的体系中抽离出来,以"西学东渐"统摄"旧学新知",试图在旧学与西学之间找到一个有效的平衡点。胡适此举,一方面是基于新派立场,有意与旧派争夺学术阵地,将白话小说这一被排斥在传统"四部"之学视野以外的边缘性文类纳入考证的视野③,提升了小说的文化地位,也从根本上改变了考证之学的研究对象和学术品格④;另一方面,由于胡适在旧学上无师承,也使其不为之所囿,比较容易"离经叛道",在研究中闪展腾挪,依照研究对象进行自我调整。可见,胡适不为传统经学家法和门户所

---

① 陈以爱:《中国现代学术研究机构的兴起——以北大研究所国学门为中心的探讨》,南昌:江西教育出版社2002年版,第22—24页。
② 罗家伦:《元气淋漓的傅孟真》,见胡颂平编著:《胡适之先生年谱长编初稿》(校订版)第一册,台北:联经出版事业公司1990年版,第296页。
③ 《四库全书总目提要》中,"子部"之下包括被后世视为"笔记小说"的《世说新语》等,"集部"之下包括作为文言小说总集的《太平广记》以及收录小说的各种类书,但白话小说均被排斥在"四部"之外。
④ 胡适在《〈曲海〉序》中指出:"向来中国的学者对于小说戏曲大都存鄙薄的态度,故校勘考据的工力只用于他们所谓'正经书',而不用于小说曲本;甚至于收藏之家,目录之学,皆视小说戏剧为不足道。……比较说来,小说更受上流社会的轻视,故关于他们的记载更缺乏。"《胡适文集》第4卷,第569页。

限,源于其对旧学的相对"陌生"——旧学根基和功力的相对不足。而在学术转型的大背景下,"以西学剪裁中国文化"渐成主潮,这一不足反而成为他的长处:胡适与旧学之间的距离,恰好为西学所填补。这样,由经史子集四部之学转向现代学科划分的过程中,特别是在文学文类等级秩序重新调整的过程中,胡适敏锐地把握住了新学科的命脉,以西学的眼光唤起新一代学人改造旧学、创建新学的信心与热情。①胡适以其"半新不旧的考据"②给人以耳目一新之感,并作为一种研究范式,在学界产生了极为深远的影响。

胡适曾在复王重民信中坦言自家"在文学史上的贡献只是用校勘考证的方法去读小说书"③。晚年也曾对助手胡颂平谈到:"我自己对《红楼梦》最大的贡献,就是从前用校勘、训诂、考据来治经学史学的,也可以用在小说上。"④胡适在个人的研究兴趣和北京大学的学术风气之间,选择以实证方法研究小说,既要借此传播科学观念,又力图将小说与经史相并置,提高其文化地位,进而为新文学的确立提供理论支持,并为自家赢得学术声誉和归属。以治史的眼光看待小说,使小说更加适于纳入考证之学的范畴,得以和经史相并置,从而将小说从边缘性地位中解放出来,使之真正进入了学术研究的视野,获得高级文类的地位。在考证的前提下,以小说取代经史,又促成对于传统经学的研究对象的置换,使之逐步获得现代学术的品格。为提升小说的文化地位,胡适为其量身打造了考证之法;为实现考证之学的现代转化,胡适又选取小说文类,纳入其研究范畴。可见,对于胡适而言,提升小说的文化地位,非考证不得其法;使考证为新学所用,亦非小说不得其实。作为方法的"考证"与作为学术对象的"小说",交融在胡适的小说史研究的视域之中。"小说"与"考证"的遇合,促进了双方在现代学术体制中的身份转换与价值提升。

(作者单位:天津师范大学)

---

① 顾颉刚的"疑古"思想及其"层累地造成的古史"观,即得益于胡适的小说史研究,特别是《〈水浒传〉考证》等论文的启发。参看顾颉刚《〈古史辨〉自序》,顾颉刚编著:《古史辨》第一册,上海:上海古籍出版社1982年版,第40—41页。
② 胡适:《〈水浒传〉考证》,《胡适古典文学研究论集》下册,上海:上海古籍出版社1988年版,第750页。
③ 胡适:《复王重民》,杜春和、韩荣芳、耿来金编《胡适论学往来书信选》上册,石家庄:河北人民出版社1998年版,第74页。
④ 胡颂平编著:《胡适之先生年谱长编初稿》(校订版)第十册,台北:联经出版事业公司1984年版,第3652页。

写作时间与文学史现场

许子东

五四以来中国文学走过了九十年,其中六十年被称为"当代文学"。"当代文学"是不是一个年轻的新兴的学科?当复旦大学出版社1999年9月出版后来在学界颇受好评的《中国当代文学史教程》时,不知编著者是否意识到:这已经是中国第56本当代文学史了。北京大学中文系1955级编写过《中国现代文学史当代部分纲要》,但只有内部铅印本,从未正式出版。其实直到70年代末,也只有三四本当代文学史。但截止2008年10月,中国内地(以下若不特别注明,"中国"均指"中国内地"或"中国大陆")已出版"当代文学史"至少72种。① 我"头昏眼花"不厌其烦抄录这些书目,除了

---

① 1. 山东大学中文系编写组《中国当代文学史》(上册),济南:山东人民出版社,1960。2. 华中师范学院中文系编《中国当代文学史稿》,北京:科学出版社,1962(写于1958年)。3. 中国社会科学院文学研究所编《十年来的中国新文学》,北京:作家出版社,1963。4. 二十二院校合编《中国当代文学史》,福州:福建人民出版社,1980—1985;福州:海峡出版社,1987。5. 郭志刚、董健、曲本陆、陈美兰等主编《中国当代文学史初稿(上、下册)》,北京:人民文学出版社,1980。6. 张炯等主编《中国当代文学讲稿》,北京:中央广播电视大学出版社,1983。7. 王庆生主编《中国当代文学》(三卷本),上海:上海文艺出版社,1983,1984,1989。8. 吉林五院校合编《中国当代文学史》,长春:吉林人民出版社,1984。9. 张炯主编《新时期文学六年》,北京:中国社会科学出版社,1985。10. 汪华藻等主编《中国当代文学简史》,长沙:湖南人民出版社,1985。11. 公仲主编《中国当代文学史新编》,南昌:江西教育出版社,1985。12. 北京自修大学教材《中国当代文学》,北京:北京广播学院出版社,1986。13. 张钟、洪子诚、佘树森、赵祖谟、汪景寿编著《当代文学概观》,北京:北京大学出版社,1986。14. 邱岚主编《中国当代文学》,沈阳:辽宁教育出版社,1986。15. 谭宪昭等主编《中国当代文学史简编》,广州:广东高等教育出版社,1986。16. 王锐等主编《中国当代文学简明教程》,长春:吉林大学出版社,1986。17. 周鉴铭等《新时期文学》,昆明:云南教育出版社,1986。18. 朱寨主编《中国当代文学思潮史》,北京:人民文学出版社,1987。19. 吴之元主编《中国当代文学》,天津:天津教育出版社,1987。20. 张钟等著《中国当代文学》,北京:北京大学出版社,1988。21. 李丛中主编《新中国文学发展史》,昆明:云南教育出版社,1988,1993修订本。22. 张暹明主编《当代文学新编》,沈阳:辽宁大学出版社,1988。23. 邱岚主编《中国当代文学史略》,北京:高等教育出版社,1988。24. 郑观年主编《中国当代文学教程》,杭州:浙江大学,1989。25. 陈涛主编《中国当代文学扫描》,成都:四川文艺出版社,(转下页)

从中可以看到当代中国目前学术生产数量之高以及教育割据争夺学生情况严重外,还想特别指出两个当代文学史出版最密集的年份:1990年(10部)和1999年(7部)。1999年是因为"建国50周年",1990年却是意识形态环境比较紧张的一年,这10部文学史均在省城出版。我最近阅读了(有的是重读)其中的十余种(主要是近十年的著作),并选择其中4部当代文学史作为本文主要讨论对象:一、洪子诚著《中国当代文学史》(北京大学出版社,1999年8月第一版,"北京大学中国语言文学教材系列";2007年6月修订版,"普通大学教育'十一五'国家规划教材")。此书也是洪子诚《中国当代文学概论》(香港:青文书屋,1997年)的删改修订版。二、陈思和主编:

(接上页)1989。26.吉林师范学院等7院校合编《中国当代文学史简编》,长春:吉林教育出版社,1989。27.李达三主编《中国当代文学史略》,杭州:浙江大学出版社,1989。28. 高文升等主编《中国当代文学史稿》(上下册),郑州:河南人民出版社,1989。29.陈慧忠、高文池著《中国当代文学概观》,上海外国语大学出版社,1990。30.周红兴主编《简明中国当代文学》,北京:作家出版社,1990。31.戴克强等主编《中国当代文学》,西安:陕西人民教育出版社,1990。32.田怡主编《中国当代文学论稿》,呼和浩特:内蒙古人民出版社,1990。33.舒其惠、汪华藻等主编《新中国文学史》,长沙:湖南文艺出版社,1990。34.林潭、金汉、邓星雨等主编《中国当代文学发展史》,南京:江苏教育出版社,1990。34.江西大学中文系编《中国当代文学史》,南昌:百花洲文艺出版社,1990。35.王蕙云等主编《中国当代文学教程》,石家庄:花山文艺出版社,1990。36.雷敢等主编《中国当代文学》,西安:陕西师大出版社,1990。37. 舒其惠、汪华藻等主编《中国当代文学史》,长沙:湖南师大出版社,1990。38.刘文田、周相海、郭文静等主编《中国当代文学史》,石家庄:河北大学出版社,1991。39.高文池、陈惠忠著《中国当代文学概论》,沈阳:东北师大出版社,1991。40.《当代文学40年》,济南:山东大学出版社,1991。41.李旦初著《中国当代文学》,北京:北京师范大学出版社,1992。42.陈其光、赵聪、邝邦洪编著:《中国当代文学史》,广州:广东教育出版社,1992。43.鲁原、刘敏言主编《中国当代文学史纲》,北京:中国文联出版公司,1993。44.冯忠一、朱开轩主编《中国当代文学史论》,青岛:中国海洋大学出版社,1994。45.阎其男主编《中国当代文学》,北京:中国文学出版社,1995。46.何寅泰主编《当代中国文学史纲》,杭州:杭州大学出版社,1996。47.刘锡庆主编《新中国文学史略》,北京:北京师范大学出版社,1996。48.张炯、邓绍基、樊骏主编《中国文学通史·当代卷》,北京:华艺出版社,1997。49.孔范今主编《20世纪中国文学史》(上下册),济南:山东文艺,1997。50.於可训《中国当代文学概论》,武汉:武汉大学出版社,1998。51. 国家教委高教司编《中国当代文学史教学大纲》,北京:高等教育出版社,1998。52. 陈其光主编《中国当代文学史》,广州:暨南大学出版社,1998。53.特·赛音巴雅尔主编《中国当代文学史》,北京:民族出版社,1999。54.杨匡汉、孟繁华主编(白烨、陈晓明等参加编著)《共和国文学五十年》,北京:中国社会科学出版社,1999。55.洪子诚著《中国当代文学史》,北京:北京大学出版社,1999;2004再版,2007修订版。56.陈思和主编《中国当代文学史教程》,上海:复旦大学出版社,1999;2005第二版。57.张炯主编《新中国文学50年》,济南:山东教育出版社,(转下页)

《当代中国文学史教程1949—1999》(上海:复旦大学出版社,1999;该书也有台湾版《当代大陆文学史教程1949—1999》,台北:联合文学出版社,2001)。三、陶东风、和磊著《中国新时期文学30年(1978—2008)》(北京:中国社会科学出版社,2008年10月)。四、顾彬(Wolfgang Kubin)著,范劲等译《二十世纪中国文学史》(*DIE CHINESISCHE LITERATUR IM 20. JAHRHUNDERT*,上海:华东师范大学出版社,2008年9月)。之所以选择这4部当代文学史,一方面是因为洪陈两书一般被认为是诸多同类著作中的佼佼者,而后两部则刚刚出版,颇能体现这一学科的近况。另一方面也是因为我想通过这几部文学史讨论写作时间与文学史现场的关系,以及意识形态管理中的经济因素。

各种当代文学史对1978—1989年即文革后文学的看法大致接近,对1966—1976年"文革"时期,列举作品迥异(如洪著评论样板戏,陈著全选地下文学),但价值判断也差别不大。最有分歧的反而是对"十七年",尤其是对50年代文学的评价和研究,对90年代以后的文学发展也无"共识"。也就是说:六十年当代文学,一头一尾,陷入审美与评说的尴尬。甚至放在五四以来九十年文学中看,也是50年代文学的价值意义争议最多。

对50年代,是艰难的继承(对90年代,则是痛苦的宽容)。洪子诚在为"当代文学六十年"国际学术研讨会(岭南大学、哈佛大学、复旦大学合办,

---

(接上页)1999。58.张炯主编《新中国文学史》(上下册),福州:海峡文艺出版社,1999。59.朱栋霖、丁帆、朱晓进主编《中国现代文学史(1917—1997)·下册》,北京:高等教育出版社,1999。60.张永健主编,万国庆、陈敢副主编《中国当代文学史参考数据》,武汉:华中科技大学出版社,2001。61.金汉总主编《中国当代文学发展史》上海:上海文艺出版社,2002。62.吴秀明主编《中国当代文学史写真》,杭州:浙江大学出版社,2002。63.唐金海、周斌主编《20世纪中国文学通史》,上海:东方出版中心,2003。64.李赣、熊家良、蒋淑娴主编《中国当代文学史》,北京:科学,2004。65.孟繁华、程光炜著《中国当代文学发展史》,北京:人民文学出版社,2004。66.董健、丁帆、王彬彬主编《中国当代文学史新稿》,北京:人民文学出版社,2005。67.杨朴主编《中国现当代文学史(下册)》,北京:人民教育出版社,2005。68.欧阳祯人主编《中国现当代文学史教程》,北京:北京大学出版社,2007。69.曹万生主编《中国现代汉语文学史(下)》,北京:中国人民大学出版社,2007。70.郑万鹏著《中国当代文学史,1949—1999》,北京:华夏出版社,2008。71.顾彬著、范劲等译《二十世纪中国文学史》,上海:华东师范大学出版社,2008。72.陶东风、和磊著《中国新时期文学30年(1978—2008)》,北京:中国社会科学出版社,2008(以上书目并不包括在中国大陆以外出版的"中国当代文学史",如林曼叔等著《中国当代文学史稿(1949—1965大陆部分)》,巴黎:巴黎第七大学东亚出版中心,1978;洪子诚著《中国当代文学概说》,香港:青文书屋,1997)。

2009年3月)所写发言稿中提问:到底十七年文学是我们当代文学的"债务"还是"遗产"。我以为两者皆是,两者相加是"负资产"——从审美角度看(无论是80年代眼光,五四精神,或中国传统艺术,或欧洲19世纪,或现代主义……),"好作品"实在有限。但毕竟这是"我们"(我们当代文学?我们中国人?我们"社会主义"?我们这一代?……)的"青春期",不能全扔了吧?——但这个"我们"是怎么来的呢?这也正是梳理现当代文学史的关键。

洪子诚说过他的文学史标准:"尽管'文学性'或'审美性'的含义难以确定,但是'审美尺度',即对作品的'独特经验'和表达上的'独创性'的衡量,仍首先应被考虑。但本书又不一贯地坚持这种尺度。某些'生成'于当代的重要的文学现象,艺术形态,理论模式,虽然在'审美性'上存在不可否认的缺失,但也会得到应有的关注。"①

前些年我也面临过类似的"双重标准":"我编选《香港短篇小说选》试图依据的标准有两条。一是'好作品'——不仅在香港文学范围里看是'好作品',而且在全部现代汉语的文学中,在文学的一般定义中也是'好作品',二是'重要作品'——也就是说近年来香港小说发展中有影响有代表性或引起争议的作品。两条标准之中,前者是主要标准。"②

问题是,如何用80年代的"好作品"标准去评论50年代历史现场中的"重要作品"?

不同文学史采用不同的方法和策略。

策略之一是以后来的发展来肯定50年代起步的意义,如杨匡汉、孟繁华主编的《共和国文学五十年》详细解释毛泽东路线与民粹主义的关系,③还以数字说明文学发展:比如,1949年到1999年,作协会员从401人到6647人;文学书籍出版从156种到15,000种;印数从214万册到1亿5000万册……④

策略之二提出"新概念",解释"负资产"当初确有价值。如郑万鹏提出"建国文学思潮":

> 尽管自1951年对电影《武训传》的批判,到1956年对"胡风反革命集团"的批判,批判运动连年不断,肃杀的板斧已欲抡起,但是大多

---

① 洪子诚:《中国当代文学史》,北京:北京大学出版社1999年版,第Ⅳ—Ⅴ页。
② 许子东:《香港短篇小说选》1994—1995),香港:三联书店2000年版,第10页。
③ 杨匡汉、孟繁华主编:《共和国文学五十年》,北京:中国社会科学出版社1999年版,第38—51页。
④ 同上书,第15页。

数中国人民,包括知识分子,由于刚刚摆脱三十多年的战乱和殖民地的屈辱,无比珍视久违了的统一,独立。大规模的建设局面。他们尚未感觉到这些政治运动会殃及自己,也料想不到一个更大规模的整肃运动会接踵而至。他们在自1949年到1956年这一相对安定期里,满怀热情和信心,建设着一个新的中国,"建国文学"在这样的社会背景下形成。①

郑万鹏的想法是很有代表性的:"建国文学"表现的是统一,独立建设,"三位一体的思想,建国文学虽然满身的稚气,是昙花一现,但它却是中国当代文学坚实的基点,永久的精神家园"。以后伤痕文学、反思文学等均与此有关。建国文学"表现出历史的整体感,表现了饱经动荡与战乱的中国人民对于稳定局面的衷心欢迎",谢冕说:"像这样的立论和判断,正是作者学术勇气的证明。"②

称"学术勇气"其实是体谅"建国文学"之类概念的政治苦心。谢冕自己也提出过"计划文学"的概念。③ 路文彬则命名为"国家的文学"。④ 事实上,如何评论50年代的中国(及中国文学),可以说是当今中国社会最容易引起争议、分化甚至斗争的话题。可以说社会全无"共识"——一方面,"文革"在80年代作品中早已成了"浩劫",等同于"旧社会",《芙蓉镇》否定了"四清",《剪辑错了的故事》否定了大跃进,《李顺大造屋》形象否定了三十年农村政策,《古船》和近来获奖的《生死疲劳》曲折否定了50年代初的镇反、土改和合作化……在严肃文学中,追溯至50年代,几乎没有什么政治事件是正面的。可是在另一方面,与文学的边缘化相反,公民教育和大众传媒却从90年代开始一直神圣化50年代,《红岩》初版时印400万册,80年代以后还印了800万册;红色经典作品不断被改编成连续剧;"红歌会"成了主旋律;样板戏还要进入中学教材……

文学史夹在对50年代的文学批判与舆论歌颂之间,处境微妙。

连顾彬远在欧洲也感到类似的困境:"难道我们因此就该不再研究大陆从1949到1979年间的文艺作品吗?难道当年的文学作品果真没有美学价值吗?"⑤他甚至想到注意样板戏与安迪·沃霍尔(Andy Warhol)之间的

---

① 郑万鹏:《中国当代文学史1949—1999》,北京:华夏出版社2008年版,第1页。
② 见谢冕为郑万鹏《中国当代文学史1949—1999》所写的序言(北京:华夏出版社2007年版,第1页)。
③ 《文学的纪念1949—1999》,《文学评论》1999年第4期。
④ 《国家的文学——对于1949—1976年中国文学的一种理解》,《文艺争鸣》1999年第4期。
⑤ 顾彬:《二十世纪中国文学史》,范劲等译,上海:华东师范大学出版社2008年版,第253页。

关系,或借助这些作品认识毛主义的内在性质。当然他也注意到:"为了化解这一窘境,上海的文学专家陈思和提出另一条思路,即研究'抽屉文学'。"①

陈思和和他的学生们在文学史中提出"潜在写作",倒是将"债务"变成"遗产"的一个有效方法:将沈从文、绿原、曾卓、牛汉、穆旦、张中晓,还有傅雷、丰子恺等人在 50 年代甚至文革中私下写作、直到八九十年代才发表的散文书信,和十七年主流作品放在一起"共时态"讨论,既坚持 80 年代的审美原则,又丰富重构了 50 年代的文学现场。

将哪些"抽屉文学"纳入文学史现场,其实有偶然因素(绿原,曾卓,牛汉,张中晓等人与陈思和的老师贾植芳先生同属胡风集团)。"抽屉文学"的文学史书写也自然会带出方法论上的思考和挑战。如果文学史是一系列伟大作品的心灵史(是一个民族的特定时期的精神形态历史),那么不仅作家当初怎么写怎么说,而且作家当初怎么不写怎么不说但坚持怎么想,也的确应该进入文学史的视野,而且是重要数据。陈著很明显是教材,主要对象不是学者而是大学生(包括非中文系的本科生),从阅读效果而言,年轻读者们应该可以同时看到中国作家们在某一特定时期精神状态的多个层面而不至于简单忘却 50 年代。② 但形式主义、新批评理论框架下的文学史常常不再只是作家心灵的历史,更是文本与语境与读者的关系史。按照姚斯(Hans Robert Jauss)的理论,文学作品的艺术价值必须通过读者才能体现。文学作品"更多像一部管弦乐谱,在其演奏中不断获得读者新的反响"③,才成其为音乐。所以,写作时间与文学史现场的关系,存在多种解读可能。

一种情况如王蒙的《青春万岁》,研究作家心态,这是 50 年代作品,考察读者反应、社会影响,这是 80 年代作品。由于作品的内容,意旨和情调与写作年代血肉相连,客观原因的出版延期对作品的价值体现及社会意义(包含读者参与因素)有明显影响。倘若《青春万岁》在 50 年代出版,颇有

---

① 顾彬:《二十世纪中国文学史》,范劲等译,上海:华东师范大学出版社 2008 年版,第 253 页。
② 也难免有不赞同的声音,如董健,丁帆,王彬彬就曾不点名地批评一种"近年来颇为流行的研究倾向",即"历史补缺主义",用流行话语来表述,就是"制造虚假繁荣"。不管出于什么意图,这都是对历史的歪曲。一种情况是"好心的",一厢情愿地要使历史"丰富"起来,"多元"起来。既不想承认那些在极"左"路线下被吹得很"红"的作品的文学价值,又不甘心面对被历史之筛筛选过之后文学史的空白、贫乏与单调,便想尽办法,另辟蹊径,多方为历史"补缺"。(见董健等:《中国当代文学史新稿》,北京:人民文学出版社 2005 年版,第 5 页。)
③ H·R·姚斯:《文学史作为向文学理论的挑战》,《接受美学与接受理论》,周宁、金元浦译,沈阳:辽宁人民出版社 1987 年版,第 26 页。

可能成为比《青春之歌》更激动人心、一样热销上百万的"红色经典"(《青春之歌》的续集《芳菲之歌》80年代发表全无反响)。倘若《组织部来了个年轻人》、《在桥梁工地上》也不巧成为"抽屉文学",要到几十年后才"初放",其文学价值、社会意义又会受到怎样的"折扣"？所以,在这种情况下,如果我们不囿于新批评所谓"感受谬误"的观念而将读者反应、社会影响都排除在文学史以外,可以说沈从文或张中晓的"50年代散文"因为"延时发表",作品的意义(及文学史价值)已经改变。

另一种情况是假设作品意旨情调与时代不那么直接相关,如张爱玲的《小团圆》,或陈著所评的《傅雷家书》,丰子恺《缘缘堂续笔》等,则写作时间与文学史现场错位的影响可能不会那么明确。在傅雷、丰子恺的作品里,我们读到的还是一直熟悉的傅雷、丰子恺,如是这些作品在"文革"中出现,倒是与当时环境不"和谐"的事件了。《小团圆》如果1975年发表会引起胡兰成怎样反应,张爱玲、宋琪、夏志清再怎样接招,是否会演变成一场文坛闹剧,以及对张爱玲形象有什么影响,现在都很难重新"沙盘推演"。但至少《小团圆》中对情爱与母亲的刻骨铭心的挑战文字,却不会因为其出版的"时间差"而损失其文学史意义。

作家当年的书信、日记等等本来没想要发表的文字,当然是研究作家精神历程的重要注释,但除了时时记住这是"不在场"的历史文本以外,"抽屉文学"也有其"多层次"。比如近年问世的沈从文50年代书信,既有愤世自杀情绪,也有思想改造的痕迹。和《小团圆》一样,放回文学史,效果是多方面的。

第三种更微妙的情况是作家有意更改写作时间,人为拉开创作与发表的时间差。阿城的中篇《棋王》1984年发表于《上海文学》,其写作发表的过程郑万隆、李陀都有回忆,但后来阿城一直坚持说该小说早在云南插队时写成,并以手抄本流传。某日有知青神秘给他看份手抄本,一看才发现原来是自己的作品。听来似笑话,却是作者自述。同样的情况也出现在马原那里,马原也解释短篇《虚构》最初写于他的东北下乡时期。这种将写作时间"提前"的做法一则显示作家当初的"先知先觉",在"文革"当中已是众人皆醉我独醒;二来也突显再超脱的内容也与生活背景有历史联系。[①]郭路生

[①] 顾彬说《棋王》中的信息同阿多诺(Theodor Adorno〈1903-1969〉)名言"一个在错误中的正确生活是不可能的"完全相悖。也是对《棋王》的另一解读方式。(见顾彬:《二十世纪中国文学史》,范劲等译,上海:华东师范大学出版社2008年版,第343页。)

(食指)《这是四点零八分的北京》的确应与 1968 年 12 月 20 日这个时间联系起来朗读。赵振开的《波动》因为写于 1974 年而更具文学史上的探索意义。1980 年的《宣告》也修改了写作时间(标明写于文革期间)而发表。其实这首诗更重要的一次"发表"是在 1989 年 5 月底:"宁静的地平线/分开了生者和死者的行列/我只能选择天空/决不跪在地上/以显出刽子手们的高大/好阻挡自由的风 从星星的弹孔里/将流出血红的黎明"稍改时间,比如晚两个星期,人们就读不到这首诗残酷的"预言性"。更有意思的是《回答》的写作时间,也做过修改,但不是通常的"推前",而"延后"。原文写于 1973 年,早已流传,1978 年发表在《今天》上的略有改动,但标注写作日期是 1976 年 4 月 5 日——一种人为的历史现场感,因为这日期已与作品浑然一体,铸入文学史(心灵史),无法剥离。

第四种情况是由地域隔离形成的"时间差"。比如,顾彬的文学史有一章讨论 50 年代土改时将周立波《山乡巨变》和张爱玲《秧歌》一起讨论①。写作时间倒是接近,但《秧歌》里的悲剧其实要"延时"二十多年才会在高晓声、茹志鹃笔下出现。同样道理,能否将陈若曦的《尹县长》放回 1975 年文革文学的历史现场考察呢?当代文学六十年,潜文本加上地域间隔,有时情况真是"吊诡",比如 1975 年,西西在报上连载《我城》给天真的阿果阿发加上漫画插图,张爱玲并置初吻与打胎的情感实录在反复修改,中国大陆当时最重要的文学杂志《朝霞》上刊出了余秋雨的早期散文……

接收美学虽然对陈思和的"抽屉文学"策略构成某种质疑,但对这部文学史的另一个突破点"民间隐形结构"却有重要理论支持。伊瑟尔(Wolfgang Iser)认为"文学作品的意义并非文本固有。……作品意义只有在阅读过程中才能产生,是作品与读者相互作用的产物"②。所以,文本中的未定性,即"召唤结构",是创作意识与接受意识的桥梁。"文学作品的意义未定性与意义空白决不像人们所认为的那样是作品的缺陷,而是作品产生效果的根本出发点。"③

像《红楼梦》、《呐喊》那样的"召唤结构"固然引人前赴后继不断获取新的意义,即使是《林海雪原》、《沙家浜》等宣传文本,人们也可从中获得

---

① 顾彬:《二十世纪中国文学史》,范劲等译,上海:华东师范大学出版社 2008 年版,第 269 页。
② 金元浦:《接受反应文论》,济南:山东教育出版社 1998 年版,第 43 页。
③ 同上。

（或者说是"投入"）集体无意识的"匪"气或江湖女人情趣。"诲淫诲盗"，即使如样板戏，也难断根。"文革"后大红的《红高粱》等，也是连贯了久违了的"匪"气而已。从这些读者需求和再创造角度出发考察"文革"十年，实在不应该只列地下文学。

越晚出版的文学史，这种重现象思潮轻作家文本的倾向越明显。2008年10月出版的《中国新时期文学三十年》以将近一半篇幅叙说90年代以后的"众声喧哗"，从列出的章节标题便不难看作者的视角："王朔与'痞子文学'"、"人文精神与世俗精神的论争"、"女性写作：从私人化写作到身体写作"（林白、陈染、卫慧、棉棉、木子美《遗情书》）、"大陆文学与经典消费思潮"、（周星驰"无厘头"、《水煮三国》、《Q版语文》、《云报》及其恶搞版……）以及"青春文学、盗墓文学与玄幻文学"（新概念大赛、80后写作、韩寒、郭敬明、张悦然、游戏机一代……）。重要的还不是琐碎罗列种种"新新"现场，而是编著者在文学史建构中试图以这些新的文学（文化）趋向来质疑80年代的文学自觉的价值观——

> 新时期文学开始于对新中国建立后特别是"文化大革命"时期的民粹主义思潮的反思和否定，对以"样板戏"为代表的"革命文化/文学"的反思和否定，对"以阶级斗争为纲"的"工具论"文学的反思和否定，确立精英知识分子和精英文化/文学的统治地位。这个过程，我们称之为精英化过程。

但这部文学史是由陶东风与和磊分工合写的，和磊负责的描述80年代的章节文风平和、立论规矩，仍然有意无意维护"启蒙文学"和"纯文学"。即使是陶东风执笔的90年代部分，对具体现象的分析批判也分解削弱了"去精英化的矛头"。

由于意识形态环境的限制，各种当代文学史中有关意识形态控制的研究论述也通常比较"意识形态化"。

这里所谓的意识形态的因素，并不只有中国内地的政治环境限制。顾彬《二十世纪中国文学史》的数据引文（尤其是海外汉学著作的引文）非常丰富，但总体上没有给中国学界带来类似当年夏志清《现代中国小说史》那样的广义的"意识形态冲击"。其实夏志清的冲击力，主要并不是反共立场，而是离开大陆主流意识形态框架而重新发现了沈从文、张爱玲、钱钟书等作家的文学价值。刘绍铭将Obsession with China——夏志清这个形容中国现代文学的关键词译成较有文人传统的"感时忧国";顾著汉译本则直译为"对中国的执迷",显然较多质疑的成分:"'对中国的执迷',表示了一种整齐划一的事业,它将一切思想和行动统统纳入其中,以至于对所有不能同祖国发生关联的事情都不予考虑……'对中国的执迷'在狭义上又会意味着什么呢?这后面隐藏着两重意思。第一,把中国看成一个急需医生的病人。医学的隐喻手段因此就必不可免地在中国现代文学的奠基中扮演了重要角色。然而在这层关系中机械地归类就带来了灾难性的影响:疾病和传统画上等号,以至于现代性成了推翻偶像的代名词。……第二,因为政治理由和社会危机才转向现代。现代对于文人们来说其价值通常不在自身,而在于它服从于实践的需要。它似乎是治愈病夫中国的保证。那就意味着,首先并非是艺术冲动促使作家同过去作别,而是出于政治上的衡量。文学因此主要被看作社会抗议的手段和实际变革的工具。"①

这些对五四精神的反省放在当代中国文学语境,听来颇奢侈:八九十年前的问题是怀疑该不该做社会抗议,八九十年后的问题是可不可以做社会抗议。

顾著在结构布局上与中国大陆的同类文学史都不一样。但在1949年以后的论述中有不少细节、选例乃至题目和陈思和的《中国当代文学史教程》颇有类似之处,如第三章第四节第一段"文学的军事化"将建国时期作家分成三类,分类方式、举例均与陈著第一章的有关分类相同;两本文学史在战争小说、历史小说里均选择《百合花》、《红豆》作主要讨论文本,论"民族性"均以《阿诗玛》、《正红旗下》为例,也都断言《剪辑错了的故事》标志着"反思文学"开始,就连一些很反常的选例,如顾著在"改革文学"中讨论高晓声,也可在陈著十三章找到知音。顾彬的文学史出版时间较晚,参考陈著的可能性较大。有些参照也作了注解。除了某些细节失误②和一些流言绯闻不宜入文学史③外,顾著也有不少文本分析细腻简洁,有些批评文字很有锋芒,比如从巴金谈及文革"罪责"问题:"70年代初,一群人以'梁效'为名聚集在北京大学,为毛泽东思想的晚期理论收集材料,恶意曲解中国历

---

① 顾彬:《二十世纪中国文学史》,范劲等译,上海:华东师范大学出版社2008年版,第8页。
② 如顾著很注意作协的组织形式,说"中国作家协会成立于1949年6月",其实1949年7月2日成立的是中华全国文学工作者协会,1953年9月才改名中国作家协会,与全国文联平级。
③ 如谈到张贤亮是某小说中的情人原型,"这种说法反倒令人生疑:像张贤亮这样对女性怀有荒唐想象的作家难道真有令人刮目相看的一面?"见顾彬《二十世纪中国文学史》,范劲等译,上海:华东师范大学出版社2008年版,第322页。

史。'梁效'成员包括如今的著名教授汤一介(哲学家,1927 年生)、叶朗(美学家,1938 年生)等,可是没有人会指望他们为自己当年的行为表达某种歉意或公开的反思。"①又如对高行健的"流亡文学",顾彬也指出"对曾经的故土不作区分的拒斥属于中国知识分子的策略性运作,为了证明他们居留的正当性和获得必要的支持"②。这类文本操作外的"实话实说",在其他的文学史比较少见。

在本文所讨论的四部当代文学史(以及我最近所阅读的十几种当代文学史)中,对当代文学意识形态环境分析比较平实深入的还是洪子诚香港青文书屋版的《中国当代文学概况》。这本书是洪子诚 1991—1993 年间在东京大学的讲稿,成书时曾获刈间文俊、白井启介和陈顺馨的协助。在我读来,该书及后来北大版当代文学史有三个突破:

第一,洪著不仅关注 50 年代作家心态,而且研究作家生态。"在 1949 年以前,现代中国作家的写作收入,主要靠稿费(在报刊上发表作品)和版税(出版著作)。五十年代以后,逐步废除版税制,全部实施稿酬制。到五十年代中期,稿酬制在全国范围的报刊社、出版社实行。这种制度,将文稿分为'著作'、'翻译'等门类,以一千字为计费的基本单位,分别规定统一的稿酬等级。除此之外,在书籍的出版上,还规定了'额定印数'的制度。版税制与稿酬制虽有一些共同点,但差异也是明显的。因为主要以计算字数作为稿酬计算的依据,作品的印刷数量和出版次数,对作家收入的重要性大大降低。这样,畅销书与非畅销书在收入上的差距已不存在;而作家实际上也失去其在著作版权上应得的经济利益。"③

这段"经济分析"后来在北京大学版《中国当代文学史》中被简化了,夹在这段文字中的一个重要的数字注解被删除了。这个注解列明 1956 年稿酬标准,中央一级刊物、出版社给文学创作、理论的稿酬是千字人民币十元、十二元、十五元、十八元之四级,超过印数可加倍。而当时一直至 70 年代末,大学生、工人工资在四五十元左右,干部、知识分子工资在一二百元,可谓"高薪"。

从经济角度考察文学的政治现场环境,是一大"发明"。

---

① 顾彬:《二十世纪中国文学史》,范劲等译,上海:华东师范大学出版社 2008 年版,第 314 页。
② 同上书,第 337 页。
③ 洪子诚:《中国当代文学概说》,香港:青文书屋 1997 年版,第 26 页。在 2007 年北京大学版《中国当代文学史》的修订本第 25 章中,洪子诚对 90 年代的稿酬版税问题也有论述。

书在香港出版,读者都会"计数"。香港目前报上刊文千字得二百至五百,以三百计,达到大学生毕业人工一万五,每月要写五万字,达到大学最低教职起薪点四万,要写十二万字。退回50年代,香港稿费低,生活费用也低。但文化人同时写三五个专栏艰难卖文为生已是传统。同期中国大陆,如能发表,最低千字十元,每月五千字已有工人工资,每月二万字达教授、首长月薪,若真写十二万字……确有其事,杜鹏程、柳青、陈登科等一本书热销,稿酬可以买房子,同时亦会兼任省作协领导。

过去大家只看到50年代中国作家开会、"洗澡"、受批判,勉强写规定题材,总之都是政治控制"大棒"。其实也有利益分享"胡萝卜":稿酬、干部体制、劳保、作协、政协……

1949年前作家的情况和香港类似,所以老舍、沈从文等均要在卖文之余到大学兼职。1949年以后作家在国家文化制度里才能靠写作为生。但稿酬和版税的区别还不只是洪子诚所说的作家损失著作版权经济利益,更重要的是版税后面是销量,销量后面是读者要求;而稿酬后面是出版社编辑,编辑后面是宣传部、审查机制。经济因素导致的是作家效忠对象的转移。

今天中国传媒影视人均知作品要兼顾"二老"(老干部、老百姓)。50年代版税稿酬制度改革,在文学的生产过程中改变了"二老"的平衡,且当年干部并不"老",代表"新时代";百姓趣味倒是"旧社会"过来的。

洪子诚将柳青、赵树理、杜鹏程、梁斌等几十位"主流作家"的学历、经历甚至地域、籍贯列表,也是从作家生态到文化性格的一个独到的观察方法。相比五四过来的作家宁做闲官也无力卖文,从延安到北京的作家生态心态比较统一(至少60年代以前)。

第二,洪著比其他文学史都更详细直接历数1949年以来的文艺批判运动,但主要不是用形容词控诉政治环境对文学的迫害压制整肃,而是用中性的语言解析左翼文学界内部的思想、人事矛盾,尤其是周扬与冯雪峰、丁玲与胡风之间的分歧斗争,概括出周、冯、丁、胡之间的共同点(乃至类似的悲剧角色),又梳理出几个重要的分歧点:世界观与实践;现实主义的理想与批判;主观与客观;民族与世界等。这些海外学者和中国大众都缺乏兴趣的"理论分歧"却实实在在影响着50年代乃至80年代的中国文学发展。

局外人看不清楚,局内人又各有利益派别立场,洪著在这方面的细密平实的理论辨析,颇为难得。

第三,如何既坚持"审美"标准又讨论"重要作品"的生成环境,与陈思和挖掘"潜在文本"不同,洪著更注重研究"重要作品"的生产过程。北大版《中国当代文学史》新加的"《红岩》写作方式"、第六章第二节题材的分类和等级都开拓了很有意义的研究角度,近年对新一代研究者有影响。时至新世纪,对"题材"的分类和等级处理,仍然是中国意识形态管理的一个重要方法(只不过管理对象更多转向电视、电影或春晚节目单)。洪子诚注意到的"编者按"和"读者来信"的管理功能则在对门户网站首页乃至点击率的操控中得以"与时俱进"。在这个意义上,中国当代文学史真的没有下限,各种意识形态的管理策略、方法、技巧其实没有本质变化。"新时期"从"一元"到"多元"、"去精英化"等等理论概念在文学现实面前,都显得有点过于仓促和一厢情愿。

总之,50年代和90年代(尤其是50年代)是当代文学史写作中较多分歧的时段。写作时间和发表语境之间的距离有多种解读可能。"抽屉文学"策略可以丰富文学的历史语境,也可能重构文学史现场。在梳理当代文学的意识形态环境时,文学史不仅关注艺术家个人与国家思想制度之间的政治文化精神联系,也研讨作家生态与文学生产程序中的经济因素。后一种研究角度,对于解读50年代和90年代以后的文学现象,都有意义。

仅就本文讨论的四部文学史而言,顾著与陶、和著愤世嫉俗,"一地鸡毛",体现了这个学科的最近动向,洪著与陈著则以清理生态心态现场或整理抽屉文本的方法,努力继承50年代文学"负资产"。

(作者单位:中国香港,岭南大学)

"人"脉绝续

——1950年代"革命历史小说"的五四资源

姚 丹

在1986年的一次私人谈话中,王瑶先生提到1950年代的小说,认为"比较好的作品"还是"青山保林"——《青春之歌》、《山乡巨变》、《保卫延安》、《林海雪原》和"三红一创"——《红日》、《红旗谱》、《红岩》、《创业史》,并对当时没有人再关注和研究略表遗憾。① 1990年代以来,对这些作品的再解读已成为热潮,但作品的等级序列发生了位移。具体说,《林海雪原》从"三红一创"、"青山保林"的八大红色经典的位置下移,坐上了"革命英雄传奇"的"头把交椅",常与《铁道游击队》、《烈火金刚》、《平原游击队》等相提并论。人们从"传奇性"和传统资源两方面做文章,将《林海雪原》的"民族风格"与"革命"话语的融合、冲突做了细致深入的分析。② 但本文仍然将《林海雪原》放置在"革命历史小说"的序列中进行考察,关注文本中存在的非"民族风格"的一面。在上举八大红色经典的作者中,曲波的"文化程度"可能是最低的,认为他与"民族形式"最为亲近,是合乎逻辑的。但同时似乎亦应注意到,作者毕竟生活于中国"现代化"的进程中,他所身处过的军队,写作时所置身的工厂,亦是中国现代的产物,因此,作者的写作是在中国文学的现代进程中的,如果说"民族风格"与"传统"的联系更多一些,则本文考察重点则在作者的"现代"追求,特别是其"新人想象"、"新白话"的使用与五四新文学的关系。

较早揭示《林海雪原》的"民族风格"与"传统色彩"的是当时重要的批评家侯金镜,"故事性强并且有吸引力,语言通俗、群众化,极少有知识分子

---

① 王瑶:《答客问——关于历史分期、"两个口号"等》,《现代中国》第六辑,北京:北京大学出版社2005年版,第235页。
② 这方面的代表性论文是李杨的《〈林海雪原〉——"革命通俗小说":"传统"与"革命"的融合、分裂与冲突》,《50—70年代中国文学经典再解读》,济南:山东教育出版社2003年版。

或翻译作品的洋腔调,又能生动准确地描绘出人民斗争生活的风貌",这是侯金镜所列举的包括《林海雪原》在内的"描写新英雄人物的作品"所共有的"民族风格的某些特点"。① 有意思的是,曲波写作的时间正是"1955年2月到1956年8月"②,这期间国家开始推广"普通话",力求在口头语言与书写语言两方面都建立起"民族共同语"。作者承认"在写作的时候,我曾力求在结构、语言、人物的表现手法以及情与景的结合上都能接近于民族风格"③。不过这毕竟是在小说出版之后所述,未必全然可靠。作品语言的"通俗、群众化"、没有"洋腔调",乃作者囿于自己的文化修养和语言能力,不得已而为之,由《林海雪原》可见到的这小部分原稿④,我们发现了作者追求"洋腔调"的那种"生硬"与"不自然",或是他的"书面语"本色,也是彼时其精神世界与心灵状态的真实写照。

借用安德森的说法,"新中国"从"旧中国"继承了依托于共同的"领土与社会空间"的"民族共同体"。1956年之后,构建"社会主义民族共同体"之"主体"的文化任务,愈益迫切,而完成这一任务的人选,较之五四以来的新文学,出现了多元的局面。本文考察"工农兵"作者,如何以有限的"现代汉语"参与到"新人想象"中,即他们如何主动参与到历史主体的建构中。这一过程,既包含着塑造"阶级"的整体性诉求,亦包含着成为作家的个人追求。以"文学的方式"建构主体,必须依靠既有的语言,在提倡建设"民族共同语"的历史语境中,"新人"与"民族共同语"尚且方生方成,因此也是在相互建构。

背景:"民族共同语"建构

1955年10月19日,中华人民共和国教育部部长张奚若在"全国文字改革会议"上作题为《大力推广以北京语音为标准音的普通话》的报告,报告指出:

> 宋元以来的白话文学使白话取得了书面语言的地位。元代的"中

---

① 侯金镜:《一部引人入胜的长篇小说——读〈林海雪原〉》,《文学研究》1958年第2期。
② 曲波:《关于〈林海雪原〉》(写于1958年),《林海雪原》,北京:人民文学出版社1981年版,第624页。
③ 同上书,第625页。
④ 这小部分手稿,包括了后来出书时的六章,即从"受命"到"奇袭虎狼窝",当时《人民文学》的主编秦兆阳亲自修改原稿后,发表在1957年第2期《人民文学》上,现在这份经过秦兆阳红笔修改、增删的原稿,保存在曲波先生家属处。

原音韵"通过戏曲推广了北方语音。明清两代,以北方话为基础方言,以北京语音为标准音的"官话"随着政治的力量和白话文学的力量传播到各地,几百年来这种"官话"在人民中立下根基,逐渐形成现代全国人民所公认的"普通话"("普通"在这里是普遍、共通的意思,而不是平常、普普通通的意思)。五四运动以来,新文学作家抛弃了传统的文言,一致采用"白话"写作,学校教科书和报纸也开始采用白话,这样就大大地发展了历史上原有的北方"官话",加进了许多其他方言的有用的成分和必要的外来语成分,迅速地促进了普通话的提高和普及。现代交通的发展和人民革命斗争的发展在普通话的传播上也起了很大的作用。革命的武装队伍走向各个农村、各个城市,到处跟人民群众亲密团结,生活在一起,一面学习普通话,一面就传播普通话。这个传播的作用在人民革命战争中推广到了全中国的每个角落。[①]

这段话肯定了五四以来新文学的"白话"写作,自此,1930年代以来有关新文学白话写作的功过问题,算是有了一个明确的答案。这段报告描绘了两个重要事实:一是"白话"自宋元以来已在文学中取得书面语言的资格,五四使"白话"得到进一步发展,"白话"的影响已进入学校、报刊等"公共交流领域";而白话文学在"普通话"形成过程中起到积极作用,现代战争以及"革命的武装队伍"从客观上促进了普通话的推广。

我们不妨做一点回顾。1917年五四新文化运动中,胡适提倡"尽可能努力做白话的文学",并指出白话文学所用语言为"《水浒》《西游记》《儒林外史》《红楼梦》的白话"。胡适当时即预言:"中国将来的新文学用的白话,就是将来中国的标准国语。造将来中国白话文学的人,就是制定标准国语的人"[②]。他认为新文学是"标准国语"出现的前提,文学作品成为"国语"的重要来源,可以设想这样的"国语"是有一定的深度与难度的。其实在多数新文学的倡导者那里,新文学作品"原是给青年学生看的,不是给'初识之无'的人和所谓'灶婢厮养'看的"[③]。但五四新文学还有另外一个向度的预设,即启蒙的预设,因此,对五四白话能否达于普通民众,后来者自然是有批评的权利。其中最突出的是1930年代的"大众语运动",激烈者断言"五

---

① 张奚若:《大力推广以北京语音为标准音的普通话——在全国文字改革会议上的报告》,《中国语文》1955年12月号。
② 胡适:《建设的文学革命论》,《新青年》1918年4月第4卷第4号。
③ 钱玄同:《英文SHE字译法之商榷》,《新青年》1919年2月第6卷第2号。

四式的白话"为"新式文言",原因是这种白话的新字眼、新文法"不是以口头上的俗话做来源的主体",而是"以文言做来源的主体","再生硬的填塞些外国字眼和文法",这种白话"绝对不能够达到群众里去"①,即是说"知识分子和政治精英的语言与大众语言之间的关系问题并没有解决",新式文言"甚至可能是比传统的文言更远离大众的语言"②。瞿秋白提出的解决方案,是"用现在人的普通话来写",必要时候也可用方言——"用现在人的土话来写(方言文学)"。他把创造"真正的中国的现代语言"的希望寄托在"在五方杂处的大都市里面,在现代的工厂里"的无产阶级身上。③ 接续"大众语"讨论的,是1940年代关于"民族形式"、"方言土语"的讨论,这场讨论仍然"构成了对现代白话文运动的挑战"。讨论在阶级论的框架内对五四白话有所批评,"主要表现为进一步大众化的要求"。④ 但总体而言,"这次挑战最终以失败告终,现代白话文作为一种普遍的民族语言的地位并未动摇"。原因是,"如果以方言土语为'民族形式'的语言特征,也就取消了统一的'民族形式'形成的可能性"⑤,而这是与中国现代语言运动的"以民族主义为动力形成'民族语言'"⑥的整个进程相冲突的,因此,五四白话从根本上无法否定,而经过讨论,论者已经承认了五四以来的新文学也是一种"民族形式"⑦。巴人、周扬等人虽然承认这种新的"民族形式""没有得到我们人民大众的广大的接受"⑧、"还没有最高完成",但也一直认为这种形式"无论如何是进步的,这一点却毫无疑义"⑨。这种新的"民族形式"一方面是从"旧民间形式中找出了白话小说,把它放在文学正宗的地位";另一方面,则是"相当大量地吸收了适合中国生活之需要的外国字汇和语法到白话中来"。所以这种新"民族形式"较旧形式"字汇丰富"、"语法精密"、

---

① 瞿秋白:《普洛大众文艺的现实问题》,原收《乱弹》,引自"旧籍新刊"之《饿乡纪程·赤都新史·乱弹·多余的话》,长沙:岳麓书社2000年版,第262—263页。
② 史华慈:《〈五四运动的反省〉导言》,《史华慈论中国》,北京:新星出版社2006年版,第90页。
③ 瞿秋白:《普洛大众文艺的现实问题》,原收《乱弹》,引自"旧籍新刊"之《饿乡纪程·赤都新史·乱弹·多余的话》,长沙:岳麓书社2000年版,第264页。
④ 汪晖:《地方形式、方言土语与抗日战争时期"民族形式"的论争》,《汪晖自选集》,桂林:广西师范大学出版社1997年版,第369页。
⑤ 同上书,第368页。
⑥ 同上书,第365页。
⑦ 同上书,第371页。
⑧ 巴人:《民族形式与大众文学》,《文艺阵地》1940年1月第4卷第6期。
⑨ 周扬:《对旧形式利用在文学上的一个看法》,《中国文化》1940年2月第1卷第1期。

"体裁自由"、"表现力提高"。①

1951年6月,新中国成立不久,《人民日报》就发表社论《正确地使用祖国的语言,为语言的纯洁健康而斗争》,将鲁迅与毛泽东的语言定为现代汉语的典范:"毛泽东同志和鲁迅先生,是使用这种活泼、丰富、优美的语言的模范。在他们的著作中,表现了我国现代语言的最熟练最精确的用法,并给了我们在语言方面许多重要的指示。"②1919年胡适的预言似乎得到了印证:"中国将来的新文学用的白话,就是将来中国的标准国语。造将来中国白话文学的人,就是制定标准国语的人。"③只是,这创造"标准国语"的人,不仅有一文学家,还有一位深具文学天才的政治家。这是1950年代初期,中国政府与汉语研究界的基本共识。但是我们也可以参考一下不同的意见。有的研究者并不认为毛泽东的语言就是纯粹口语或是纯中国化的,史华慈认为,毛泽东的语言一方面"仍大量与来自传统的文学和古语交织在一起",但另一方面,"马克思主义专门术语的某种必不可少的最核心部分被保留下来",也就是说"马列主义原先难以改变的外国和理性化的语言,已被涂上了一层浓厚的毛泽东思想的语言,但它并没有被抛弃"。因此,毛泽东的语言"并不是一种自然和丰富的大众语言"。④ 日本学者木山英雄也认为,1950—1960年代"在思想和语言表现技巧方面,都被认为是优秀的典范"的鲁迅和毛泽东,他们的语言是"后放脚",文章是"过渡性"的。⑤ 然而尽管如此,"文人的语言不是大众的,但却是中国的"⑥。循此思路,我们再做一个进一步的推断,1955年,当专家学者呼吁"一个统一的、普及的、无论在它的书面形式或是口头形式上都有明确的规范的汉民族共同语"时,人们能够模仿的最优秀的共同语的书面形式就是这样一种"半文半白"、"半土半洋"的中国形态。

"人"与"新人想象"

当1955—1956年曲波写作小说处女作之时,全国范围内的普通话推

---

① 周扬:《对旧形式利用在文学上的一个看法》,《中国文化》1940年2月第1卷第1期。
② 《人民日报》社论:《正确地使用祖国的语言,为语言的纯洁健康而斗争》,1951年6月6日。
③ 胡适:《建设的文学革命论》,《新青年》1918年4月第4卷第4号。
④ 史华慈:《〈五四运动的反省〉导言》,《史华慈论中国》,北京:新星出版社2006年版,第90页。
⑤ 木山英雄:《文学复古与文学革命》,北京:生活·读书·新知三联书店2004年版,第113页。
⑥ 史华慈:《〈五四运动的反省〉导言》,《史华慈论中国》,北京:新星出版社2006年版,第90页。

广,构建"民族共同语"的潮流,或多或少会影响到他写作时的自我要求。从经历看,曲波于1930年代在山东家乡高小毕业,1938年参加八路军,在国语统一过程中,"小学和军队的作用最大,它们把国语带入每一位国民家中"①。曲波受到了国语普及的教育是没有问题的,也就是说他的文化脉络是内在于新文学传统中的。但就个人修养而言,鲁迅和毛泽东的著作不是他长年通读的,真正对其写作构成切实影响的新文学内容,恐怕还是解放区冠名以"大众"的刊物,这些刊物将新思想进行了有效的通俗转译。这些"大众"刊物固然不能如被定为规范的鲁迅和毛泽东的作品那样"字汇丰富"、"语法精密"、"体裁自由"、"表现力提高",但却给作者提供了一份新的生活世界想象的图景,是其后来写作时新人想象、科学"崇拜"的重要的来源。

　　据由波的战友介绍:"在抗日战争那么艰苦的生活中,他对文艺就有着特殊的爱好,直到现在他还保存着成本的在抗日战争时期胶东地区出版的文艺刊物——《胶东大众》。"②《胶东大众》是胶东解放区文协主办的刊物,意在帮助"小学教师、中学学生"、"质量高的高小学生"、"农村知识分子""解决问题",它的常设栏目有:写作指导和青年园地、工作经验、青年卫生和科学知识等。"青年卫生"一栏的内容是有关"知识青年本身的一些卫生常识、疾病问答","科学知识"一栏的内容是"着重是日用科学知识,教学中关于科学上疑难问题的问答,科学创造的介绍,科学家的介绍"。③ 曲波受到中国古典长篇小说如《三国演义》、《水浒》、《西游记》的影响,这可说已是常识,作者在创作谈中也一再提到,但曲波每说及新文学的影响,往往语焉不详。从曲波对《胶东大众》的珍藏,或可推测这样的刊物文章的程度或许与他的接受程度是吻合的。其至,我们从《林海雪原》小说中对于"卫生知识"与"科学知识"的津津乐道也可看出这份"大众"刊物影响的痕迹。我们从《小白鸽彻夜施医术》原稿中可以找到两个例子,一是白茹解释草药何以能治冻伤,分析道"这些植物和动物,都是防寒能力极强的,冬青林越冷越茂盛,岩石上的万年松,根子都露在外头,可是年年冻不死;松胶也是松林受伤的部位才产生的,不用说这是松林的一种本能,用它自身排出的松胶来保护它的创伤。这些东西所以能在严寒地带生存,一定是它们自身有一种非常大的抗寒素。"另一处是少剑波向战士们解释"人的身体和所有的物质

---

① 埃里克·霍布斯鲍姆:《民族与民族主义》,李金梅译,上海:上海人民出版社2006年版,第136页。
② 马晴波:《读〈林海雪原〉后所想到的》,《人民文学》1958年第1期。
③ 《胶东大众·征稿启事》,《胶东大众》1946年6月第34期。

一样,同时是不能受得激冷和激热",举了例子来说明:"比如一个瓶子你装上热水,又马上把它放进冷水里,这瓶子马上就会炸碎。我们在农村时挖的白薯和葡萄,如果被冻了,再放进菜窖,一定要烂掉。所以得逐渐升温,慢慢冷才成。"白茹解释的时候用了一个自创的名词"抗寒素",而少剑波则用的是生活中常见的事实,这种解释确实是通俗易懂的。而作者在原稿中特别加上这样的说明,意在突出白茹、少剑波都是拥有科学知识的新人。

这些科学"崇拜"的倾向保留了下来,而包含在"人"的表述中的一些思考,却可能被编辑所压抑而在出版的文本中遁形。这关系到知识分子的编辑对"工农兵"以及"工农兵"作者情感和思想状况的认定。

工农兵究竟会使用什么样的词语来进行写作和"思想",知识分子的作家、理论家、批评家之间存在着争议。主张城市"无产阶级"可以创造"现代汉语"的瞿秋白,却认为农民的对话里说出"挨饥受辱"那样的字眼,是作者在"描写的技术"上的"幼稚",这种语言是"五四式的假白话"。[1] 而在1940年代写了不少工农人物的路翎,则坚持认为"工农劳动者,他们的内心里面是有着各种各样的知识语言,不土语的,但因为羞怯,因为说出来费力,和因为这是'上流人'的语言,所以便很少说了。"一旦这些人"激昂起来,不回避的时候","灵魂"、"心灵"、"愉快"、"苦恼"等词汇会出现,虽然"这种情况不很多",但"作为作者",他却愿意把这看作工农劳动者"反抗这种精神奴役的创伤"的"奋斗"。[2] 如果我们考察所见《林海雪原》手稿的情况,情况可能与路翎的判断更接近一些。

作为"农·兵"出身的作者曲波,写山民"蘑菇老人"独居深山,白茹诊断其"患的肠炎,",遂"服侍他吃药,给他注射,生火煮米汤,又用温水给他洗手擦脸,""像亲闺女一样的殷勤",到小分队赠予一件白衬衣和一个烟荷包,将老人情绪推向高潮,激动得哭了起来,原因是"由于共产主义战士给老人第一次享受了人间的感情,人间的温暖"。"天下的东西,只有人才会感情的哭。我这六十八岁,第一次享受了人的感情。所以我才会哭!"这两句话都有语病,但意思还是清楚的,前一句话的重点是"人间的感情,人间的温暖",强调人与人之间的真情;后一句的重点是相较于其他"动物"(老

---

[1] 瞿秋白:《革命的浪漫谛克》,引自"旧籍新刊"之《饿乡纪程·赤都新史·乱弹·多余的话》,长沙:岳麓书社2000年版,第257页。
[2] 路翎:《一起共患难的友人和导师——我与胡风》,《我与胡风》,银川:宁夏人民出版社2003年版,第714—715页。

人用的词是"东西"),"人"是有感情的,是"会哭"的。这两句话都被编辑秦兆阳删去而代之以"他说不下去了"。秦兆阳删掉有关"人间"、"人"的语汇,其原因我们只能揣测,一个比较容易想到的理由是,1957年前后对抽象"人性论"的批评性意见已成主流。但相反的意见的声音还是很明确的,如1957年2月份钱谷融发表《论"文学是人学"》,阐发高尔基的文学是"人学"的主张,认为"人是生活的主人,是社会现实的主人,抓住了人,也就抓住了生活,抓住了社会现实"。并认为这不是在抽象地"斩断文学与现实之间的联系",而是因为"人是不能脱离一定的时代、社会和一定的社会阶级关系而存在的",因此"就是要达到反映生活,揭示现实本质的目的,也必须从人出发,必须以人为注意中心"。① 尽管后来钱谷融的文章受到批判,但在秦兆阳修改曲波手稿的1957年年初,"人"恐怕不是忌讳到不能言说的地步。最大的可能性是,如同瞿秋白质疑农民能说出"挨饥受辱"这样的语汇一样,秦兆阳也不相信蘑菇老人能准确地产生"人"的联想并予以表达。1950年6月秦兆阳在天津《文艺学习》发表短篇小说《为孩子们祝福》,小说第一节标题为《头一课讲的是"人"》,在小说里,老师和学生讨论"人"的概念,老师认为"只有马列主义才能给予'人'以最正确最完善的解释,人的最大特点是会劳动,是能够用劳动创造世界……",同时也讲了不少"人压迫人"的故事。② 在这篇小说里能够正确地解释"人"这个定义的是小说中的"教师"这一角色。如果这还是一个孤证的话,我们再看同样是秦兆阳担任编辑的小说《组织部新来的青年人》的修改,小说接近尾声,有一段主人公林震的内心独白,其中有:"人,是多么复杂啊!一切一切事情决不会像刘世吾所说的:'就那么回事'。不,决不是就那么回事。正因为不是就那么回事,所以人应该用正直的感情严肃认真地去对待一切。"这段话全部是编辑秦兆阳增添的,③如果前面所举秦兆阳的小说中多少还有点"阶级论"的背景的话,那么这里修改增加的"人,是多么复杂啊!"是并不具有阶级论的特点的,只是也是一位青年知识分子的所思。也因此,我们可以把结论说得更直白一些,在编辑秦兆阳这里,他认为关于"人"的抽象思考,是"工农"所不太可能拥有的,所以相关的表达尽数予以删除。

---

① 钱谷融:《论"文学是人学"》,北京:人民文学出版社1981年版,第6页。
② 秦兆阳:《为孩子们祝福》,《文艺学习》1950年6月第1卷第5期。
③ 参看《〈人民文学〉编辑部对〈组织部新来的青年人〉原稿的修改情况》,《人民日报》,1957年5月7日。

而在作者曲波这里,有意地强调"人"可能是他颇为看重的一种努力。尽管,他对"人"的认识并不怎样深刻。曲波是民国时期的高小毕业生。根据研究者考察,1912 年 1 月南京临时政府教育部下令:"清学部之教科书,一律禁用。"同年,商务印书馆出版《教育部审定共和国新国文》,这套书影响很大,其中第一册迄至 1924 年,已在各地再版重印达 2218 次,这一册的开篇为"人、手、足、刀、尺",时人评价整套小学课本"文字浅显,所选教材不出儿童所见事物之处,颇合小学程度"①。一个也许不太离谱的推论是,在教育不算落后的山东,曲波所受小学教育大致应与《教育部审定共和国新国文》的程度相一致,也就是说"人"可能是他接受教育第一个认识的字。这里不妨做一点扩展性的说明。按照王尔敏的考察,"人权"这一外来观念在近代中国之最初"创始启念"乃因"苦力贸易所激起之人格觉醒与防护"。19 世纪华工出洋,形成"苦力贸易"("卖猪仔")问题,"华工悲惨情况,再度激起畜生、奴隶与真正做人之实际分野,此即自然导向于人格之肯定,以至于进而加以保护"②。在西方刺激下形成的"人权"观念重点首在基本生存权之卫护,后来五四时期周作人在《人的文学》中也以更朴素直接的语言表述为"个人以心力的劳作,换得适当的衣食住与医药,能保持健康的生存"。由生存权之保障,方有精神上之追求,"应该以爱智信勇四事为基本道德,革除一切人道以下或人力以上的因袭的礼法,使人人能享自由真实的幸福生活"。这大概可以说是五四人道主义的基本内涵了。

五四时期,周作人《人的文学》、《新文学的要求》等多篇文章为"人的生活"定义,五四人的发现,人的"自由生活"、"平等权利"的强调,无疑影响到解放区。在延安,周扬已经总结了周作人五四时"人的解放"、"人的自觉"的贡献,同时亦已翻译介绍过高尔基的"社会主义人道主义"。至 1948 年歌剧《白毛女》一出,定"旧社会把人变成鬼,新社会把鬼变成人"为主题,将五四"人——兽(动物)"对举的框架易为"人——鬼"对举,这一切都说明五四"人学"在解放区有了继承,也有了变体。此时"人"的内涵,应当说还是延续着五四关于人的生存权与人格权的理想。不过,五四的"人学"是普世化的,而解放区的人学是要受阶级论的限制的;五四将"平民"上升到"人"的位置,而解放区则是将"无产阶级"(工农兵)上升到"人"的位置,这

---

① 姚丹:《二十世纪二、三十年代中小学新文学教育》,《鲁迅研究月刊》2008 年第 8 期。
② 王尔敏:《中国近代之人权醒觉》,《中国近代思想史论续集》,北京:社会科学文献出版社 2005 年版,第 372 页。

种平等主义的用力方向还是一致的。解放区"人——鬼"对举模式中,"鬼"的隐喻性还是增强了"社会"的介入,"人"的基本尊严感的获得,大概是"人"这一词的最基本含义了。

如已在文中所提到的,曲波的成长与写作是内在于中国的现代进程中的,五四式的"人道主义"常识,经由解放区的文化"转译",多少会为其吸收。我们从他的手稿内部亦能得到佐证,即他对"人道主义"有着十分朴素的认识。在《小白鸽彻夜施医术》这一章刚开始,有一个战士请求救治俘虏,有人反对,白茹就讲了救治俘虏的道理:"对已经放下武器的敌人,我们既要忠实执行党的政策,又有我们共产党人高尚的人道主义!"此处"人道主义"主要落实在保障俘虏的医疗权利上。从前面提到的"人间"、"人"再到此处的"人道主义",作者曲波大致是在生存权的层面来谈论"人"的问题,然而这又何尝不是他投身其中的"革命"关于"人的解放"的最基本的承诺呢,这一面向,是其"新人"想象的重要组成。

"欧化"与"民族风格"

如果说,对"人"、"人道主义"的删除表现出秦兆阳对"工农兵"或"工农兵"作者存在着某种"成见"的话,那么,他对原稿的其他地方的修改则明显地表现出欲将小说原稿中"欧化"的努力尽力压抑,而凸显其"民族风格"的倾向。

秦兆阳对可能带有"知识分子或者翻译作品的洋腔调"的警惕是切实存在的。再来看一处删节,在《受命》这一章的原稿中有这么一段:"剑波想到这里,他的精神异常的焕发,他拿起笔来飞快地写下去,这笔就象有灵魂一样,帮助剑波排点着,组成小分队员名单,金壳表闪着光辉,发出滴答滴答悦耳的欢声。它欢悦的神气,并不亚于钢笔和剑波,好象它在说话称赞着剑波和钢笔选在小分队榜上那些出色的战士。"这段话整段被删,在这段话中有几个词比较特别,一是"灵魂",再就是"钢笔"和"金壳表"。"灵魂"的被删,如前面的"人"、"人道主义"的被删除一样,大约主要还是秦兆阳认为这类词不宜出现于工农兵的表述中,不管是书中的"工农兵"人物,还是作为"工农兵"之一员的作者的叙述。而"金表"和"钢笔"在当时的稀缺,使得它们出现在文本里显得格外突兀。

更多的删改,是小说原稿中的"欧化"修辞。被当时的批评家称为洋腔调的具体表现,如被动句式与虚词的大量使用、句子长度的无节制、风景描写、运用抽象语汇等,在原稿中都有体现。不过,我们下面的研究是在一定的取量范围内进行的,因为据以分析的材料,仅是小说前几回的原稿与编辑修改,所以结论是有局限的。前面已经谈到抽象语汇的问题,下面再看一下其他几项。

先看被动句的删改情况。在小说原稿中有一句"这天傍晚,他们登上一个陡峭的山头,刚一喘息,望见脚下的山崖里有一缕炊烟徐徐升起,两个人的疲惫完全被驱逐了。"秦兆阳将"两个人的疲惫完全被驱逐了"修改成"两个人立时忘了疲倦。"这是将欧化明显的特征删去,换以"民族风格"式的修辞。根据王力先生的研究,古代汉语中"被动式的作用基本上是表示不幸或者不愉快的事情"①,而"五四以后,汉语受西洋语法的影响,被动式的使用""就不一定限于不幸或者不愉快的事情"。"但是,一般说来,这种语法结构只在书面语言上出现。在口语中,被动式的基本作用仍旧是表示不幸或者不愉快的事情。"②这是王力在1958年前后的研究成果,我们不妨借这个成果来简单地分析一下秦兆阳的修改。如果按照王力的说法,那么,"疲惫完全被驱逐了"是五四以后被动式的新用法,不一定表示不愉快或不幸,这句话从语法上无大错,但显然是"欧化语言"。而秦兆阳的修改,是要民族化,口语化。参照废名(冯文炳)的研究,可以得到进一步证明。废名是杰出的现代小说家,新中国成立之后,他转而研究文学语言问题,他有一个有趣的见解,认为现代汉语和古代汉语的区别很小,语法上欧化的只有"两事项","一是动词被动式的使用,一是'虽然'分句放在后面"。他做了细致的分析,中国古代文学中有被动句如《水浒传》的"那两间草厅已被雪压倒了",但是毛泽东的句子"中国共产党和中国人民没有被吓倒,被征服,被杀绝",中间没有类似"雪"的东西,就以三个动词被动式做谓语,"中国共产党和中国人民"是主语。③ 按照废名的见解,被动句是现代汉语欧化特征最明显的表征,秦兆阳的删改减去了这一句的欧化色彩。

其次是虚词的问题。原稿第37页有"剑波在盼望着他的成功;也在担心着他的饥饿和安全";原稿第46页有"杨子荣像一个捕鼠的大狸猫,蹲在一棵大树根下——两只眼透过黑暗,紧盯着吱咯响声的地方,若有两分钟的时间。突然,他看的地方闪了一下擦火柴的光亮,接着便是一闪晰

---

① 王力:《汉语史稿》,北京:中华书局1980年版,第503页。
② 同上书,第503页。
③ 废名:《毛泽东同志的语言是汉语语法的规范》,《废名集》第6卷,北京:北京大学出版社2009年版,第3058页。

晰的灯光。而没有任何声音。杨子荣的心突然像火光一样的亮堂了。欢欣着他的新发现";原稿第46页有"杨子荣……窥视着这个家伙的秘密洞"。经过秦兆阳的修改,"剑波在盼望着他的成功;也在担心着他的饥饿和安全"、"欢欣着他的新发现"、"窥视着这个家伙的秘密洞",这三句带虚词"着"的句子被悉数删去。语法学家指出:"在各种语言中,有不少语法成分是从实词变来的。例如现代汉语表示完成体的'了'和表示继续体的'着'是从表示'终了''了结'的'了'和表示附着的'着'演变来的。"并且,"由实词演变为语法成分是产生新语法成分的一条重要途径"。① 由此可知,曲波的"着"的使用,亦是一种欧化的努力,而这种努力几乎亦为编辑所压抑。

在语汇上,秦兆阳亦有着严格的控制,除了上面提到的抽象语汇不让使用以外,他还有意地删除了与现代城市生活相关的一些语汇,这显然有利于"传统"与"粗鄙"的世界的建构。我们看到,曲波在原稿中使用了"细胞"、"交流电"、"五层大楼"、"玻璃"等指示"现代"世界的语汇,而这些语汇均被秦兆阳删除。词汇对应的是其能指所指向的那个生活世界或想象世界,这几个词汇与城市生活可能有着更为紧密的想象性的联系,在当时中国,大楼、玻璃、交流电,大约是城市生活中所可能常见到的,而删之,就将小说的世界限定在一个比较农业社会的、城市以外的空间中了。

原稿第2页有"大家都喘了一口粗气,全身每个细胞都在紧张的愤怒"。这句话被删。如果要保留,在"细胞"后加上"仿佛"变成比喻句就可以了。再看原稿第34页"这一连串的问题好像交流电波一样在他脑子里反复掠过",这句话已经以"好像"来表明比喻用法,亦被删去。由此大致可以断定,不是修辞的原因,而是编者不希望"现代"的或者说与"城市"想象关联的语汇出现在文本中。下面一个句子,编辑的改动已与作者原意不符,原稿第29页有"这块巨石和牡丹峰比起来,只不过像整个人体上一片小指甲那样大和五层大楼上半块玻璃那样的比重"。编辑修改成"这块巨石和牡丹峰比起来,只不过像整个人体上一片小指甲那样大",原稿是将指甲盖与玻璃作比,而改过之后,是指甲盖与整个人体大小进行对比,五层大楼在当时中国确实也还是少见之物。

毫无疑问,《林海雪原》中有大量的口语化的表达,如口语词、常用词及

---

① 高明凯、石安石主编:《语言学概论》,北京:中华书局1963年版,第179—180页。

方言词,还有俚语、谚语、俗语的大量使用。一般而言,我们可以同意这样的论断:"语词的差异往往能够反映语言形式或语言风格的差异,也是区别口语表达与书面表达的最直观因素。"落实到词汇的角度,"口语表达中大量使用的是口语词、常用词及方言词,还有俚语、谚语、俗语,而尽量避免使用古语词、外来词和专业术语"。① 也就是,《林海雪原》的"白话"倾向肯定是很明显的,也是因为小说原稿自身已经具备的比较明显的"民族化"特征,所以编辑才可能做出这样有倾向性的修改。研读手稿,并参看《林海雪原》整部小说,我们会发现,作者努力挣扎着使用五四以来的汉语书写语言,并不避忌"洋腔调",甚至以为此类"技术"乃是进入文学殿堂的"入场券"。编辑的修改压抑了作者的"欧化"的"洋腔调"的追求,这是否对"工农兵"作者构成一种"奴役"和"创伤",是耐人寻味的。

  1950年代,"文学写作"这一行为本身,对于工农兵作者在社会与历史中确立其"主体"地位,意义重大。1958年春节前后,文学新人曲波第一次参加中国作协的聚会,他的自我评价是"我性情粗野,不学无术,怎么有资格在作家们的大会上讲话呢!"②这固然有自谦之意,但认为自己粗野、不学无术,亦是潜在地将知识分子作为自己的比较对象。作品发表之后,"有位专门研究语法修辞的同志,批评《林海雪原》中有六十多处违背语法修辞的错误"。这使曲波十分苦恼,他跑到老舍处请教:"我不懂语法修辞,我自己怎么也找不出来那句话是错误的。"老舍并未正面回答,而是夸奖曲波"信笔写来,无障无碍,这才能笔从心愿,得心应手",题赠"曲高和众,波远泽长"。③ 但有意思的是,却也有资料表明,老舍对《林海雪原》的评价是有保留的。据林斤澜回忆,1961年中宣部和中国文联在北京新桥饭店召开会议,老舍评价《林海雪原》说:"如果我有那样的生活,我写的话,十万字就可以了吧。"④这说明老舍对曲波的写作能力有看法,但这并不妨碍他与作者交朋友,也不妨碍他从正面去评价作品。这里我们再次看到了知识分子对"工农兵"作者的复杂态度。

(作者单位:中国人民大学)

---

① 杜新艳:《白话与模拟口语写作》,《文学语言与文章体式》,合肥:安徽教育出版社2006年版。
② 曲波:《清水流香》,《中国现代文学研究丛刊》1985年第2期。
③ 同上。
④ 程绍国:《林斤澜说》,北京:人民文学出版社2006年版,第183页。

五四文学的启蒙指归与当代的"底层"写作

赵学勇

1990年代中期的"人文精神大讨论"渐趋平静之后,随着大众文化的迅疾蔓延和流行,以及文化资源开发中的新一轮传统复归取向,以五四新文学为代表的中国现代文学传统——包括其鲜明的启蒙理念逐渐为人所质疑、所诟言。在当代文学中,对暴力、身体以及赤裸裸的性的有意识和无意识的低俗描写,名目繁多的文体实验、形式探索、语言技巧、唯美的、纯粹的等等高蹈表现,竞相角逐,不亦乐乎;而文学中的启蒙思想追求,则因其功利、严肃和高度精神化的属性,不仅为时尚所不容,而且也为许多作家所唾弃。于是,启蒙的话题也便渐渐淡出了中国文学的视野。

文学成为一种生意,写作成为一种制作,或者说文学成为了一种完全个人的存在,写作仅仅成为一种自我世界的体征。在一段时间中,中国文学似乎无关中国人现实的存在,成了一种不关痛痒的话语表达。这种情况到了新世纪发生了异样的变化,其中最为惹眼的就是"底层写作"的出现。

在对当下中国底层写作的解读和判断中,我们既可以感知到作家们对于现实特别是社会弱势群体生存的主动关注和承担,也可以体味到某种似曾相识的新文学传统——如启蒙吁求、现实关怀、左翼精神等内容的复苏,纵向观照,前后疏通,在20世纪初和21世纪初中国文学将近百年的变化发展历史之中,也同样是在跨越世纪的交合点上,我们能够发现中国文学在不同时段的不同表现中所内含的一种奇妙的呼应或循环。

这种呼应或循环,不是简单的复制甚或模仿,它既是文学自身运动的一种结果,同时也可以看作是新世纪以来一些作家对于新文学传统之于当下现实开掘的一种遇合,其凸显了五四新文学传统对于当下中国作家写作所可能发生的意义。缘此,以五四新文学极为重要的动机构成亦即"启蒙指归"为话题,切入这种呼应或循环,比较两种时空背景下的作家在对待底层民众生存境遇的文学表达上的异同,进而寻觅五四新文学传统对于中国作家当下写作所具有的可以不断再生的资源意义,自当具有现实和学术的双重价值。

一、五四新文学的启蒙诉求与底层关注

五四新文学的诞生,有中国文学运行发展的自身原因,但更与中华民族在近现代所遭遇的生存危境密切相关。长达半个世纪的中西冲突,失败,失败,再失败,国门被强行打开,这种生存境遇,造就了转型时期近现代知识分子根本性的生存焦虑。民族生存的危机感,救亡意识和持续不断的建立现代民族国家的心理诉求,很长一段时间内成为中国知识分子的精神主题。

这种"诉求"的表达显现出了鲜明的阶段性特征,由军事而至实业,由实业而至政体,再由政体而至国民的精神,从近现代一路走来,其变化是外力强制作用的结果,但也是知识分子主体认知不断深化的体现。唐才常在《尊新》里提出,不仅要"新其政"、"新其法",还要"新其民"、"新其学",开民智"必自尊新始"。然而,在国家和民族危亡难以得到改观的情况下,民如何新呢?梁启超的回答是"欲新一国之民,不可不先新一国之小说"[①]。鲁迅有大体相似的认识,"人立而后凡事举"[②],所以重要的是"国民精神的改变",而"国民精神的引导,我那时以为最有用的就是文艺了"。五四新文学启蒙理念的萌生,即立足于其时知识分子如此这般的精神背景。

新文学的启蒙诉求由此有了两种基本的价值向度:一方面它是中国现代知识分子的一种自我精神救赎,通过启蒙确立自己的文化精英身份,体现自己的社会职责和承担,在自我反省与批判之中实现精神的超越,从而冲淡或者缓解外部现实所带来的生存焦虑,现代知识分子由此而寻求到了一种自我精神拯救的可能途径;一方面它也是现代知识分子群体对民众精神的救赎。"揭出病苦,引起疗救的注意"[③],鲁迅的话,代表了当时许多人的意见。

在具体实施这种启蒙救赎时,五四一代作家大都自觉地选择了将底层国民的生活作为首当其冲的书写对象。之所以如此,主要的理由在于:对于底层国民的人文关怀和文学表达,首先是从根底上疏通了中国知识分子以"天下情怀"和道义承担为代表的精神传统,所以在充分的社会价值的体现

---

① 梁启超:《论小说与群治之关系》,《二十世纪中国文论经典》,童庆炳主编,北京:北京师范大学出版社2004年版。
② 鲁迅:《文化偏至论》,《鲁迅杂文全编》(一),北京:人民文学出版社2006年版。
③ 鲁迅:《我怎么做起小说来》,《鲁迅散文诗歌全编》,北京:人民文学出版社2006年版。

和道德荣誉感的建立过程中,最有利于在现代知识分子的自我救赎和对民众的救赎两种不同的行为之间确立可以相互转换的中介机制,从而通过"他救"实现"自救",迅速而有效地缓解他们内在的生存焦虑;其次,底层国民的生存状况,在漫长的中国古典文学的书写中,一直是被士层有意忽略或淡化的区域,正是在这种忽略或淡化之中,新一代知识分子看到了更新中国文学的可能和突破点。写民众并且为民众,中国新文学的新的基质或者现代性内涵,其实就是因为对底层民众的思虑而派生的;再次,五四前后夹杂着各种思潮涌入的无政府主义中的民粹主义倾向,也使得知识分子精英群体带着负罪感主动走向民间,与底层相融合。

对源自于启蒙诉求的底层民众生活或生存的关注和书写,充分地表现在五四时期新文学参与者们的理论表述及创作实践中。

梁启超的"新民"思想是五四新文学底层关注的最近本土理论阐发,而后随着外来的人道主义思想的介入和不断扩散,先是陈独秀的《文学革命论》所提出的"写实的文学"、"国语的文学"和"平民的文学",其中即含有着眼于底层国民的文学革命意愿。之后,胡适在一系列文章中力主新文学要写"今日的贫民社会,如工厂之男女工人,人力车夫,内地农家,各种小摊贩及小店铺,一切痛苦的情形"①。鲁迅则明确提出了通过对"下流社会""貌似无事的悲剧"的表现来揭示国民沉默灵魂的写作主张,周作人更是在1919年初直言建设"平民文学",强调"记载世间普通男女的悲欢成败",以达到"研究平民生活"、"将平民的生活提高"②的目的。

在理论引导下,五四时期的作家们对底层民众生活的书写蔚然成风——我们不仅可以列举文学研究会着意显示人生"血与泪"的"问题小说",鲁迅展示"下流社会的不幸的人们"的系列创制,以及乡土作家在偏远地域的乡风乡情描绘中对于底层民众困苦生活和愚昧人生的写作,而且也可以以当时曾风行一时的"人力车夫"题材写作为标本,分析一个时代人们的兴趣所在。

对于底层民众的生存和精神状态的关注,在五四之后更是不断延伸、发展,以各种文学样式、在最大范围内得到了最有力的表现,为新文学积累了丰厚的历史内容。从文学研究会的"血与泪"主张到革命文学的"血泪控

---

① 胡适:《建设的文学革命论》,《中国现代文学史参考资料》(第一册),北京大学等院校编选,上海:上海教育出版社1979年版。
② 周作人:《平民文学》,同上书。

诉",到"中国诗歌会"对于"被压迫者的立场"的强调,到左翼文学的阶级代言,再到毛泽东的"为工农兵服务";从写"下流社会的不幸"的鲁迅到揭示"风俗的野蛮"的乡土作家群,到执意于"乡下人"的沈从文,刻画老北京底层市民的老舍,写农民的赵树理和写边民的艾芜和流民的沙汀,直至解放区的《暴风骤雨》、《白毛女》、《漳河水》等等,读者可以清楚地看到新文学的发展变迁始终贯穿了对于底层民众生活进行抒写的持续热情。

二、五四作家底层意识的精神内涵

因新文学有着异常鲜明的启蒙指归——更具体地说,就是对广大民众进行精神教育的目的追求,所以无论是理论上的提倡还是写作实践,五四一代作家底层意识的表现,都附着了作者主体诸多的精神内涵:

一是悲悯情怀。悲悯情怀源自于作家对于被启蒙的对象——底层民众生存处境的深刻了解和省察。自然的灾害,风俗的浸染,习惯的规范,等级社会的层层压制,统治阶级严酷的专制和巧妙的心治,加之因为受教育权的被剥夺所造成的不能言说的沉默,在环视了自己的对象所置身的生存境况特别是文化境况之后,已然觉醒了的启蒙者对于仍在酣睡的底层国民也便充满了一种悲悯情怀。"哀其不幸",鲁迅所言的"哀"即这种悲悯情怀的具体体现。愚弱的单四嫂子,木然的闰土,无聊的阿Q,潦倒的孔乙己,在对人物种种行为心理的细节刻画中,鲁迅对他笔下那些可怜可悲的人物给予了真切的同情和怜悯。祥林嫂讲述失去孩子的痛苦而别人却把这种讲述当成是有趣的谈资,"祝福"之前她不幸死去,鲁四老爷却因为她死的不是时候而大骂她是一个"谬种"。活着没有了意义,死去仍然要面对巨大的恐惧,在对人物于生死之间无处立足的尴尬处境的思索之中,鲁迅表现出了一种近乎佛家的悲悯心怀。

二是人道主义立场。鲁迅的悲悯情怀不仅因为他心性的善良,更因为他所"心持"的人道主义立场。关于这种人道主义,周作人曾解释说:"我所说的人道主义,并非世间所谓'悲天悯人'或'博施济众'的慈善主义,乃是一种个人主义的人间本位主义。"即从个人做起,"使自己有人的资格,占得人的位置",进而"讲人道,爱人类"。① 依据周作人的解释,人道主义就是先

---

① 周作人:《人的文学》,《中国现代文学史参考资料》(第一册),北京大学等院校编选,上海:上海教育出版社1979年版。

将自己当作人,然后将心比心,再由己及人,像爱自己一样爱及他人乃至整个人类。"我的确时时解剖别人,然而更多的是更无情面地解剖我自己"①,正是通过对自己的深刻认知,鲁迅获得了一种触及别人灵魂的路径,从而真正从精神的深处理解并体谅人物种种看似反常、乖谬、荒唐的举动,从中剔抉出人性的正面或者可理解的内涵——亦即被生活撕毁的价值意义。譬如《阿Q正传》中阿Q向吴妈求婚的事件叙述。被小尼姑骂了一句"断子绝孙"之后,辗转反侧了一夜,第二天阿Q便直接在别人家里赤裸裸地向吴妈求婚说:"吴妈,我想和你困觉。"阿Q的表达看似无理、荒谬,但是将这种无理、荒谬置之于中国民间信持的祖先祭祀风俗,特别是和自己长久的无性婚姻生活连接起来之后,鲁迅引导读者从中体会出了阿Q作为一个"真人"的欲求的合理性。我们可以否决阿Q的表达方式,但他的动机欲求却不都是错的或不应该的。

　　三是忧患意识。因为对底层民众精神的深刻体察,在对他们施予种种体谅和同情之时,五四一代作家也萌生了深广的忧患意识。文学研究会许多作家的创作揭示了底层社会生存的种种问题,周作人提到了中国社会"人的问题"从未解决这一严峻的事实,鲁迅更是在"吃人"的历史和荒诞的现实的分析之中,洞察了底层民众种种的精神痼疾。"人立而后人国立",启蒙的指归就是希冀通过对"人"的教育和警醒,建立一个强大的现代民族国家,但是现实中的民众却是这样的愚昧、麻木、无聊和不求上进,希望和现实的巨大反差,使五四一代作家在执着地表现其启蒙理念时,不能不产生深深的忧患意识。革命者夏瑜为了拯救民众不惜牺牲自己的生命,但是当他在牢狱鼓动狱卒,说出"这大清的天下是我们大家的"时候,大家——他所想拯救的那些人,却都以为他是"疯了"。这就是夏瑜们所要启蒙的对象!虽然因为想着"遵命",夏瑜死后坟头上有了没有预兆的白花,但是深入骨髓的担忧甚至绝望,最终却还是让鲁迅在小说《药》中安排了一个安特莱夫式的阴冷结尾。

　　四是俯视的批判中的人性吁求。忧患产生于不满,不满的前提则是启蒙者和被启蒙者之间的差距。启蒙者感觉自己是少数已经觉醒了的人,而被启蒙者——即大多数的民众则依旧是在"铁屋"中沉沉酣睡的人。五四一代作家的社会批判意向由此萌生,而批判时的明确的精英意识也由此相伴而生。正是基于这样的意识,启蒙者与被启蒙者之间的关系,也便自然地

---

① 鲁迅:《写在〈坟〉后面》,《鲁迅散文诗歌全编》,北京:人民文学出版社2006年版。

体现为一种类似于先生给学生讲课时的俯瞰姿态,双方之间交流虽然名之为交流,但是实际上却更像是一种独白。

新文学作家对于社会的批判集中于对国民性的批判,因为借此批判的锋芒不仅可以指向现实的政治,而且还可以通向历史文化的根源,从而将社会批判提升到文化批判的高度,从中挖掘出更为深刻丰富的意义内涵。考察当时作家的写作,对国民性的批判更多集中于国民性构成中的负面、消极因素,很明显,这种批判基本上是否定性的,但其否定之中却内涵了那一时代作家整体上对于健康或理想的人性——如向上、宽容、自信、执着、独立等等——的一种呼求。"哀其不幸,怒其不争",其中的"怒",既是一种不满、批判,但更是一种希望,一种期待。

三、当代底层写作的启蒙表达

因为现代民族国家的构建有着对于国民素养不断深化的要求,加之20世纪中华民族生存语境整体的艰窘——外部持续不断的压力(即民族生存的救亡主题对于思想层面的启蒙主题的掩盖)和内部持续不断的阻力(即主流意识形态通过政治的要求对于思想启蒙的取代),所以,启蒙的延续和沉重也便构成了20世纪中国文学最独特的现象。一方面是变样的延续:五四的思想启蒙——二三十年代的革命启蒙——三四十年代的民族启蒙——新中国成立后的政治启蒙——新时期的主体启蒙,等等,尽管表现在不同的层面和领域,但是知识分子意欲通过某一方面的工作从而对民众实施教育的目的始终没有停步;一方面是延续中的艰难和沉重:外在的干扰,内部的阻力,生存和政治的双重压力,对知识分子希望通过思想教育实现民众精神健康强大的启蒙呼求持续地制造了各种障碍,启蒙(有时甚至是降低要求的科学启蒙)的进行有时甚至以知识分子的生命为代价(这样的例子很多,譬如顾准和马寅初等)。

新世纪以来,因为市场经济运行机制和导引这种机制的政体之间日益凸显的不和谐,特别是劳动者和权利拥有者利益分配的极度不均,各种差异特别是横向差异所导致的转型时期中国社会的各种矛盾骤然强化。而少数人经济财富的暴敛和政治权力高度集中(也表现为话语权力),也使贫富悬殊的社会阶层的分化成为可能。

在这种不断加深的社会阶层的分化中,下岗工人、农民工、无业游民和因灾害疾病而使得生活陷入贫困的人群组成了当代中国社会最为底层的存在。这些陷于社会底层的民众,他们收入低下,缺乏必需的经济能力完成必要的文化教育,知识水平普遍比较低深受侮辱和损害却不知怎样呻吟,遭际不公却不知怎样言说。中国当下的底层写作即缘起于这样的社会背景。

正是因为这样的背景,人们感觉到了当下的底层写作和五四新文学启蒙主题表达之间隐隐存在的可通或一致属性。

首先是题材选择上所体现出的作家对于社会底层问题的主体敏感。五四启蒙表达和当下的底层写作原本是不同历史时段不同作家对于社会的不同文学呈现,但在表面的不同之中,人们可以发现,五四和当下的作家都发现并在作品中表达了社会的"不公平"问题。五四作家大都不是纯正的文学家,文学对于他们更多的是一种参与社会和思想表达的工具或方式。因为痛心于民族精神的积弱和国家的不振,他们写作的目的因此大都基于文学之外的思想诉求。国家的强大在于人民精神的强健,但是在对国民进行精神质量的考察时,却发现他们所要依赖的民众大都身患严重的疾病——冷漠、孱弱、自私和奴化等等。民众何以会病?被压迫却没有反抗,被欺凌却没有不满,被伤害却没有痛苦,满身疾病却没有自觉,在对可能的原因的分析中,五四一代作家发现了种种不公平——现实的,但更是源远流长的历史的,几千年的中国历史都不过是穷人成为阔人筵宴的材料的历史,所以反传统的声音在五四作家的表达中才格外响亮。和五四时期相比,当下社会已经没有了绝然的阶级对立,改革开放之后,逐渐富裕的生活也让大多数的作家要么转向唯美、形式的探索,要么热衷于感官刺激的大众文化的制作,在复制性的生产与消费中和商人一样追逐利益所带来的快感,然而在社会整体的平静和歌舞升平之中,当下的底层写作却在人们的唯美艺术探求和大众文化热闹之中,发现了为大家所忽视的社会不公和苦难。大量的工人下岗,愈来愈大的生活开销,而当事人却缺乏更新的可能,就像方方所写的《出门寻死》一般。最为严重的还是"农民进城"过程中所发生的种种侮辱伤害和不适应,干最脏最苦的活却拿最少的钱,没有身份,没有尊重,没有权力,没有话语,经受着来自身体的痛苦和心灵的粗粝,在实现本能欲望而不得后走向暴力反抗,正如罗伟章的《故乡在远方》中说陈贵春一样:"他出来闯荡,结果没闯荡出什么,却丢掉了属于自己的社群。"这种在城里人眼里是乡下人,在乡下人眼里是城里人的尴尬处境,使得他们在两者之间都找不到身份认同感,"农民工"一词可以说为这种尴尬的身份做了最好的诠释,这种身份一旦在现实生活中受挫,一旦失去生活保障和信仰,他们就只有和陈贵春一样,在肉体体验的饥饿和个人尊严丧失的愤怒面前,忘记家人,变成一个为了最后一口饭和最后一点人的尊严而奋战的暴徒。那么多的无业游民,使城市的黑暗中存在着大量的不和谐,更何况在城市表面的日新月异背景下却出现了大量农村的荒芜和危机——老人的赡养问题,留守妇女的安全保障问题,孩子们的教育问题,等等,当下的底层写作让更多的人开始关注并反省当代中国底层民众的生存和精神状况。《亲爱的深圳》中那种夫妻打工族在城市里所面对的性压抑、性苦闷并不会仅仅是个个例;《在路上行走的鱼》中杨把子面对某些政府部门时肉包子打狗,换了领导也要不回自己的钱的现象绝非仅仅属于小说的虚构。

其次是写作动机上的道德同情感。五四新文学的主题虽然主要是在批判中的否定,作家笔下所刻画的底层人物总是存在着这样或那样的精神或人格缺陷,但是在分析这些缺陷的形成时,五四作家却往往将最为主要的原因归结为人物所置身的社会环境——人间的冷漠,它终于使孔乙己无路可走,而祥子后期的堕落则直接和城市对他的腐蚀和诱惑紧密相关,他们的悲惨境遇是处于现实环境中的无奈,因此,作家对于其所写的人物总是寄寓了深沉的道德同情。

"怒其不争"固然是事实,但"怒"的前提却是"哀其不幸"。"哀"是什么呢? 是同情,是悲悯;一切缺陷和弱点的揭示,都源自一种本质上的爱。爱之愈深,恨之愈切,所以即便是阿Q,是鼻涕阿二,在对他们种种滑稽和可笑言行的描写中,读者还是能够觉察到作家的博爱胸怀以及对于所写人物的同情和悲悯。"揭出病苦,引起疗救的注意",鲁迅的话,典型地代表了五四作家的启蒙写作动机。

无独有偶,在当下底层写作中,大多数作家对于叙写的对象也延续了这种出于人道主义的道德同情。"他们是陷入生存困境的群落"①,或者"恢复同情和理解就是文学最大的政治"(韩少功语),印证这样的关切和呼吁,读者可以在方方等人所写的"小人物"系列中,看到底层人物难以想象的种种困难和挣扎,作者对于底层人物充满了无限的体谅和同情。"他们不应该这样,他们不得不这样,他们只好这样了",在类似的口吻和语气表达之中,我们能够清晰地感觉到作家的道德立场和情感取向。

这种道德立场和情感取向直接体现于作者所描述的一种城乡、贫富或者官民二元对立的苦难叙事,如陈应松的《太平狗》、罗伟章的《故乡在远方》、胡学文的《在路上行走的鱼》等等,在这种二元对立中所确立的作家的

---

① 李建军:《底层如何文学? 文学如何底层?》,《北京文学·中篇小说月报》2006年6期。

道德立场是显而易见的,作家有时在这样的道德激情中完全控制不住自己叙述者的角色,而直接发表自己的评论,既是运动员也是裁判员。如在《太平狗》中,就连狗的叫声也"听起来像是对这个城市的一种警告"。虽然人狗殊途,可是命运同归,作家写到故事后面的时候,似乎忘记了那只太平狗的厄运最开始是从狗主人程大种自己那里开始的。于是,人的死活似乎显得并不重要了,而狗的遭遇也只能换来作者自己廉价的同情而已。

一个值得注意的现象是:很多当下的底层苦难叙事直接继承了五四新文化中知识分子精英们的悲悯情怀,也借鉴了老舍《骆驼祥子》的叙事模式。《那儿》中的朱卫国,《故乡在远方》中的陈贵春……都直接传承了祥子三起三落最终走向死亡的典型范式。

在阅读当下那些关于底层的文学时,我们发现能够打动自己的恰恰不是那种作家寄予深厚道德同情的叙事,反而却是来自作家内心体验最为深刻的那些文本。比如说罗伟章的《大嫂谣》,究竟是感情廉价?还是体验不够?这或许是我们关注底层文学如何叙事时的一个关键点,因为,文学毕竟不能完全变成一份社会学的高级文件或者时代备忘录。

再次是代言人身份的设置。在五四作家笔下,那些被凌辱者往往自身没有醒悟的能力,身陷危机却依旧在酣睡,无声的中国——真实的状况就像鲁迅所比喻的"绝无完好的铁屋子",火烧起来了,清醒的人却只有少数几个人,这几个人就是思想的启蒙者,所以无论从情理还是道义上,作为新一代知识分子代表的新文学作家也就成了民众的代言人。我就是我们,我们就是我,在五四作家的底层关注中,我们既可以感觉到他们献身的狂热、精神的优越,同时也可以感受到他们声言的沉重和无助,无论从哪一面看,它都体证了作家代言人身份的存在。

如果说五四作家的代言者身份更多是因为民众的不觉悟——他们没有能力表达自己的话;那么当下底层写作中作家为人代言则更多是因为其所表现的对象多半是社会的弱势存在,经济的贫困加之政治权利的缺乏,他们没有或者缺乏向社会表达自己的话语权。就算有,也是"装在瓦罐里的声音",咿咿呀呀听不真切,套用萨义德在《东方学》中的话来指称这种言说更有意思也更准确:"表述的外在性总是为某种似是而非的真理所控制:如果东方能够表述自己,它一定会表述自己;既然它不能,就必须由别人担负这一职责,为了西方,也为了可怜的东方。正如法国人所说:faute de mieux(因为没有更好)。也正如马克思在《路易·波拿巴的雾月十八日》(*The Eighteeth Brumaire of Louis Bonaparte*)中所写:' sie konnen sich nicht vertreten, sie mussen vertreten werden.'(他们无法表述自己;他们必须被别人表述。)"①同情、体谅(甚至是对堕落和暴力的)、愤怒、忧伤,知识分子的精英话语立场有时干脆是以记者或作家的身份直接介入,正是在这样的叙写中,我们可以感觉到当下底层写作中和"五四"作家一样的代言人身份设置。别人的生活,却是以知识分子自己的眼光在讲述,所以有评论者认为,"底层"归根结底只是"知识分子的一个说法,一种关注"②。

这样,很容易让人以为中国当下的底层写作是对"五四"底层启蒙的又一次回归。相同的世纪初,不同的转型时期,不同的社会矛盾中的相同底层关注,人们很容易产生某种文学的轮回或循环的感觉。然而,在这种大体可通或一致之中仔细区别和分辨,我们还是可以看到二者间许多差异的。

一是写作语境的差异。五四作家的底层启蒙源自于民族生存的危机和苦难,他们写作的时代,因为不得不进入的"现代"趋势,即中国正在经历从古旧的封建专制体制向现代民主政治过渡的转型,民族矛盾和阶级矛盾空前激化,所以启蒙既是强国的需要,同时也是民族自我实现更新的需要。为这样的需求所规范,作家对于底层的关注和表达,因此也便既是针对底层国民的,对他们的困难和不幸的揭示,和对他们需求的代言表达,但同时也是针对现实的政治和历史的传统的批判,是对现实政治的残酷、僵硬、腐败的激烈批判,也是对于历史文化——特别是和统治者沆瀣一气的礼教文化的猛烈攻击。

与五四不同,当下底层写作所处的时代,民族逐渐强大,国家正在稳步迈入较为平稳的发展之中,民族矛盾虽时有发生,但没有趋于极端,阶级的概念也逐渐被人们淡忘。而且最为重要的是,由于长期的意识形态教育,写作者和现实政治之间的关系不太可能形成对峙。底层的出现更多出自于经济快速发展中社会阶层之间由于收入的差距所导致的政治、话语权力的分化。而底层写作所显现的主题,更多是对于社会分配公平的一种呼吁,对于社会弱势群体的关注和助力。苦难和不幸的表达有针对具体的不满,但没有整体性的对抗。

二是关注层面的不同。因为本质上的"立人"观念,所以五四作家对于底层民众,更多的是关注他们的精神,即鲁迅所说的"沉默的魂灵",所以其时的国民性批判,也多半是针对民众的种种精神疾病(如麻木、愚昧、迷信、

---

① 爱德华·W.萨义德:《东方学》,王宇根译,北京:生活·读书·新知三联书店1999年版。
② 阎晶明:《底层如何文学? 文学如何底层?》,《北京文学·中篇小说月报》2006年6期。

奴性、无原则、自欺、欺人等)而进行的。与五四不同,当下底层写作对于底层人群的文学言说,则更多局限于对社会不公平的书写,主要表现在社会变化中这些底层人群何以成为"底层"的种种外在原因以及他们生活的种种困惑。相比较而言,前者更明显地着力于人的内在精神的开掘,而后者则更加注重人的生存的外部环境,即现实遭遇及命运的摹写。

三是表现态度的区别。"平民文学绝不是慈善主义的文学",①周作人的这句话事实上概括了"五四"时期作家们描述底层民众时的态度。五四作家的底层关注除了悲悯,也不乏峻切的批判,他们发现了国民之病痛,也力图从根底疗治这病痛,在对阿Q的"哀其不幸,怒其不争"中充分体现出了对国民性痼疾的深切批判,在以恶制恶式的冷嘲热讽中又隐含着深切的同情,即如鲁迅的《故乡》、《祝福》等作品,在深切的同情之外,更有不满、否定,有更深的人性的拷问。两相比较,当下的底层写作对于自己的叙说对象,更多的则是普泛的同情和廉价的认同,将一切都归结于外在原因,对人物自身的精神审视严重匮乏,鲜见鲁迅作品中那样深刻的人性追问和人道吁求。不管是《那儿》中的朱卫国,还是《太平狗》中的程大种抑或太平狗,还是《故乡在远方》中的陈贵春,还是《在路上行走的鱼》中的杨把子,他们都缺乏深刻的内省意识,这是因为作者塑造人物时所表现出来的一种道德正确的激情偏执,使得人物出现扁平、干瘪的现象。当作家把他们笔下主人公的遭际通通归结到社会不公这样一个外部环境上时,同情抹掉了对主人公的不满与批判,对社会的批判完全代替了主人公的自省,道德正确的叙事伦理既忽略了作为主体人的主人公对人生的思索,对自身不足的反省,也轻易地掩盖掉了作者思想的贫乏。就这方面来说,《大嫂谣》或许是唯一一部传承了五四文学精神的作品。

四是叙事设置的分歧。五四作家的底层启蒙写作在具体的叙事中,不仅在叙事者和人物之间存在着明显的距离设置,即如《孔乙己》的写作,人物是一种存在,是被讲述的对象;叙事者是一种存在,是具体的讲述者,叙事者和人物之间的差异——年龄、身份、经历、地位及社会经验、文化水平等等,不仅极为形象地体现了启蒙者和其对象之间的现实关系,而且也很好地构建了文本内部的张力,在差异的有意表现中,丰富了文本的意蕴;在人物行为的结果设置中有意识地选择了否定性的实现方式,即如《为奴隶的母

---

① 周作人:《平民文学》,《中国现代文学史参考资料》(第一册),北京大学等院校编选,上海:上海教育出版社1979年版。

亲》(柔石)中,人物顺从地接受了生活的安排,她只是希望由此而得以改变自己的贫穷,但结果却是更为痛苦的撕裂,不仅她的心被两个孩子所分开,而且生活并不由此而发生任何实质性的改变。希望的被否决,努力的没有结果,生命的消失或者精神的堕落,五四底层叙事的悲剧色彩由此而生。与五四作家的底层启蒙写作不同,人们可以发现当下的底层写作者们在处置叙事者和人物的关系时,往往将二者之间现实存在的距离加以去除,叙事者较多选用一种平视的眼光,力求将主体的叙事和对象生活的客观展示一体化,从而形成一种接近于新闻报道般的"零距离"真实。此外,在人物行为结果的设置上,区别于五四启蒙作家的否定式安排方式,当下的底层写作者们更喜欢选用一种肯定式安排方式,即如《保姆》、《春草》等电视剧的表现,人物遭受不公但不放弃努力,结果好人有好报,最终生活得以改变。

四、底层写作的不足与新文学传统的当下意义

作为一种极富意味的写作现象,中国当下的底层写作于 2002 年零星出现,代表作品有刘庆邦的《神木》、林白的《万物花开》等;2004 年,"底层写作"作为一种异质性叙述渐渐浮出水面;2005 年,"底层写作"和底层关注逐渐成为一种时尚话题,到年底,"底层"一词已然成为中国文学界出现频率最高的词汇。这个时候,底层生活的表现业已逐渐成为一种热门写作,作品层出不穷——如《蚂蚁上树》、《肾源》、《亲爱的深圳》、《那儿》、《太平狗》、《命案高悬》、《大嫂谣》等,作家纷至沓来——如马秋芬、曹征路、陈应松、罗伟章、温亚军、吴君、鲁敏等等。伴随着这样的发展进程,理论批评界对它的关注也逐渐加强,2005 年之后,《北京文学》、《上海文学》和北京大学等刊物和学术研究机构曾先后对于底层写作现象进行研讨,各种理论批评刊物更是趋之若鹜,大有不谈底层免进之势。

这样一种热潮的形成,当然有它存在的合理原由。在谈及当下的底层写作时,有学者曾说:"正是这种看似粗糙、观念化的写作,在前述文学娱乐的歌舞升平中,为人的文学和时代的文学保留了最后一点尊严,也为当下和未来的历史理解提供了一种伟大的注脚。"[①]有论者还认为,当下的底层写作,既是对此前热门的纯文学的一种纠正,"同时它们也不同于'大众文化'的商业性、模式化与对大众心理的简单迎合,而力图以严肃的艺术态度进行

[①] 陈福民:《"底层写作":没有完成的讨论》,《探索与争鸣》2008 年 5 期。

创作,写出优秀的作品"①。他们的言论从不同角度肯定了当下底层写作的成绩。但在肯定其成绩时,我们同时也能够发现它的许多问题(特别是和五四作家的底层启蒙写作比较时),其中最严重的问题有两点:

一是叙事过程中主体精神参与强度的弱化。为了说明其写作的真实性,当下底层写作者们往往有意识地消弭叙事者主体和叙述对象之间的差异,对于这一问题,在将鲁迅和赵树理进行比较时,南帆有过较为精彩的论述②,将主观的讲述转化为貌似客观的展览。这样的处理,表面看似乎更有利于生活的写真或反映,但实质上却大大减少了作品的精神内涵,降低了作品的艺术水平,使"底层书写"由写什么、怎么关注与怎样表现底层的多样复杂的存在简化为一种单纯的题材性存在,从而导致了知识分子本该有而且实际上也极为动人的悲悯情感和人道主义关怀大大丧失,如陈应松的《马嘶岭血案》等文本。

仔细分析,这种弱化所反映的,其实是写作主体在发现了自己对于对象进行意义处置和艺术表现的能力匮乏之后所采取的一种掩饰和讨巧。因为对对象生存境遇的不熟悉或者心理上的隔膜,没有真实深度的体验,所以只好依靠新闻报道或者道听途说,从而使所讲述的故事本质上成为新闻事件的扩写,文本给读者提供的更多是信息而非艺术的感受和思考,平面化的产品所引发的自然也只能是平面化的消费,其写作也便很少给读者深刻而长久的冲击与省思。

二是艺术表现上的"审美脱身术"。在谈及对于当前的底层写作的印象时,有评论者严厉地指出:"在一些描写苦难、描写底层的作品中存在着'美学脱身术'的问题,即它们不是深刻地反映现实中的问题,而是以其'审美'遮蔽、掩盖、颠覆现实与对现实的叙述,以想象化的解决弱化了问题的尖锐。"③这种"审美脱身术"的使用,不仅使作家们难以正视现实的苦难,无法真正有效和深刻地反映现实中的问题,而且在一种老式的浪漫主义回归中,使苦难的表达变得轻飘,使刻意营造的虚拟世界的温情暗暗替代了作家应有的历史价值判断和对于现实问题的正面回答,意义的挖掘和艺术的表现因此都变得平庸,难以获取真正的超越。

---

① 李云雷:《如何扬弃"纯文学"与"左翼文学"?——底层写作所面临的问题》,《江汉大学学报》2006 年 5 期。
② 王尧:《关于"底层写作"的若干质疑》,《当代作家评论》2008 年 4 期。
③ 李云雷:《如何扬弃"纯文学"与"左翼文学"?——底层写作所面临的问题》,《江汉大学学报》2006 年 5 期。

此外还有底层写作的跟风现象,道德化强制,模式化和商业渗透等等。"底层写作没有达到所预期的把握现实、反映真实的效果,艺术质量也良莠不齐"①,或者干脆如某些新锐批评者所言:"底层写作要用鞭子狠抽。"②人们的不满多来自底层写作自身的问题,正因为这样的问题,在对问题的形成进行分析和对底层写作进行历史化观照时,我们就可以发现五四的底层启蒙写作乃至整个新文学传统——如乡土写作、国民性探讨、左翼文学等所可能具有的资源或经验参照意义。直面生存的苦难,作家对自己灵魂的拷问,更为普泛和深刻的人性之谜的探究,深沉的人道主义关怀寄寓等等,新文学作家们曾经在这些层面上进行过真诚、独立的思考,相信经过现实的转化之后,还会对当下的文学提供种种借鉴和启示。

"现代文学传统的研究应当有'活气',即格外关注那些在当代现实生活中仍潜在或显在起作用的因素。之所以叫传统,主要也就是指那些已经承传下来的东西。在现实生活中不难发现,由新文学所造就的普遍性的审美心理,阅读行为和思维模式等等,显然都是不同于古代文学传统的,从这些方面进入,也可以直接触摸到现代文学的根源。"③这是温儒敏先生在谈及现代文学传统和当下写作的关系时所发表的一种意见,它启示我们,学术研究的活力在于以现实的文学现象为切入点对文学传统进行重新思考。当下的底层写作和新文学传统的底层表现之间存在着太多的联系,依照上述观点,由此进入,我们也许真的能够通过对新文学传统的重新关照和梳理,借助于现实的力量,推动新世纪文学的发展。

(作者单位:陕西师范大学)

---

① 李保平:《不要为底层写作编故事》,《文艺报》,2007 年 11 月 20 日。
② 李云雷:《如何扬弃"纯文学"与"左翼文学"?——底层写作所面临的问题》,《江汉大学学报》2006 年 5 期。
③ 温儒敏:《思想史取替文学史?—关于现代文学传统的二三随想》,《中国现代文学传统》,南京大学中国现代文学研究中心编,北京:人民文学出版社 2002 年版。

近二十年中国文学症候分析

李俊国

本文弃用"新时期文学三十年",而选"近二十年中国文学"作为自己的研究对象,实际基于如下理由。

一者,高度集中的新权威主义社会结构,普泛性的市场经济潮流,多样态的新传媒形式,实利性的文化阅读市场,这些,已经构成近二十年中国社会文化的基本的生存机制,并以此显示出与80年代中国的明显区别。

二者,在近二十年中国的历史区间,中国文学先后生成了被学界命名的"日常叙事"、"欲望书写"、"狂欢叙事"和"民间—底层"叙事等文学现象或曰文学潮流。相对于80年代中国文学的"伤痕文学"、"反思文学"、"寻根文学"、"先锋文学"等文学状态而言,近二十年中国文学已经显示出它与80年代"新时期文学"的明显变化。

三者,当代中国文学批评(或研究)大多依循着"存在即合理"的单向度肯定性思维方式,习惯于"新"的即是"好"的这类趋新进化式的研究理念,对近二十年中国文学做丰富而努力的肯定性阐释。尽管这些肯定性阐释对于我们把握当下中国文学有着多样的认识价值,但是,一旦我们的研究视野从文学"时评"提升到文学历史空间,不得不承认,它们在相当程度上遮蔽了当下中国文学的复杂性质和问题属性。

基于上述理由,本文选取近二十年的中国文学为研究对象,以文学症候为研究视角,以文学病理学为分析方法,展开近二十年中国文学的症候分析。

一、日常审美:简淡的"日常"与慵懒的"审美"

20世纪90年代初,中国作家们一头跌入世俗生活的日常写实中。谈恋爱、办婚礼、过日子、生小孩、洗尿片、订牛奶、锅碗瓢勺、扯皮打闹……"活着","过日子",成为武汉作家池莉(《烦恼人生》、《不谈爱情》、《太阳出世》、《生活秀》等)、河南作家刘震云(《一地鸡毛》)、广州作家张欣

(《爱又如何》、《岁月无敌》、《无人倾诉》等)、南京作家苏童(《离婚指南》、《一个礼拜天的早晨》等)、北京作家刘恒(《贫嘴张大民的幸福生活》)共通的文学叙事方式。

这是一个令人寻味的文学现象。此前不久,中国作家或沉浸于民族历史文化根系的追寻与探幽,或陶醉在先锋的话语技法及人性的梦魇畸变,或直面对现实人生的解剖与反思……80年代文学的多向度多样态,瞬间变为世俗人生的日常写实。

此种状态,文学批评家们命名为"新写实",文学理论家们借用后现代主义美学,将它定义为"日常生活审美化"。的确,文学的"日常生活审美",体现出文学与"个体再生产要素的集合(自我生存和后代繁衍)"的当代理念相关,显示出文学"关切解决'个人'在其环境中的面临的问题的思维"①,与此前中国文学的宏大叙事而言,当然显出"新写实"文学"非神圣化"的某种后现代主义美学属性。

但是,这种文学现象的新质,并不能掩盖它与生俱来的一个主要问题:仅有"日常"而缺乏"审美"。

90年代以后,中国作家如同发现新大陆般地拥抱着市民大众的日常生活。市民大众日常生活文学性发现的欣喜和自得,导致了中国作家对于"审美"的慵懒或懈怠。其标志性特征就是"唠叨话语"和直线叙事方式。

"唠叨话语"②,在文本形态方面,表现为密匝地铺排日常生活的过程与细节。"与日常生活同构",同是中国作家潜意识的写作理念。同构,也即复制。于是,"日常"的简淡,"生活"的零散杂乱,在文学家手中,变幻为"一地鸡毛"式的"唠叨"。"唠叨话语"从语义学层面剖析,实际上是语言的简单性重复,是语言的自然性显现。它的话语形态是简单。简单的背后,显示的是话语使用者对文学语言多功能的放逐与无为!"唠叨话语"的首试成功者无疑是武汉女作家池莉。继之,曾经陶醉于先锋话语实验的苏童、余华(《活着》、《许三观卖血记》及近期的《兄弟》),曾经具备多种文学语言功力的贾平凹,在近期长篇写作中(《秦腔》、《高兴》),皆清一色地选用了"唠叨话语"。其中,集大成者,无疑是刘震云。自当年的《一地鸡毛》,刘震云连续以《一月空废话》、《手机》、《一句顶一万句》等长篇小说,形成他自诩为

---

① 阿格妮丝·赫勒:《日常生活》,衣俊卿译,重庆:重庆出版社2010年版,第212页。
② 在1992年湖北省作协主持召开的"方方、池莉作品研讨会"上,本文作者以"女性唠叨"为题分析池莉小说。参见李俊国:《池莉:烦恼人生的"女性唠叨"》,《长江文艺》1992年第4期。

"以话语为主题"的创作方式。

当一个民族的文学作家大多以"唠叨"作为自己的文学语言,当一个民族的文学阅读皆沉溺于简单而自然状态的"唠叨"审美之中,这不能不是一个"问题"。文学语言曾经形成且应该具有的人性雕刻力,审美表达力以及话语张力感和个体超验性,统统消失殆尽。余下的,只剩些幼童式的呓语与老妇般的唠叨,这不能不是中国作家们在文学语言方面显露出的无为与无能。虽然,文学话语与日常话语同源,但是,"文学话语又时时制造一种美学分裂,它企图挣脱日常话语,从而葆有一个日常话语无法企及的语言空间"①。

与"唠叨话语"相匹配的,是日常叙事文本的直线叙事方式。自然时间观,支配着近二十年中国文学的日常叙事方式。人的日常生活程序,人的现世生命过程,故事的发生发展结局,这一类所谓实生活,真样态,成为作家结构文本的思维方式。文学,仅仅为了"复制"日常生活,或者,成为日常生活的文字版。因此,单向度的直线式的叙事方式,成为慵懒的中国作家们的首选。面对繁杂的"日常",我们缺乏多样态呈现和立体性构思的"复调"文本,少见从日常碎片里营造出文学的"瞬间审美"式的文学景观②,难寻现代作家张爱玲《传奇》、当代作家方方《风景》,那"状人生之态,传人性之奇"的人性表现佳构。

我们坚持认为,即使当今时代,"文学遭到了非神圣化洗礼,但这并不是说文学它被消灭",从另一角度而言,"这才是真正从事文学的时代"。③文学进入"日常",正应是"审美"从"日常"中流淌与升华。然而,在中国文学世界里,"日常"凸显于前台,而"审美"却流失于"日常"的"克隆"之中,这就是近二十年中国文学的症候之一:简淡的"日常"与慵懒的"审美"。

二、身体叙事:坠落的"身体"与货币化"欲望"

近二十年中国文学的另一风景线,是由"女性"、"身体"和"欲望"这三个关键词合成的女性身体写作。检视女性身体写作在近二十年中国文坛的

---

① 南帆:《文学的维度》,上海:三联书店1998年版。
② 有关文学的"瞬间审美",参阅《颓废审美者的生命舞蹈——解读李修文小说》,载李俊国:《都市文学:艺术形态与审美方式》,武汉:华中科技大学出版社2007年版。
③ 罗兰·巴尔特:《符号学原理——结构主义文学理论选》,李幼蒸译,北京:生活·读书·新知三联书店1988年版,第18页。

初显与流变,能够清晰地显现当下中国语境中之于"女性"、"身体"、"欲望"的相同语码中的不同语义。

  "女性"将自我的"身体"置于当代中国文学,是 90 年代初的事情。当池莉们热闹地进入市民的日常世俗生活写真时,林白、陈染们正在悄悄地,然而也是倔强地将女性意识与身体体验及其个人性的隐秘经验置于文学的世界。从 1990 年到 1994 年,林白以《子弹穿过苹果》、《回廊之椅》、《瓶中之水》、《致命的飞翔》等中篇小说和长篇《一个人的战争》、《守望空心岁月》,陈染以《空的窗》、《空心人诞生》、《与往事干杯》、《无处告别》、《嘴唇里的阳光》、《站在无人的风口》等小说,确立了日后被学术界所肯定的"女性身体写作"。北诺、多米(林白小说女主人公)、肖蒙、黛二(陈染小说女主人公)们,以女性的心与眼、以女性身体的温热与敞开,以看似放浪实则"优雅而又不失尖锐的姿势"①,或伫立于"裸窗"前,或穿巡于父子两代的男性情欲世界,或游走于大学校园等"单位"的人事纠葛与浪迹海外那"无人的风口",或徜徉于"回廊之椅",品尝着人世的虚浮,女性情爱的虚空与宿命,乃至女性身体的优雅与生命的"枯寂"。可以认为,20 世纪中国文学自愤怒绝望的丁玲,忧伤而温情的萧红、冷酷而苍凉的张爱玲之后,林白陈染们再度敞开女性那优雅的身体,以倔强的姿态以及尖锐的叛叫、与历史久远且根基雄厚的男性文化话语霸权的对峙与颠覆,显示出"女性身体修辞学"在文学世界的确证与胜利。

  然而,这种女性身体修辞学的"胜利",在 90 年代中期中国潮涌般的商业文化语境中,竟是那样的短暂。继起的女作家棉棉、卫慧们,借用着林白、陈染们用"身体"蹚出的文学通行证与学理的合法性,肆意地放大着有关"女人"、有关"身体"快感、有关"欲望"放纵的内核与边界,收获着来自"文学"和来自"市场"的双重利润。1994 年始,属于棉棉和卫慧的舞台。棉棉有小说《清晨美女》(后改名为《啦啦啦》),《一个矫揉造作的晚上》、《盐酸情人》、《香港情人》、《我是个坏男人或者生命快乐》,以及长篇小说《糖》;卫慧有《欲望手枪》、《水中的处女》、《床上的月亮》、《蝴蝶的尖叫》、《像卫慧那样疯狂》,以及长篇小说《上海宝贝》;在这类小说中,棉棉、卫慧尽情展示着都市流浪者、都市"自由"女郎放浪的性交派对游戏、疯狂的音乐狂舞,燃烧的尼古丁和海洛因一类的生活样态与生命形式,夸饰地描绘着主人公

---

① 陈晓明:《记忆与幻想的极限》,见林白:《致命的飞翔》,武汉:长江文艺出版社 1996 年版,第 356 页。

们被扭曲被撕裂的性格心态,几近贪婪地把玩着人物的物质欲望和生理欲望的高潮性快感。除了在小说世界里肆意展览女性的生理、心理的"身体"隐秘性,棉棉卫慧还在现实生活世界从事着真实的"人体秀"演出及各类商业性赞助派对。棉棉多次在上海等地出席各类音乐锐舞派对活动,长篇小说《糖》的出版,"爵士朗姆汽酒"便作为指定赞助商,并为她举办"糖:JAZZ 另类惊情夜"的锐舞狂欢活动,分别在深圳圣保罗、月光太空城、广州 FACE CLUB、上海 ROJAM DISCO 等地举行。卫慧更清晰地将自己定位于"新新人类"的文学写作者形象:她在脸上贴蝴蝶、花瓣和眼泪,穿自己设计的红色织锦缎小肚兜和长裙,她喜欢的颜色像"一瞬间就要凝固的血"。卫慧包装和推销自己作品的方式也新奇,参加在上海举办的前卫艺术展,卫慧的作品是七条男式内裤,上面印有她头像和小说《像卫慧那样疯狂》的片断,最后被五个老外和两个中国男子买走,并由此产生疯狂而轰动的效应。

如果说林白陈染们是 90 年代的"女性作家",那么,我们更愿意把棉棉、卫慧们指认为已经将"女性作家"的身份变幻成"女性身体行为艺术工作者"。在林白、陈染那里,我们欣赏到女性世界的新鲜与深切,触摸到女性作家们精神的标高,那么,在卫慧棉棉这里,我们看到提"女性"、"身体"、"性"、"欲望"、"快感"如何按照男性文化意识与货币增值规律等"社会编码规则",变幻成"被看"的意淫对象,变幻成具有交换价值的文化商品的审美附加值。在"男性偷窥"文化语境中,在以娱乐快感为基本原则的消费主义时代,"身体之所以被重新占有,依据的并不是主体的自主目标,而是一种娱乐与享乐主义效益的标准化原则,一种直接与一个生产及指导性消费的工具约束"①。质言之,棉棉、卫慧们看似大胆叛逆的女性身体叙事,早已丧失了女性主义文学与生俱来的"主体的自主目标"。在她们的文学世界中,过量的是坠落的"肉身"。而且,"肉身"的坠落,并不显示与存在的对峙和主体精神的升腾(像 20 世纪 60 年代美国青年运动及其"黑色幽默"文学),相反地,却是沉湎于"坠落"的快感与狂欢。更进一步分析,她们并不仅仅止于自我一己的快感宣泄与狂欢娱乐,而是有意识地以此作为自己向消费主义时代的文学市场作货币"交换"的生存方式。从这个意义上说,卫慧、棉棉及后起的所谓"女性身体叙事",已经偏离或者有意背离了林白、陈染们的女性文学意旨,逐渐演变成有意迎合男性文化意识、迎合消费主义社会编码规则的"工具"。换个角度说,正是 90 年代中期"骤起"的市场商业

---

① 让·波德里亚:《消费社会》,刘成富、全志钢译,南京:南京大学出版社 2001 年版,第 140 页。

大潮,迅速生成的货币权力话语及其商品拜物教时代心理,又裹挟着"沉渣泛起"般的男性文化意识,胁迫着文学的"女性身体叙事",产生上述扭曲畸变的状态。以1994年为时间节点,透过女性身体叙事在近二十年中国文坛的突现与流变,我们看到的是文学的"女性"与"身体"及其"欲望",如何从"致命的飞翔"的精神高端跌落为市井商场"像卫慧那样疯狂"式的女性身体行为艺术的文学史事实。

三、狂欢游戏:"戏谑"的价值误置与"狂欢"的审美错误

1994年,依然成为中国文学的狂欢式写作的转换点。80年代末90年代初,狂欢式写作的始作俑者,一位是京城"痞少"王朔,一位是留学海外的王小波。这两位皆不具备"作家"身份资格的写作者,撬动了整严宏大、神圣正经的中国文学板块,开展了一场以睿智而戏谑、调侃而幽默、放纵而狂欢为特征的文学写作方式。王朔的《顽主》(1987)、《痴人》(1988)、《一点正经也没有》、《千万别把我当人》、《玩的就是心跳》(1989)、《我是你爸爸》、《动物凶猛》(1991)、《过把瘾就死》(1992),王小波的《黄金时代》、《白银时代》、《青铜时代》、《革命时期的爱情》、《我的阴阳两界》等中长篇小说,以看似"一点正经也没有"的写作姿态,故意以看似"粗鄙化"的语言意象,以"捣蛋"寻"开心"的方式①,显示出对"文革"时代及其现世遗风的人性虚伪、矫饰与僵化的嘲弄、讥讽与反叛。在他们看似痴傻癫狂的文学世界,显露出众人皆醉我独醒的睿智与清醒。那是一个"精神狂欢"的时刻。就连中规中矩的资深作家王蒙、李国文,也以《坚硬的稀粥》、《狂欢的季节》(王蒙)和《垃圾的故事》(李国文),参与这场文学的游戏性狂欢,故意破除文学章法,"怎么痛快怎么写",有意"拼贴"各类文体语言风格,大量运用庄谐并举,以戏谑讽神圣的意象与手法,解构着一切做作的"堂皇"和虚假的"崇高"。②

但是,好景不长。1994年前后,这场"精神狂欢"的文学景观,瞬间变幻成"游戏性狂欢"的大众文化消费快餐。成为这场狂欢转向标志的作品,是

---

① 王小波坚持认为,"写小说的人要让人开心"。王小波:《小说的艺术》,《我的精神家园》,北京:文化艺术出版社1997年版,第150页。
② 参阅陶东风:《论王蒙的"狂欢体"写作》,《文学报》2000年8月3日。王绯:《画在沙滩上的面孔——九十年代—世纪末文学的报告》,太原:山西教育出版社1999年版。

北京作家刘恒的小说《贫嘴张大民的幸福生活》。

刘恒第一次将北京人的"贫嘴嘎舌"用在张大民这位城市贫民的生活描述中。小说这样调侃地介绍主人翁：

> 他叫张大民,他老婆叫李云芳,他儿子叫张树,听着不对劲,像老同志,改叫张林,又俗了。儿子现在叫张小树……老婆1米68,儿子1米74,他1米61。两口子上街走走,站远了看,高的是妈,矮的就是个独生子。……矮的在高的旁边慢慢往前滚,看不着腿,基本上就是一个球了。

> 张大民不是聪明人。李云芳了解他。他三岁才说话,只会说一个字,"吃"！六岁了数不清手指头,没长六指却回回数出十一个来。

小说这样戏谑玩耍地介绍张大民那肮脏、简陋、贫仄而杂乱的"家"：

> 张大民家的房子结构啰唆,像一个掉在地上的汉堡包,捡起来还能吃,只是层次和内容有点儿乱了。第一层是院墙、院门和院子。院墙不高,爬满了牵牛花,有虚假的田园风光,可以骗骗花了眼的人。……第二层便是厨房了,盖得不规矩,一头宽一头窄,像个酱肘子。这是汉堡包出油的地方。……穿过厨房就进了第三层,客厅兼主卧室。后窗不大,朝北,光淡淡的,像照着一间菜窖。

刘恒为这位天性弱智、生活困顿、一路坎坷的下岗工人张大民,赋予了弃圣绝智,戒除一切"烦恼",杜绝一切"思想",善于"贫嘴",化苦为乐,化悲为趣的"幸福"天赋。

这是中国文学的狂欢叙事的一次重要转换。一是叙事对象的转换。狂欢的对象不再是处于社会"上位"的人事,而是城市市民底层的贫弱者。二是价值方式的倒置与审美导向的倒错。此前的三王作家(王朔、王小波、王蒙)是对"堂皇"、"神圣"者的揶揄与解构,而刘恒则开始了对卑贱者的嘲弄与玩耍。然而,就是这篇充满着文学价值倒置与审美倒错的小说,一旦与影视艺术对接,却获得了巨大的成功①。与此相伴的,是影视剧创作的"帝王"喜剧系列;是舞台小品以"赵本山家族"为代表的"草根"喜剧小品。历史题材《戏说乾隆》、《康熙微服私访》、《宰相刘罗锅》、《铁齿铜牙纪晓岚》等影视剧,以游戏、反串、错位、夸张、亵玩等后现代大众艺术方式,在快意休闲的

---

① 《贫嘴张大民的幸福生活》改编同名电视连续剧,在近30个省市地方电视台同期热播。以《没事偷着乐》为题改编的电影,也创下电影院线的高上座率。

风格趣味中,悄然地重塑出亲民笃实、童趣可爱的帝王人格,传递着极为陈旧的历史哲学观念。赵本山的《卖车》、《卖拐》、《不差钱》一类的喜剧小品,以卑贱者的自贱自虐,在如潮掌声背后,显示的是有意践踏底层人性人格的恶趣狂欢。

游戏,是人的本能之一;狂欢,是后现代大众文化的主要艺术形式;但它们仍然存在着高贵与恶趣之分野。在欧洲中世纪,民间狂欢仪式往往体现着对达官贵胄的嘲讽与戏弄。"官方的节期是一个'不平等的奉敬仪式',明显的重在级别头衔的高低。"而民间狂欢仪式通过大众对权势者的"反串"性的模仿戏谑,体现的是"富足的大众筵席是芸芸众生的乌托邦,是平等的也是'社会正义'的'丰收',它是与阶级、特色、教阶制度相抗衡的。这种盛宴的实质揭示了一种'民主精神'"。① 恰恰相反,90年代中期以降的中国文学艺术的游戏狂欢,却呈现出对古代权贵者的美意仿真、对当下弱势者的恶意幽默的价值误置与审美倒错倾向。刘恒小说通过张大民"阿Q"式的自嘲自讽,赵本山小品通过弱势草根的自虐自娱,引导观赏者从苦难中把玩"幸福"幻象与喜剧快感。"帝王"喜剧不再是对封建帝王圣贤意义的解构与否定,相反却是对君主人格的快感性崇拜与想象式肯定。对"草根"苦难的恶趣游戏,对封建王者的美意戏说,当下中国文艺的狂欢叙事,已经显出背离"社会正义"与"民主精神"(巴赫金语)——狂欢仪式所本应具有的价值倾向。

四、"底层—民间"书写:温情复制的"底层"与精神退场的"民间"

近二十年中国文学的另一现象是所谓"底层—民间"书写。

"底层"与"民间",在20世纪90年代中期被现当代文学研究者发现并予以了高度关注②。"底层"与"民间",前者偏于社会学概念意义,后者偏于文化学意义,但它们的实际载体,是处于社会结构底层的芸芸大众。

近二十年中国文学的"底层—民间"书写,意味着文学从80年代的宏

---

① 约翰·多克:《后现代主义与大众文化》,沈阳:辽宁教育出版社2001年版,第247页。
② 复旦大学教授陈思和先生最早发现"民间"在中国现当代文学史的存在方式与文学意义,并对"民间"进行了概念厘定与意义言谈。参见陈思和论文:《民间的浮沉:从抗战到'文革'文学史的一个解释》,《上海文学》1994年第1期;《民间的还原:'文革'后文学史某种走向的解释》,《文艺争鸣》1994年第1期;《民间和现代都市文化——兼论张爱玲现象》,《上海文学》1995年第10期。

大叙事的精神场域以及个人性的先锋式独语的双向撤离,回归于或匍匐在现世生存的"底层"大众生活与作为中国社会"小传统"或曰亚文化的"民间"文化的表现之中。这样的文学撤离与回归,虽然有着特定时代的制约性因素,但它们也显示出在当代中国的文学意义:立足于当下生存的现实品格与发现"底层"、发现"民间"以构建当代文学的丰腴性与坚实性。

"底层"社会也好,"民间"世界也罢,它们往往是良莠并存意义杂糅的混沌状态。因此,当代文学的"底层—民间"叙事,必然考验着中国作家面对这类复合价值混合体时的精神姿态与价值选择。换句话表述:面对"底层"的实体性真实与"民间"的想象性真实,我们如何把握与区分所谓"真实"的"现实逻辑"与"精神逻辑"的非同质性甚至悖离性问题。循着这种"追问",我们不难发现"底层—民间"书写中的相关问题。

其一,"活着就好"与"温情地受难"。

取池莉小说《冷也好热也好活着就好》的标题作为"问题"探究的切入点,是因为作为"新写实"文学领军人物之一,池莉对社会大众(主要是城市市民)日常生活样态的描写,典型地体现出温馨复制"底层"的写作倾向。成名作中篇《烦恼人生》,从小说形式看,近似追踪复制武钢工人印家厚一天 24 小时生活流程的"报告"性小说;从内容分析,这篇标示"烦恼人生"的小说,在集中展示印家厚一天的"烦恼"的表层文字之下,实际上流露出主人公与作家一起怎样自譬自解,自我安抚,最终消解人生烦恼的精神倾向。展示"烦恼"原来是为了消解"烦恼"。"烦恼"为底层人生之表,自我消解人生烦恼,才是小说的精神底子,是池莉小说对"烦恼人生"的温情复制。类似的温情复制,在《冷也好热也好活着就好》、《汉口的永远浪漫》等大量类似于武汉市民生活"速写"的短篇小说中,在长篇《生活秀》中,得以重复性体现。

像一位初入城市的观光客,池莉陶醉于粗豪而野泼,牢骚又淳真的市民人性风景。[①] "底层"与"烦恼"苦难相伴。但池莉以"宿醉"的情感姿态进入市民"底层",她当然只看到温馨的"美丽"。如印家厚晚归时眺望自家灯火的温情(《烦恼人生》),如猫子、燕华粗泼之后的善意(《冷也好热也好活

---

① 池莉曾不经意坦言:"我写作短篇小说,几乎也与鉴赏小说一样,也是要晕的。"对城市市民生活,"是一种隔岸观火的羡慕与被感动,比如《冷也好热也好活着就好》。有时候会无端袭来一股霸道豪情,便有了《汉口永远的浪漫》。"池莉:《汉口故事:自序·多种宿醉一样美丽》,北京:昆仑出版社 2004 年版。

着就好》)。甚至,在假货盛行的街道上,在刚刚发生过"抢银行",现在又将对豪华"楼歪歪"进行爆破的时刻,池莉竟然能够从街头无故斗殴的匕首血光中,发现"霸道豪情",竟然也成为武汉这座城市的"永远浪漫"(《汉口永远的浪漫》)! 在烦恼人生中灌注"活着就好"的顺世苟安人生哲学,在"霸道豪情"的血腥中发现"永远的浪漫"——这就是池莉小说的"底层—民间"所提供的生活逻辑。

与池莉"活着就好"相呼应的,是浙江余华"温情地受难"式的底层叙事——90年代以来,余华的长篇《活着》、《许三观卖血记》、《兄弟》的底层苦难书写。值得注意的是,余华的底层苦难,并不追问"活着"的价值与方式"活法",仅仅关注人是否"活着"。余华这样认为:"作为一个词语,'活着'……的力量不是来自于喊叫,也不是来自于进攻,而是忍受,去忍受生命赋予我们的责任,去忍受现实给予我们的幸福和苦难,无聊和平庸。"①余华以自我怯弱心态,以奴性顺从心理,以现世无奈的犬儒哲学,从"苦难"底层中塑造出徐福贵、许三观这类"温情地受难"式的文化偶像。从而在"冷酷剥夺弱势群体的孤苦诉告权的同时,又慷慨地豁免了现世秩序及其历史本应承担的道义与政治责任"②!

其二,底层的愤怒与泛道德化人格。

城—乡二元结构的社会结构模式,极容易形成中国作家城/乡二元对立的情感方式。自现代作家沈从文始,这种城/乡二元对立方式一直支配着80年代的贾平凹、张炜、王润滋、路遥等人的乡土文学叙事方式。

90年代骤然铺开的城市经济改革,金钱与人性的冲突,欲望与伦理的冲突,道德与历史的冲突,更加激烈而尖锐,90年代的中国都市,更容易引发仅仅依凭传统文化精神资源进入都市的中国作家的厌恶与愤怒。像陈应松屡获大奖的"神农架小说"系列,虽然在表现底层山民的愚顽与麻木、沉默与冲动,混乱与贫困,失望与沉痛的生存状态方面,无人比肩,但是,陈应松的底层苦难,统统化为某种情感性的愤怒。"他们的存在是这个社会尖锐的疼痛"③,陈应松几乎成为底层山民的愤怒型代言者。面对苦难的愤怒,极自然地形成作家对底层人格处理的泛道德化模式。"我依然一如既

---

① 余华:《我能否相信自己》,北京:人民日报出版社1998年版,第146页。
② 夏中义、富华:《苦难中的温情与温情地受难——论余华小说的母题演化》,《南方文坛》2001年第4期。该文对余华小说作了全方位的有穿透力的意义解读。
③ 陈应松:《松鸦为什么鸣叫·后记》,武汉:长江文艺出版社2005年版,第408—409页。

往,热爱农民和下等人,也就是说,热爱我童年接触到的一切,热爱我的阶级。"①因此,陈应松赋予底层山民们"善良"的品性。凡善良者皆有好运,凡恶毒者皆有报应。苦难底层的人性,被作家作了泛道德化的简单处理。自沈从文到陈应松,底层人物只属于道德平面化的人格。愤怒,是面对苦难的简单性或原始性情感,它极容易遮蔽对于"底层"与"苦难"的生成机理的智慧阐释与穿越透视。底层的苦难叙事,不应仅止于对苦难的愤怒性的简单显示,应该成为作家以底层苦难为对象的、对于20世纪中国民族精神苦难的穿透性解读与智慧型阐释。这或许是底层苦难叙事的"苦难—救赎"之途。

其三,"民间"的想象性漂移。

或许,现世底层的"烦恼"与"苦难"过多过重,逼迫着中国作家从它们面前做整体性的精神撤退。精神撤退的必然结果,就是由生存论的"底层",滑向文化学的"民间"。所以,余华从中国民间古老的生存智慧层面塑造出"徐福贵"、"许三观"这类"温情地受难"型人格;池莉从街头械斗的无聊与霸道豪情中寻找"汉口永远的浪漫"。所以,刘恒从实际人生苦难中抉发出张大民弃智绝圣而又达观睿智幸福地享受苦难的精神风范。

由"底层"拓展到"民间",开始了中国作家对于民间的肆意的想象性漂移。

陈应松的故乡是湖北公安,地处北纬29°—31°之间。人类地理学显示,百慕大三角,埃及金字塔,都出现在这一地带。于是,陈应松将自己故乡想象为神秘文化圈的"民间"。那里有一现身就会有人死亡的黑藻(《黑藻》),有能呈现历史事件的神奇的炮弹(《羊贡羊》),有预感未知而充满灵气的猪(《失语的山庄》),有预知未来的傻子(《吼秋》),有定时变成动物的人(《望粮山》),有六月份一开花来年就会发洪水的千年树精(《马嘶岭血案》)……有学者研究,陈应松小说的神秘性"民间"设置,其功能在于"唤起现代人的敬畏感,恐惧感,……以期重塑现代伦理道德"②。我却认定,这恰恰是作家无力面对现世底层苦难的表现,从而导致其有意撤离了20世纪中国民族灾难与精神疼痛的现实历史场域。

---

① 陈应松:《松鸦为什么鸣叫·后记》,武汉:长江文艺出版社2005年版,第408—409页。
② 陈应松小说以大量的神秘灵异自然物设置,以直接引用"圣约"等宗教教义语录的方式,以西方浪漫主义诗人的诗歌名句的嵌入,显现所谓"精神理想"(参阅周新民:《构筑精神理想国——陈应松小说论》,《文学评论》2009年第4期)。唯独缺乏20世纪中国民族精神痛史的苦难精神资源。

陈应松致力于虚构神秘恐怖的"民间",那么,煤炭作家刘庆邦则一度陶醉于温馨而浪漫的"民间"想象。《春天的仪式》,无异于乡间少女怀春的浪漫想象物。小说设计乡女星采想在"三月三"庙会上"看"已定情的"他"的故事线索,让少女星采盼"三月三",赶"庙会",尽情铺染着搭戏台,唱大戏;街头卖唱艺人,小学生腰鼓队,当街赛庙会,城北的庙会祭礼,满街的大戏小吃,背街的唱小曲、耍杂艺……刘庆邦的民间,是由朦胧而躁动的"性",由各色各样热闹繁华的庙会元素所构成。这样的"民间"书写,意在引导读者遗忘贫穷愁苦的现世底层,陶醉于繁丽喧闹的庙会"仪式"与人的"性"欲望的双重狂欢。

刘庆邦是以描写煤矿工底层生活而成名的作家。我们发现,刘庆邦小说的"底层"与"民间"构成某种"互文"现象。"民间"的"荤"与"性",成为作家书写矿工底层生活的兴奋点与膨胀剂(《走窑汉》、《女人》等作品)。一向被人称道的《梅妞放羊》中,少女梅妞的艰辛穷困(卖羊后"也没有给梅妞买做棉袄的花布")、失学孤苦,早已被对梅妞少女用双乳喂羊羔的欢欣、羊羔吸双乳的性快感的新奇的大量描写所冲淡。想象性的快意"民间",成为作家有意冲淡"底层"悲苦的阅读兴奋剂。

如同"启蒙"、"知识者"、"革命"、"大众"、"现代性",成为20世纪上半叶中国社会文化史和中国现代文学史的关键词,"日常审美"、"身体欲望"、"狂欢"、"底层—民间"、"后现代性",则成为近二十年中国文学的主题词。

应该承认,文学进入"日常",进入"底层—民间",以"身体—欲望"为"狂欢"形态,是文学当下性的必然要求。但是,正是在这种文学必然性要求的合理性背后,近二十年中国文学却显现出本文所论述的种种病理性"症候"。

"症候"的病理性分析,可以有多种原因,但其根本原因在于中国作家对90年代以来转型期中国的文学书写,缺乏必要的文学应对能力。或者说,文学的精神性能力与文学的审美性能力双向缺失。

首先是文学的精神性缺失。一是对20世纪以降中国现代社会文化已经形成的文学精神资源的无知或者有意遗忘;二是对20世纪以来人类普世价值的放逐或者有意识排斥。双重的精神缺失,势必导致当代中国作家精神视域的逼仄或者犬儒式的慵懒及其精神弱化状态。

其次是文学的审美资源与美学能力的缺失。应对技术主义、市场消费主义的文学大众化时代,19世纪欧洲的唯美—颓废主义文学思潮、20世纪欧美国家已经成熟的后现代主义与大众文化学术理论应该成为当代中国作家面对转型及其中国书写所应拥有的审美资源。可惜的是,历来厌弃"作家学者化"的中国作家,再次地对上述美学资源显示了不屑与无知。其结果,当然是文学原创性与个性化的丧失,是文学审美能力的慵懒与无能!

近二十年来,作为一个特殊时段,社会转型期的复杂性与丰富性和生动感,应该说,为中国文学提供了一个异常活跃而丰富的社会文化资讯及其生成土壤。遗憾恰恰在于,近二十年以来的中国文学界,却以它的平庸与怠倦、倒错与误置、简陋与猥琐,塑造了当下中国的文学品相。

(作者单位:华中科技大学)

专题研究

・女性研究

女性视界中的晚清诗学
——薛绍徽及晚清闽派女诗人对闽诗派的历史建构①

钱南秀

薛绍徽(1866—1911),字秀玉,号男姒,福建侯官人(今福州)。② 这位杰出的晚清女诗人、女作家、女翻译家、女教育家,虽名不见经传,寿不过五秩,她的生活经历与文学创作,却与晚清社会变革和文化转型息息相关。另一方面,闽诗派是清末同光体的重要组成部分,为其时诗坛主流,领军人物陈衍(1856—1937)、陈宝琛(1848—1935)等,为近代诗学奠基人。但正因此,前此晚清诗歌研究,往往建构于陈衍等诗论基础之上,着眼于分析男性诗人的诗学成就与风格特征,而忽视了妇女的参与及其独特贡献。本文着重讨论薛氏与同里女诗人对闽诗派的历史建构及其对晚清诗学的整体考量,通过男女诗人群体对同一诗派不同视角的交锋互动,以求对晚清诗学有更为复杂与多面的认识,并试图发掘晚清闽派妇女诗学对五四文学的前导作用。

本文牵涉的两位关键人物,薛氏与陈衍,本为乡党世谊,陈衍且为薛氏之夫陈寿彭(1857—1928?)、夫兄陈季同(1852—1907)的知交,对陈氏家族的诗歌创作,每有奖掖评介。此处即以陈衍《石遗室书录》著录薛氏著作所下的评语引起讨论、切入论题。陈衍谓:

> 绍徽生平劬学,手不释卷,腹笥有馀,下笔畅遂,不求为深微,亦不能指其似何人也。③

---

① 闽为今日福建省古称,闽派则主要涵盖福州府治各县的诗学传统。
② 薛氏名号年里据陈寿彭:《亡妻薛恭人传略》,附陈所编薛氏《黛韵楼遗集》,福州:陈氏家刊本1914年版。《遗集》收薛氏《诗集》二卷、《词集》二卷、《文集》二卷,及陈所撰《叙》与薛氏《传略》,薛氏子陈锵、陈莹、女陈荭所编薛氏《年谱》等。钱仲联主编《清诗纪事》误"男姒"为"男如",全二十二册(南京:江苏古籍出版社1989年版),第二十二册,第16009页。
③ 引自沈瑜庆、陈衍:《福建通志・艺文志・别集・清三》,福州:福建通志编纂局1922—1938年版,第27b—28a页。

由此评语可窥见陈衍论诗标准:其一,作诗者须勉学博识;其二,诗作须力求深微;其三,诗风须有所溯源。按此三条正为同光体圭臬。陈衍盛赞薛氏"腹笥有余,下笔畅遂",于标准一甚相合,然于薛氏与后二条相悖处,似颇感困惑。由此正见薛氏与其时主流男性诗学分歧之处,并可推测性别亦为其时诗学歧见因素之一。

据二十世纪初叶以还主流诗学描绘,清末诗歌创作,正遭遇前所未有之困境。数千年诗歌传统的积累已难超越,而"三千余年一大变局"①,及由此破关而进的西学,既为诗歌创作提供无尽题材,亦迫使清末文人正视传统文体的表述局限。清末文人一方面勉力扩大学识范围,以期能以旧体包容新知;另一方面则极力从前代诗人中寻求灵感,以求在建立自身个性同时达到深微。清末诗坛,其结果正如钱仲联所谓,笼罩着一层"浓厚的复古云雾",滋生了一批复古诗派:

> ……一是模仿汉魏六朝的湖湘派,以邓辅纶、王闿运为首;一是模仿宋诗的江西派和闽派,当时号称同光体,以陈三立、沈曾植、陈衍为首;一是标榜唐人风格的,以张之洞为首,他的门人樊增祥、易顺鼎隶属于这一派;一是模仿西昆体的,以李希圣、曾广钧、曹元忠为首。同光体在这个时期独占上风。这些流派,模古的目标不同,其为模古则一。②

与此同时,清末变法志士,如黄遵宪(1837—1905)、梁启超(1873—1929年)、夏曾佑(1865—1924)、谭嗣同(1865—1898)等,则极力倡导"诗界革命"。据钱仲联:

---

① 李鸿章:《筹议制造轮船未可裁撤折》(同治十一年[1872年]五月十五日),收入《李鸿章全集》,全9册,海口:海南出版社1997年版,第2册,卷十九,第44a页。参阅余英时:《从史学看传统》,《史学、史家与时代》,桂林:广西师范大学出版社2004年版,第99页。
② 钱仲联:《黄遵宪〈人境庐诗草笺注〉前言》,《人境庐诗草笺注》,钱仲联校注,全二册,上海:上海古籍出版社1981年版,第一册,第4页。所谓同光体,据陈衍定义,是指"同[治]光[绪]以来不专宗盛唐者也"(陈衍:《石遗室诗话》,《民国诗话丛编》,张寅彭主编,全六册[上海:上海书店出版社2002年版],第一册,卷一,第18页)。虽同光体诗人自谓宗宋,但论者多指其唐宋兼挑。如 Jon Kowallis 在其近作《微妙的革命:清末民初的"旧派"诗人》(*The Subtle Revolution: Poets of the "Old Schools" during Late Qing and Early Republican China*, Berkeley, California: Institute of East Asian Studies, 2006)中指出:"唐诗宋诗之别,至清末已难绝对厘清。"(By the late Qing, however, it becomes essentially impossible to speak in such absolute terms about the distinctions between Tang and Song poetry that Qian's analysis suggests.)(第13页)又,钱仲联谓同光体实为光[绪]宣[统]体,因主要诗人涌现于同治之后;见钱仲联:《论同光体》,《梦苕庵清代文学论集》,济南:齐鲁书社1983年版,第114页。

所谓"诗界革命",按照梁启超的说法,是"革其精神,非革其形式",要"能以旧风俗含新意境",而不是"以堆积满纸新名词为革命"。(《饮冰室诗话》)他又说:"今日不作诗则已,若作诗……不可不备三长:第一要新意境,第二要新词句,而又须以古人风格入之,然后成其为诗。"(《夏威夷游记》)①

换言之,梁启超等,即后世所谓"维新派"者,所坚持的仍是以传统形式包裹新内容。即如梁自己,日后亦日趋靠拢同光体的美学趣味。②

由此视之,薛氏在清末诗坛实立于一特殊地位,既在中心,又在边缘;与多种诗派既有关联,又超然独立。因家族与地域关系,她隶属同光体闽派,并与之有密切对话和交流,但她并不盲从同光体为求"深微"而对宋诗执迷,虽然她的诗歌于精微深刻处不遑多让。她与维新派在以诗歌反映社会文化变革上志趣相同,但她支持妇女诗歌创作,对维新派排斥才女、视之为中国落后之因素,则碍难同意。

薛氏与男性诗评家陈衍、梁启超等的分歧,肇因于后者评论清末诗歌,往往囿于门户之见;而其时大多数男女诗人,未必标榜派别,他们的贡献,尤其是妇女诗歌创作,也就未能引起主流诗学的足够重视。其实,陈衍本人,是积极支持闽派妇女诗歌的。他与沈瑜庆合纂《福建通志》,其后又编纂《闽侯县志》,都特地在两《志》所立"列女传"中加入"辞通"卷,以纪才女。《石遗室诗话》,虽主要为同光体张目,亦多记妇女——尤其是闽中才女——辞章之事,但未着力分析妇女诗歌的特征及其与闽派乃至晚清诗学的有机联系。相比之下,薛氏对晚清诗学,尤其是闽派传统,则有更为丰富的描绘,强调妇女从开始便是闽派不可分割的部分,对闽派的形成,有不容忽视的作用。

据薛氏所述,闽派起于晚唐,开始便有其独特之处。至明初闽派、或称闽诗派、闽中诗派,便已成为其时主流诗派之一。清初闽中妇女诗歌崛起,与男性诗人群体呼应提携,闽诗派进入全盛。清末内忧外患,福州以其地理原因,首当其冲。闽诗人大多卷入其时主要事件之中。而外界动乱,反过来影响到诗人自我建构及诗歌风格的变迁。由此可见,陈衍所谓同光体仅代表了闽派进程中的一个部分,而维新派以传统诗体表现现实的主张,亦为其

---

① 钱仲联:《黄遵宪〈人境庐诗草笺注〉前言》,第一册,上海:上海古籍出版社1981年版,第4—5页。
② 见陈衍论梁启超诗,陈衍:《石遗石诗话》卷二,上海:上海书店出版社2002年版,第40—41页。

时多数诗人的共识,并非为少数知名变法志士所专美。但迄今为止的近代诗歌研究,仍局限于少数男性诗人,忽略了多数诗人的参与,妇女更少有涉及。本文试图以闽派为个案研究,审视妇女在清末诗歌实践中的作用,以揭示妇女如何在诗歌实践中扩大了主题关怀,丰富了诗词语汇,加强了两性的交流互动。

本文将首先铺陈男性主流诗学对于闽派起源、发展的描述。第二节则从薛氏视野看闽派的拓展,着重于妇女的积极参与和与男性的密切合作。最后则通过妇女诗歌实例分析,以证明薛氏的陈述提供了更为丰富全面的闽派特征。

一、传统闽派诗学陈述

陈衍叙郑杰(嘉庆年间人)所辑《闽诗录》,就闽诗发展脉络,有如下陈述:"文教之开,吾闽最晚。至唐始有诗人。至唐末五代,中土诗人,时有流寓入闽者,诗教乃渐昌至,至宋而日益盛。"①

闽中地处僻野,人文教育,相对滞后。自隋(581—618)立科举,至唐中宗神龙二年(706),才出现了闽中第一个进士薛令之(683—758),令之字君珍,号明月先生,长溪县西乡石矶津人。②又过八十年,欧阳詹(756年前—798年后在世,字行周,泉州晋江潘湖村人)于唐德宗贞元八年(792)中进士,主考官陆贽(754—805),同榜者有韩愈(768—824)、李观(766—794),均为一时"孤隽杰出之士"。欧阳与之交往,大力推动了中土与闽中士人的交往。③郑方坤(雍正癸卯元年[1723]进士,福建建安人)《全闽诗话·例言》所谓:"闽中风气,开自欧阳行周",而"巨灵手不得不推明月先生"。④

唐末中土诗人流寓入闽,最著名者为韩偓(842—923),偓字致尧,一字致光,京兆万年人,唐昭宗龙纪元年(889)进士,以不附朱全忠(852—912),于哀帝天佑三年(906)南走闽中,终老于焉,闽人爱之,呼其小字曰"冬郎"。韩偓之才情品格、对闽诗风格形成,尤其是对妇女诗风,有决定性

---

① 陈衍:《补订〈闽诗录〉序》,《续修四库全书》本,全1800册,第1687册,上海:上海古籍出版社1995年版,第1a页。
② 陈庆元:《福建文学发展史》,福州:福建教育出版社1996年版,第38页。
③ 同上书,第40—51页。
④ 郑方坤:《例言》,《全闽诗话》,福州:福建人民出版社2006年版,第1b页。

影响。①

"闽诗派"的正式形成,当在明初,与吴诗派、越诗派、岭南诗派、江右诗派并列为五大诗派。胡应麟(1551—1602)《诗薮》谓:"五家才力,咸足雄踞一方,先驱当代。"②从唐初至明初六百年,闽诗由寂寂无闻到名声大著,闽诗人之自得,可想而知!明中期福州诗人傅汝舟(1476—1555?)与高瀔(1506—1554)③在福州小西湖建宛在堂,祭祀闽诗派著名诗人,入祀人数,至清代同治、光绪年间,增加到十七,至清末增加到三十二人。④

明清诗派林立。入祀宛在堂者,虽同出福州府治,于诗歌源流,亦各有所宗。最早入祀的闽中十才子,以林鸿(字子羽,约1338—?)为首,⑤宗盛唐,以其"神秀声律,灿然大备"。⑥此风自明永乐至天顺年间(1403—1464),盛行天下,闽中至清代犹然。陈衍《石遗室诗话》卷十五谓:

> 闽派盛于明,非盛唐之诗不读。及锺伯敬[惺]入闽,⑦竟陵体风行,稍有学中、晚唐、宋人者。有清初叶犹然。至沈归愚[德潜]唐诗、明诗、国朝诗三别裁集出,海内奉为圭臬,闽人又专为通套盛唐诗矣。⑧

清乾、嘉年间,闽中诗人拓展视野,由盛唐上溯六朝,下至两宋。比如黄任(字莘田,1683—1768)效法中晚唐诗人李商隐(约813—约858)、杜牧(803—约852)、温庭筠(约801—866),和北宋诗人苏轼(1037—1101)。⑨

---

① 郑方坤:《全闽诗话》,卷一,福州:福建人民出版社2006年版,第30a—45a页。
② 胡应麟:《诗薮·续编》,卷一,上海:上海古籍出版社1979年版,第342页。参阅陈庆元《福建文学发展史》,福州:福建教育出版社1996年版,第290页。
③ 傅、高生卒年据陈庆元:《福建文学发展史》,福州:福建教育出版社1996年版,第318页。
④ 据陈衍,宛在堂于光绪间"久不修,渐以倾塌"。1913至1914年间,陈衍、沈瑜庆、陈宝琛等重修,并由原十七人增祀至三十二人。见陈衍:《石遗石诗话》,卷二一,页285—286。而据福州文人陈世镕(1899—1962)编纂之《福州西湖宛在堂诗龛征录》(全二册,福建省文史研究馆2007年出版),入祀宛在堂福建诗人共270位。
⑤ 郑方坤:《全闽诗话》:"闽中善诗者数十才子,[林]鸿为之冠,十才子者,闽[县]郑定,侯官王褒、唐泰,长乐高棅、王恭、陈亮,永福王称及鸿弟子周玄、黄玄。"(卷六,12b—13a)陈庆元:《福建文学发展史》谓十才子名单至少有四种版本,见页290—292。又林鸿生卒年据上书,页290,注1。
⑥ 高棅(1350—1423):《唐诗品汇·凡例》,转引自陈庆元:《福建文学发展史》,福州:福建教育出版社1996年版,第293页。
⑦ 锺惺(1574—1624),字伯敬,官至福建提学佥事。见张廷玉等:《明史·文苑四》,卷二八八,全二十八册,北京:中华书局1974年版,第7398—7399页。
⑧ 陈衍:《石遗石诗话》,卷十五,上海:上海书店出版社2002年版,第211页。
⑨ 同上书,卷二十六,第349页。

陈寿祺（1771—1834）为阮元（1764—1849）高足，也承继了乃师对唐及六朝的兴趣。①但真正的变化，则在鸦片战争、太平天国以后，尤其是士人领袖如曾国藩（1811—1872）等，作诗"欲取道元和、北宋，进规开［元］、天［宝］，以得其精神结构所在，不屑貌为盛唐以称雄"②。受此影响，闽诗派遂由明初以来的宗盛唐转型为清末的宗两宋。宛在堂后起诗人，如陈书（1837—1905）、叶大庄（？—1898）、林旭（1852—1924）、陈宝琛（1848—1935）、郑孝胥（1860—1938）乃至陈衍，均喜言宋诗。故陈衍题宛在堂联曰："聊增东越湖山色，略似西江宗派图。"③上联谓宛在堂所在地福州小西湖一似杭州西湖，下联则谓宛在堂入祀诗人正如南宋江西诗派谱系。

尽管同光体闽派诗人强调其宋诗谱系，后世学者们多指其唐代影响从未消失。曾克耑《论同光体诗》指出同光体的三大成因，第一是把唐诗宋诗一关打通，第二是把学人诗人一关打通，第三是把作文作诗一关打通。④ 总之，即使是近代男性主流诗学也指出同光体闽派已超逸"西江宗派"，可想而知，女性视角将为闽派诗学增添更多内容。

二、薛氏眼中的闽诗派学传统

明清诗派倡言对前朝的继承，而本身的地域特点，于各自诗风的形成，亦有不可忽视的作用。蒋寅指出：

> 明清时代流派纷呈、门户林立的诗歌创作，不只引发批评对诗歌风土特征的注意，更激起对诗歌的地域文化、文学传统的自觉意识和反思，在传统的风土论基础上形成更系统的地域文学观念，并深刻地影响明清时代的文学创作和批评。⑤

闽诗派的形成，正体现了文学传统与地域文化的互动。妇女的参与，更从其有别于男性主流的角度，加强了地域特色。按闽派男性诗评家对闽地妇女诗歌创作向有著录，如郑方坤《全闽诗话》中附妇女专章，梁章钜

---

① 陈衍：《石遗石诗话》，卷二十一，上海：上海书店出版社2002年版，第291页。
② 同上书，卷二十一，第293页。
③ 郑振麟：《福州男女两诗龛》，《闽海过帆》，陈虹、吴修秉主编，上海：上海书店出版社1992年版，第79页。
④ 曾克耑：《论同光体诗》，《颂橘庐丛稿》，全六册，卷十一，第四册，香港：新华印刷股份公司1961年版，第453—457页。
⑤ 蒋寅：《清代诗学与地域文学传统的建构》，《中国社会科学》2003年第5期，第168页。

(1775—1849,字苣林,福建长乐人,清嘉庆七年[1802]进士)《闽川闺秀诗话》,丁芸(1859—1894,字耕邻,福建长乐人)《闽川闺秀诗话续编》,沈瑜庆(1858—1918,字志雨,号爱苍,别号涛园,福建侯官人,光绪十一年[1885]举人)、陈衍(1856—1937,字叔伊,号石遗,福建侯官人,清光绪八年[1882]举人)《福建通志》与陈衍《闽侯县志》中的《列女传·辩通》等。薛氏早年便注意到妇女在闽派诗学建构上有关键作用。约作于1881年的《题〈闽川闺秀诗话〉后》一诗曰:

> 千古关雎是艳谈,闺闱吟咏更何惭?聪明冰雪徐都讲,节操风霜纪阿男。上界星辰森女宿,骚坛旗鼓壮闽南。只今光禄无新派,玉尺空山冷暮岚。①

遵从明清女诗人成说,薛氏以《诗经》为妇女诗歌创作源头,以显妇女诗歌创作之地位,复强调闽地地貌分野对妇女文学之萌蘖,由此引发对"光禄派"式微的感叹。

何为光禄派?薛氏女陈芸(1885—1921)在由薛氏指道所作《小黛轩论诗诗》中有句曰:"派传光禄记吾乡,姊妹黄家草亦香",并附如下介绍:

> 福州城内有巷曰光禄坊,宋法祥院旧地。中有小丘曰玉尺山。熙宁时知州事程师孟以光禄卿游其地。并书"光禄吟台"四字刻于石。明末为邑绅许豸宅。清初,豸子友仍居之,著《许有介集》。其家妇女皆能诗,多与戚属女眷相赠答。诗简往返,婢媪相接于道。轻薄子弟,恒贿赂而盗窃录之,称"光禄派"。②

可知光禄派乃闽地特有的妇女诗歌传统,形成于明清之际。薛氏于1908年应丁芸之子所请,为丁芸《闽川闺秀诗话续编》作序,对这一诗派乃至闽中妇女诗歌传统有更为详细的整体描绘。其略云:

> 吾闽地有姬山,星当女宿。太姥则岗峦羣列,螺女则江水弥清。是以江采苹斛珠慰寂,③

---

① 薛绍徽:《黛韵楼遗集·诗集》,福州:陈氏家刊本1914年版,卷一,第1b页。
② 陈芸:《小黛轩论诗诗》,卷上,第5a页,此集附其母薛绍徽《黛韵楼遗集》后。
③ 江采苹传为唐玄宗宠妃,福建莆田人,性喜梅,故曰"梅妃",杨太真夺宠,玄宗赐珍珠一斛慰妃寂寥,梅妃不受,作诗却之。妃两《唐书》无传,而闽人以为确有其人。参阅郑方坤:《全闽诗话·梅妃》,卷十,福州:福建人民出版社2006年版,第2b—4a页。

> 陈金凤艳曲乐游①,孙夫人[道绚]柳结同心,②阮逸女鱼游春水。③纵内言不出阃,犹有词翰流传;而女作登于男,实秉山川灵秀。迨国朝以来,衍光禄之派。黄家姊妹,香草留其遗徽;梁氏妇姑,茝林创为专集。遂使建安旧郡,扬列女之声;武夷曾孙,唱诸娘之词曲者矣!④

薛氏母女念兹在兹的黄家姊妹,其父乃光禄派创始家族许氏外孙黄任(1683—1768)。任字莘田,福建永泰人,康熙壬午年[1702]举人,其福州"香草斋"本为外祖许友"墨斋"⑤。二女黄淑窕、黄淑畹均有诗作,附于黄任《香草斋诗集》后。以黄任父女为核心,其福州亲友世谊,包括光禄许氏的直系后裔,组成妇女诗歌创作网络,活跃于清代乾隆年间。降及道光,又有梁章钜家族,妇女皆能诗。鸦片战争前后,林则徐(1785—1850)、沈葆桢(1820—1879)、陈衍乃至陈季同(1852—1907,薛氏夫兄)诸家族中,女诗人代有其人,此即薛氏所谓"迨国朝以来,衍光禄之派"。

正因对福州妇女诗歌传统的认知,薛氏对闽诗派的建构,独具眼光,作于1890年的《小西湖杂诗》,首次对重构宛在堂传统,提出颠覆性的建议,其四曰:

> 闽州艳体起冬郎,谁复平章宛在堂?合祀红桥陪子羽,绿杨影里素馨香。⑥

薛氏主张以明初福州女诗人张红桥配祀闽派领袖林鸿,将妇女入祀闽派核心,尊张红桥、林鸿同为闽派开山人物,而扛鼎之作,则为二人的"艳体"情诗。如此,薛氏从人员建构到诗歌主题,均挑战了主流诗学。

张、林情事,首见于钱谦益(1582—1664)所编《列朝诗集·闰集》中柳是(字如是,1618—1664)所撰《张红桥小传》。后郑方坤将小传与《列朝诗

---

① 陈金凤(?—935),五代十国时闽惠宗王延钧皇后。福建福清人。其人骄奢淫逸,然有诗才,擅玩乐。参阅郑方坤:《全闽诗话·陈金凤》,卷十,福州:福建人民出版社2006年版,第5ab页。
② 孙道绚,南宋绍兴年间人,建安人。黄铢之母。参阅郑方坤:《全闽诗话·孙道绚》,卷十,福州:福建人民出版社2006年版,第7b—9b页。"柳结同心"典出宋太学生郑文妻孙氏词《忆秦娥》"闲将柳带,细结同心。"此词别误作孙道绚词。见唐圭璋编《全宋词》,全五册,第五册,北京:中华书局1965年版,第3539页。
③ "鱼游春水"为阮逸女(阮逸宋天圣五年[1027]进士)所作词调名,原词已佚。见《全宋词》,第一册,第203页。
④ 薛绍徽:《序》,丁芸《闽川闺秀诗话续编》,北京:侯官丁氏吉云轩印行1914年版,第2a页。
⑤ 许友,约公元1674年前后在世,初名宰,又名友眉(一作有眉),字介,一字瓯香,福建侯官人。
⑥ 薛绍徽:《黛韵楼遗集·诗集》,福州:陈氏家刊本1914年版,卷一,第6a页。

集》所收张、林唱和诗作以及徐釚（1636—1708）《词苑丛谈》所收张、林唱和词作收入《全闽诗话》。①虽四库馆臣论林鸿《鸣盛集》，称"张红桥唱和诗词，事之有无不可知"②，闽人对此仍深信不疑，如沈瑜庆、陈衍便将小传与《列朝诗集》所收张、林唱和诗作全录入《福建通志·列女传·辩通》，足显重视。据柳是：

> 张红桥，闽县良家女也。居于红桥之西，因自号红桥。聪敏善属文，豪右争欲委禽，红桥不可，语父母曰："欲得才如李青莲者事之。"于是操觚之士，咸以五七字为媒。邑子王恭，自负擅场，一盼而已，都不留意。长乐王偁赁居邻井，窃见其睡起，寄之以诗；怒其轻薄，深居不出。偶悒怏而去。偁之友福清林鸿，道过其居，留宿东邻，适见张焚香庭前，托邻姬投诗，张捧诗为之启齿，援笔而答，姬将诗贺鸿曰："张娘子案头诗卷堆积，曾未挥毫，今属和君诗，诚所稀有。"鸿大喜过望，使媪通殷勤。越月馀，始获命。鸿遂舍其家，以外室处之。自是唱和推敲，情好日笃。
>
> 偁盛饰访鸿，求张一见，张愈自匿。偁密赂侍儿，潜窥鸿与张狎，作《酥乳》、《云鬟》二诗调之。张愈怒。偁知其意，乃挽鸿游三山。越数日，鸿亡归。夜至所居，张方倚桥而望，鸿赋三绝句，张倚和焉。
>
> 越一年，鸿有金陵之游，唱和大江东一阕，流连惜别。又明年，鸿自金陵寄《摸鱼儿》一阕，绝句（四）[七]首，张自鸿去后，独坐小楼，顾影欲绝。及见鸿诗词，感念成疾，不数月而卒。鸿归，遽往访之。及至红桥，闻张已卒，失声号绝。彷徨之际，忽见床头玉佩玦悬一缄，拆之有《蝶恋花》词及七绝句。鸿哀怨不胜，赋哀词酹之。王恭亦和焉。自后，鸿每过红桥，辄悒怏累日。③

张、林之情，催生了两位恋人一系列极富创造性的唱和之作。尤其是二人各作的十一首七言绝句，以彼此名讳"红桥"与"鸿"入诗，描写思恋的多种形态，而引发读者对二人恋情的无穷想象。红桥之死，更为这一系列诗歌增添

---

① 见郑方坤《全闽诗话》卷十，16a—19a。沈瑜庆、陈衍《福建通志·列女传·辩通》，卷六，第7a—8b页。
② 永瑢、纪昀等：《四库全书总目提要·集部·别集类二二》，全二册，卷一六九，北京：中华书局1965年版，第二册，第1472页。
③ 柳是：《张红桥》，《列朝诗集·闰集》，钱谦益编，《续修四库全书》本，全1800册，上海：上海古籍出版社2002年版，第1624册，卷四，第23b—24a页。

了悲剧美。柳是、钱谦益夫妇将二人唱和之作一一录入《列朝诗集》,为红桥所作小传,亦为集中长篇之一,足见对红桥诗才的怜惜和对她命运的同情。但也正因为林鸿的这类诗作,钱谦益批评道:"自闽诗派盛行永〔乐〕、天〔顺〕之际,六十余载,柔音曼节,卑靡成风。"①

钱谦益对以林鸿为首的闽诗派的批评,似未影响薛氏对闽诗派的评价。薛氏提议合祀张红桥与林鸿,以平章宛在堂,盖因她以闽诗派源起韩偓;而张、林二人的"柔音曼节",所谓"绿杨影里素馨香"者,正合"冬郎艳体"。张、林原诗为:

  素馨花发暗香飘,一朵斜簪近翠翘。宝马归来新月上,绿杨影里倚红桥。(林赠张)②

  桂轮斜落粉楼空,漏水丁丁烛影红。露湿暗香珠翠冷,赤栏桥上待归鸿。(张答林)③

按韩偓艳体,肇自其《香奁集》④。集中百篇,均为韩偓早年歌咏男女情爱之作。韩因此集颇为后人诟厉,如方回(1227—1306)谓之词工格卑⑤;褚人获(约1681年前后)指为"绮语",读之"增益淫邪之念"⑥。或有为韩偓辩解者,则释为托喻之作,以美人香草比附诗人体国孤忠。⑦而薛氏似不受这类评议左右,入祀红桥时,便将艳体也供奉于宛在堂祭坛之上。如此,艳体之于薛氏,当包含何等价值内容?

韩偓《香奁集序》自辩曰:"予溺章句,信有年矣,诚知非丈夫所为,不能忘情,天所赋也。"⑧林鸿祭张红桥《哀词》亦谓:"自是忘情惟上智,此生长抱怨情多!"⑨按"忘情"一典,乃出《世说新语·伤逝》:

---

① 钱谦益(1582—1664):《列朝诗集小传》第一册,全二册,上海:上海古籍出版社1983年版,第180—181页。
② 钱谦益编:《列朝诗集·闽集》,第1624册,卷四,第24b页。
③ 同上。
④ 葛立方(?—1164):《韵语阳秋》:"韩偓《香奁集》百篇,皆艳体也。"引自郑方坤:《全闽诗话·韩偓》,卷一,福州:福建人民出版社2006年版,第36a页。
⑤ 方回:《瀛奎律髓》,引自郑方坤:《全闽诗话·韩偓》,卷一,第36b页。
⑥ 褚人获:《坚瓠集》,引自郑方坤:《全闽诗话·韩偓》,卷一,第43a页。
⑦ 参阅陈庆元:《福建文学发展史》,福州:福建教育出版社1996年版,第83页。
⑧ 韩偓:《〈香奁集〉自序》,引自郑方坤:《全闽诗话·韩偓》,卷一,福州:福建人民出版社2006年版,第34a页。
⑨ 钱谦益:《列朝诗集·闽集》,卷四,第25b页;又见郑方坤:《全闽诗话·张红桥》,卷十,第18b页。

> 王戎丧儿万子,山简往省之,王悲不自胜。简曰:"孩抱中物,何至于此?"王曰:"圣人忘情,最下不及情;情之所钟,正在我辈。"简服其言,更为之恸。

此处王戎不能忘情,乃为述丧子之痛。则韩偓《香奁集》,虽以男女之情为主,也应包含一切与妇女妆台相关的人际关系以及由此激发的人间至情,均为天赋自然。韩偓复在序言中论述自然与诗情之互相生发,所谓"咀五色之灵芝,香生九窍;咽三危之瑞露,春动七情"①。由此观之,薛氏以张红桥及其艳体入祀宛在堂,意在置女性与男性诗人同为闽诗派奠基者,以重建闽派诗学,改变其男性复古诗学的传统定义,使诗歌创作活动复归为自然与人情的结合,经男女诗人合作化育,而产生美丽诗篇。

薛氏的主张,其后经由其女陈芸继承发挥,而形成地域、历史、与性别交叉的诗史观,集中表现在陈芸作于1902年的《随家慈观文笔山》一诗中。文笔山位于福州府城,陈芸将这一地理标志作为闽中的文化象征,由此引申,阐述自韩偓以来闽诗派发展史。诗曰:

> 吾闽万山中,三山成福地。一拳立中央,文笔饶斌媚。……韩偓罗江东,避地担簦至。诗笔此肇端,文风遂昌炽。明代十子兴,瘦健生瑰异。嗣响郑继之[善夫],何[景明]、李[梦阳]同鼓吹。无病竟呻吟,究复关才思。迨及国朝初,闺阃先拔帜。所谓光禄派,香草传其祕。②

薛氏母女重建闽派诗史,加入妇女因素,故强调闽中诗笔,肇端于韩偓《香奁集》。闽中男女诗人共同努力,导致明清之际光禄派的兴起,而在清初形成"闺阃先拔帜"的局面,造成清代闽派盛大,妇女之功,不可没焉。

薛氏、陈芸进而探索妇女诗歌特点。从1905年开始,陈芸在薛氏的指导下,撰写《小黛轩论诗诗》,论清代妇女诗歌甚详。至1911年薛氏母女相继辞世,共得诗221首,附女诗人小传上千则。在此普遍知识介绍之上,陈芸又有多首诗歌,就某些诗人风格作特别阐述。如论汪端(字小韫,1793—1839年),盛赞汪之读书穷理、体物浏亮、合上古风人之旨,又由唐诗人杜甫、李商隐等得诗律神髓,一举而形成自己风格:

> 香闺才藻鲜,空山见兰芷。铿锵金石声,一洗筝琶耳。况有艳与

---

① 韩偓:《〈香奁集〉自序》,引自郑方坤:《全闽诗话·韩偓》,卷一,福州:福建人民出版社2006年版,第34b页。
② 陈芸:《随家慈观文笔山》,《陈孝女遗集》,卷上,第6ab页。此集附其母薛绍徽《黛韵楼遗集》后。

香,非若闲桃李。①

陈芸点出"鲜"、"艳"、"香"为汪端诗特性,正是薛氏所谓"艳体"在妇女诗歌中的具体体现。陈芸评论徐媛(字小淑,约1590前后在世),则突出"闺阃才"的"不甘唾馀拾"②,执着于自身的独立思考与创造能力。凡此皆迥别于明代摹古诗人如何锦明、李梦阳等,因少创造活力,徒自无病呻吟。

对于薛氏母女来说,妇女既无野心亦无必要加入诗派竞争,更不屑以临摹个别古人来建立自家声名。她们期望通过广泛阅读,多方位吸收前人影响,以形成自己的独特风格。薛氏将此诗学思考融入教育主张,《课儿诗二十首》(1903)之十六曰:

  古诗十九首,皆出夫妇愚。三唐论体格,李杜名非虚。后来争派演,西昆旷代无。江西今犹盛,淡薄易步趋。大家宗苏黄,所守亦分途。要之在穷理,尽性且读书。③

薛氏此前在《课儿诗二十首》之七与之十已从道德层面分别讨论了《诗经》、《离骚》的教化作用。而此节则就诗歌创作为自我表述而发,"古诗十九首,皆出夫妇愚"者,正是韩偓"艳体"前导,表述男女情爱之坚定执着。以情为基础,薛氏综述历代各家特色,终归于《易经》之"穷理尽性","穷极万物深妙之理,究尽生灵所禀之性"④,以平章清末各派纷争。如此,诗歌体裁风格是在表达情性的过程中自然形成,而非刻意建立。薛氏一生创作实践,正是遵循了这一原则,故陈衍才有"不能指其似何人也"之叹。

薛氏诗学,可在其他闽中女诗人中找到共鸣。如朱芳徽(清嘉庆道光年间人)"论诗":

  谁把诗源得?因人性所工。风云随变化,物旨本灵通。一笔分唐宋,千秋见异同。何时包括尽?付与大瓢中。⑤

薛氏重建闽诗派,在男性诗人与批评家处也能找到支持。首先,韩偓在闽诗人中向有盛誉,如郑方坤在《全闽诗话》中以最长篇幅记载韩偓事迹,且广

---

① 陈芸:《题汪小韫[端]〈自然好学斋集〉》(约作于1905—1906年间),《陈孝女遗集》,卷上,第7b—8a页。
② 陈芸:《题徐小淑[媛]〈络纬吟〉十二卷》,《陈孝女遗集》,卷上,第9ab页。
③ 薛绍徽:《黛韵楼遗集·诗集》,福州:陈氏家刊本1914年版,卷二,第15b页。
④ 《周易正义·说卦》,孔颖达(574—648)《疏》,阮元(1764—1849)编:《十三经注疏》,全二册,影印1826本,北京:中华书局1979年版,第一册,卷九,第93页。
⑤ 朱芳徽:《绿天吟榭初刊》,福州:同治十年辛未[1871]家刊本,卷一,第24b—25a页。

征博引,以证《香奁集》确为韩偓所作——尽管屡有学者为保全韩偓名节指为伪托。又大多数有关闽诗词著作中,对张红桥皆有载录,且较其他男女诗人传记详尽,如郑方坤《全闽诗话》、谢章铤(1820—1903,福建长乐人,清光绪二年[1876]进士)《赌棋山庄词话》、沈瑜庆、陈衍《福建通志》与陈衍《闽侯县志》中的《列女传·辩通》,足见闽中诗坛对她的重视。尤可注意者,是兼祧光禄派与宛在堂谱系的承重人物黄任,最以艳体称于世。陈衍《石遗室诗话》载:

  吾乡永福黄莘田先生,雍、干间甚有诗名。……《香草斋》六卷,计九百六十余首,而七言绝句居六百余首,为古今所稀有,盖专学义山、牧之、飞卿、东坡俊逸处,故杭堇浦以为最工绝句,袁简斋以为唐代诗原中晚佳也。……另编有《香草笺》一集二卷,凡《香草斋》中香奁之作,皆在其中,几欲追微之、冬郎而及之……①

经由黄任,光禄派与宛在堂交集于艳体,以情为轴心,集男女诗人之共同努力,尤其是妇女的参与,作为诗人、评论人,重新定义了闽诗派,使之于盛清以还,臻至鼎盛。约在薛氏提议张红桥入祀宛在堂二十年后,新设福州泉山女子学堂于东山楼立女诗龛,祀明代女诗人张红桥、清末戊戌六君子之一林旭之妻沈鹊应(字孟雅)及薛绍徽等十余人。②薛氏孳孳于怀的闽中女诗人的地位,终由后代加以确立。

三、闽派女诗人的成就与贡献

  如何评价妇女诗歌乃至其整体文学艺术成就?这是个难题。方秀洁在她最近出版的明清女诗人研究中指出:"妇女诗歌生来受怀疑、被贬低、被认为不值一顾,似乎只有男人才能写出好诗。"③应该说,这种想法应更多是现代产物。戊戌与五四男性志士宣称自己是妇女的解放者,却最不赞成妇女的传统文学创作活动,如梁启超便在"论女学"一文中指责妇女写诗为"浮浪"。胡适(1891—1962)的批评更严厉,他为单士釐(1858—1945)《清闺秀艺文略》作序,评论集中所收两千七百八十七家、共三千三百三十

---

① 陈衍:《石遗石诗话》,卷二十六,上海:上海书店出版社2002年版,第349—351页。
② 参阅郑振麟《福州男女两诗龛》,陈虹、吴修秉主编《闽海过帆》,第79—80页。
③ Grace Fong, *Herself An Author: Gender, Agency, and Writing in Late Imperial China* (Honolulu: University of Hawaii Press, 2008), pp.3.

三首诗作。胡适道：

> 这三百年中女作家的人数虽多，但她们的成绩都实在可怜得很。她们的作品绝大多数是毫无价值的。这是我们分析钱夫人[单士釐]的目录所得到的最痛苦的印象。①

对于胡适评鉴清代妇女诗作之苛刻，黄湘金指出：

> 胡适先生在"整理国故"时先入为主，其目的只是为了"捉妖"、"打鬼"，"化神奇为臭腐，化玄妙为平常"②，而"抱定'化神奇为臭腐'的宗旨来整理国故，必然难得细心体会中国文化的长处"③。具体到《清闺秀艺文略》，他以理想的、新的文学女性来审视清代闺阁诗人，自然难符期望，其评价之尖刻也就不难理解。④

胡适对传统妇女文学实践的态度与梁启超相似，均将其看作是代表"中国传统中一切陈旧与退化的附庸"⑤，而横加指斥。相对而言，中国传统文人对妇女的文学活动反而更加欣赏支持，比如闽诗派男性诗人即是。他们的评鉴有助于后人了解闽派女诗人的成就贡献。

下文尝试以闽派女诗人为创作主体，从此角度出发，探索在清代社会、政治、历史、文化、及诗学语境中，妇女诗歌题材如何从深闺扩展到自然、社会、及历史的广阔领域，以进行妇女的自我空间开拓。在此过程中，脂砚彤管将内外大防转化成语意通道：把外部世界带入玉台香奁，同时把妇女的思绪情愫注入男性盘踞的诗歌体裁与主题，为闽诗增加了原本男诗人因缺乏类似生命体验而难以企及的深度与广度，从而以妇女的才能与创造，丰富了闽诗的内涵与表现力。

莆田徐氏作于清初的《秋日忆姊》一诗，象征性地为闽派女诗人的空间想象设立了基调。她写道：

---

① 胡适：《清闺秀艺文略序》，《胡适文集》全十二册，第四册，欧阳哲生编，北京：北京大学出版社1998年版，第588页。
② 胡适：《整理国故与打鬼：给徐浩先生信》，同上书，第四册，第117—118页。
③ 陈平原：《中国现代学术之建立：以章太炎、胡适之为中心》，北京：北京大学出版社1998年版，第226页。
④ 黄湘金：《南国女子皆能诗》，《文学遗产》2008年第1期，第101页。此文页94—104有对单士釐《清闺秀艺文略》的详细介绍。
⑤ Joan Judge, "Reforming the Feminine: Female Literacy and the Legacy of 1898," in Karl and Zarrow, eds., *Rethinking the 1898 Reform Period: Political and Cultural Change in Late Qing China*, (Cambridge: Harvard University Asia Center, 2002), pp.165.

>　　……生平怀壮志,怀古期前贤。虽在闺阁中,举笔心无边。……①

此诗高度提炼了妇女群体的写作目的:以写作连接自身和外部世界,无论是与古代圣贤交流,或是与现时亲友沟通,身躯或被羁留深闺,壮志则可托付笔尖,可及处自是无边无涯。

莆田苏芳济,与徐氏同时,亦同怀无边壮志,则将心意寄载于小庭深院长春花。她写道:

>　　淑气初融日影斜,巡簷小立惜芳华。莫疑点染胭脂色,开向东风夺晚霞。②

此诗收入梁章钜《闽川闺秀诗话》卷一。章钜评此诗为"颇有言外之致"。长春花无疑是苏芳济的自我写照:颊上绯红并非胭脂点染,乃天生丽质,艳夺晚霞。晚霞本是织女所布天文,与人间文章相辉映。则小院既不能隔断长春花映天光华,深闺又焉能窒息女诗人的盖世文采!如此或许是苏芳济乃至徐氏的"言外之致"?纵使禁足于深闺小院,笔尖儿可将文思心志写向青天!

如苏芳济所示,闺中人最易接近的是自然风物,后者也就为女诗人提供了最丰富的诗歌意象。梁启超因而抨击女诗人只知"批风抹月","拈花弄草","伤春惜别",所以"浮浪"。③ 薛氏反驳,认为诗词创作可以"陶写性情",于妇女教育有深切作用。④下文不妨按梁启超批评中检取的风物顺序,从妇女本体立场出发,对相关诗作一一剖析,并参照其他男性诗评家对这些作品的评议,通过这种不同时空性别之间的对话,庶几可理解薛氏反驳梁启超的立论根据。

1. "批风"

浦城闺秀孙若孟(咸丰年间人)《风行》:

---

① 梁章钜(1775—1849):《闽川闺秀诗话》卷一,北京:侯官丁氏吉云轩印行 1914 年版,第 4a 页。
② 同上书,第 11a 页。
③ 梁启超:《论女学》,《时务报》第二十三册(1897 年 4 月 12 日),第 1a—2a 页。全文连载于《时务报》第二十三册,第 1a—4a 页,与第二十五册(1897 年 5 月 2 日),第 1a—2b 页。此类论调,在男性变法人士中甚为普遍,参阅经元善《女学集议初编》,上海:经氏家刊本 1898 年版,第 38b、39a、40a 页等。
④ 薛绍徽:《创设女学堂条议并叙》,《求是报》第九册(1897 年 12 月 18 日),第 6a—7b 页,与第十册(1897 年 12 月 27 日),第 8a—8b 页。

> 莫道风摇竹,须知竹养风。总因怜少女,摆弄小窗中。①

此诗收入丁芸《闽川闺秀诗话续编》卷四。丁芸引梁章钜《补萝山馆诗话》,谓此诗"能抒写性灵,不害其为浅弱也"②。丁、梁意存褒扬,但似仍以"浅弱"为少女表征,而忽略了少女所咏之"风"乃"林下风"。此风肇于"竹林七贤",经由东晋谢道韫,而为后世贤媛所专有,是妇女道德操守才情风骨的杰出体现,岂是"浅弱"二字能够概括!

2. "抹月"

莆田女子黄幼藻(明嘉靖年间人)《咏月》:

> 清切空阶月,相依到深更。喧寂非一致,千秋同此明。萧萧庭中女,俯仰关中情。到此令人远,况乃兼秋声。人生有代谢,万汇有衰荣。茫茫天地中,相积为愁城。欲挽西江水,一洗襟怀清。问月月不语,清泪落寒礮。③

此诗收入梁章钜《闽川闺秀诗话》卷一。章钜谓其"字字老成,不似闺房凡响"。然而此诗恰恰打破了章钜认为闺房无法承载深厚文学意蕴的成见。幼藻将人生代谢与万汇衰荣相比附,而使闺中愁绪哲理化为宇宙间的普遍关怀。此类感慨,固然屡见于前代诗人如苏轼等诗中——此即"老成"之由来——但苏轼每以道家旷达加以化解,幼藻则老实承认千秋明月亦难以纾解人生苦短的悲哀,因而能够获得男女长幼的同情,"为世所传"④。

3. "拈花"

梁章钜《闽川闺秀诗话》卷一记清初闽县女诗人邱卷珠:"字荷香……偶拾花瓣砌情字,忽被东风吹去,口占一首云:'为情憔悴懒言情,聊把闲情寄落英。香雨围成缘一缕,雪泥证到梦三生。芳菲已谢空怜惜,飘泊难禁易变更。好语风姨更吹聚,前生原是许飞琼。'"拈花至此,已成极境。"花瓣砌情字,忽被东风吹去",写尽了"情"的凄美倏忽,是妇女生命中最难承受的磨折。

---

① 丁芸:《闽川闺秀诗话续编》,卷四,第 4b 页。
② 同上书,第 5a 页。
③ 梁章钜:《闽川闺秀诗话》,卷一,北京:侯官丁氏吉云轩印行 1914 年版,第 11b—12a 页。
④ 同上书,第 12a 页。

4."弄草"

梁章钜《闽川闺秀诗话》卷三:"余三子妇杨渼皋,字婉蕙,为竹圃方伯之女。……竹圃素不喜闺秀之称诗,故于婉蕙所作,亦曾无轻与褒词。然阅到《过洞庭湖》句云:'白云尽处疑无地,青草环来别有湖。'则为之拍案激赏不去口,谓似此天然佳句,不能禁其不落纸矣。"①渼皋久居深闺,一旦走进外部空间,步步惊喜,见青草天际摇曳,以为已到地之尽头,近之则又别见湖中云天。此数句所咏,本男性旅人司空见惯的景物,在妇女眼光中得到重组,而成天然佳句。

又丁芸记闽县陈品金(约清嘉庆年间人):"足久未出户,庭前生春草。春草年年绿,侬颜岂长好?"②此诗化用王维《山中送别》:"山中相送罢,日暮掩柴扉。春草明年绿,王孙归不归?"而王维诗又从《楚辞·招隐士》"王孙游兮不归,春草生兮萋萋"演化而来。同是怀人,陈品金加入了自身体验:自然的永恒反衬生命的短暂,而女性的青春尤为倏忽。春草可再绿,红颜不长好。斯人不归,奈青春何?年华易逝的焦灼,更反衬对离人的思念。

5."伤春惜别"

此类批评,最显梁启超对妇女诗歌偏见。自《诗经》起,别离便是诗歌重要主题。薛绍徽谓"古诗十九首,皆出夫妇愚,"正因其中十首叙述夫妇离别之苦。江淹《别赋》,历数离情,以男女离别,最是"黯然销魂"。虽说此苦双方与共,妇女居家独守,感受更甚!春季花开花谢,深闺红颜易老,尤增悲苦。此类诗歌屡见闽中妇女集中,如清初黄昙生新婚赠别其夫:"侍栉才逾岁,分襟又一年。魂依流水曲,恨寄落花边。"③又黄任赴试京畿,羁旅三年,妻庄氏寄诗曰:"万里寒更三逐客,七年除夕五离家。"④

闽中妇女"伤春惜别",尤为痛苦者当属清初莆田女子俞若耶的两首,一曰《欹枕》:"残夜漫漫月一钩,独倚孤枕作离愁。几回梦醒思抛却,错绣鸳鸯在两头。"⑤一曰《睡起》:"朝朝睡起不胜春,强倚阑干托此身。暗数落

---

① 梁章钜:《闽川闺秀诗话》,卷三,北京:侯官丁氏吉云轩印行 1914 年版,第 17ab 页。
② 丁芸:《闽川闺秀诗话续编》,卷一,第 14a 页。
③ 黄昙生:《送别夫子再之建溪》,丁芸:《闽川闺秀诗话续编》,卷四,第 2b—3a 页。
④ 庄氏:《除夕寄外》,梁章钜:《闽川闺秀诗话》,卷一,第 14a 页。
⑤ 梁章钜:《闽川闺秀诗话》,卷一,北京:侯官丁氏吉云轩印行 1914 年版,第 4b 页。

花浑是恨,容华消损为何人。"①两首都描写妻子独倚孤枕的况味:在绣花针下的两分鸳鸯,在阑干外的每一片落花。有一般闺秀诗中少见的性苦闷暗示,但仍不失含蓄。

总体说来,妇女诗人向自然寻找寄托,有大量独创之作。如道光年间福州女子何氏"斋中口占":

> 轻风飒飒拂衣频,隔院蛮声听未真。薄醉只缘花劝酒,迟眠却似月留人。研池绿印窗前竹,烛影红摇镜里身。流水浮云忙底事,闲消月夕共芳晨。②

此诗明显仿作李白的"花间独酌",但李白意在描写自身的孤独,"举杯邀明月,对影成三人",却并未赋予月、影以对等人格,故结句为"相期邈云汉,永结无情游",自然只是遣怀客体,不具人间情愫。而何氏笔下,花可劝酒,月知留人,即连"绿"、"红"颜色也参与了场景设置。梁章钜谓:"三四语为时所传诵。"但笔者以为"研池绿印窗前竹"一语尤具深蕴:窗前林下风,乃由诗人研池写出。全诗所描绘的人与自然,是同具人格、互为知己、相识相伴、相生相立的关系,洋溢着一派融融暖意。

而妇女对人与自然关系的描述,最具独创者是将诗歌创作与闺中其他艺术创作活动,尤其是女红的结合。其中道光年间闽县女子汪淑端《咏五色蝶次韵》最能表现闽中女诗人这方面的成就。诗共五首,分咏青、黄、赤、白、黑五蝶,叶"稀"、"飞"、"衣"、"肥"、"归"五韵,叙绣、曲、绘、舞、染五种创作活动。以下试以其一与其五为例:

> 帘前弱翅望依稀,每到花阴不见飞。上下浑疑风度叶,飘摇似爱翠为衣。春真可踏娇无力,黛纵能描瘦未肥。欲剪碧罗依样绣,南园扑得两三归(青)。

> 漆园梦里往来稀,树暮箐深自在飞。野径何须着金粉,深秋休与认乌衣。饶他黛色凭须染,拭得蓝光竟体肥。细雨浓烟春漠漠,柳阴多处正宜归(黑)。③

此组诗严格遵守"咏物"不犯题意规范,写蝶的颜色与活动,均通过蝶与其他自然风物的联系。故青翅与翠叶难分,黑蝶与乌衣共色。诗人于最后一

---

① 梁章钜:《闽川闺秀诗话》,卷一,北京:侯官丁氏吉云轩印行1914年版,第4b页。
② 同上书,卷二,第12b—13a页。
③ 同上书,卷四,第11ab页。

首点题,引入庄周梦蝶一典,蝴蝶即为诗人自我之体现,是可以穿越梦幻与现实、出入各种艺术领域的自由精灵,不慕金粉豪华,乌衣贵胄,只愿与自然相颉颃,与万类共翱翔。

除与自然相关的题材之外,闽中女诗人在其他各种诗题中亦有开拓。尤其是一些传统被指认为男性领域的主题,如论政、咏史等,女性诗人因其与男性有别的社会生命体验,而有不同的表现阐释。

首先,最为明清男性社会中心的科举仕宦制度,在女诗人笔下全不见禄蠹之气。林寿图(1809—1885,1845年进士)之母教道其子:"学到能贫殊不易,士无自贱乃为高。"①对于林母,读书的主要目的不是为了求取功名,而是为了自我道德操守的完善。故陈衍评曰:"对句千古名言,为士者皆宜终身诵之者也。"②梁章钜致仕,其妻郑齐卿(?—1833)写道:"侍宦何知昼锦殊,寒闺那解梦尊鲈。正欣久客得归好,懒与人言田有无。"③闽中人并不在意官宦的显荣,也不附庸退隐的风雅。盖因妇女既被排斥在政治体系之外,则政治语汇中的"出"、"处",以及相关的财富田禄,也就与妇女无干,她们更关心的是归去与家人团聚。同理,"重赴鹿鸣"是清代科举殊荣,举人在中举六十年后,可以与当年的新科举子同赴鹿鸣宴。林氏《贺黄莘田先生重宴鹿鸣诗》:"丹桂花开六十秋,振衣又到广寒游。嫦娥细认曾相识,前度人来竟白头。"④此诗一改贺诗常例,描述黄任的月宫艳遇,显示女诗人更有兴趣的、也认为更能代表黄任成就的,乃是黄的"香奁艳体"。

情作为闽诗轴心,将妇女生命中一切举足轻重之因素结为一体,故身处世变,家室之爱便可成为家国之忧。晚清外患频仍,福州首当其冲,边塞战事、政治纷争逼近家门,也进入女诗人笔下。在《晚清女诗人薛绍徽与戊戌变法》一文中,笔者曾介绍了薛氏对清末局势所作编年诗史。⑤而其他福州女诗人也积极参与了此类题材的创作。姚怀祥(字斯征,号履堂,侯官人,1783—1840,1818年进士)鸦片战争时为定海县令,抗击英军至死,女弟子萨莲如以诗祭之:

---

① 丁芸:《闽川闺秀诗话续编》,卷一,第7b页。
② 陈衍:《石遗室诗话》,卷十五,上海:上海书店出版社2002年版,第211页。
③ 郑齐卿:《到家杂诗》,梁章钜:《闽川闺秀诗话》,卷三,北京:侯官丁氏吉云轩印行1914年版,第7a—7b页。
④ 同上书,卷一,第16b页。
⑤ 钱南秀:《晚清女诗人薛绍徽与戊戌变法》,陈平原、王德威、商伟:《晚明与晚清:历史传承与文化创新》,武汉:湖北教育出版社2002年版,第352—376页。

>吾师素志本横行,穷海何年此恨平:倘使孤军出遥岛,岂忧强寇入重城。(师宰定海,闻寇将入,请于镇戎某以兵卫。某遁巡不战亡去,师募盐哨数百馀人,拒南门终日。城陷,遂以身殉。)仓皇拒敌嗟何及,慷慨捐躯志已成。一片丹心常照日,九原含笑尚谈兵。(余尝梦师坐拥六韬,阴符诸书,含笑以示。)①

本是作育才女的慈师,却战死海疆。在姚虽是求仁得仁,忠荩忧勇与仁慈温厚本无二致。但手无寸铁的书生何以被逼上战场,而本该御敌的将军却不战亡去?女诗人的笔锋,显然是直指朝廷的无能。诗尾尤使人心酸。女诗人将恩师生前授徒的亲历注入梦中,只是将诗文换作兵书,这看似轻松一笔,强化了姚之忠勇报国,至死不渝,也体现了女诗人对书生应亦可领兵的期冀。

陈衍妻萧道管(1855—1907)的悼子诗,反映清末男女士人对其时动乱的反思,最为沉痛深沉。当庚子事变爆发,天津陷于八国联军,陈衍与萧道管次子陈声渐正在北洋大学读书,为保护一位同窗的家人,死于洋兵之手。陈衍诗《哀渐儿》极写失子之痛:

>……晦冥白日鬼瞰室,况有粲者窥踦间。尔非道安弓箭徒,宁能为人护孀孤?谬思谈笑却羌胡,哀哉性命戕须臾。②

相比于其夫陈衍责怪儿子多事饵祸,萧道管《哀渐儿》则有更为广阔的意蕴:

>……黄土抟人偶儿戏,调水和泥满寰宇。成例既开遂莫禁。土满人浮孰能御?大荒大疫及水火,万不去一何足数。唯有生人能杀人,以一杀万疢风雨。此时乃信弱者亡,脆女稚男膏野土。本无魂魄又何知?万里关山梦亦阻。③

"此时乃信弱者亡",明显是就斯本塞(Herbert Spencer)"适者生存"而发。早在1895年,陈衍至交好友严复就已将达尔文和斯本塞学说介绍给中国知识界。在相关的四篇论文中:

> Yan rejected the traditional distinction between a civilized centre and

---

① 梁章钜:《闽川闺秀诗话》,卷二,北京:侯官丁氏吉云轩印行1914年版,第16b—17a页。
② 陈衍:《石遗室诗集》(武昌,1905),卷三,第11a页。
③ 钱仲联编:《清诗记事》,第二十二册,第16005页。

a barbarian periphery. He disengaged man from an imperial cosmology to embed him into a new spatial structure. Culture was abandoned: race became the norm by which group membership was assigned. ①

严复拒绝传统对文明中心与野蛮边缘的界分。将人从原有的帝制宇宙论中移入一个新的空间结构。文化被抛弃,种族则成为借以指定组织成员的准则。

从 1895 年始,变法人士大多"逐渐接受了一种新的世纪秩序观念,即世界由白种人统治,而黄种人必须经过抗争以求生存。"②拥抱文化的萧道管可能从不愿相信这类残酷的"丛林法则",然而现实强迫她承认"唯有生人能杀人"。当陈衍仍在挣扎幻想他的渐儿或可逃过此劫;萧道管以母性的敏锐,从爱子的惨死意识到人类前景的悲观。惟其清醒,更觉沉痛。

要之,闽诗派是闽中男女诗人长期交流互动的产物,因闽地自身的特殊历史、地理、文化与社会经验而形成。具体而微,体现了中国整体传统诗学的形成,也应是两性共同努力,而作用于各种历史地理条件下的结果。从性别、地域等各种不同因素着眼,将会发现更为复杂多样的诗学内涵,及其对后世的潜在影响。比如此文对闽中妇女诗歌传统的探究,至少从主题关怀上揭示了传统对五四的种种前道:如妇女对两性平等、精神自主的希冀,以及参与文化政治建构的构想与能力。尤其是,通过阅读晚清妇女诗作,笔者发现所谓传统诗体不能承载现代信息的断言,是无法立足的。另一方面,男性对妇女诉求的支持,似较五四活动者们少了一点"父权国家主义"(patriarchal nationalism)。③至于何以如此健康发展的晚清诗学,在近现代中国未能结成硕果,而文学史中,也未见充足的揭示与研究? 这些问题尚待更为深入的研究。薛绍徽说,"要之在穷理,尽性且读书",要通过妇女角度,从更多层面了解晚清诗学,关键也还是要读书,读妇女的著作,耐心地。

(作者单位:美国,Rice University)

---

① Frank Dikotter, *The Discourse of Race in Modern China* (London: Hurst & Company, 1992), p.67.
② 同上书,第 69 页。
③ Prasenjit Duara, "The Regime of Authenticity: Timelessness, Gender, and National History in Modern China," *History and Theory* 37.3 (October 1998): 298. "Patriarchal nationalism," according to Duara, deemed women "to be liberated for and by the nation," but "not to be active agents shaping it" (同上书)。

从发刊词与征文广告看小说女作者的存在位置
——以清末民初小说杂志为观察中心

黄锦珠

一、前 言

  五四是现代文化、文学史上一个重要里程碑,中国"现代化"的历程,在五四之后进入了崭新而有长足发展的阶段。五四以后,女作家也获得浮出历史地表的时空机缘,并在近年学界得到甚多瞩目,出现不少研究成果。① 然而,女作家现身文坛并不是一蹴可几,五四以后,文坛逐渐接受女作家的存在事实,出版市场也逐渐充盈女作家的文本。然而,五四之前,女作家曾经面临各种有形无形的限制与障碍,那些障碍,甚至在五四以后,也不是立即消失或降低。简单地说,女作家在"现代化"的历程中何时现身、参与,乃至获取一席之位,这是笔者目前关心的问题,而这个问题可能要从清末追溯起。

  清末时期由于内忧外患,有识之士在救亡图存的大业中,发现小说的功能并极力倡导之,加上阅读市场的需求、出版环境的配合,不但掀起小说界的热潮,也重新定位了小说在文学版图上的位置。在小说由边缘向中心移动②的过程中,作者的投入、作品的出版、杂志的鼓吹,都曾经发挥一定的影响力。这股热潮一开始是由男作者主导的,无论是梁启超和他的《新小说》杂志,还是李伯元、吴趼人、刘鹗、曾朴等四大家和他们的小说代表作,还是号称"鸳鸯蝴蝶派"的徐枕亚、吴双热、周瘦鹃、张恨水等等,从清末到民初,小说作者如林,受人瞩目或津津乐道者,几乎清一色都是男作者。这个时期,女作者数量少而且默默创作,出版鲜为人知,僻处于众作者名录之一隅,

---

① 孟悦、戴锦华:《浮出历史地表:中国现代女性文学研究》。台北:时报文化出版公司1993年版。
② 陈平原:《中国小说叙事模式之转变》,上海:上海人民出版社1988年版,第14页。

似乎成了被遗忘的一群。先不论实际上曾经有过多少女作者从事小说写作,当小说以启蒙导愚的姿态,成为清末民初知识分子摇旗呐喊的文学事业之时,自清末至五四前后,女作者并没有置身事外。只不过,究竟要到什么时机,文坛才终于注意或重视这批写作族群,这是本文想要探究的问题。换个方式说,当人们提及小说写作或小说作者群时,何时才认真考虑或正视女作者的存在?

小说杂志曾在清末民初的文坛扮演重要角色,不但是鼓吹小说创作的重要媒介,也是接受各方投稿的公开园地。发刊词通常可以代表小说杂志的宗旨与立场,也可以显现预设的编辑与征稿方针,征文广告则是小说杂志向各方邀稿的明确声明,当一份杂志成立,向大众宣告其宗旨目标或号召稿源时,其视野中或心目中预设拟想的作者群,很可以代表这份杂志对于写作族群的认知或定见,这是本文选取发刊词及征文广告作为观察窗口的理由。本文拟以清末民初小说杂志的发刊词与征文广告为讨论材料,厘析此中预设的作者性别,并尝试寻找女作者的身影,借此窥探当时小说界对女作者的注意程度与状况,以了解清末民初文坛上小说女作者的存在位置。

小说杂志的发刊词,一般多标"发刊词"三字为题,也有不少杂志使用"缘起"、"序"、"宣言"、"短引"、"例言"、"赘词"等不同题称,本文一概纳入。大部分的发刊词在创刊号也就是第一期上面发表,也有一些发刊词在稍后的期数上刊出,其中缘由不一,因为刊行的早晚并不影响本文论证,所以不予区别,径行纳入讨论。此外,小说杂志上经常可以看到各种"祝词"、"颂词",这些文字多半带有应酬性质,除非其中内容关乎杂志的编辑方针或创刊宗旨,否则一律不取。本文选取、查阅的小说杂志,从光绪二十八(1902)年创刊的《新小说》开始,至民国七(1918)年发行的《小说季报》为止,总共三十二种,各种发刊词及征文广告共计五十八篇。[①] 这是笔者现知以刊登小说为主要诉求的报刊中可以寻获的文本资料,此外容或还有缺遗,但相信比较重要的小说杂志已经选取进来,且这些数量也具有一定的代表性。透过这些小说杂志发刊词与征文广告所预设的作者群,应该可以看到文坛对待小说女作者的某种立场或状况,从而推知女作者在小说界的存在位置,并提供观察小说女作者存在处境的依据。

---

① 参文末附表。

二、主流论述的无名化

《新小说》杂志在清末小说界造成的影响,已经有目共睹,梁启超及其追随者,聚合成为"新小说"最早的写作族群。《新小说》杂志虽然没有发刊词,但是第一期刊出的"论说"《论小说与群治之关系》(1902)一文,犹如一记响钟,敲醒了小说界的风潮,更重要的是,令此后从事小说的创作者,说得出一套肩负重责大任的使命感,以及提升自我价值的说辞。此文不但形同《新小说》杂志之发刊词,其影响力与重要性更犹如后来所有小说杂志的共同宣言。《论小说与群治之关系》论及既有旧小说弊端时,有如下说法:"斯事既愈为大雅君子所不屑道,则愈不得不专归于华士坊贾之手。……于是华士坊贾,遂至握一国之主权而操纵之矣。"这个说法,暗示了写作与发言权的传统掌握者是男性文人,而这的确是事实。"大雅君子"、"华士坊贾"等词语中"君子"或"士"这一类称呼,向来是男性文人所专有。它们既是指具有道德、知识与文化使命的文雅人士,也一向用在男人身上。倒不是说女人没有机会受教育或从事文学事业,历代的才女也曾经留下不少事迹与著作,但是,她们不会进入"士"、"君子"或"文人"的行列,社会上不用这些字词来称呼她们(她们能得到的是闺秀、才媛一类的称呼)。"士"、"君子"等这个称呼传统,显示出一种社会的惯性认知:写作(以传世或教育大众)一向是(男)文人特有的技能。

《新小说》创刊后引起兴办小说杂志的风气,自光绪二十八(1902)年以后,平均每一年就有约两种新的小说杂志发行①,它们发刊词内标举的发行宗旨大体不出《新小说》所号召的启蒙救国之说,并且在言及撰述之人时,也习惯性地以男性文人为呼吁对象,例如清末的《绣像小说》、《月月小说》、《扬子江小说报》,民初的《中华小说界》、《小说海》、《小说画报》等均是。其中最典型的例如《本馆编印绣像小说缘起》(1903)。此文曾说:"欧美化民,多由小说……其从事于此者,率皆名公巨卿,魁儒硕彦……爱国君子,倘或引为同调,畅此宗风,则请以此编为之嚆矢。"②文中提及的"名公巨卿"、

---

① 从1902年至1918年前后计十七年,本文已经知见的小说杂志共有32种,平均每一年发行1.9种,实际数量一定更多。
② 转引自陈平原、夏晓虹编:《二十世纪中国小说理论资料·第一卷(1897—1916)》,北京:北京大学出版社1989年版,第51—52页。

"魁儒硕彦"、"爱国君子"云云,无论指的是功名地位、学界成就或德行表现,向来是男人特有的身份头衔与尊重称谓。在清末民初的时空环境下,这样的说法算是相当简洁有力的一种号召方式。其实,当时杂志的创办人、编辑或撰稿者,绝大多数或全数都是男人,说来并不奇怪。在传统"男主外,女主内"的规范如此深重,尚未取得突破之前,政治社会文艺各方面掌握主权的,本来也就都是男人。即便清末民初已经进入女权兴发的阶段,但小说杂志的权力机制仍是以男性主宰为常态。笔者检阅的清末民初小说杂志发刊词,大部分均显现此种论调。兹再举一例为证。《小说画报》第一期《短引》(1917)曾云:"即如小说一道,近世竞译欧文而恒出以词章之笔,务为高古,以取悦于文人学子,鄙人即不免坐此病,惟去进化之旨远矣。又以吾国小说家,不乏思想敏妙之士,奚必定欲借材异域!求群治之进化,非求诸吾自撰述之小说不可!乃本斯旨,创兹《小说画报》。"文中简略提及的"求群治之进化"一语,仍可以看出十五年前梁启超之说的遗绪,"文人学子"或"思想敏妙之士"的称呼用语,也习惯性地以男人为主体。这种论调可以说是清末民初小说杂志发刊的主流论述,号召或强调文人志士启蒙化民、发聩振聋的重责大任,且在理所当然的认定或习惯成自然的行文称呼之间,凸显了预设作者为男性身份的一致立场,因而排挤了女作者的存在空间与可能性。

至于征文广告,大部分针对稿件需求作简单扼要的说明,一般而言并未提及撰述者,遂也较少作者的性别暗示,例如《小说林》第一期《募集小说》(1907)、《小说时报》第一期《本报通告二》(1909)、《小说月报》第二期《征文悬赏》(1910)、《说粹》第一期《征文条例》(1917)等是。但是受到权力氛围的影响,也不乏在拟设征稿对象的简单陈述中,流露出性别暗示的用语,例如《宁波小说七日报》第一期《本社征文广告》(1908)所说:"名儒硕彦,如有札记、谐文、唱歌、乐府、插画、灯谜等,愿附本社刊者,拜嘉后当视文字之优劣,酬以相当之利益。"① 又如《小说丛报》第二期《本社特别征文》(1914)述及:"海内文士有愿以妙著惠本社者,请先寄稿本社,由本社酌定酬金,得著者允许,再订合同。"再如《朔望》第一期《本杂志征文》(1914)所说的"海内博学硕士",以及《本杂志征文条例》(1914)所说的"海内文豪"。这些广告文字所称的"名儒硕彦"、"博学硕士"、"海内文士"、"文豪"等等,不论出于有意或是无意,都已经暗示了征稿对象的性别。从以上各种普遍

---

① 此则广告刊登于《宁波小说七日报》第一期版权页之后。

存在的称呼用语,可以察觉到弥漫于文坛的一种习惯性氛围,这种氛围对于女作者而言,可以说是不友善的,也可以说是一种未必刻意却实具排挤效应的排他性。因为简短的征文广告上面,很可能只是沿用习惯语词,然而习惯语词里面所包含的性别暗示,正是男权社会中习焉而不察的事实景况。这种景况仿佛一张无形的大网,把某些人(男作者)包罗在内,而把某些人(女作者)排除在外。清末民初的小说女作者就在这种景况中,持续接受漠视不见的对待,被无名化,被边缘化。

三、文人团体的排他性

承继梁启超觉世新民的说法,固然是清末民初小说杂志的主流,对于文学本位或文艺本质的追求,其实也未必偏废。不少杂志发刊词都会同时提到小说的趣味性或文艺性,乃至美学特质,有一些小说杂志除了略略提及小说的教育使命或写作者的社会责任之外,也会强调友朋之间共同的艺文兴趣或文学志业,例如强调小说具有美学特质的《小说林发刊词》和《小说林缘起》(1907)二文,创刊伊始,只是简略地说:"因缀腋集鲭,用杂志体例,月出一册,以餍四方之求,即标曰《小说林》。"或者说:"小说林之成立,既二年有五月,同志议于春正,发行《小说林月刊社报》。"①文中既不特别强调小说的社会使命,也不预设作者的隆重头衔或华丽称呼,只是简明交代创办杂志的缘起。这一类型的发刊词中,比较凸显的编撰主体,是所谓的"同志"或"同人"。除了上述《小说林缘起》,还可见于《小说旬报》、《风雅》、《小说革命军》、《小说季报》等。例如《风雅杂志发刊词》(1915)云:"今夫小说杂志充栋汗牛,若游戏则过于滑稽,繁华则太觉香艳,而欲求其风雅者,不可多得也,同人有鉴于此,遂有风雅杂志之刊。"或如《小说革命军》第一期《本社单简之宣言书》(1917)所说:"实行社会教育,提倡优美文学,此本社同人之所志也。"从这些发刊词所说的"同志"或"同人"可以想见,不少小说杂志的创刊,往往是几个朋友共同出力而成。例如《小说林》的主要成员有黄摩西、徐念慈、曾朴等人。《风雅》杂志第一期(1915)列出"本社社员"的姓名计有冯憨侬、杨午培、嵇珊之、李兰生、蔡振汉、沈露香、张元绅、何淑英等八位,同页并刊出"负生小影"(半身照片)及《自序》一文。这些编撰成员,基本

---

① 转引自陈平原、夏晓虹编:《二十世纪中国小说理论资料·第一卷(1897—1916)》,北京:北京大学出版社1989版,第232—236页。

上都具有朋友关系,因为志同道合,所以聚合成工作伙伴,携手同力,一起办杂志。民初创刊的小说杂志,除了自我标榜编辑者或主笔者为通家名手以外,也出现刊登社员照片的现象。《小说丛报》第二期(1914)刊登"本报主撰者"(目录页则标为"编辑者")枕亚、铁冷、定夷、双热、仪、东讷等六人的半身照片。《摩尼》第一期(1915)刊登社长沈印秋、编辑员陈血香、撰述员倪轶驰、庄病骸等人的照片。这些社员、同人姓名与照片的披露,显示出杂志社一种昭告周知并自我肯认的姿态。小说编辑者或撰述者形成一个小团队,他们对于自己的编撰工作已经具有相当的信心与成就感。与此同时,也可以看到清一色的男作家或男文人,在联盟合作的情形下,共同从事杂志编辑或小说撰述的工作,而这些小说团队里面,并没有女士的姓名或身影。每当一个小说杂志发刊,工作的同人或熟稔的友朋相互撰文以为鼓励或祝贺,这些文字往来的成员里面,也罕有女作者厕身其间。归结地说,这个时候,大部分小说杂志的工作团队或互通声气的文人团体中,女作者仍旧是一种自然的不存在。

征文广告中"同人"、"同志"用语也颇常见,例如《月月小说》第二年第三期《征文广告》(1908)所说:"本报除同人译著外,仍广搜海内外名家。"①《宁波小说七日报》第一期《本社征文广告》(1908)说:"本报以辅助教育,改良社会为宗旨。除同人分任撰述外,仍广征海内名著。"《风雅》第一期《本社启事》说:"凡投稿同志,以玉照惠下,尊著选入时,即以印于卷首。"《亚东小说新刊》第一期《本社启事》(1914)也称:"投稿诸同志"。在男性文人或报人为主宰的工作团队与文坛气氛之中,这些"同人"、"同志"的称呼,应当是对其他男文人或男作者较具有亲和力与号召力的一种用词。相对的,当"男女之大防"风习仍在,妇女虽然已经极力争权,不少开明男士也愿意协助妇女解放,但社会还处于新旧驳杂的转型过渡时期,这些出自男性编撰团队的"同人"称号,对于女作者而言,恐怕很难引为同调。男权社会中许多语言文字,含带性别歧视的意涵,这是女性主义论者早已指出的事实。②也许下一个例子,更容易说明这种男女不平衡的状态。《亚东小说新

---

① 转引自陈平原、夏晓虹编:《二十世纪中国小说理论资料·第一卷(1897—1916)》,北京:北京大学出版社 1989 年版,第 323 页。
② 参顾燕翎主编:《女性主义理论与流派》,台北:上书文化事业公司 2000 年版,第 127—129 页;托里·莫以(Toril Moi):《性别/文本政治:女性主义文学理论》,陈洁诗译,台北:骆驼出版社 1995 年版,第 148—155 页;格雷·格林(Gayle Greene)、考比里亚·库恩(Coppelia Kahn):《女性主义文学批评》,陈引弛译,台北:骆驼出版社 1995 年版,第 50—68 页。

刊》第一、二期,曾经明确地分别男女,登录了"本社投稿同志录"与"女界投稿同志录"。在相同的"同志"称呼之上,分别冠上"本社"与"女界"之词,而非平等对应的"男界"与"女界"。此中"本社"一词所流露的男性自我认同,和"女界"一词所区隔的女性他者意涵,恰可互为对照。《亚东小说新刊》登载名录的做法,当然不无正面意义,至少它存留了女作者的投稿记录。除了《亚东小说新刊》以外,绝大部分的杂志则在理所当然的习惯用法中,以(男)"同志"的立场号召(男)"同志"。因此,"同人"、"同志"这一类看似中性的称呼,置于清末民初的社会情境及其语脉之中,依然免不了对女作者产生排挤效应,让女作者处于无名的不存在状态。

事实上,清末民初的小说女作者并没有缺席,《亚东小说新刊》刊出的"女界投稿同志录",计有十一位女士之名,①可见女作者确已加入写作投稿的行列。而现今已知且确定为女作者所写的小说,例如:光绪三十(1904)年,王妙如《女狱花》出版;光绪三十四年(1908),黄翠凝《姊妹花》由上海改良小说社刊行;宣统元年(1909)与宣统三年(1911),邵振华《侠义佳人》初集、中集,分别由上海商务印书馆出版。除了单行本以外,小说杂志上,光绪三十四年(1908)黄翠凝与陈信芳合译《地狱村》,在《小说林》第九至十二期(2月至10月)刊登。同一年,黄翠凝《猴刺客》载于《月月小说》第二十一号(10月)。当《小说画报》第七期(1917年7月)刊出黄翠凝的短篇小说《离雏记》时,主编包天笑曾经写了一则简短引言作为前道,文中提及:"余之识夫人,在十年前,苦志抚孤,以卖文自给。善作家庭小说,情文并茂。"可见包天笑早就认识黄翠凝其人,也早就知道文坛上有这么一位以写作为生的小说女作者。如以包天笑"十年"之言为据,那么时间可以推回到1908年,亦即光绪三十四年,这与现在所见的《小说林》、《月月小说》上刊载黄翠凝作品的时间(1908)恰恰符合。也就是说,从清末到民初,黄翠凝是持续从事写作的。当然,小说女作者的数量必定少于男作者,就像文学史上留名的女作家远远少于男作家一样。但是,实际上究竟出现过多少女作家?或者回过来问,清末民初究竟有过多少小说女作者存在于文坛?时至今日,这恐怕已经是不容易解答的问题了。

无论如何,善作(家庭)小说且以写作为生的女作者,并没有成为小说杂志已然或预设的固定成员,以男作者为主体的小说杂志团队,杂志出版预

---

① 《亚东小说新刊》同时刊出的"本社投稿同志录",计有男性投稿者一百六十余人,男女人数甚为悬殊。

设的主要撰述成员,例如某些杂志所提及的"本杂志所载小说""均当世有名文家"、"一时文家"、"名家"、"通家"等等,①基本上是排除女作者于外的。包天笑主编的杂志虽然接受女作者稿件,但《小说大观》与《小说画报》的发刊宗旨或征稿立场上,仍旧维持既有的习惯性论调。包天笑所撰《小说大观宣言短引》(1915)开宗明义就说:"时彦之论小说也,其言亦夥矣。"并引述"任公之四种力"、"平子之五对待"作为立说依据。②《小说画报》第一期署名"天笑生"的《短引》(1917)也强调"求群治之进化","吾国小说家不乏思想敏妙之士"云云。这类说词,是当时所常见,也可以想见当时男性文人之间声气应求,互为号召鼓吹的情状。在这样的言论氛围中,女作者无法进入核心,成为主体,可以说是很自然的。

今天可以看到的小说杂志社员、同人名录中,女社员、女同人几乎是不存在的。投稿者也许不乏女作者,刊登发表也确实有女作者的稿件,即便数量远远不及男作者,但女作者其实已经在文坛从事创作多年,只不过,文坛上相互往来酬和、互通声气的同志盟友之间,以及因而凝聚出某种归属感的文人族群里面,女作者恐怕很难获得一席之地。这种情况并不令人讶异,但对于女作者而言,却是一种缺乏善意的冷对待。弥漫于空气中,无声无形,摸不着却去不掉的排挤、冷漠、孤立、边缘化,在女作者的写作生涯中,变成必须吞声接受甚至习惯成自然的境遇。这大体就是清末民初小说杂志所共同凝合且习焉而不察的文坛氛围。

四、现影于文坛视野

究竟是在什么时候,小说的编辑者才终于注意到女作者也是文坛的一分子,也应当向她们注目、发出邀请?以笔者现今检阅所得,最早是在1914年。这一年,《小说旬报》与《朔望》的发刊宣言不约而同注意到了女作者的存在。

《小说旬报》第一期《宣言》(1914年9月)提及:"结缘秃友,编集稗乘,步武苏公,妄谈鬼籍,聊遣斋房寂寞,免教岁月蹉跎。倘海内外文人雅士,淑媛名闺,不弃愚谬,辱赐教言,匡我不逮,不胜幸甚。"同年阴历十一月《朔望

---

① 参《小说大观例言》、《〈小说画报〉例言》、《小说旬刊摩尼征文条例》、《朔望杂志出版先声》等文。
② 转引自陈平原、夏晓虹编:《二十世纪中国小说理论资料·第一卷(1897—1916)》,北京:北京大学出版社1989年版,第485—486页。

杂志发刊词》也说道:"或有兰台词客,绣闺才媛,镂冰雪为聪明,餐烟云以供养;记艳情于素楮,侍韵事于红楼。花月灯帘,和盘托出;云山水墨,信笔疾书。五百篇至惜香怜,高文散绮;三千言丽思藻缋,秀色霏馨。"文中并援引李清照、朱淑真、冯小青、叶小鸾等前代才女,作为行文铺陈的依据。这两则文字,是目前笔者检阅过的小说杂志上,公开向女作者致意的最早篇章。在小说蓬勃发展、杂志茂盛如雨后春笋的时空环境下,男性文人竞相以文学事业自期、以启蒙教化互许的言论氛围中,初初获得少许自由的妇女,在边缘地带默默从事写作多年之后,终于得到某种公开的致意,虽然这只是三十余种小说杂志中的两种,却犹如拨开沉沉浓雾,乍见一曙之光。

这两份杂志的发刊词将男女作者分陈并述,凸显了对女作者的呼唤邀请,显示了女作者终于进入编辑视域,被设定为预想中的写作族群。这样的邀请致意,即使不免带有客套成分,然对于一向遭受视而不见待遇的女作者而言,依旧具有肯定认可的意义。尤其《朔望杂志发刊词》特别举列李清照、朱淑真、冯小青、叶小鸾等才女的文学事迹,既肯定前代女作者的成就与贡献,也间接鼓舞当世的女作者。这样的宣言,代表了文坛上终于有人注意到女作者的存在,并且愿意接受她们的存在,甚至鼓励她们的存在,自是意义非凡。

《朔望》杂志对于女作者的存在,的确表现出较其他杂志更为具体的重视。除了发刊词明确向女作者发出呼吁、鼓舞之邀请,第一期内容还刊登了"亚英女士"的短篇"侠义小说"《侠妇刃》,刊前也登载了"碧英女士"的"祝字"。这份杂志在创刊之初,邀请或接受女作者题字祝福,对于女作者的存在事实,给予正面的支持认同,诚然表现出崭新的开放态度。刊登女作者的稿件,早在《小说林》、《月月小说》已然,并非特例,但在杂志的宗旨与立场上,以具体的文字与版面,表现出男女兼容并包的认可,在此,却是仅见之首举。

相对而言,《小说旬报》的态度就显得朦胧而游移。《宣言》里面虽然并举了雅士、名媛,谦请赐教,《序》文中却又出现如下说法:"最难学浅才疏,预怯遗羞于同侣,幸有传情正讹,是所深望于羣公。"所谓"同侣"、"群公"云云,依旧从男性文人自我认同的角度出发,也依旧以男性文人或作者为诉求对象,下意识地排除了女作者的存在。《小说旬报》的《宣言》执笔者署名"羽白",《序》则署名"蒻瀛",二文乃出自不同人的手笔。由此可以想见,同一个杂志社里面,对于正在冲决网罗的妇女问题,不同成员之间各自存有一些不同的认知与态度。

令人好奇的是,注意到女作者群存在的小说杂志,都出现在一九一四年。除了《小说旬报》与《朔望》都于1914年发刊以外,《亚东小说新刊》列出女作者名录之举,也在1914年。这一年,根据现有的资料统计,共有八种小说杂志创刊,计是:《中华小说界》(1月)、《亚东小说新刊》(4月)、《小说丛报》(5月)、《礼拜六》(6月)、《好白相》(8月)、《小说旬报》(9月)、《十日新》(12月)、《朔望》(12月)等八种,可以说是小说杂志丰收的一年。在此之前,从1911至1913年之间,共有三年,则是小说杂志的空白年。初步推测,这应该与政局变化而后逐渐稳定有关。宣统末年与民国肇建之初,政治局势动荡不安,1914年,民国政府成立已经超过两年,政治与社会开始有步上轨道、稳定发展的态势,文坛上的活动不但重新热络起来,而且因应新的时局、新的社会,小说杂志的性别立场也出现新的契机。有一些杂志团队的成员,愿意用更为平等、开放的态度,来接纳或正视小说女作者的存在,这不能说不是一种新认识、新风气的开端。对于长期无名化、边缘化的小说女作者而言,这个开端是可喜的。

五、结　语

不论是出于无心的下意识,还是沿袭男外女内的传统认知,缺乏善意的冷对待,大体上便是清末民初小说杂志表现出来的看待女作者的态度,也很可能是当时女作者遭遇到的最典型的存在处境。看不出具有明显的刻意动作,却很自然地被摒除在外,处于无名状态,居于边缘位置,这样的冷对待,直到《小说旬报》,特别是《朔望》杂志上面,才获得破冰出土的机会。这仅仅是小小的突破,而且自1914年以后,直到五四前夕的1918年,没有看到其他或后来杂志的响应,好像划过天际的慧星一般,乍然亮现而后又寂然无影。然即便如此,这仍旧是小说女作者终于在文学坛坫上获得正视的标志。女作家浮出历史地表的过程不是一往平顺有如乘风破浪,而是颤颤巍巍颠簸蹒跚。父权的重重网罗,文坛的久积惯习,在在都是障碍与瓶颈。如果说,五四以后,女作家的文学之路能够越走越坦顺,五四之前,清末民初的女作者则是在重重帘幕的背后,揭开一层又一层障纱,而终于现身在文学舞台的某个角落,获取正眼相待的席次。虽然距离并驾齐驱的平等还颇遥远,但1914年,仍是值得记取的一个突破时刻。

附表：清末民初(1902—1920)小说杂志发刊词与征文广告一览表①

编号	篇章名称	署名者	刊物名称及期数	刊登时间
1	论小说与群治之关系	（饮冰）	《新小说》第1期	1902年
2	本馆编印《绣像小说》缘起	商务印书馆主人	《绣像小说》第1期	1903年
3-1	《新新小说》叙例	侠民	《大陆报》第2卷第5号	1904年
3-2	《新新小说》特白		《新新小说》第3号	1904年
4-1	《月月小说》序	（吴沃尧）	《月月小说》第1年第1号	1906年
4-2	《月月小说》叙	罗鞾重	《月月小说》第1年第3号	1906年
4-3	《月月小说》发刊词	陆绍明	《月月小说》第1年第3号	1906年
5	《新世界小说社报》发刊辞		《新世界小说社报》第1期	1906年
6	《中外小说林》之趣旨		《中外小说林》第1年第1期	1907年
7-1	《小说林》发刊词	摩西	《小说林》第1期	1907年
7-2	《小说林》缘起	觉我	《小说林》第1期	1907年
7-3	募集小说	小说林社	《小说林》第1期	1907年
8	竞立社刊行《小说月报》宗旨说	竹泉生	《竞立社小说月报》第1期	1907年
9	《小说七日报》发刊词		《小说七日报》第1期	1908年春②

---

① 此表以陈平原、夏晓虹编《二十世纪中国小说理论资料·第一卷(1897—1916)》所收录的三十篇小说杂志发刊词与征文广告为底本，并实际检阅1902年至1918年所知见之小说杂志原本、影印本或微缩本，计得二十八篇，加以综合整理而成。

② 《小说七日报》，上海《小说七日报》社发行，目录页及版权页均未署出版年月，陈平原、夏晓虹编《二十世纪中国小说理论资料·第一卷(1897—1916)》将《小说七日报发刊词》发表年暨《小说七日报》第1期出版年标为1906年(见第191—192页)，上海图书馆编《上海图书馆藏近现代中文期刊总目》著录之《小说七日报》出版年则为1918年(见第114页)。考《小说七日报发刊词》所述，如"值物竞之剧烈"、"改良社会"、"灌输文明"云云，持论及语气均属清末所特有，又《宁波小说七日报发刊词》一文提及："自横滨《新小说》报创行后，……由是《新新小说》、《绣像小说》、《新世界小说》、《月月小说》、《小说林》、《竞立小说》各丛报，已相继出现。……今年春，沪上又新流行一《小说七日报》……"按：此文所谓《竞立小说》即为《竞立社小说月报》，与《小说林》同于光绪三十三年(1907)创刊。由此文可见《小说七日报》与《宁波小说七日报》是在同一年创刊发行，且必在《竞立社小说月报》等杂志之后。据樽本照雄编《小说林·〈竞立社小说月报〉总目录》，《竞立社小说月报》创刊于光绪三十三年(1907年)九月廿八日(见第102页)，光绪三十三年九月之后的春季，最快当是隔年(光绪三十四年)的春季，由于《宁波小说七日报》发行于光绪三十四年(1908，详下注文)，故《小说七日报》应当发行于1908年春季。

续 表

编号	篇章名称	署名者	刊物名称及期数	刊登时间
10-1	《宁波小说七日报》序	冠万	《宁波小说七日报》第1期	1908年5月①
10-2	《宁波小说七日报》发刊词	蛟西颠书生	《宁波小说七日报》第1期	1908年5月
10-3	本社征文广告		《宁波小说七日报》第1期	1908年5月
4-4	征文广告	《月月小说》编译部	《月月小说》第2年第3期	1908年
11	《新小说丛》祝词	林文驄	《新小说丛》第1期	1908年
12	《扬子江小说报》发刊辞	报癖	《扬子江小说报》第1期	1909年
13-1	本报通告一本报通告二		《小说时报》第1期	1909年9月
14-1	《小说月报》编辑大意		《小说月报》第1期	1910年7月
14-2	征文悬赏		《小说月报》第2期	1910年8月
13-2	本报通告三、本报通告四		《小说时报》第15期	1912年4月
14-3	《小说月报》特别广告	小说月报社	《小说月报》第3卷第12号	1913年
14-4	征求短篇小说	小说月报社	《小说月报》第3卷第12号	1913年
15	《中华小说界》发刊词	瓶庵	《中华小说界》第1年1期	1914年1月
16-1	《亚东小说新刊》发刊词（一）（二）（三）	文侠、燐青、诵洛	《亚东小说新刊》第1期	1914年4月
16-2	本社（《亚东小说新刊》）启事		《亚东小说新刊》第1期	1914年4月
17-1	《小说丛报》发刊词	徐枕亚	《小说丛报》第1期	1914年5月②

---

① 《宁波小说七日报》目录页及版权页均未署出版年月，上海图书馆编《上海图书馆馆藏近现代中文期刊总目》著录之《宁波小说七日报》出版年则为1909年（见第352页）。唯《宁波小说七日报》第6期载倪邦宪具名有关"启秀女学堂"捐款启事，第8期续载捐款启事，分别标署"光绪三十四年林钟月下澣"、"光绪三十四年南吕月上澣"，又，第3期载肖盦《宁波小说七日报祝词》提及："五月之杪，余阅《宁波小说七日报》"，第5期载汲古生《宁波小说七日报祝词》一文，又提及此报之出乃在"五月杪"，可知其创刊当在光绪三十四（1908）年五月之末。

② 笔者所见《小说丛报》（政大社资中心馆藏微卷）第1期为再版，未见发刊词，此据陈平原、夏晓虹编：《二十世纪中国小说理论资料·第一卷（1897—1916）》收录（见第461页）。出版年月则据上海图书馆编《上海图书馆馆藏近现代中文期刊总目》著录（见第115页）。

续 表

编号	篇章名称	署名者	刊物名称及期数	刊登时间
17-2	本社特别征文		《小说丛报》第1期	1914年6月
18	《礼拜六》赘言①	钝根	《礼拜六》第1期	1914年6月
19	《好白相》弁言	嵇中散子	《好白相》第1期	1914年8月
20-1	《小说旬报》宣言	羽白	《小说旬报》第1期	1914年9月
20-2	《小说旬报》序	蒻瀛	《小说旬报》第1期	1914年9月
21	《十日新》序	乌聊山癯《十日新》	《十日新》第1期	1914年12月10日
22-1	《朔望》杂志出版先声	上海望平街改良新小说社广告	《十日新》第1期	1914年12月10日
22-2	《朔望》杂志发刊词	吴莽汉	《朔望》第1期	1914年阴历11月望日
22-3	本杂志征文		《朔望》第1期	1914年阴历11月望日
22-4	本杂志征文条例		《朔望》第1期	1914年阴历11月望日
23-1	《风雅》发刊词	秋心	《风雅》第1期	1915年5月
23-2	《风雅》出版赘言	我负此生	《风雅》第1期	1915年5月
23-3	本社启事	风雅杂志社编辑处	《风雅》第1期	1915年5月
24-1	祝《摩尼》小说旬刊词	杨枕谿	《摩尼》第1期	1915年阴历4月20日
24-2	发刊词	陈血香	《摩尼》第1期	1915年阴历4月20日
24-3	小说旬刊《摩尼》征文条例		《摩尼》第1期	1915年阴历4月20日

---

① 陈平原、夏晓虹编：《二十世纪中国小说理论资料·第一卷（1897—1916）》收录此文，题为"《礼拜六》出版赘言"（见第458页），按：江苏广陵古籍刻印社影印版《礼拜六》第一期则题为"《礼拜六》赘言"，今从之。

续 表

编号	篇章名称	署名者	刊物名称及期数	刊登时间
25	《小说海》发刊词	宇澄	《小说海》第1卷第1号	1915年
26-1	《小说大观》宣言短引	天笑生	《小说大观》第1集	1915年8月
26-2	《小说大观》例言	包天笑	《小说大观》第1集	1915年8月
27	《小说新报》发刊词	李定夷	《小说新报》第1卷第1期	1915年3月
28-1	《小说画报》例言		《小说画报》第1期	1917年1月
28-2	《小说画报》短引	天笑生	《小说画报》第1期	1917年1月
29	本社单简之宣言书		《小说革命军》第1期	1917年2月
30-1	《说粹》征文条例		《说粹》第1期	1917年6月6日
30-2	《说粹》发刊辞	编者	《说粹》第1期	1917年6月6日
31	上海小说俱乐部传奇	志斌	《小说俱乐部》第1期	1918年1月
32-1	《小说季报》姚序	姚民哀	《小说季报》第1期	1918年7月
32-2	《小说季报》发刊弁言	徐枕亚	《小说季报》第1期	1918年7月

（附记：本文为"国科会"补助专题研究计划［编号 NSC 97-2411-H-194-082］之部分研究成果）

（作者单位：中国台湾，中正大学）

五四离婚思潮与欧阳予倩《回家以后》"本事"考论

杨联芬

1922年欧阳予倩加入戏剧协社后创作的两部独幕喜剧《泼妇》和《回家以后》，在话剧史上都值得一提。《泼妇》于创作当年（1922），就被洪深作为男女合演的剧目搬上舞台，是中国话剧表演中最早进行男女合演的一次尝试。①《回家以后》剧本写作的时间大约也在1922年②，1924年10月发表于《东方杂志》21卷20号，12月上演后即引发激烈论争，持续二月有余。③此二剧后来都先后编入戏剧协社的《剧本汇刊》，而1936年《中国新文学大系》戏剧卷中，《回家以后》亦被选入。尽管如此，欧阳予倩本人似乎并不太看重这两部剧作，尤其是《回家以后》，在他本人的自述文字（如《自我演戏以来》等）中，鲜有提及；其生前出版的话剧剧本选集《欧阳予倩剧作选》（1956）及其修订本《欧阳予倩选集》（1959），《回家以后》和《泼妇》亦未被纳入。这个情形，始终令人有些困惑。

《泼妇》与《回家以后》，选取的均为五四时期最为热门的恋爱与婚姻题材。《泼妇》写在新思潮影响下自由恋爱结婚的青年男子，后来又"回归传统"、偷偷纳妾的故事。剧中作为新女性的妻子于素心，在得知真相后毅然提出离婚，并自动承担那位被纳为妾的女子的解放责任、携她一同离开夫

---

① 参见欧阳予倩《自我演戏以来》，苏关鑫《欧阳予倩传略》、《欧阳予倩年表》等。
② 《回家以后》剧本发表和话剧上演时间为1924年，但该剧本的具体写作时间，查欧阳予倩《自我演戏以来》，苏关鑫《欧阳予倩年谱》，欧阳敬如《父亲欧阳予倩》等，均未有明确记载。苏关鑫《欧阳予倩传略》中有"1922年，又加入'戏剧协社'，作独幕剧《泼妇》和《回家以后》"字样。另外，1990年上海文艺出版社出版的《欧阳予倩全集》中，《回家以后》作为第一卷的第一篇，置于《泼妇》之前。
③ 参见：《文学》（原《文学旬刊》）第152期《戏剧协社的三出独幕剧》，1924年12月15日；上海《民国日报》副刊《妇女周报》和《觉悟》1月至2月，主要包括如下文章：周建人《中国的女性型》、《吴自芳究竟是家族主义下的女性型不是？》、《关于〈回家以后〉最后的几句话》，雪《吴自芳与娜拉与阿尔文夫人》、《再谭谭〈回家以后〉》，章锡琛《吴自芳的离婚问题》、《逃易归高的〈回家以后〉——答季融五先生》、《吴自芳与东方的旧道德》，等等。

家。《泼妇》剧名意在反讽,以喜剧的形式,对以男主角为代表的"新"派男子的"旧"文化心理竭尽讽刺。该剧塑造的那位敢于担当、追求人格平等的新女性于素心,尽管不免理想化,却也反映了五四新文化关于妇女解放的主导观念。

然而,《回家以后》中的新女性刘玛利,却因作者立场的微妙变化,而以一个真"泼妇"的形象出现在剧中。该剧男主人公陆治平留学美国时,隐瞒家中已有原配的实情,与同学刘玛利恋爱结婚。二人学成归国,陆瞒了刘回家乡省亲,打算借机与原配吴自芳离婚。不料吴多年来在陆家孝敬长辈、勤勉持家,早已成为陆家不可或缺的顶梁柱,深得治平祖母和父亲的喜爱;陆治平回家以后,在祖、父的厚爱与发妻无微不至的关怀中尽享天伦之乐,"又发现了自芳不少的好处——是新式女子所没有的好处"①,以致离婚的打算已悄然冰释。恰在此时,刘玛利闻风追到陆家兴师问罪,对陆的家人颇为不敬。两相对比,克己忍耐、贤淑大度的吴自芳占据了道德高点。之前,吴已发现陆再娶的秘密,却隐忍痛苦,在家人面前并不揭穿丈夫的把戏,只是与丈夫对话时语带机关,明刺暗讽,既让陆治平无地自容,又使他不致在局外人面前颜面尽失。她处变不惊的从容大度,与刘玛利的急躁蛮横形成鲜明对比,进一步为陆的"浪子回头"营造了戏剧张力。戏的结尾,吴自芳替陆治平收拾好行李,让他自由决定;她自己,则主意已定,即无论身份是什么,或者说,即使陆治平跟她离婚,她也将继续留在陆家侍奉老人,做陆家的管家。陆治平心怀感激,向发妻、父亲和岳丈保证绝不抛弃自芳,并暂别妻老,追赶刘玛利处理他的婚姻烦恼去了。剧情暗示,最终将被离异的,很可能不是包办的妻子吴自芳,而是恋爱结合的刘玛利。《回家以后》的讽刺锋芒,原是针对因追求恋爱自由而停妻再娶的洋学生(这种现象在五四时期极为普遍),但该剧对陆治平作为一个"失足者"的谅解,以及陆对乡土中国淳朴生活和传统道德的重新认同,却使新女性刘玛利,以其自私浅薄,成为温柔敦厚、孝慈礼让文化传统之外的异己者,一个对传统轴心家庭造成威胁的入侵者,最终,套用陆父的话,她活该为自己"草率"的恋爱和结婚埋单。

《回家以后》的叙述立场,显然站在集美德与智慧于一身的吴自芳一边;剧情对失足者陆治平的善意嘲讽、对新女性刘玛利的滑稽塑造,使离婚这一现实中的悲剧事件,变成了舞台上的讽刺喜剧。该剧较为明显的"复

---

① 陆治平台词。欧阳予倩:《回家以后》,《欧阳予倩全集》第 1 卷,上海:上海文艺出版社 1990 年版,第 24 页。

古"倾向,使其甫一上演,就招来新文化激进派的猛烈抨击。在若干批评者中,周建人、章锡琛的言论最为激烈。其时,周、章正研究女性问题,大力推崇个人主义、恋爱至上,他们是新文化"新性道德"的热烈推崇者。周建人讥讽吴自芳"又温和,又能干,伊能平稳地解决有妻再娶妻的难问题,伊能不妒,并且能够和其夫虽然全然没有爱情,却能干地在他的家里管理事情,侍奉公姑,如菟慈的没有了根而能寄生在麻干上一样",认为吴"是家族主义下的女性型"。① 章锡琛批评《回家以后》是"挂了新招牌而提倡复古思想"②的作品,褒奖的是女性在家庭中逆来顺受的劣根性。章以易卜生笔下的两个女性,娜拉和阿尔文夫人(《群鬼》)为对比例证,指出《回家以后》的吴自芳,与独立自主的娜拉完全不同,而与缺乏独立人格、自欺欺人的阿尔文夫人没有两样。③自1919年6月《新青年》开辟"易卜生号"(4卷6期)以来,被胡适以"易卜生主义"命名的特立独行的个人主义④,成为新文化借以反对家族主义与社会专制的有力武器,而易卜生笔下的娜拉和阿尔文夫人,也分别代表着新旧两类女性典型,成为新文化的借镜。娜拉,不仅是当时中国成千上万青年争取个人自由而竞相模仿的偶像,《玩偶之家》一剧也被认为发出了"中国离婚问题第一声"⑤。

五四运动⑥后,随着大学开放女禁与男女社交公开的逐渐普遍,"恋爱自由"渐成风尚⑦,瑞典女作家爱伦凯关于恋爱与结婚的著名论断——"无论怎样的结婚,一定要有恋爱才算得道德。如果没有恋爱,纵使经过法律上底手续,这结婚仍然是不道德的"⑧——在报刊媒介不断被引用、阐发,成为

---

① 周建人:《中国的女性型》,载《妇女周报》65期。因该期资料尚未找到,周建人文字转引自《妇女周报》第66期署名"雪"的文章《再谭谭〈回家以后〉》,1925年1月4日。同期《妇女周报》也刊载了周建人驳斥雪观点的文章《吴自芳究竟是家族主义下的女性型不是?》。
② 见章锡琛《逃易归高的〈回家以后〉——答季融五先生》,载《妇女周报》第71期,1925年2月9日。
③ 章锡琛:《吴自芳的离婚问题》,载《妇女周报》第67期,1925年1月5日。
④ 胡适对"易卜生主义"的概括,包括写实主义的人生观,揭露家庭的虚伪,抨击社会法律、宗教和道德的罪恶等,但核心是特立独行的个人主义。见胡适《易卜生主义》,《新青年》4卷6号。
⑤ 沈雁冰:《离婚与道德问题》,《妇女杂志》8卷4号,第13页。《玩偶之家》在《新青年》的译本冠名《娜拉》。
⑥ 指1919年学潮及其所引发的社会运动。
⑦ 关于五四社交公开及恋爱思潮发生与展开的详情,见拙作《五四社交公开运动中的性别矛盾与恋爱思潮》,《现代中国》第10辑,北京:北京大学出版社2008年版。
⑧ 爱伦凯:《恋爱与结婚》,见本间久雄《性的道德底新倾向》,瑟庐译,《妇女杂志》6卷11号。当时报刊关于这段话的引述很多,文字翻译上略有差异。

新文化伦理革命中最为流行的观点。中国传统家族婚制,即家长包办的唯一婚姻方式,因其"不道德"而在新文化论述中丧失了合法性,"离婚自由"成为社会思潮。这带来1920年代一个重要的景观:仿佛一夜之间,所有已婚的读书人,都面临着家庭的危机,即是否"离婚"的抉择。现代文学大家中,闹过离婚的,有胡适、徐志摩、郁达夫、茅盾等,不离婚而最终选择与恋人"私奔"的人中,则有鲁迅。

离婚本非一种现代社会现象,传统中国的"离异"之说,"出妻"之条,①都是离婚;只是,那完全是男子对于女子的权利,即"只许男子对女子提出离婚,而不许女子对男子提出离婚,女子完全是被动的,没有自由意志的"。②新文化提倡的"离婚",在理论层面上强调了女子的权利,即离婚的提出不仅仅是男子,也可以是女子,男女双方在离婚问题上地位和权利完全平等——欧阳予倩的《泼妇》,即表现了这种观念。因此,"离婚"作为一个现代概念,不仅蕴含了个人自由对家族主义的挑战、现代道德对专制权威的否定,而且体现了男女平等,完全颠覆了传统的两性伦理与家族道德,被五四新文化作为女子解放的新伦理进行提倡。离婚,掀起了1920年代中国最剧烈的反传统社会浪潮。

然而,理论上的男女平等,在实践中未必能够通行。离婚自由的实践者,基本是接受中等以上教育的学生,而在当时的条件下,以男子居绝大多数。③因此,包含女性解放和男女平等观念的"离婚",在现实中却仍然体现为男性对于女性的权利,提出离婚的,往往是男子,而被离异的,则主要就是父母包办的结发之妻,即大家庭中的儿媳妇。这些懵懵懂懂就被新思潮推进离婚诉讼的旧式女性,往往无知无识,缺乏独立谋生的能力,因此,1920年代的离婚思潮,不仅使遍布城乡的无数传统家庭遭遇前所未有的"地震",而且新的社会问题也由此产生。据1922年《妇女评论》"自由离婚号"统计,当时被离婚女子面临的问题主要是:一、娘家不接收,女子自己又无生

---

① 男子出妻的正当理由有七种,即不顺父母、无子、淫、妒、恶疾、多言、盗窃等凡七条,法律上叫"七出之条",历代七出的次序与用词略有不同,但范围一致。
② 沈雁冰:《离婚与道德问题》,《妇女杂志》8卷4号,第14页。
③ 1920年前,国立大学男女同校尚未实行,女子大学为数极少(国立的只有北京女子高等师范一所);1920年以后大学男女同校逐渐实行,但女生比例仍然极小。与男生不同的是,女生已婚者极少,而上学前订婚的,不少人后来也成功解除了婚约——当时能够允许女孩外出上大学的家庭,大致属于比较开明的家庭,为女儿解除婚约,没有太大阻力。以北京女高师为例,上学后解除婚约者,后来成为作家的就有冯淑兰(沅君)、黄英(庐隐)、许广平等。

活能力;二、社会贱视被离女子,这使她们在社会生活上处于危险境遇;三、社会鄙夷女子再谯,这使被弃女子在两性生活上遭遇歧视。①离婚即被弃,故绝大多数旧式女子宁愿继续留在夫家做婢妾,也不愿离婚(这也是欧阳予倩《回家以后》吴自芳要留下做管家的现实背景),同时,旧式女子因被要求离婚而自杀的事件也时有所闻。②另一方面,因离婚难而导致男子谋杀发妻的悲剧事件时有发生。③一个原本追求个人自由、反抗专制婚姻的新文化道德革命,却引发了新文化内部的人道主义危机。1921至1922年,一些著名女性问题研究刊物如《妇女杂志》、上海《民国日报》副刊《妇女评论》等,都相继开辟了"离婚问题"专号,④专门讨论这个问题。

1922年8月17日,上海《民国日报》副刊《觉悟》,刊登一封读者来信,讲述了一出离婚悲剧,而悲剧的女主角,是欧阳予倩的妹妹欧阳立颖。

欧阳予倩唯一一部自传《自我演戏以来》,多围绕自己的戏剧生涯展开叙述,对于自己的家世,详论不多,与自己人生经历关系密切的祖父、父亲和妻子,着墨稍多,而对其兄弟姊妹,所言极简。关于妹妹,书中仅有一处这样写道:"我有三个妹妹,大的二的都因遇人不淑,早年夭折,只有第三个妹妹嫁了唐君有壬。夫妇甚好……"⑤从"遇人不淑"看,他的两个大妹妹,都是因为婚姻不幸而早逝的,至于究竟如何"遇人不淑",什么时候发生的事情等,则在欧阳予倩自传中,再难找到更多线索。欧阳予倩后人的著述中,可对这个事件做旁证的,只有其子欧阳山尊一段与乃父大致相同的叙述:

祖父的三个女儿中,两个大的由于遇人不淑,很早辞世。三女儿欧

---

① 见《妇女评论》第57期编者《引言》,该期刊登陈望道等所撰写的离婚问题讨论稿件若干篇,该期标为"自由离婚号"。
② 紫珊:《中国目前之离婚难及其救济策》,《妇女杂志》8卷4号"离婚问题号",1922年4月。
③ 1920年代初报刊媒体披露的消息中,因离婚而自杀、出走的事件,非常普通;而投毒杀妻事件,也时有发生。1922年2月24日,北京女高师排演的话剧《叶启瑞》(演出时易名《易其锐》),就取材于不久前报纸披露的一起杀妻案。《晨报》1922年2月5日第7版"社会咫闻"《学生谋害发妻惨闻》载:安徽巢县人叶启瑞,1918年入京读大学,后与一女校学生恋爱,隐瞒其已有发妻之事,与之"相约终身"。1921年叶回乡省亲,萌杀妻念,遂假称携妻赴京,在至安庆的轮船上,先以泻药掺入茶中,趁妻呕吐时,将其推入水中溺死。叶1922年被法院判无期徒刑。几乎同时,《晨报》还披露过另一起杀妻案,即潘连茹投毒杀妻案,见《晨报》2月23日、3月1日相关报道。
④ 《妇女杂志》1922年4月出版的8卷4号为"离婚问题号";《妇女评论》1922年9月6日出版的第57期为"自由离婚号"。
⑤ 欧阳予倩:《自我演戏以来》,上海:神州国光社1933年2月初版,第169页。

阳立征也从小订下了封建婚姻,接受了彩礼,后来她与父亲的启蒙老师唐才常的儿子唐有壬相爱。父亲对他们这种敢于冲破封建礼教的大胆行动非常支持,极立(力)站在妹妹一边,劝说他的母亲退掉彩礼,解除婚约。①

从欧阳予倩对小妹妹自主恋爱和解除包办婚约的"非常支持",可以见出其对于恋爱婚姻的肯定态度,这也是《泼妇》人物塑造的基础。但他那因不幸婚姻而早世的两个妹妹中,根据现有资料,至少一个正是在"恋爱自由"带来的离婚潮中遭遗弃的。这个惨痛经验,是他写作《回家以后》的潜在原因。我们再来看看1922年8月17日民国日报副刊《觉悟》上的那封读者来信,讲述了欧阳予倩其中一位妹妹"遇人不淑"的完整故事:

> 湖南浏阳欧阳立颖女士,为欧阳予倩君之妹,曾在浏阳女子师范毕业。与同县留日学生刘某缔婚;虽然是由父母做主的,但双方并无不满意的表示,民国八年秋间在沪完婚。那时刘底父母住北京,新妇例应随夫往省翁姑,刘不欲伊携带旧式装(妆)奁,伊以母命为重,颇与争辨(辩),但夫妇感情还是很好。后来,刘回日本入帝大国学(帝国大学),仍时常和伊作长篇通信;伊呢,因刘父吝啬,学费不按时汇寄,便时时典卖饰物接济他,他底回信自然是异常感激了。不料到了去年,刘忽许久没有信来,且把伊底去信退回,伊已明知不妙,但还是痴呆地望着。不久,予倩接到刘来信,竟明白表示离婚的意思,但并不说明所以要离婚的理由。予倩本不愿把信给伊看,只劝伊求学,勿专依赖丈夫;禁不起伊苦苦追问,只能实告,伊竟悲愤成病。予倩把伊病状写信告刘,婉言恳其救妹一命;又另函告知刘父,刘父亦去信责备,刘于是写一信给伊,中有'你虽爱我,我不爱你,亦是无法'的话。伊至此,已完全绝望,时时流泪,竟成神经错乱之症;今春,回湖南,其母与其翁百方慰劝,无效,病势日增,至本月三日,竟死!②

无论欧阳予倩的《回家以后》是否作于其妹去世的当年(1922),我们都不难推测,妹妹的遭遇,正是《回家以后》离婚故事的"本事";丧妹之痛,促使欧阳予倩思考新文化"离婚自由"所带来的社会问题,并试图在剧中提供

---

① 欧阳山尊:《我的父亲欧阳予倩》,《名人家风:毕生追求真善美》,武宁主编,沈阳:春风文艺出版社1998年版,第2页。
② 周立:《"自由离婚"下面的新鬼》,《觉悟》1922年8月17日"通信"栏。

解决的方案。内心的伤痛，使我们不难理解《回家以后》对乡土中国温厚人情与恒久道德的缅怀，同时，欧阳予倩与妻子刘韵秋"先结婚后恋爱"的切身体验，也促使他虽是新文化人的身份却表达出如此浓郁的"复古"情怀。《回家以后》与其说是"复古"，不如说是欧阳予倩对自己心灵创伤的精神抚慰，他塑造出一个贤惠温顺却又机敏智慧的吴自芳，实是在替无数妹妹那样没有摆脱依附心理的传统女性，提供一个理想的榜样——倘若她们都能像吴自芳那样自信和理性，离婚的代价也许就不会如此沉重了；至少，她们可以避免成为新文化的牺牲品。

这封来信被编者以《"自由离婚"下面的新鬼》为题在上海《民国日报》副刊《觉悟》发表。上海《民国日报》素以激进著称，鼓吹社会主义，其副刊《觉悟》对于1920年代社交公开和恋爱自由的倡导，不遗余力。但主编者邵力子的态度，却也代表了新文化阵营中另一种持重的意见："我们是主张自由离婚，并不主张自由遗弃。尤其在现今中国社会环境里面，女子改嫁不易，而又有贞操的迷信，不得不希望青年男子特别慎重一点。""只以'我不爱你'四字做离婚的理由，那是无论如何我总不敢赞成的。"①

其实，当"恋爱自由"与"离婚自由"作为一种现代社会个人自由的权利观念在新文化领域传播伊始，其中隐含的历史悲剧性，便已被一些敏感者捕捉到。1919年3月，罗家伦发表于《新潮》的小说《是爱情还是苦痛？》，就叙述了自由与伦理之间不可解决的矛盾：男主人在上海读大学期间与一位女郎相爱，但最后不得不离开恋人，回家与父母做主订下的未婚妻结婚。男主人公说："离婚……我何尝不知道。但是现在中国的顽固社会里面，还有谁娶再嫁的女子？岂不是置他于死地吗？我的精神虽然不能同他相合，凭空弄死一个人，我又何忍。我现在只是讲'人道主义'罢了！唉！我一生的幸福，前半是把家庭送掉的，后半是把'人道主义'送掉的。"②周建人、章锡琛等以个人主义为前提，坚持"爱情正义论"，其立足点是新道德的建立；而邵力子、罗家伦等，则站在体恤弱者的立场，因人道主义而妥协。夏丏尊有一段话，颇能代表新文化阵营中"人道主义"一派的心情：

> 女子在自然状态中，在现制度中，都是弱者。欺侮惯女子的男子，要牺牲一个女子来逞他的所谓"自由"，原算不得什么，不过，人该不该

---

① 邵力子对《"自由离婚"下面的新鬼》的回应，《觉悟》1922年8月17日"通信"栏。
② 《新潮》1卷3号，1919年3月。

牺牲了他人去主张自己底自由,实是一个疑问。①

离婚与遗弃,个人权利的实现与关怀道德的眷顾,成为五四新文化离婚思潮中一个难以解决的矛盾,充斥在当时的文学与非文学叙述中,成为1920年代文学"苦闷"的重要来源。吴祖光1922年在《觉悟》发表一篇文章,以独白的口吻,倾诉包办婚姻的痛苦,但最终还是选择自我牺牲。他将克服离婚欲望、对发妻实行人道主义救助的心情,比喻为"活地狱中的觉悟"。他写道:"何以望着可怜的女子,落在陷阱里,竟不肯拯救伊一把,且整天的想着些违背人道的法子来对伊呢?我的罪过,岂不是比强盗嫖客还要大么?"②人道主义一派,以"历史中间物"的理性,承担包办婚姻的重负,其妥协中坚持理想的方式,有勉力让妻子放足、读书以缩短两人精神距离、尽量培养感情的;也有虽然办理了离婚手续,但仍将妻子留在家中,使之以女儿身份免被遗弃的。这样的例子,在1920年代离婚思潮中,并不少见,现代作家中亦不乏例证,前一种情形有胡适、茅盾,后一种选择有徐志摩。此外,还有一种特殊的方式:既要实现恋爱结婚的理想,又避免对弱者的遗弃,即男子在外与爱人结婚,过现代夫妻生活;未离婚的发妻留在家庭,以儿媳身份与父母一起生活。作家中的鲁迅、郭沫若、庐隐及其前夫郭梦良,就是如此。这种特殊而暧昧的婚姻关系,在20世纪中国,自五四至1950年代初,层出不穷,象征着中国文化转型过程中,"新"与"旧"之间颇耐玩味的暧昧关系。

但欧阳予倩《回家以后》的情节,因虚构了一个有足够能力解决离婚危机的传统妻子形象,而未能充分表现离婚问题的悲剧意味;喜剧的形式,更使新文化新道德处于被嘲弄的地位。洪深在编选《新文学大系》戏剧集时也指出,"这出戏,演得轻重稍有不合,就会弄成一个崇扬旧道德讥骂留学生的浅薄的东西"。③ 周建人、章锡琛等人的批评,固然有偏激之处,却也戳到了《回家以后》的软肋。

1926年,欧阳予倩创作话剧《潘金莲》,为早有定论的谋杀亲夫的淫妇潘金莲翻案,体现出典型的五四个人主义与爱情正义论观念。也许,正是《回家以后》上演遭遇的批评,使欧阳予倩能够反省自我,从个人主义的角度,重新思考"离婚"母题的道德问题。《潘金莲》对传统道德的颠覆姿态,

---
① 夏丏尊:《男子对于女子的自由离婚》,《妇女评论》第57期,1922年9月6日。
② 吴祖光:《活地狱中的觉悟》,《觉悟》1922年9月17日。
③ 洪深:《新文学大系·戏剧集·导言》,《中国新文学大系·戏剧集》,上海:上海良友图书公司1935年版,第70页。

以及1920年代末以后欧阳予倩愈来愈"左转"的创作,使《回家以后》的"复古"表述,成为欧阳予倩创作中十分"偶然"的个例。这也许就是其后来"悔其少作"、绝少提及的原因罢。

(作者单位:中国人民大学)

• 戏剧电影

五四运动与现代戏剧理论的诞生

费南山(Natascha Gentz)

北京大学于2009年4月23日至25日举行了一场纪念五四运动的国际学术会议,一百多名中外学者提交论文并参加了这次会议。虽然北京大学将自己称为五四运动的发源地并把5月4日定为校庆日是无可非议的,但到底什么是五四运动呢?它是一个特定的群体,一次具体的事件,一场广泛的文化运动?还是从1915年到1930年代中期大约二十年的一段历史时期呢?中外学者对此仍然莫衷一是。无论是在学术界,还是在大众文化背景下,人们一直都在用"五四运动"这个词指代所有上述的含义。[1]

最近出版的许多专著对一个问题多有讨论,那就是五四积极分子们到底是否形成了一个自己的团体,试图通过抑制异己声音来主导文化领域和文学语境?他们又是否真的通过这种方式成功地获取了文化主导权并确立了自己在中国迈向现代的进程中的先锋地位?[2]

正如陈平原曾经概括的那样,五四文学和文化牵涉甚广,其中存在着许多不同的策略和意识形态。[3] 因此,这个时期向我们展示的应该是一幅广阔而多变的文化活动场景。试图将五四文学及文化的主流和与其相对的文学文化形式进行区别的做法本身就是值得质疑的。到底什么属于五四文学,而什么又不属于这个范畴?我们何以得知这种文学潮流在那个特定的历史时期里胜过了其他潮流?我们又如何才能确定在那个时期到底谁才真正获得了文化主导权?

---

[1] Hockx, Michel: "Is There A May Fourth Literature? A Reply to Wang Xiaoming"(《五四文学真的存在吗?答王晓明》),*Modern Chinese Literature and Culture*, 1999, 11, no. 2. pp. 40-52.
[2] Dolezelova-Velingerova, Milena (ed.): The Appropriation of Cultural Capital: China's May Fourth Project(《文化资本的为我所用——中国的五四工程》),Harvard East Asian Monographs, 2002.
[3] 陈平原:《何为/何谓"成功"的文化断裂——重新审读五四新文化运动》,《南方都市报》2008年11月14日。

本文将解读这一复杂性在戏剧领域中的体现。众所周知,清朝晚期曾有许多人尝试将戏剧从通俗艺术提升为高雅艺术。这些改革派力主将戏剧作为大众教育的新文学形式,以提高大众积极性,并使之成为发表政治见解的理想舞台,从而使之取代政治集会并帮助推广现代汉语。在实践中,寻求大众戏剧新角色的这个过程主要体现在北京的旧剧(或京剧)、上海时装戏逐渐演变为文明戏、新剧以及后来的话剧等所经历的不同发展阶段中。

另一股从理论上提升中国戏剧地位的推动力源自中国与西方文学史及文学理论的接触。由于欧洲文学传统植根于亚里士多德思想,戏剧,尤其是悲剧,在这些论述中享有极高的地位,并在叔本华关于悲剧是一切文学形式的最高峰的论点中达到了极致。早期戏剧研究者们在这种理论的鼓舞下,开始在中国文学遗产中寻找相应的最高戏剧形式,以使中国戏剧在世界文学经典中获得一席之地。

于是,中国戏剧该如何进行归类的讨论便由此产生了,随之而来的是对不同分类方法以及具体分类形式的思考。接下来的19世纪末至20世纪初正是第一批戏剧史写成、戏剧分类词汇得以确立以及第一批戏剧杂志产生的时期。

19世纪末到20世纪初关于中国戏剧的最初讨论是与传统文学经典的转变密切相关的。史料显示,中国关于"文学"这一概念的全新阐释也从日本学者的研究中得到了颇为直接的启示。

此外,第一部关于中国文学的现代史——《支那文学史》由笹川种郎(1870—1949)于1898年在日本发表。① 日本于1877年至1890年间经历的文学经典化促成了第一部日本文学史著作《日本文学史》的诞生,正是那场对日本文学经典化历时长久的论争最终催生了《支那文学史》。《日本文学史》将"文学"一词的含义重新定位为纯文学(belles lettres),指明其中包括大众文学形式,提出了日本"国体"、"国粹"等概念,并界定了旨在实现"文明开化"的一场务实运动,因此,这本著作逐渐取得了举足轻重的地位。②

---

① Dolezelova-Velingerova, Milena (ed.): The Appropriation of Cultural Capital: China's May Fourth Project (《文化资本的为我所用——中国的五四工程》), Harvard East Asian Monographs, 2002, p. 123.

② Brownstein, Michael C.: "From Kokugaku to Kokubungaku: Canon-Formation in the Meiji Period" (《从日本国学到日本国文学:明治时期的经典确立》), in *Harvard Journal of Asiatic Studies*, 1987, 47.2.

笹川种郎以这本著作为借鉴,写成了《支那文学史》,他在撰写中国文学史时受到了诸如依波利特·泰纳(Hippolyte Taine)和波斯奈特(H. M. Posnett)等西方文学评论家的影响,并将小说和戏剧也包括在了这本新的文学史著作中。此外,他还在书中记录了清朝乾隆时期遭查禁的戏剧家。我们或许不会感到太意外的是,这种将文学定义为"纯文学"(belles lettres),并涵盖戏剧与大众文学形式的全新解读方式使重新界定和归类中国戏剧传统成为了一种必要。

第一部关于中国戏剧的现代史由中国人陈季同写成并于1886年发表,但这本书是用法语写的。其后的另一本戏剧史是由德国戏剧家及文学评论家戈特查尔(Gottschall)于1887年发表的。①

但一般来讲,王国维或许才是公认的现代中国戏剧理论之父,他对戏剧理论广泛的研究集中体现在他1912年发表的第一部中国戏剧史《宋元戏曲考》中。Goldstein在他撰写的关于晚清时期京剧转变的一本专著②中写道:王国维在他的书里详尽地论述了一种戏剧分期演变发展的模式,据此,每个发展时期都有其自身的文学。王国维还首次对"真戏剧"的标准下了定义,即应包含对话、歌唱及动作(Handlung)(这很可能是他从亚里士多德的《诗学》中得到的启示)。王国维也是介绍中国戏剧体裁分类的第一人。他率先使用了"戏曲"一词指代旧剧,并开始使用19世纪80年代在日本产生的、指代喜剧和悲剧的术语。众所周知,王国维选用元杂剧作为唯一例证,通过其精湛的语言,淳朴的风格和强大的感染力论证了中国戏剧的优秀传统。

吴梅作为第二位重要的戏剧史学家也肯定了元杂剧的成就,不仅如此,他还把明代戏剧也写入了他的那本关于中国戏剧文学的新著作中。在王国维和吴梅的研究中,他们都只关注了旧剧形式,而忽略了当时中国舞台上的其他所有现代戏剧形式。

第三位著名的戏剧理论家齐如山摒弃了这种厚古薄今的做法,开始关注当代京剧。他致力于发掘京剧最本质的特点,从而将其推上中国的国剧地位。

---

① Tcheng-Ki-Tong(陈季同), *Le Théâtre des Chinois* (《中国戏剧》), Paris: Calmann Levy, 1886. Gottschall, Rudolf von: *Das Theater und Drama der Chinesen* (Theater and Drama of the Chinese) (《中国戏剧与戏曲》), Breslau: Verlag von Eduard Trewendt, 1887.
② Goldstein, Joshua: *Drama Kings: Players and Publics in the Re-creation of Peking Opera* (《伶界大王:京剧再创造过程中的演员与大众》), Berkeley: University of California Press, 2006.

与前人不同的是,齐如山并未探讨诸如舞蹈和音乐之类的戏剧表演特点,而是引进了与现实主义对立的美学基本概念。他把中国戏剧的特征归纳为不可模仿性和非现实性,并据此将真正的中国戏剧和西方戏剧从根本上区分开来。他也否定了存在于当时的所有派生戏剧形式,认为这些表演形式都过于现实。①

　　事实上,他们将西方戏剧从本质上称作"现实主义戏剧"是一种真正的误解。现实主义戏剧在西方也只是曾经盛行于一个特定的时期,因此总的来讲,它并不就代表整个西方戏剧。然而,这样的误解一旦形成,一时就难以消除。

　　众所周知,齐如山穷其一生推广"国剧",由于京剧在20世纪二十年代到30年代仍然是居于主导地位、最流行的"旧剧"形式,加之齐如山认为京剧从本质上讲是唯美的而非现实的,于是京剧很快就成为了具有象征意义的国剧。

　　然而,从最近的研究成果来看,在戏剧实践中,自19世纪80年代末开始的几十年里,京剧其实已经经历了一系列重大的改革。因此,中国戏剧的政治性和机构性变革并不仅仅是由接触西方现代戏剧引起的,事实上,这种变革应始于19世纪北京和上海旧剧领域的改革,其中涉及戏院经营方式、剧目轮换制度、演员在公众领域的新角色以及媒体新兴功能的运用等方面的重大转变。②

　　这种变革还意味着一系列戏剧主题和曲目的变化,诸如时政话题、国外话题等,汪笑侬无疑是这场变革中最为有名的倡导者。

　　这些变革还促成了派生剧种文明戏的诞生,文明戏正是在这一特定的

---

① Goldstein, Joshua: *Drama Kings: Players and Publics in the Re-creation of Peking Opera*, (《伶界大王:京剧再创造过程中的演员与大众》) Berkeley: University of California Press, 2006.

② Goldstein, Joshua: *Drama Kings: Players and Publics in the Re-creation of Peking Opera* (《伶界大王:京剧再创造过程中的演员与大众》), Berkeley: University of California Press, 2006. Yeh, Catherine Vance (2003a): "A Public Love Affair or a Nasty Game? The Chinese Tabloid Newspaper and the Rise of the Opera Singer as a Star" (《公众爱恋还是低俗游戏?——中国通俗小报与戏曲演员的成名》), in *European Journal of East Asian Studies*, 2003, 2.1: 13-52. Yeh, Catherine Vance (2003b): "From Male Flower to National Star. Choreographing Mei Lanfang's Rise to Stardom." (《从男旦到明星:梅兰芳的成名》), In *Performativität und Ereignis*, ed. by Erika Fischer-Lichte, pp.261-235. Tübingen and Basel: Francke, 2003. Gentz, Natascha: "The appropriation of Tragedies in Meiji Japan and Late Qing China" (《日本明治时期和中国晚清时期悲剧的为我所用》), in Olga Lomova, ed. *Path towards Modernity, in Honour of Jaroslav Prusek*, Prague: Karolinum Press, 2008, pp. 221-238.

历史时期里最为活跃,其主要发展动力也来自日本。我们都知道,一批中国留学生在日本东京成立了春柳社,他们于1910年代陆续回国,为中国戏剧带来了新的发展源泉。我们通常认为,这些年轻的戏剧表演者们旅居日本时接触到了话剧,他们回国后就将这种现代戏剧介绍给国人,打破了当时中国舞台规制。但与之相反的是,当李叔同(1880—1942)、曾孝谷(1873—1936)、黄二难(1883—1972)以及后来的欧阳予倩(1889—1962)和陆镜若(1885—1915)等中国留学生于1903年至1907年间(即本乡座时期)相继到达日本时,年轻的"新派"戏剧达到了鼎盛时期,而关于如何改良古老的歌舞伎的争论却仍未达成明确的共识。于是,正如这些留学生所结交的坪内逍遥及他的文艺协会一样,新成立的春柳社将自己的宗旨定为在他们的表演中将新、旧两种形式结合起来。①

文明戏正是在这些人的交往中产生的,关于文明戏的理论著作虽不多见,但是沈所一收录在《新剧史》一书里的文章却可以证明这些戏剧表演者也试图在文学领域里有所成就。他在1914年里这样写道:

> 新剧之所以见重于我人者,夫岂不曰以其能改良风化也,革新社会也,是故淫靡之戏,于旧剧则比比皆是,于新剧则未尝或见。悲哀悼痛之音,见诸旧剧,则人辄掩口,见诸新剧,则满座泛滥。呜呼,此岂胸无点墨者之所能为者,我人于此,可以一觇新旧剧之价值矣。满清季世,有春柳社者,发起于东京,顾其所谓新剧者,日本戏剧也。②

但是,我已经提到,从王国维到齐如山等人提出的早期戏剧理论并没有认可新旧元素结合的实验性戏剧表演形式。而具有讽刺意味的是,尽管将新旧戏剧加以界定的目的在于使中国戏剧融入世界文学经典之列,但他们并没有预料到戏剧改革积极分子们制定的改革方案所能产生的特定结果,这种结果通常被看作是五四文化潮流的一种表现。在1918年《新青年》关于戏剧改革的特刊中,傅斯年和胡适等人明确地提出了他们的新主张。③

---

① 小宫丰隆:《明治文化史:音乐戏剧篇》,Edward G. Seidensticker & Donald Keene 译,东京:旺文社1956年版。冈崎义惠:《明治时期的日本文学》,V. H. Viglielmo 译,东京:旺文社1955年版。
② 沈所一:《劝学篇》,《新剧史》,《杂俎》,朱双云主编,上海:新剧小说社1914年版,第23页。
③ Goldstein, Joshua: *Drama Kings: Players and Publics in the Re-creation of Peking Opera*(《伶界大王:京剧再创造过程中的演员与大众》),Berkeley: University of California Press, 2006.

因此,在实践中,舞台上既有"传统戏",也有改良传统戏如时装戏、新生的文明戏以及话剧等。而从理论上讲,话剧及京剧之间严格的界限也已经划定了:一个是西方式的、现实主义及口语化的;另一个是音乐性的、不可模仿及非现实主义的。齐如山关于中西方戏剧截然不同的观点也被普遍接受了。但即便如此,文明戏仍算得上是十分成功的,以至于傅斯年不得不在《新青年》的这一期特刊上承认说,这些戏剧形式理应被看作是"过渡剧"。

在与此大致相同的时期里,报纸杂志上也分别首次刊载了关于中国戏剧中缺少悲剧的讨论,并提出了戏剧改革中引进悲剧的必要性。事实上,这场讨论的起源是蒋观云于1905年发表的一篇探讨戏剧的文章:"吾见日本报中屡诋诮中国之演剧界,……中国之演剧也,有喜剧,无悲剧。……然固深中我国剧界之弊者也。"①

对日本及西方戏剧的这种审视引发了一场辩论,人们开始从一个十分笼统的层面上将缺少悲剧的问题同中国的文化本性相结合进行思考。我在这里仅举两个很典型的例子。这些关于中国戏剧史上缺少悲剧的讨论主要是围绕戏剧的形式问题展开的,尤其是关于那个所谓最通行的原则:"悲欢离合",或"大团圆"。胡适批判了这种"大团圆迷信"。尽管大多数剧目的情节都是悲伤而感人的,矛盾却总能在最终突如其来的圆满结局中得到解决。这就说明这些戏剧是有意扭曲事实的,即使他们明知这种情况,却还是这样做了。胡适将这种作品贬斥为欺骗的文学。在他看来,悲剧是中国文学最好的良药,因为悲剧能真实地反映生活,与生活有着最密切的联系,而这里他指的是引进西方悲剧。② 于是,胡适等人主张,只有现实主义戏剧才是最好的戏剧,只有悲剧才是现实主义的。其实,后来这种观点事实上有效于革命现实主义文学中为悲剧的理论。鲁迅在他的《中国小说的历史的变迁》中同样驳斥了"大团圆"结构。他解释说,这种对现实的扭曲是作者胆怯和懦弱的表现。如果他们敢于并有能力接受现实的话,他们就应该改变戏剧的情节,但这会引发动荡,带来"麻烦",于是他们就选择了掩饰自己。③ 这种对悲剧结局进行刻意篡改的做法被鲁迅称作是一种逃避麻烦的文化策略,他指出这与中国人的性格是分不开的。

从另外一个范围来看,评论家们又从哲学角度对一种源于中国本土的

---

① 蒋观云:《中国之演剧界》,《新民丛报》1905年第17版,第9—10页。
② 胡适:《文学进化观念与戏剧改良》,《新青年》第5卷第4号,1918年10月,第308—321页。
③ 鲁迅:《中国小说的历史的变迁》,《鲁迅全集》第9卷,北京:人民文学出版社2005年版,第315页。

悲剧模式予以了否认。王国维在《红楼梦》及其他一些戏剧作品里找到了悲剧的痕迹,这都是建立在叔本华的理论基础上的,即:人类命运的必然性、个人意志的表现以及人类生命中的必然遭遇等。但是,王国维认为中国本来就存在悲剧的主张并未得到其他人的赞同。继他之后的学者们也主要讨论了利用西方悲剧理论来认识中国传统文化遗产到底能达到何种程度,只不过他们得出的结论却往往是截然相反的。钱锺书与徐志摩看法一致,他认为:"the highest dramatic art is of course tragedy and it is precisely in tragedy that our old playwrights have to a man failed. […] Of the tragic sense, the sense of pathos touched by the sublime, the sense of 'Zwey Seelen wohnen, ach! In meiner Brust!', the knowledge of universal evil as the result of partial good, there is very little trace."("戏剧艺术的最高形式莫过于悲剧,而恰恰是在这个方面,我国的古代剧作家却无一成功。……那种悲伤的感觉、由于悲剧高潮带来的悲悯的感觉,那种'啊!我心中充满了矛盾斗争'的感觉,以及由部分的善认识到普遍的恶的感觉,完全都不存在。")[1]朱光潜也对中国戏剧中明显缺少悲剧精神而总是采用团圆结尾的模式表示了批判。另一方面,朱光潜又曾试图创立一种全面的悲剧新理论,并强调悲剧具有一种与现实主义恰好相反的人为特征。[2]

上述所有观点的共同之处在于,它们无一例外地忽略了存在于当时中国舞台上的现代剧和悲剧。以王国维为例,不论是日本的新派剧还是与其相对应的中国戏剧形式,他都根本没有提及,在他看来,元代以后的所有戏剧都已经没落了。

正因为人们开始讨论中国戏剧中缺少悲剧的问题,接着又与西方悲剧相联系,我们便也恰好从中看到,将悲剧看作是最高级戏剧文学形式的观点被相关的学者们毫无争议地接受了,尽管他们接受的原因各有不同。

对中国戏剧进行分类与选定新术语来为小说体裁分类命名是同时发生

---

[1] Ch'ien Chung-shu(钱锺书):"Tragedy in Old Chinese Drama"(《中国古典戏剧中的悲剧》), in *T'ien-hsia Monthly*, 1935, pp. 38.

[2] Chu Kwang-Tsien(朱光潜):*The psychology of Tragedy:A Critical Study of Various Theories of Tragic Pleasure*(《悲剧心理学:各种悲剧快感批判研究》), Strassbourg: Librairie Universitaire d'Alsace, 1933. McDougall, Bonnie:"On the Social Implications of the Aesthetic Theories of Zhu Guangqian"(《谈朱光潜美学理论的社会意义》), in *Modern Chinese Literature and its Social Context*.(《现代中国文学及其社会背景》)Ed. by Goran Malmqvist. Stockholm: Nobel Symposium, 1975, pp. 91-93.

的,而这也正是通过翻译介绍各种欧洲文学作品来实现的。在下文中,我们将看到东西方知识的融汇如何在欧洲以外的背景下产生一种对悲剧的全新理解,而这种理解在另一方面又受到了前代戏剧尚未消失的传统的影响。

尽管中国悲剧的存在确切说来并不是建立在引进西方悲剧的基础上的,但是,不论是日语中的专用词"悲剧(higeki)",还是汉语中的"悲剧"都是外来词,对于日本和中国戏剧而言都是新术语。日本的《明治のことば辞典》于1889年收录了"悲剧"一词①;1905年,"悲剧"作为从日语中引进的外来词首次出现在了中国字典里②。但是,关于悲剧这种新的戏剧形式的描述其实已经在两个国家更早的资料里出现过了。

在这些关于悲剧的最早的文字记载里,从欧洲引进的戏剧分类是按照戏剧所产生的不同情感而命名的:悲哀或快乐。将欧洲戏剧及其分类首次输入日本的是菊池大丽的译作《修辞及华文》(1879)。③ 一直以来人们都认为这本影响深远的作品是通过翻译广受欢迎的《钱伯斯公众信息大全》(1874)的一部分原文写成的。但是,近期研究结果表明,菊池大丽的这部作品不仅包含上述内容,还包括了1859年版的《大英百科全书》及《亚历山大·拜恩英文写作及修辞》(1866)的部分内容的译文。④ 在菊池大丽的作品里,我们可以在"诗文"一类里找到"戏曲"一条,其中悲剧和喜剧各设条目,分别翻译为:"悲哀戏曲"及"快乐戏"。

拜恩(Bain)对悲剧的解释则着重强调亚里士多德理论以及怜悯和恐惧等概念。他在书中强调的是,当观众看到剧中人物的悲惨命运,或舞台上的主角面临死亡的时候,观众和演员就会通过戏剧实现情感上的交流。⑤此外,《大英百科全书》对悲剧和喜剧的解释也主要突出了它们对人们情感方面产生的影响:

> Tragic and comic effects differ in regard to the emotions of the mind which they excite; and a drama is tragic or comic according as such effects

---

① 惣乡正明、飞田良文编:《明治のことば辞典》,东京:东京堂1986年版,第476页。
② 高名凯、刘正埮编:《汉语外来词词典》,上海:上海辞书出版社1984年版。
③ 菊池大丽:《修辞及华文》,《明治文化全书》第12卷,东京:日本评论社1928年版。
④ 小柜万津男:《日本新剧理念史(明治前期篇):明治演剧改良运动的理念》,东京:白水社1988年版,第639页;菅谷广美:《关于〈修辞及华文〉的研究》,东京:教育出版社1978年版,第13—14页。
⑤ Bain, Alexander: *English Composition and Rhetoric. A manual*(《英语写作及修辞手册》), London: Longmans Green and Co., 1869, pp.234-235.

are produced by it. [···] i. e. the petty troubles of the self which disturb without elevation the mind are driven out by the sympathetic participation in greater griefs, which raises while it excites the mind employed contemplating them. (戏剧的悲剧性与喜剧性影响之间的差别就在于它们在人的头脑中所激发的情感的不同。一出戏剧具有悲剧性还是具有喜剧性,正取决于它所激发的这种情感。……也就是说,观众个人都有一些困扰自己却不会加剧的小麻烦,但在他们带着同情心接触到剧中更大的悲伤时,就会不由地想起这些个人的麻烦,他们在回味剧中情节的时候,一种悲伤的情感就被激发出来了。)①

这里的用语与我们在日语中所看到的定义情况是极其相似的,其解释完全集中在情感方面,即悲伤与难过,而不是戏剧形式本身。它还同时注重戏剧对观众造成的影响。

这种情况也可以从第一部在日本出版的关于悲剧的个人专著,即久松定弘的《独逸戏曲大意》中见到。② 同菊池大丽一样,久松定弘在概要介绍德国戏剧以及解释莱辛(Lessing)的《汉堡剧评》的时候,使用的仍然是"悲哀戏曲"这个词。众所周知,莱辛对亚里士多德理论做了全新的阐述,强调观众在看戏时产生的那种感同身受的情感,并将"市民悲剧"(德语:buergerliches Trauerspiel)确立为一种新的悲剧形式。

悲剧与喜剧之间的界定,以及将"悲剧"与"喜剧"两个词用作通用术语早在19世纪90年代就实现了。随之确立并推广的"新派悲剧"可能是"悲哀戏曲"和"快乐戏"的简称。这种对情感的强调似乎再次对应了德语中的Trauerspiel一词,而不是tragedy。

早在1858年,艾约瑟(Joseph Edkins)就通过其著作《六合丛谈》将希腊戏剧家埃斯库罗斯(Aischylos)、索福克勒斯(Sophokles)和尤瑞皮底斯(Euripides)等人的悲剧作品介绍到了中国。在这本书里,我们同样可以看到作者对情感的强调,描述这些作品时,作者说"览之则生悲悼"③。而悲剧一词本身作为一个术语在中国的发展则显得稍微复杂一些,因为我们从早期的

---

① "Drama"("戏剧"), in *Encylopedia Britannica. A Dictionary of Arts, Sciences and General Literature*(《大英百科全书》), Vol 7, 9th edition, pp.391-444, Edinburgh: Adam and Charles Black, 1877.
② 久松定弘:《独逸戏曲大意》,1887年版。
③ 艾约瑟(即 Joseph Edkins):《希腊诗人略说》,《六和丛谈》第3号,江苏松江墨海书馆1857年版,第3—4页。

字典里可以找到一系列不同的说法,例如 1884 年出现的"苦戏"(晚清时的一种戏剧形式),或"哭戏"①,而 1882 年就已经存在的"悲戏"一词较日语中出现"悲剧"还要早几年②,汉语中的"悲剧"一词则于 1908 年出现在《英华大辞典》中③,随后于 1911 年出现在《普通百科新大辞典》里。④ 1899 年梁启超在日本也曾于当时的《清议报》上第一次使用了这个词,这又明显是从日语中借鉴而来的。在所有这些词语中,"悲"字突出,指明了对于悲伤情感的强调,而在更早的术语中,"哭"则占了主导地位。⑤

那么,这种情形与上述问题之间存在一种什么样的关联呢?

如何对中国戏剧进行改革,其策略并不仅仅受到中西方戏剧截然不同这类对立思考方式的引导,与之相反,中国的戏剧理论在逐渐成型过程中融合了西方概念、日本影响和中国本土的戏剧传统。

虽然《新青年》学者们曾试图以旧戏剧落后为名将它淘汰,并将西方话剧作为唯一一种合适的戏剧介绍到中国,但我们也不能就此认为这种做法就占据了主导地位。

《新青年》淘汰旧戏剧或派生戏剧的尝试是否成功也难有定论。虽然他们的观点对后来的戏剧理论发展影响深远,但显而易见的是,在戏剧实践中,文明戏和京剧始终是最受欢迎的舞台表演形式。我们甚至可以认为,正是由于旧戏剧和派生戏剧形式占据着主导地位,五四先锋派才感到压抑,从而认为更有必要表达那些显得极端的观点。

同样是在研究旧戏剧的过程中,我们发现了通过借助现代西方理论来确立戏剧术语的最早尝试,而那些所谓的戏剧改革进步分子们对这些尝试并未加以过多考虑,便欣然采纳了。

在关于"悲剧"的讨论中,界定和划分旧与新、传统与现代的复杂性无疑是特别突出的,其中常常涉及的一个问题是:中国的悲剧到底是否与亚里士多德的悲剧理论相符合?事实上,"悲剧"最初被译为日语词,然后又输

---

① Couvreur, Seraphine: *Dictionaire Francaise-Chinois contenant les expressions les plus usitées de la langue mandarine*(《法汉词典》:收录最常用的汉语词汇),1884.
② 邝其照:《华英字典集成》,香港:中华印务总局 1882 年版。
③ 颜骏人:《英华大辞典》,上海:商务印书馆 1908 年版。
④ 黄摩西:《普通百科新大辞典》,上海:中国词典公司 1911 年版。
⑤ Gentz, Natascha: "The appropriation of Tragedies in Meiji Japan and Late Qing China"(《日本明治时期和中国晚清时期悲剧的为我所用》), in Olga Lomova (ed.) *Path towards Modernity, in Honour of Jaroslav Prusek*, Prague: Karolinum Press, 2008, pp. 221-238.

入到汉语中，所反映出的正是人们对悲剧的一种现代意义上的理解，不类似于 tragedy 而更接近于当时更普遍的 Trauerspiel 。

同样不能认为《新青年》排斥旧戏剧、引进西方戏剧的观点才是唯一"进步"的观点。尽管吴梅、齐如山等旧戏剧的辩护者因为他们试图保留旧戏剧形式而被贴上了"保守派"的标签，但他们的努力也是非常现代和"进步"的，即尝试着为本民族戏剧形式在国际文化领域里树立一种风格迥异的形象，同时又占据一个与西方戏剧相互平等的地位。

（作者单位：英国，Edinburgh University）

家破国碎思家国

——四十年代的上海话剧与五四精神

邵迎建

前　言

　　早在1915年，陈独秀就主张"以欧洲文学为榜样，重塑中国文学形象"，谈到"现在欧洲文坛第一推重者，厥唯剧本。诗与小说，退居第二流。以其实现于剧场，感触人生愈切也"。周作人也有类似意见，认为"至于建设一面，也只有兴行欧洲式的新戏一法。……倘若亚洲有了比欧洲更进化的戏，自然不必去舍近求远；只可惜没有这样如意的事"①。

　　意外的是，20多年后，在1940年代的沦陷区上海，陈独秀的蓝图竟成为现实，不仅"如意"而且"称心"的一批话剧杰作——《清宫怨》、《荒岛英雄》、《梁上君子》、《称心如意》、《弄真成假》、《金小玉》、《倾城之恋》出现在上海舞台，他们的作者或改编者都是留欧（或准留欧）的自由知识人。以1939年到上海，旋即成名的黄佐临为例，他主持的剧团在沦陷期间的三个国庆节演出了三部戏——《大马戏团》②（1942）、《飘》③（1943）、《金小玉》（1944），加上他改编的《荒岛英雄》和《梁上君子》，5个剧本的原作者属5个不同的国家：俄罗斯、美国、法国、英国和匈牙利，由此可见此时话剧多彩之一斑。

　　本文聚焦于当时为话剧做出突出贡献的几位自由知识人——姚克、黄佐临、杨绛及张爱玲，以当时的语境为背景，对他们的话剧文本作一考察，并

---

① 陈平原：《触摸历史与进入五四》，北京：北京大学出版社2005年版，第69—77页。
② 安德列夫：《吃耳光的人》，师陀改编。
③ 米切尔：《飘》，朱焚（柯灵）改编。

探讨其与五四精神的承传关系。

一、轰动剧目

先让我们回顾一下话剧的历史吧。在新文学的谱系上,话剧为最年轻的一支。1907年,由日本东京的中国留学生引进,以后通过从日、美归国的田汉、洪深等知识人的努力,1930年代渐成气候。1933年,留法归国的唐槐秋组建了第一个职业话剧团——中国旅行剧团,1936年在上海卡尔登影戏院演出曹禺的《雷雨》及舶来改编剧《茶花女》等,轰动上海,开创了话剧商业演出成功的第一例。

1937年7月,全面抗战爆发,11月,日军占领上海。一时,天翻地覆,"知识阶级的八、九成均奔赴去内地"①,上海的发展步伐暂时中断,话剧也不例外。

1938年,随着市民日常生活的恢复,上海娱乐界复苏。抗战八年间,发展最快的产业当属话剧。1938年初,全上海只有一个剧场公演过几场话剧,到1944年,"最多有十三个剧院同时上演话剧:卡尔登、新光、辣斐、璇宫、丽华、金城、金都、兰心、九星、龙门、天宫、皇后、绿宝、巴黎、美华、上海等十六家戏院都上演过话剧",演出最鼎盛的时期,"除了上海十三个剧团之外,还有三四批跑码头的剧人,在平、津、汉口、南京、杭州、苏州等地更番演出,话剧从业人有五六百人之多,演员有三百以上,单算挂编导牌子的人——有人曾经做过正确的统计——有八十三位英雄!"②

至今为止,几乎所有的话剧史书均将沦陷时期上海的话剧定义为"商业演出"。既为"商业",衡量其是否成功的标准当然是营业额——票房了。查《申报》广告,得票房前五名榜如下:

沦陷时期:

1.《秋海棠》:两演期计238场以上(多次零星演出不计)。1942年12月23日—1943年5月10日,原著:秦瘦鸥,费穆、佐临、顾仲彝编导,上海艺术剧团演出,卡尔登大戏院,200余场;1944年1月24—2月28日,徐慈(即乔奇)执行导演,国风剧社演出,金城剧场,38场。

2.《文天祥》(即《正气歌》):186场,1943年12月15日—5月13

---

① 日本《兴亚资料》(政治编)1940年1月第6号。
② 顾仲彝:《十年来的上海话剧运动》,初版不详,香港:神州图书公司1976年版,第22页。

日,吴祖光编剧,张善琨导演,联艺演艺公司演出,兰心大戏院。

3.《甜姐儿》:三演期约180场。1942年12月9日—28日,原作(法)嘉禾:《卖糖小女》。魏于潜(吴琛)改编,胡导导演,黄宗英主演,艺光剧团演出,兰心大戏院,约20余场;1944年4月1日—6月12日,章杰导演,黄宗英主演,国华剧团演出,金都剧场,104场;1945年3月2日—4月10日,同上,54场。

4.《党人魂》(即《秋瑾与徐锡麟》):两演期计138场(零星演出不计)。1944年11月23日—12月1日,梅阡编剧,集体导演,综艺剧团演出,兰心大戏院;1944年12月8日—1945年2月11日,同上,卡尔登大戏院。

5.《金小玉》:103场,1944年9月24—12月17日,原作(法)萨尔都:《托斯卡》,李健吾改编,黄佐临导演,苦干剧团演出,巴黎剧院。

孤岛时期的最轰动的剧目则是:

1.《家》:约170场,1941年1月24日—4月4日;4月17日—5月8日,原作巴金,吴天改编,洪谟导演,上海剧艺社演出,辣斐剧场。

2.《清宫怨》:约90余场,1941年7月17日—9月29日,姚克编剧,费穆导演,天风剧团演出,璇宫剧场。

概观以上剧目,可以看到,两个时期的最卖座的剧目有几个共同特点:一是夺冠剧均以"家"为主题,第二名则都描写了过去"王朝"崩溃时发生的故事;二是编导及演员大多为战前名不见经传的新人,其中有重大贡献的姚克、黄佐临均到海外留过学,且专攻戏剧。

与"孤岛"时期相比,沦陷时期的话剧最大特点在三、四、五名中体现——三部戏全以女性为主角。事实上,这也是当时文化界的一个普遍现象。此刻,不仅在舞台上女性占据了中心,还史无前例地涌现出三位女编剧——夏霞、杨绛、张爱玲,且后两位也都有留学背景。

在此,首先要讨论的,也是最重要的一点是:为什么"此时此地"①会出现这样的话剧热潮?换句话说,此话剧热潮是在怎样的环境下产生的呢?下面对当时的语境作一追踪考察。

---

① 从"孤岛"时期开始,文化人便在文章中用此词汇表达这段特殊时空。

二、家破国碎的时代

1. "孤岛"时期（1937 年 11 月—1941 年 12 月）

　　1937 年 7 月 7 日，随着卢沟桥的枪声，日军占领北平。8 月 13 日，日军进攻上海，经过三个月的激战，中国军队败退，除市中心受治外法权保护的共同租界与法租界以外，上海落入日军掌中。抗日战士纷纷撤离上海。

　　1938 年 10 月 10 日，1937 年底停刊的《申报》在上海"孤岛"复刊。10 月 19 日即逢鲁迅"命日"（逝世日），与鲁迅关系极深的副刊《自由谈》登载了整版的《鲁迅逝世二周年纪念特刊》，编者在《超越鲁迅》中呼吁道："'超越鲁迅！'这是每一个文化人所应自励而励人的。"署名"乃一"的文章概括了当前纪念、既继承又超越鲁迅精神的特点，说：

> 尽管在"孤岛"……的今天，开公开的纪念会来纪念鲁迅先生，在事实上是不可能的。可是人们却没有"忘记"他。
>
> 鲁迅先生在他的遗嘱上写着："忘记我，管自己的生活，不然才是糊涂虫！"
>
> 那是说得明明白白的，"生活"比"纪念"要紧。
>
> 然而人们却没有"忘记"也无法"忘记"他……人们在用"生活"来"纪念"他。这是超过"纪念"以上的"纪念"，也才是真正的"纪念"。
>
> 《鲁迅全集》的出版，鲁迅学院的成立，鲁迅精神的被发扬光大，都是这种"纪念"方式的"纪念"，人们在"管自己生活"中，学取了他的"韧"战到底的精神……千千万万的人已在"管自己的生活"中"纪念"了鲁迅先生。①

不久，《申报》开创《游艺界》专栏，《开场白》中，编者即表明宗旨：

> 住在孤岛般的上海的民众，局促如辕下驹：或在流离颠沛之余，或在工作紧张之后，借着游艺消遣，调节痛苦的心境，振作疲劳的精神……与其悲观，不如乐观；与其消极，不如积极；
>
> 至于中国固有的游艺，无论是国剧话剧昆剧大鼓说书以及新兴的电影事业，……往往寓有忠孝节烈礼义廉耻种种大教训，其入人之深，

---

① 乃一：《鲁迅先生逝世二周年纪念会》，《申报》1938 年 10 月 21 日。

不可思议,因此有通俗教育之称。要是借着游艺以宣传新思想,灌输新知识,它的力量与效果,实在一切标语一切演讲之上。所以一方面爱其国自应当爱其国,一方面游于艺也不妨游于艺。①

电影、京剧,一切都以抗战为第一任务,为此,《游艺界》不断发表小论文加以强调。"抗战需要游艺,游艺不忘抗战",呼吁电影界加倍努力摄制抗战电影,戏剧界、话剧界多创作含有抗战性的新剧本。②

1939年2月,借古喻今的电影《木兰从军》上映,连演83天③,刷新了电影的票房纪录。从此,"孤岛"上掀起了上演历史剧的高潮。10月,上海剧艺社的话剧《明末遗恨》公演,连演35天,创话剧票房最高纪录。

票房纪录显示出以商业为命脉的上海这个摩登城市的最大特质。上海还有一个独特的节日——"六三"。请看下文:

> ("六三"节)一是清代林则徐焚毁英商鸦片的纪念,一是上海商界罢市的纪念。
>
> 民国8年(1919年)5月,东邻迫我承认二一条约,北平方面学生,于是有五四运动,学生被捕的甚多,上海商界于六月三日,全体罢市,内地亦纷纷起而响应! 北政府卒罢免曹(汝霖)章(宗祥)陆(宗舆)三人,并释放学生,此事始寝,此为吾国商界参加政治运动的第一次,因亦称"六三"纪念。④

"罢市"是上海商界参加五四运动的方式。而投资娱乐界、大兴影剧则是抗战时期商界活动的一大特点。"孤岛"期最活跃的剧艺社、天风剧社的背后都有商人老板,而上海职业剧团的发起人、沦陷时期的四大导演之一的黄佐临本人就是商家出身:学商、经商,转而投身话剧。这一点将在后面详述。

2. 沦陷前期(1942年)

1941年12月8日,太平洋战争爆发,日军占领租界,"孤岛"沦陷。日军将租界中有抗日倾向的书店及印刷所全部接管,同时接收了美商经营的几个大电影院,并将电影公司也控制起来。日军在国际饭店设立了"思想

---

① 1938年11月1日。
② 金丁:《抗战与游艺》,《申报》1939年3月22日。
③ 傅葆石:《双城故事——中国早期电影的文化政治》,北京:北京大学出版社2008年版,第43页。
④ 龙驹生:《怎样纪念"六三"节?》,《申报》1940年6月2日。

部",统管文化界的思想,对有抗日嫌疑的人,以"谈话"的名义传到宪兵队加以监禁。12月15日,许广平等有名的抗日活动人士被捕。电影公司、职业话剧团纷纷解散。入夜,上海从"外滩向西行,黑暗一片"。①

1942年4月,日本强行将原上海的新华、艺华、国华、金星等11家小电影公司合并,成立了中华联合制片有限公司。

5月7日,日方开始给公共租界的居民发放市民证,规定凡7岁以上的居民须登记,用"保甲制"、"连坐法"控制市民。5月9日开始,要求电影院和话剧团重新登记。按此规定,已有执照的职业剧团和业余剧团都必须到工部局业务处特高科重新登记。

比起电影界,日军对话剧界可以说是没有采取什么特别的措施,原因是当时话剧在娱乐界的地位还处于相当的弱势。据1941年底统计,"舞场与电影院同为三八家,越剧场与书场同为十五家,平剧场与游艺场同为五家,话剧场与申剧场同为四家"②。上演话剧的剧场还不到电影院的一成,不被当权者重视是理所当然的。

3. 沦陷后期(1943年—1945年8月)

1942年底,日本政府对华的政治方针有了一个很大的变化,请看下文:

> 有关对支形势的研究 昭和17年12月2日(种村稿)
>
> 大东亚战争后,对支处理应与对美英处理结合起来。其一,此举将左右帝国之力是否能取胜于大东亚战争,即无论帝国之力如何蹂躏支那,欲将其灭亡而收为领土,如败于大东亚战争,一切将归于零,此为自明之理。
>
> ……
>
> 留给帝国的对支处理的道路只有一条:即"把握支那占领地区的民心",而提高对民众的信用度,让中华中国自治。把握支那民心之道路之一为"强化国民政府的政治力量",由此把握民心,使之与我同甘共苦,自发地与我合作。
>
> 从以上观点出发,应抓住国民政府参战之绝好机会,从根本上重新研究帝国对支处理之方法和政策,将日支的努力集中于如何将战争进行到底这一焦点上……

---

① 《失去了光辉的南京路》,《申报》1942年1月5日。
② 《游艺场统计》,《申报》1941年12月26日。

以此基本想法为基准,1942年的御前会议决定了以下方针:

  为将大东亚战争进行到底之对支处理根本方针
（御前会议议题）
第一　方针
帝国将国民政府参战作为打开日支局面的一大转机,遵照日支提携的根本精神,全力加强国民政府的政治力量……
第二　要领
1.加强国民政府政治
帝国竭力避免干涉国民政府,尽最大力量促进其自发活动（御前会议昭和17年[1942年]12月21日决定）。①
……

  1943年1月9日,汪精卫伪政府向英美宣战,宣布参加"大东亚战争"。15日,大华大戏院被指定为日本电影专映影院,开始上映日军占领香港的电影《英国崩溃之日》,同时在《申报》发表启事,表示"拥护国府",自愿停止放映美国影片。从这天起,美英影片在上海销声匿迹,日本影片取而代之。以大华21日的《暖流》打头,24日《天空神兵飞太子》,2月13日《夏威夷/马来大海战》的试映会接踵而至,18日,更是打出印有李香兰大幅照片的《支那之夜》广告,第二天改名为《春之梦》,继续宣传攻势。此后,日本影片源源不断地进入上海。3月25日,专门上映日本纪录片的中华电影公司直接经营的文化电影院开始营业。4月1日,中日文协第二次代表大会在南京召开,汪政府"中枢最高官僚"全体出席,东京大学的盐谷温博士、作家武者小路实笃等文化使节访华团到达南京……一时,报上满目皆是有关"日华亲善"的消息。

  然而,大张旗鼓的宣传不过是表面现象。1月9日,汪政府参战"大东亚战争"的重要新闻以"社评"的形式间接见报,而《国民政府对英美宣战布告》的全文直至4月2日才在《申报》刊出,布告的背面一版则是周佛海的回忆文章《扶桑笈影溯当年》。前一天《申报》的排版也相同,第一版刊载了汪精卫对"全国青少年团"的"训话",三版则转载他回忆辛亥时期革命同志的《故人故事》。如果说一版的报导为"公"家面孔,二、三版以后的"回想"

---

① 日本外务省外交史料馆藏原始文件。此文为笔者的新发现,解决了为何沦陷区的文化空间竟能有一定的"自由"之关键一环。

则暴露出他们的"私"人内面。这段时期,汪政府的其他高官也都频繁地发表回忆文:陈公博发表了《我与共产党》、《了解》;周佛海发表了《苦学记》、《广州行》等回想系列,1943 年结集题为《往矣集》①出版。文章中,他们一味回避"现在",回忆过去。陈公博感叹"我平常时时自负可以了解人,到了今天,觉得有些行年五十知四九年之非,我深深感觉到,我不只不了解人,并且往往不能了解自己";周佛海叹息:"人苦于不自知。"这些文章中可以窥见他们充满苦恼与矛盾的内面世界。度过几十年政治生涯的他们,突然不明白自己是何人了。他们失去了自我认同的一贯性与连续性,迷失了自己应负的社会责任。这样的心态也必然地反映在他们的政治方针与行政手段上。

三、自由知识人与话剧

在上述的三个阶段中,话剧各有特点。"孤岛"时期,话剧的特点是:多以借古喻今为主题,代表作是《清宫怨》;沦陷前期,日军建立保甲制,重组居民,话剧的特点是摸索方向,代表作为《荒岛英雄》《大马戏团》②;最后一段,即沦陷后期的特点是:战败色浓,日本下放权力;汪伪"国民政府"官员委靡不振,迷失自我。其结果是组织松散,管理无力,再加上美英电影禁演,这样的机遇,对话剧来说,真可说是千载难逢。不久,话剧成为娱乐界的主要产业,佳作频出。沦陷期上榜的 5 部作品,均诞生于此时段。张爱玲的《倾城之恋》虽然没有上榜,也连演了 77 场,远远超过战前《雷雨》的纪录。

话剧赢得了广大的观众,日本电影被无视、冷落。1943 年,号称最卖座的日本红星李香兰领衔主演的《支那之夜》仅上映了 13 天,获观众两万余,而同时期观看《秋海棠》话剧的观众高达 18 万。③

下面,分别讨论几位有留学背景的知识人与他们的剧本。

1. 姚克的《清宫怨》

姚克(1905—1991 年),原名姚成龙,又名姚莘农。1905 年 1 月 24 日生于福建厦门。早年在苏州东吴大学文学院学习,后改读法学,1931 年毕业。

---

① 古今出版社。
② 参见拙文《上海"孤岛"末期及沦陷时期的话剧——以"苦干"同仁为中心》,《知性与创造——日中学者的思考》(第 2 辑),北京:中国社会科学出版社 2005 年版。
③ 详见拙文《"秋海棠"——沦陷时期上海的象征标志》,《知性与创造——日中学者的思考》(第 3 辑),北京:中国社会科学出版社 2007 版。

曾任上海世界书局、上海英文报社编辑和英文月刊《天下》的主编。与鲁迅有交往,为鲁迅抬棺弟子之一人。1937年在莫斯科参加第三届戏剧节后赴美,到耶鲁大学任戏剧研究员。① 1940年返回上海,投身话剧,创作的《清宫怨》由天风剧团演出,引起轰动。因与英商经营的兰心大剧场的管理人员熟识,在太平洋战争爆发后的混乱期间,自组"天马公司",借兰心剧场上演原创剧《楚霸王》及多部话剧。后任艺光剧团、南国剧社、苦干剧团等编剧,创作有《鸳鸯剑》、《霓虹裳》、《美人计》等多种剧本。

《清宫怨》②主剧情围绕着光绪与慈禧太后之间的纠葛展开,主角却是珍妃。与后来的电影剧本最大的不同在于:电影围绕着"戊戌变法"之"国事"描写光绪与慈禧的矛盾,光绪与珍妃的爱情只作为副线,话剧却完全相反,聚焦于光绪与珍妃的夫妻爱,戏中的慈禧,不像一个政治人物,更像一个不讲理的、凶狠的婆婆。

开始的"辱妃"一场中,就将珍妃与慈禧的纠葛处理为家庭琐事。戏中,慈禧的侄女皇后隆裕是一个搬弄是非、婆婆妈妈的小人,慈禧将她强加给光绪,作了皇后。她虽受到光绪冷遇,却很会利用权势为亲戚牟利,不仅开口向慈禧"讨差事",还一会儿要珍妃求光绪"给她奶奶的儿子讨差事",一会儿又要安插"二舅父"去补"福州将军"的缺。在珍妃处碰了钉子后,愤而挑拨慈禧。生活在宫里的珍妃抱怨自己的处境:"连一个小户人家的媳妇儿都比不上。整日价低着头赔小心,人家还不肯放松一步。"

接下来的"舟盟"一场,通过光绪手下人的对话,观众知道时逢甲午海战,清朝战败。"朝廷派了李鸿章去讲和,可是和还没讲下来,李鸿章就给刺客打中了一枪。"后来的结果,都以光绪向珍妃倾诉的形式道出。光绪告诉珍妃,自己"为了咱们国家生死存亡的大事",去请示慈禧,陪慈禧打牌的李莲英装没看见,以致光绪"足足跪了半个时辰",最后还"掏了二十两银子出来,他才肯给我通报"。"老佛爷也知道我们打败仗是因为她自己把办海军的钱盖了颐和园了。可是她一向做错了事,总是往别人身上推,绝不肯自己承认的。禁不起李莲英怎么一说,她老人家索性发起脾气来了,一边儿骂,一边儿嚷着:好,咱们娘儿俩打仗咯,说着就拉李莲英往外走——""当时我没法子,只好跪着求她。老佛爷就说了:……打仗也好,和也好,都没我

---

① 参见陈景亮、邹建文主编《百年中国电影精选》第一卷(下),北京:中国社会科学出版社2005年版,第236—237页。

② 姚克:《清宫怨》,上海:世界书局1946年版。

的事儿！说完了就把我轰了出来。"光绪接着控诉说："断送了"国土，赔了"二万万两银子"，"打了败仗，丢尽了脸，割地赔款，他们还是照旧的听戏，逛花园儿。我看我们亡国就在眼前了"。

为了安慰皇上，珍妃谈起了自己的理想，这理想非常天真，她向往的是珠江上的船家夫妻生活："没有家，也没有田地房产，生在船，死也在船上，一辈子只在江上摇着一只小船儿。"光绪也为此所吸引，幻想着"（船舱中）只有你我两个人——要到西就到西，要到东就到东，……又不用跟谁请示，自由自在的，……可是我们就短了一枝桨。"在珍妃的鼓励下，光绪下决心："为了你，为了我们的国家，造起这枝桨来！"并发誓说："我有这个决心！我现在就要抓回这个大权。……有了权，我就可以用这两只手造那枝桨了。……有了桨，（一只手握住珍妃一只手比着）我们那只船要到东就到东，要到西就到西，我们可以自由自在了。"珍妃补充说："我们的国家也可以不受人家欺负了。"对他俩来说，家即国，国即家。

第二幕第一景的"变法"，时间已是三年后。光绪终于起好了变法的诏书，开始"造桨"。接着"湖上"一景，说的是慈禧下令拿办康有为，珍妃如何设法通风报信使之得救；第三景"梦猿"说的是光绪变法受挫，感知危险，孤注一掷，密令袁世凯用兵挽救局势。此时珍妃预感到袁世凯会背叛，竭力劝阻。而她的根据是梦见"皇上给一只猿猴儿戴上了一顶红帽子……冷不防那只猿猴儿忽然偷偷地跑到您背后，把链子往您脖子上一套，把您这么反锁在那棵树上！……""他的眼神游移不定，恐怕一到利害关头，他也许要拿不定主意吧。"珍妃躲在屏门后观察袁，尽管袁世凯在光绪面前对天起誓："我袁世凯要是辜负了皇上的隆恩，到后来——忧患交迫而死。"珍妃仍然不信。

后来的一切果如珍妃所料。第三幕第一景"政变"，袁世凯背叛，慈禧宣布废帝。此时，光绪绝望地对珍妃说："我很惭愧……我没有造成咱们的桨……我失败了。"珍妃却勇敢地谴责慈禧：

> 现在太后是得胜了，可是咱们的国家是失败了……国破家亡之后，恐怕太后连容身之地都没有，还能养尊处优，作威作福吗？……太后非但没有真的得胜，甚至于连良心都失败了！

"冷宫"一景中，珍妃被禁闭在阴沉沉的地狱般的房子里，但仍然意志不变，忍耐着、坚持着。见到设法来看她的光绪后，仍鼓励说："为了咱们的国家……为了我……皇上就不肯多受几年罪吗？"光绪听后十分感动："好，我一定为了你，为了咱们的国家活着！""慢说十年——二十年，三十年，一百年,咱们也得挨!"珍妃用破木头自造了一只小船,忠告并催促光绪不能忘记自己的"造桨"使命。

最后一景"殉情"中,八国联军进逼京城,宫中一片混乱,慈禧在出逃前命珍妃劝光绪同行,珍妃不从,向天告愿:"皇上!你听着,我在这儿!你回来吧!"后被迫投井。

最后的场景中,光绪冲进场大叫:

"二妞儿!我回来了!(向井直走去。同时好像在跟珍妃说话)我回来了!……我回来了!(走进左门)哦,二妞儿!"……

(这时远处炮声震天,北京快要失陷了。)

——幕急落——

比起后来的电影剧本,话剧剧本还很不成熟。剧中,政治斗争全部隐至暗场,只通过光绪与珍妃的对话间接传达。在最关键的场面,用珍妃的"梦"及袁虚假的"发誓"等宿命的形式表现。这样的描写,当然不能切中清朝灭亡的要害。

剧本①中凡涉及国名地名时,均以"人家"或"××"替代。考虑到当时"孤岛"的语境,不能直接提及日本及列强诸国的名字是当然的。所以,哪怕描写清末最高层最尖锐的政治斗争,也只能淡化"国家"、"政治",以"家"代"国",以"家事"喻"国事"。

从姚克的《〈清宫怨〉后记》中可以得知,观众对此剧也并非完全满意。姚克在文中说自己并没有"提倡迷信",观众指出的"光绪似乎太英明一些,珍妃似乎太贤慧,她的个性太坚强。从历史家的眼中看来,这话是很对的。但我要为我自己辩护,为《清宫怨》辩护:我写的是一个历史剧,这两个人物并不抵触历史的真实性"。②

的确,剧中人物是否与史实相符并不是姚克创作的目的。对作者来说,向身陷"孤岛"的人们提供一个反思近代史的契机才是最重要的:甲午战败,分割国土,庚子赔款,袁世凯……半世纪的屈辱史,一幕一幕,历历眼前;而"炮声震天"、"失陷",更是三年前上海市民亲眼所见、亲身所受之灾难。

痛定思痛。最后,一国之主光绪"我回来了"的一声呼唤也自有深意,给观众带来希望。更关键的是:《清宫怨》塑造了一位女英雄。在这部戏

---

① 大概是为了保持原貌,笔者手上的1946年3月抗战胜利后的版本中如是。舞台上当可以随机应变,自由发挥。
② 《小说月报》1941年10月1日第13期。

中,珍妃不仅超越了权势,超越了慈禧,而且超越了光绪,超越了命运,虽败犹胜,虽死犹生。

只要我们身临其境,想象一下1941年夏天的上海,就不难理解这部戏为什么会如此受欢迎了。

2. 黄佐临的《荒岛英雄》

黄佐临(1906—1994)原名黄作霖,祖籍广东番禺,生于天津。祖父曾为广东的私塾先生。父亲在黄浦海军学校毕业后,在天津一家洋行供职,月薪仅5两白银;1910年,被英商亚细亚煤油公司选中为代理商,月薪一跃达一千两白银,进入天津富户之列。黄佐临在天津的教会中学——新学书院受了八年教育,度过了少年时代。十八岁时,遵父命赴英国伯明翰大学(Birmingham University)攻读商科,因无兴趣,转攻社会学。留学中,最大的收获是迷上了戏剧,并因此认识了萧伯纳(Bernard Shao)。1930年,黄佐临归国后继承父业,任洋行华人顾问。

1935年,黄佐临偕夫人金韵之再次留英,黄在剑桥大学攻读戏剧,两年后获取硕士学位,金韵之则在法国著名导演米歇尔·圣丹尼开的戏剧学馆专攻表演。日后,金韵之为纪念恩师,更名丹尼。1937年7月10日,卢沟桥事变三天后,佐临访问了萧伯纳,萧送了他几行字:

> 起来,中国! 东方世界的未来是你们的,如果你们有毅力和勇气去掌握它。那个未来的盛典将是中国的戏剧。不要用我的剧本,要你们自己的创作。①

1938年8月至1939年夏天,应曹禺邀请,佐临与丹尼在大后方四川的国立戏剧专科学校任教。1939年夏,因私事路经上海,为"孤岛"轰轰烈烈的剧运所吸引,留下定居并参加了话剧队伍。1941年9月,牵头组织成立了上海职业剧团,10月,演出曹禺的《蜕变》②,一个月后被租界当局禁演。

1942年4月,黄佐临改编并导演了《荒岛英雄》,颇得好评。此剧是根据英国作家詹姆士·巴雷的《可敬的克莱顿》改编的,讲的是退休后的罗公使及仆人的故事。罗公使信奉社会主义,每周在家开一次茶会,会上把公馆的仆人待为上宾,让自家老婆和女儿当侍者,自己则发表关于贫富平等的

---

① 上海人民艺术剧院:《戏剧大师佐临》,上海人民艺术剧院1994年版,第6—14页。
② 据曹禺披露,《蜕变》中的女医生丁大夫的原型即丹尼。

演讲。

一天,罗带了全家及仆人老王和小窦儿坐船出游,不幸触礁,飘到了一个荒岛上。随着环境的改变,四体不勤五谷不分的罗家老爷、少爷、小姐们变得束手无策。此时,能伐木造屋、以椰壳当碗的老王立刻成为英雄,罗家全都听命于他,3个小姐更是对他敬慕有加。不久,一艘远洋轮经过小岛,搭救了他们。当他们回到罗公馆后,一切恢复常态,老爷还是老爷,小姐还是小姐。最后,再也无法忍受这种秩序的老王带着小窦儿重返荒岛。

《荒岛英雄》公演两天后,《申报》广告打出"今日重现《蜕变》盛况",这句话如实地传达出了观众的心情,人们是带着半年前《蜕变》上演的激动回忆,前来观看这出戏的。观众这样认识戏的哲理:

>(《荒岛英雄》的)"艺术夸张"的好处,就在以不真实的事件,激起对真实的更深刻的认识。①

3. 杨绛的《称心如意》和《弄真成假》

杨绛的《称心如意》面世,"恰如早春的一阵和风复苏了冬眠的大地,万物平添上欣欣的生意"②。

1943年5月18日至6月3日,杨绛的《称心如意》由上海联艺剧社在金都剧场公演,佐临导演,林彬③主演,李健吾客串。对观众来说,这样的搭配真可谓"称心如意"。

杨绛称自己编剧的启蒙老师是陈麟瑞。早年,李健吾、陈麟瑞、杨绛都先后在清华大学师从王文显,学过西方戏剧。后来三人又都去西方留学,李健吾精通法语,陈麟瑞与杨绛则谙熟英语。

抗战时期,杨绛家与陈麟瑞家一步之遥,彼此来往密切。"麟瑞同志熟谙戏剧结构的技巧,对可笑的事物也深有研究。他的藏书里有半架子英法语的'笑的心理学'一类的著作,我还记得而且也借看过。"④

一次,陈在饭馆请吃烤羊肉,客人除杨绛外,还有李健吾。席间,由羊肉吃法谈及《云彩霞》(李健吾编剧)中的蒙古王子与《晚宴》(石华父即陈麟

---

① 芒刺:《霓裳曲观感》,《申报》1943年1月22日。
② 孟度:《关于杨绛的话——剧作家论之一》,《杂志》第15卷第5期,1945年8月。
③ 参见笔者《抗战时期的上海话剧——访林彬、吴崇文》,《新文学史料》2008年1期,第96页。
④ 杨绛:《怀念石华父》,《新民晚报》1984年4月24日;转引自《杨绛作品集》第2卷,北京:中国社会科学出版社1992年版,第347页。

瑞编剧)里的蒙古王爷,李、陈笑对杨说:"何不也来一个剧本?"用杨的话说,此话"一再撩拨了我",便学作了《称心如意》,先送陈看,经陈恳切批评后,重新改写。① 此前,陈麟瑞曾创作"清新喜人,颇受知识阶级观众的喜爱"②的《职业妇女》③,理所当然,此剧成为杨绛的范本。

《称心如意》的剧情围绕着母亲早逝,新遭父亡的孤女李君玉展开。大舅母因想用君玉替换丈夫的"妖精"女秘书,把她从北平叫到了上海,却又嫌弃她,把她推给二舅舅家去看孩子,二舅又推给了四舅……君玉像皮球似地被踢来踢去,走投无路之际,却意外地被孤僻有钱的舅公收为孙女,继承了全部财产。而虎视眈眈、用尽心机,企图博得老人欢心,获取遗产继承权的舅舅、舅母们,只落得竹篮打水一场空。戏中将几对夫妻的性格和关系描绘得惟妙惟肖:大舅总惦记着自己的女秘书,舅母则费尽心机防范;二舅夫妇欧化得迂腐,四舅四舅母虚伪可笑。观众评说:

> (戏中人物)活泼有趣,各尽其妙,然而同时其中已隐寓世态炎凉,人情甘苦之滋味。作者观察人间诸相,别有慧眼,描写人物性格,亦独具女性之敏感,能超乎现实以上,又深入现实之中,仿佛对于事事物物无显著之爱憎,而又是关心她周遭的形形色色,都寄于相当的同情,静观有得,沾沾自喜,于世间之熙攘纷争,一概以温和,清新的嘲讽加以覆被,如春风,亦如朝阳。④

《弄真成假》是杨绛的第二个戏,于1943年10月8日由新成立的同茂演艺公司在金都剧场公演。

《弄真成假》描写了一对恋人:男主角周大璋相貌堂堂,有"留学"背景;女主角张燕华聪明美丽,为职业小姐。才子配佳人,这样的两个人本没有故事,却偏偏生出许多风波。首先问题出在周大璋身上。他祖运不佳,"头顶上没一片瓦,脚底下没一寸土"。穷则思变,大璋借了舅舅的钱,到外国最便宜的地方混了一年半载,借了个中学文凭。用他母亲的话来说就是:"洗了个澡,镀了个金身。"仗着相貌堂堂,到处乱吹。当他见到燕华的堂妹、有

---

① 杨绛:《〈称心如意〉原序》,(《称心如意》,《剧本丛刊》第二集,世界书局,1944年),1943年11月23日。转引自《杨绛作品集》第3卷,北京:中国社会科学出版社1992年版,第248页。
② 胡导:《干戏七十年杂忆——上世纪三四十年代上海的话剧舞台》,北京:中国戏剧出版社2006年版,第93页。
③ 1940年4月5日—12日、9月27日—10月3日于辣斐剧场公演,上海剧艺社演出,洪谟导演。因篇幅关系,本文不得不割爱。
④ 孟度:《关于杨绛的话——剧作家论之一》。

钱的小姐张婉如后,立马想攀高枝,移情别恋。

张燕华的身世比李君玉更不如——不是孤女,胜似孤女。父亲娶来后母,将她视为陌路,打发她到了叔叔家。燕华在外为公司小职员,在亲戚家是拿拖鞋的侍女。这个孤苦无告的灰姑娘,虽自食其力,却不以为傲,叹息自己:"要什么没什么。……为了几十块钱的薪水,得把自己的生命分割了一片片出卖。"不过,"天欺负"她,她却能自爱自强,"不窝囊",凭着"要做的事一定做到"的决断,将"地狱里的火,在心里烧"的能量,巧使手腕,就把几乎已成定局的命运整个推翻,成功地诱得大璋私奔。

最后一幕,燕华终于如愿以偿,做了周大璋的妻子。环视周大璋"卧房兼厨房,床上挂布帐,旁搭帆布床。沿墙杂置脸盆架、煤炉、木箱、碗、碟、刀、锅等什物"的"诗礼之家",目睹市井姑婆周妹周母后,她最后的台词是:"大璋,真是环境由你改造啊!!我佩服你改造环境的艺术。"男主角则反唇相讥:"燕华,命运由你作主呀!!我也佩服你掌握命运的手段!"①

谁能说这不是"自由主张,两相情愿"的新式婚姻呢?可这又真是男女主角费尽心机希望得到的结果吗?假作真时真亦假,好一个"弄真成假"——题目可谓画龙点睛。

除两个主角外,戏中其他人物也写得极鲜活,如燕华的叔叔、张婉如的爹张祥甫,老奸巨猾,关心的是地皮涨落、家世牌子,"挑女婿也当作生意买卖","只做稳稳当当的买卖,不做空头"。而周大璋的母亲周妈,骂女儿,损亲家,一个泼辣市井妇人,对儿子却又不乏慈母的一面。

杨绛的两个戏的冲突全发生在血缘亲戚之间,既批评有钱人的虚伪,也不忘讽刺贫民的势利,跳出了男—女、好—坏的二元对立框架,塑造出了立体的活生生的人物,赢得了观众的认同:"这些可笑又可怜的勾心斗角,以假作真,难道不是我们日常生活中搬演着的悲喜剧吗?"②此戏在六十多年后的今天重演,仍然给观众以现实感。③

李健吾评价说:

> 假如中国有喜剧,真正的风俗喜剧,从现代中国生活提炼出来的道

---

① 《弄真成假》,转引自《杨绛作品集》第3卷,北京:中国社会科学出版社1992年版,第429页。
② 孟度:《关于杨绛的话——剧作家论之一》。
③ 2007年,上海重演此戏。有人认为,写于半个多世纪前的《弄真成假》"体现出来的情爱观、价值观和金钱观同今天的人们几乎惊人一致", http://ent.cctv.com/20071028/101608.shtml08, 2008年4月10日。

地喜剧,我不想夸张地说,但是我坚持地说,在现代中国文学里面,《弄真成假》将是第二道纪程碑。

……第一道纪程碑属诸丁西林,人所共知,第二道我将欢欢喜喜地指出,乃是杨绛女士。①

在舞台上满是悲悲切切声音的 1943 年,杨绛的喜剧的意义是非同寻常的。有名的剧评家麦耶曾担心:

我们中国写喜剧的人委实太少了,就仿佛喜剧不可能在中国舞台上站足似的。这样下去,中国人将来也许不会笑了,不管这笑是阴郁的还是健康的,大家都在眼泪与鼻涕的交流中过悲剧生涯。幸而我们还有一部《弄真成假》点缀这悲剧的舞台。②

大概因为曲高和寡,《弄真成假》公演时间不长。但为"喜剧开一大道"③才是她的最大功绩。一个月后,追随《弄真成假》,有了三部喜剧上演,尽管麦耶认为比之《弄真成假》的讽刺和幽默,这些剧只能称为"趣剧"或"闹剧"④,但它们仍为"愁米愁煤愁得太苦"⑤的上海人带来了笑声,哪怕是暂时的。

在这样的时空中,笑就是力量。用杨绛的话来说:

如果说,沦陷区在日寇铁蹄下的老百姓,不妥协、不屈服就算反抗,不愁苦、不丧气就算顽强,那么,这两个喜剧里的几声笑,也算表示我们在漫漫长夜的黑暗里始终没丧失信心,在艰苦的生活里始终保持着乐观的精神。⑥

4. 闹剧《梁上君子》

1943 年 11 月,巴黎大戏院笑声不断,震动院外。两天后广告形容观众:"车水龙马、人山人海。"并破天荒地作了关于"笑"的精确统计,称看该戏会"狂笑 105 次、大笑 608 次、傲笑 201 次"。

---

① 孟度:《关于杨绛的话——剧作家论之一》。
② 麦耶(董乐山,中共地下党员):《十月影剧综评》,《杂志》1943 年 11 月第 12 卷第 2 期。
③ 同上。
④ 《是月也》,《杂志》1943 年 12 月第 12 卷第 3 期。
⑤ 麦耶:《岁末剧评》,《杂志》1944 年 1 月第 12 卷第 4 期。
⑥ 杨绛:《喜剧两种》1981 年版《后记》,《杨绛作品集》第 3 卷,北京:中国社会科学出版社 1992 年版,第 431 页。

上海人许久没有大笑了。为开怀一笑,"戏迷坐了三轮车来看戏,三轮工人放下车,也进来坐在'苦干座'看戏","汉奸们(包括日本军)却以为《梁上君子》是个娱乐戏,也抢着买票来看戏。说娱乐也真是娱乐,那种恰如其分的夸张,使得观众从头到尾都笑得要死。"①

《梁上君子》是佐临翻译、改编、导演的匈牙利大戏剧家莫纳的《律师》,是佐临首次引进中国话剧的新形式——"闹剧"的实验剧。佐临称之为"空前大闹剧",他这样说明剧情:

> 一个律师和一个小偷狼狈为奸的一段趣闻……大抵都以"偷"字作线索。本剧主人翁梁上君子固然偷,但别人也不见得不偷;夏律师的偷名,夏太太和屠巡长的偷情,梦兰和爱兰的偷香,马露茜的偷懒……各有巧妙不同,我们不便在此给他们泄漏天机!②

有观众回忆:

> 当人们想知道包三冒充夏律师参加同学会聚餐有没有偷东西时,包三潇洒地把(偷来穿的)西装上装的左襟一敞开,只见襟上挂满了银光闪闪的手表、挂表、珠戒、赚戒,接着右襟一敞开,只见襟上挂满了吃西餐大菜的刀子、叉子和汤勺……③

这场面使人们联想到"偷袭金山卫,偷袭珍珠港,对广大中国和东南亚的石油、物资是更大的'偷'和'抢'"的日军。④ 难怪每场演出,能让观众开怀大笑。为笑而来、大笑而去的观众得到了超出想象的笑料:

> 看了第一幕,谁料到有如第二幕这么多笑料呢?看了第二幕,更谁会料到整个剧场里足足有一刻钟以上的莫大笑场呢?这段"莫大笑场"里,导演出奇的从全场的观众和舞台上的包三与爱梅一起捧着腹带着制不住的笑声去捉弄白梦兰和女教师……佐临使演剧艺术的"时间性"与"空间性"都得到了最高乘的增进与成功……

---

① 白文:《佐临氏在"苦干"时期的艺术活动》,《佐临研究》,北京:中国戏剧出版社1990年版,第383页。
② 《导演的话——说明书中导演意图选录》,光盘《戏剧大师黄佐临》,上海:上海话剧艺术中心研制,上海三联书店1999年版。
③ 胡导:《干戏七十年杂忆——上世纪三四十年代上海的话剧舞台》,北京:中国戏剧出版社2006年版,第211页。
④ 白文:《佐临氏在"苦干"时期的艺术活动》,《佐临研究》,北京:中国戏剧出版社1990年版,第383页。

> 我觉得佐临导戏有一个原则,就是尽量要使舞台上每一个方位,每一样道具上等等……
>
> 总之所有在舞台上的,所有在观众眼前的,佐临都要使戏发展到它们上面去。①

苦难中的上海人找到了一块乐土,感到了少有的愉悦:

> 上海人看戏是为看戏来的,不愿见台上破破烂烂的不像样,因为在戏院外,他们的生活中,破破烂烂的是看得实在太多了。这正是他们在戏院外愁米愁煤愁得太苦,所以进戏院来看《梁上君子》,哈哈大笑一番而聊以解怀的道理。②

上海的观众都懂得此戏的深意。请看下面这段话:

> 《梁上君子》的作者是无情的。他以巧妙的手法,对我们这明偷暗窃的社会作了辛辣讽刺,观众在捏拳解颐之余,切不可被他骗过。③

不仅如此,还有这样的感动:

> 石挥和丹尼的演技,尤其是丹尼浑身是戏;他们的读词虽然还是持过去的调子,但是总是最理想的,尤其是他们二人对词的时候,真如音乐最好的配奏,配奏的好极了,我认为他们二个是上海最懂得演技"节奏"的演员,所以他们是最好的演员。④

"音乐般的配奏"的基调是北方出生的石挥和丹尼的一口标准的国语,对失去主权的沦陷区的观众来说,这音乐般的语言,是国语的典范,是中国的声音。

5. 张爱玲的《倾城之恋》

> 我不把虚伪与真实写成强烈的对照,却是用参差的对照的手法写出现代人的虚伪之中有真实,浮华之中有素朴。⑤

用这话来解释杨绛的《弄真成假》可谓熨帖。不过,此言是张爱玲对

---

① 果竿:《〈梁上君子〉及其编导演》,光盘《戏剧大师黄佐临》,上海话剧艺术中心研制,上海:上海之联书店1999年版。
② 麦耶:《岁末剧评》,《杂志》1944年1月第12卷第4期。
③ 韩英:《评〈梁上君子〉》,《申报》1943年12月10日。
④ 果竿:《〈梁上君子〉及其编导演》,光盘《戏剧大师黄佐临》,上海话剧艺术中心研制,上海:上海三联书店1999年版。
⑤ 张爱玲:《自己的文章》,《流言》影印本,上海:上海书店1987年版,第20—21页。

"自己的文章"的注解。《倾城之恋》的立意与"弄真成假"恰恰相反,更名为"弄假成真"也未尝不妥。

《倾城之恋》(朱端钧导演,罗兰、舒适主演)由大中剧团于1944年12月16日在装修后的新光剧场公演,翌年2月7日结束,共演77场。

小说《倾城之恋》是张爱玲的成名作,1943年9、10两月在《杂志》上连载,后收入《传奇》。1944年9月,《传奇》出版,发行4天便销售一空。

剧本由张爱玲改编,"本事"如下:

破落户的女儿白流苏,嫁了一个丈夫不成材,寄住在娘家之后离婚。娘家连母亲在内都是势利的,给了她许多痛苦。亲戚徐太太上门替她的异母妹说亲,看她可怜,顺便为她做媒,与人做填房。

妹妹让她陪同去舞场相亲,对方是有钱的华侨范柳原。范看上了流苏,施计谋让徐太太把流苏诱到了香港。

在异国长大、急于寻根的浪子柳原,被善于低头、有古中国淑女风韵的流苏吸引,从她身上找到了"真正的中国美",他"要她,但是不愿意娶她,讨价还价不成功",流苏还是回到上海。家里人认为她白白上了当,更容不得她。

柳原又来了电报,流苏再次赴港,无条件地做了柳原的情妇。

太平洋战争爆发,阻止了柳原只身出洋的计划。在战后的香港,"流苏柳原于荒寒中悟到财势的不可靠,认真地恋爱起来了,决定要结婚,活得踏实一点"①。

第二幕中,范柳原对流苏说的话可谓经典:

> 这月亮,不知为什么使我想起地老天荒,那一类的话。有一天,我们的文明整个毁完了,什么都完了——烧完了,炸完了,坍完了,就剩下这空空荡荡的海湾,还有海上的月亮;流苏,如果我们那时再在这月亮底下遇见了,也许你会对我有一点真心,也许我会对你有一点真心。

他又说:

> 回到大自然啊!至少在树林子里,我们用不着扭扭捏捏的耍心眼。②

---

① 《〈倾城之恋〉本事》,《〈倾城之恋〉演出特刊》,大中剧艺公司。感谢陈子善先生送给我这份珍贵的影印件。
② 童开:《〈倾城之恋〉与〈北京人〉》,《〈倾城之恋〉演出特刊》,大中剧艺公司。

最后一幕,柳原预言的那一天来到了,舞台上"灯光集中于日历上大大的'十二月八日'"①,以这一天为界,一切都变了。因剧本失传,现在,我们只能引小说中的一段:

(战争后的香港)一到了晚上,在那死的城市里,没有灯,没有人声,只有那莽莽的寒风,三个不同的音阶"喔……呵……呜……"无穷无尽地叫唤着……叫唤到后来……只是三条虚无的气,真空的桥梁,通入黑暗,通入虚空的虚空。这里是什么都完了。剩下点断堵颓垣,失去记忆力的文明人在黄昏中跌跌绊绊摸来摸去,像要找着点什么,其实是什么都完了。

……

她仿佛做梦似的……她终于遇见了柳原。……在这动荡的世界里,钱财,地产,天长地久的一切,全不可靠了。靠得住的只有她腔子里的这口气,还有睡在她身边这个人。……他从被窝里伸出手来握住她的手。他们把彼此看得透明透亮,仅仅是一刹那的彻底的谅解,然而这一刹那够他们在一起和谐地活过十年八年。②

在文明制度中寻求饭(范)票的白流苏与"把女人看成他脚底下的泥"的范柳原,这一对"精刮""算盘打得太仔细"③的自私男女,竟结为心心相印的夫妻了。

从《公演特刊》的观众评论中,我们还能看到一点台词的痕迹:

(白家"渺小,自私"的一群)等到"什么都改变了,天长地久的田地房产,汇丰银行,美金英镑,全不可靠了"(第四幕)的时候,这种人就要变成"活人死"了!如果要想真正的活着,只有那敢于肩负着重担,勇敢地一步一步登上高山去吸取生命的泉水的人们!④

最后一句话是由战后的废墟上,范柳原脱下了西装挑水的场面而来。这一强烈的形体语言配合台词中的"田地房产,汇丰银行,美金英镑",将观众的思索导向对造成男女不平等的根源,也是战争根源的深思。

---

① 应贲:《岁尾剧团巡礼》,《杂志》第 14 卷第 4 期,1945 年 1 月 1 日新年号。
② 张爱玲:《倾城之恋》,《传奇》,北京:人民文学出版社 1986 年版,第 102—103 页。
③ 同上书,第 94 页。
④ 童开:《〈倾城之恋〉与〈北京人〉》,《〈倾城之恋〉演出特刊》,大中剧艺公司。

6. 人、女性

概观上述几部戏,可以看到,佐临的《荒岛英雄》和《梁上君子》的共通特点是:将目光投向人们的日常生活,从哲理的高度聚光于人在社会中的位置与环境的关系,通过艺术技巧表现出似乎荒谬的情景:由于外部环境的变化或人与人的错位,人的价值会突然颠倒。看过戏后,人们会问:"什么是人存在的真正的价值?"

杨绛和张爱玲的戏都是从女性的立场出发并以女性为主角。她们的共同特点是:场景格局不大,空间几乎都限制在"家"中,讲的是家事及"男女间的小事情"①。《称心如意》的四幕场景分别为三个舅舅家的客厅及舅公的书房;《弄真成假》只在中产阶级的客厅上,加添了杂货店铺楼上的一间楼面的平民居室;《倾城之恋》也只有室内三景——上海白公馆客厅(见图第一、三幕),香港浅水湾饭店(第二幕),香港范柳原别墅(第四幕)。

因杨绛与张爱玲均出生于书香之家,长在现代大都市,受过高等教育,阅读过大量的中西方文学书籍,"原著80回中没有一件大事"②的《红楼梦》及"消磨于极平常的,或者简直近于没有事情的悲剧者"③的西方文学给了她们丰富的营养。正因为其他的大门都是关闭的,她们才能在"家"中轻步曼移。小院深深深几重,步步深入,细细观察,层层揭剥,展示其中的奥秘。

从她们的文本中,我们看到,"家"并不温情脉脉——周大璋的母亲将女儿嫁到娘家,不仅没有"亲上加亲",反而"怨上加恨",两代怨恨纠缠于兄妹、娘舅、亲家、婆媳之间,楼上楼下,整日骂骂咧咧;流苏的哥哥用流苏的钱做股票,输光还赖流苏败了他们的手气,只想一脚把她踢出家门。及至自由恋爱,新派知识妇女张宛如,看男女之情不过是"石头上浇水:水也流了,石头也干了!谁也不在乎谁"④;破落旧家小姐流苏更直白:"她承认柳原是可爱的,他给她美妙的刺激,但是她跟他的目的究竟是经济上的安全。"⑤

对杨绛、张爱玲的男女主角来说,固然"钱财"有着举足轻重的作用,但恋爱者之间毕竟还是有一层男女之"情"。两人的文本都用"真、假"这一对概念作为关键,却跳出了单一、背反的二元框架,强调的是"真情假意"与

---

① 张爱玲:《自己的文章》,《流言》影印本,上海:上海书店1987年版,第20页。
② 张爱玲:《国语本〈海上花〉译后记》,《海上花》,台北:皇冠出版社1983年版,第606页。
③ 鲁迅:《几乎无事的悲剧》,《鲁迅全集》第6卷,北京:人民文学出版社2005年版,第383页。
④ 杨绛:《弄真成假》,《杨绛作品集》第3卷,北京:中国社会科学出版社1992年版,第409页。
⑤ 张爱玲:《倾城之恋》,《传奇》,北京:人民文学出版社1986年版,第95页。

"假情真意"之间参差的美学关系,刻画出了真中有假、假中有真、真亦是假、假亦为真的辩证立体形象。①

不过,同是沦陷区中人,亲历了香港沦陷过程的张爱玲与在"围城"中体验战争的杨绛还是有所不同,差异表现在她们的文本中:无论君玉的舅舅们,还是燕华的叔叔家,他们的"客厅"都在上海,而白公馆与浅水湾饭店却隔着大海,浅水湾饭店与范柳原别墅又隔着战争。12月8日那张大大的日历,切断了时间与空间,世界起了质的变化,于是,有了范柳原的深刻:

> "死生契阔——与子相悦,执子之手,与子偕老"……我看那是最悲哀的一首诗。生与死与离别,都是大事,不由我们支配的。比起外界的力量,我们人是多么小,多么小!可是我们偏要说:"我永远和你在一起;我们一生一世都别离开。"好像我们自己做得了主似的!②

个人的确无力控制时代,但流苏的命运却因战争逆转——

> 香港的陷落成全了她。但是在这不可理喻的世界里,谁知道什么是因,什么是果?谁知道呢,也许就因为要成全她,一个大城市倾覆了……流苏并不觉得她在历史上的地位有什么微妙之点。③

这段话,放在沦陷区的自由知识人身上,也未尝不可。

结　语

反观中国100年话剧史,40年代的上海话剧真可以说是鲜花怒放,五彩缤纷。对这样的事实,为什么鲜有正面评价呢?这是因为我们思维习惯的一个定势所致:往往把沦陷时期的时空想象为铁板一块。事实上,如前所述,"此时此地"日军与汪伪的统治并非步调一致、没有缝隙的。正是这流动、变化、分裂的场景,为话剧提供了一个出乎意外相对自由的空间。

培育出话剧艳丽花朵的土壤的另一个重要因素是"商业"。在中国的

---

① 《倾城之恋》于1943年9、10月在《杂志》上分两期连载;《称心如意》于10月公演。两个文本几乎是同时诞生的。虽然两人从未言及过对方,但同为热心的读者兼影剧观众,有形无形的影响应当存在。
② 张爱玲:《倾城之恋》,《传奇》,北京:人民文学出版社1986年版,第95页。对《倾城之恋》更详细的分析可参见拙作《传奇文学与流言人生——张爱玲的文学》,北京:三联书店1998年版,第94—103页。
③ 张爱玲:《倾城之恋》,《传奇》,北京:人民文学出版社1986年版,第105页。

传统价值观中,商人及商业的地位历来不高。在此,我想引入历史学者的一个看法:

>   商业行为是聚众而成市的,是每一个人为自己谋利而自成的一种天然秩序。每一个人在这个秩序内是以一己的利益为先,而且是以追求利益为先。换句话说,在自由主义的框架之下,人的自我实现是必须在某种社会的物质基础的建构下才能充分实现,而这个物质基础最重要的一点是每一个人作为一个社会人,在物质上可以得到相当的独立性和保障性,即经济作为一种经济伦理。

>   商业秩序中有一种自然秩序,这个自然的秩序能够制约或规划人的行动,并不靠行政的力量来达到这样的目的。

>   经济精英跟大众的关系在于契合而不在于统御,在于一种横向的集结而不在于纵向的领导或者是指引的工作。在下面的大众对于精英也无所谓景仰或逢崇,大家各干各的,可以契合就契合,不能契合就不合。①

以上描述与沦陷时期话剧的剧团组织及演出形态十分吻合。当时剧团的常态便是散而聚、聚又散,编导和演员不是上下关系,而是"和则聚,不和则分"的契合关系,所以合合分分、分分合合,看得人眼花缭乱。

以黄佐临为例:黄是将商业知识与戏剧知识结合一体的精英:他有自己的不动产——一栋花园洋房。在此,他为石挥、黄宗江、黄宗英等年轻贫困的艺人提供住宿,将自家花园作为排练场地。他接受过黄金荣儿子出资的荣伟公司的招聘,借赵六少爷的皮包"艺光公司"②的名义上演过话剧。组织苦干剧团时,据柯灵回忆,"由于连年战争,青年失学问题极其严重。为此《申报》常常发出号召,希望读者捐助学金。利用这点,'苦干'剧团和《申报》达成协议:(1)'苦干'在开始公演的半年内,将以盈余(除保留三分之一作为剧团基金外)捐作助学金。(2)《申报》介绍'苦干'和上海银行往来,必要时可以向银行借支一定数量的资金,作为演出费。(3)'苦干'的演出和行政完全独立,不受干涉。(4)'苦干'不和《申报》直接发生关系,由后者另设申报义演助学金办事处,出面和'苦干'联系。"

"苦干"剧团成立时,向观众发表的献辞是:

---

① 叶文心:《都市、大众与文化》,《都市文化中的现代中国》,上海:华东师范大学出版社 2007 年版,第 4—5 页。
② 参见笔者《抗战时期的话剧——访洪谟》,《新文学史料》2007 年第 2 期。

> 我们没有老板——我们的老板就是观众,也就是每一个奖学金的捐助人;我们没有主人,我们的主人就是"苦干"的全体团员,从剧团行政到演出事宜,都由自己主持,不受任何方面或个人的牵掣。
>
> ……
>
> 戏剧工作者的生命在舞台上,舞台上的活动是我们最真诚的自白。①

"苦干"的宗旨是:以商为经济基础,弘扬艺术主张。对自己与观众的关系,佐临持平等态度:

> 要记住!观众花了钱到剧场里来是要看戏,他不要受训,他不要听你讲学。戏他看过了,哭他哭过,笑也笑过,但是等到他回到家一想,他一定会恍然大悟地叹息道:"哎呀,原来是那末一回事儿!"——那就是你的哲理成分在他脑筋里起了作用。②

这段话的前面部分与叶文心的话异曲同工,而佐临强调的"哲理成分"则是文化知识人那份不媚俗的自觉。

文学青年姚克是五四的嫡子,早年对易卜生心向往之,但在接受西方戏剧教育后,却拥有了一份属于自己的清醒,请看他的回忆:

> 在我二三十岁的时候,我像大多数当代人一样,是一个易卜生的崇拜者。经过苏俄西欧之行,耶鲁大学戏剧学院深造以及从莫斯科到纽约的对戏剧广泛考察之后,我开始对西方戏剧产生怀疑(我指的是现代西方戏剧)。我认为,西方戏剧走得太远了,对于西方观众都是深奥莫测的,更不用说中国戏剧观众了。

姚克抱怨自己在耶鲁学到的只是读几本标准教科书就能掌握的"戏剧技巧"。看清了西方戏剧的缺点的他,反过来重新认识到中国传统的长处并开始了自己全新的追求:

> 1940年8月返回中国之后,我开始试验一种新的戏剧技巧,把传统的中国形式和西方技巧结合起来。这第一个最终产物是《清宫怨》……它保留了中国传统戏剧的情节结构以及每一幕每一景的小标

---

① 柯灵、杨英梧:《回忆"苦干"》,《中国话剧运动五十年史料集》第二辑,北京:中国戏剧出版社1959年版,第351—352页。
② 佐临:《话剧导演的功能》,《万象》1943年10月第3卷第4期。

题,但又像西方戏剧那样编排得更紧凑更实际。①

将中西戏剧的形式结合起来,这是《清宫怨》获得成功的一个重要因素,也是姚克、黄佐临②为之奋斗的目标。他们不仅创作、改编外国剧本,还在剧团建设、经营、管理、化妆、表演、舞台设计、布景等各方面进行了实践。在此同时,还在大学校内外讲授戏剧课,培养接班人,将陈独秀"以欧洲文学为榜样,重塑中国文学形象"的蓝图变成现实。

五四时期,胡适做过尝试,写了话剧《终身大事》,也曾在一些学校的小舞台上演;陈衡哲、陈绵也写过剧本,但都不成熟,根本无法搬上舞台。

在1940年代的上海舞台,五四文人的梦想成真,走出家门的娜拉③的女儿们在大剧场的舞台上重演了"终身大事"。杨绛与张爱玲的剧本演绎的是田亚梅走出父亲的家,坐上男友的汽车绝尘而去之后的故事。她们笔下的女子甚至根本不同于鲁迅笔下的子君:追忆着丈夫单腿下跪求婚的一幕,生活在阿随与小油鸡之间,最终走向没有墓碑的坟墓。在杨绛与张爱玲笔下,张燕华、白流苏们主动、积极,敢于也能够主宰自己的命运。她们的结局不那么幸福,但也并非完全不幸。杨绛与张爱玲的文本告诉我们:女性乃至人类命运"千疮百孔"的原因不在自己,也不在父亲或丈夫,而在文明制度。她们的文本从日常生活中发现并揭示了存在于男女、人与人关系中的不平等及支撑它的根基——对有限物质的不平等地占有,以财产占有的程度来衡量人的价值的文明制度。杨、张的文本继承了她们的母亲身体力行追求自由与平等的精神,却又以一种更为丰富复杂的方式呈现——摒弃了"自由与不自由、平等与不平等"的二元对立的方式,展现出不自由中的自由及不平等中的平等,从而更接近真实。用张爱玲的话来说:是一种"参差的对照"美学。此美学的更重要的贡献是:为我们提出了一种别样的思维方式。

话剧既以"话"为武器,可以这么说:五四时期,胡适、鲁迅等用话剧、小说奠定了现代中国文学的根基,1940年代,在家破国碎的沦陷区上海,自由知识人用"国语"在话剧舞台上打造出了一个想象家国、反思历史、审视现

---

① 姚克的私人信件,1975年5月18日。耿德华:《被冷落的缪斯——中国沦陷区文学史(1937—1945)》,张泉译,北京:新星出版社2006年版,第153页。
② 直至晚年,黄佐临仍致力于将中国艺术的"写意"形式导入话剧的实践活动,为创立中国式的写意戏剧观而竭尽全力。
③ 张爱玲的母亲在她四岁时便离家出走,出洋留学。

代文明的文化场域,赢得了观众,发挥了建立文化认同、凝聚族群的巨大能量,战胜了侵略者的"电影战"。

最后让我用张爱玲的话来结束本文吧:

> 我想只要有心理学家容(Jung)所谓民族回忆这样东西,像"五四"这样的经验是忘不了的,无论湮没多久也还是在思想背景里。①

(作者单位:日本,德岛大学)

---

① 张爱玲:《忆胡适之》,《张看》,台北:皇冠出版社1977年版,第171页。

巴金《家》与香港电影

——五四现代主义的重现

山口守

一、《家》的电影改编

巴金小说《家》的电影改编作品而为中国国内一般公众所熟悉的,是1956年上海电影制片厂拍摄的《家》,然而实际上,《家》是20世纪中国文学中被改编为电影次数最多的小说之一,迄今为止已经被用两种语言改编了四次。按时间序列列表如下:

1.《家》(国语):1941年上海"中国联合影业公司,新华影业公司"
制片:张善琨
导演:卜万苍,徐欣夫,杨小仲,李萍倩,岳枫,吴永刚等集体导演
剧本:周贻白
演员:袁美云,陈云裳,梅熹,刘琼,姜明,胡蝶,顾兰君,陈燕燕,王引,韩兰根,殷秀岑,王元龙,李红

2.《家》(粤语):1953年香港"中联电影企业有限公司"
导演:吴回
剧本:吴回
演员:吴楚帆,张瑛,张活游,紫罗莲,梅绮,黄曼梨,小燕飞,容小意,林妹妹,石坚,卢敦,李月清,周志诚,黄楚山,柠檬

3.《家》(国语):1956年上海"上海电影制片厂"
导演:陈西禾
剧本:陈西禾、叶明
演员:孙道临,张瑞芳,张辉,魏鹤龄,王丹凤,黄宗英,章非,汪漪

4.《鸣凤》(国语):1957年香港"长城影业有限公司"

导演：程步高

剧本：魏博

演员：石慧，张铮，鲍方，李次玉，姜明，洪亮，陈思思，刘恋

最早将小说《家》改编为电影的1941年上海版《家》，与改编为剧本的吴天《家》（五幕剧）①和曹禺《家》（四幕剧）②的成立、公演几乎是同一时期，仅就这一点而言便显而易见，它的改编是无法同抗日战争剥离开来进行思考的。要思考何以在这一时期《家》被改编为电影，首先需要思考上海这一国际城市的特征。上海乃是中国电影的发祥地，并且是20世纪30年代以降催生了众多电影的中国电影中心地，然而由于拥有1937年抗日战争爆发之后日军无法轻易进驻的外国租界，故而走过了不同于其它地区的历史进程。在思考抗战时期的电影时，不能不将国民党统治地区、共产党统治地区、满洲和华北等日军占领区、上海及香港等外国势力统治地区等各地区之间迥然不同的社会状况相互联系起来进行思考。而且，上海只是拥有一块被唤作"孤岛"的租界，而不是香港那样的殖民地，于是留下了日本势力进入的余地，在上海就有好几家诸如"中华电影"（1939年成立）、"中华联合制片"（1942年成立）那样日本人脉的电影公司。1941年在上海制作了《家》的制片人张善琨③也是这样一群人中的一个。只是当时上海电影节在政治、文化和商业上都相当复杂，人们的行为也无法凭借一张标签来决定青

---

① 吴天：《家》（五幕剧），上海：光明书店1947年版。吴天（1912—1989年），本名洪吴天，江苏扬州人。中学时代1927年加入共青团，1931年上海美术专门学校时代从事学生运动。1935年赴日本后参加东流社，1936年潜入马来西亚从事抗日活动，1938年加入马来西亚共产党。未几受到英国当局指名通缉，归国。在上海加入中国共产党，从事地下活动和戏剧运动。改编巴金的《家》就在这一时期。当时担负该话剧导演的洪谟在《抗战时期的上海话剧（二）——访洪谟》（《新文学史料》2007年）上回顾了当时的经纬。邵迎建《上海抗战时期话剧的轰动剧目及日本电影上映场数比较》（《话剧》2006年第4期，上海话剧艺术中心）也介绍了具体的上演状况。

② 曹禺：《家》，上海：文化生活出版社1942年版。具体的改编和上演的状况可参照《曹禺同志漫谈〈家〉的改编》（田本相、胡叔和编：《曹禺研究资料》上册，北京：中国戏剧出版社1991年版，初出《剧本》1956年第12期），曹禺《为了不能忘却的纪念》（《家》，上海：上海文艺出版社1979年版，初出《文汇报》1978年8月6日），巴金《怀念曹禺》（《再思录》增补本，桂林：广西师范大学出版社，初出《人民日报》，1998年5月15日），田本相《曹禺年谱》（《曹禺研究资料》上册），田本相等编著《抗战戏剧》（郑州：河南大学出版社2005年版），以及曹树钧《曹禺剧作演出史》（北京：中国戏剧出版社2006年版）等各资料。

③ 张善琨（1905—1957年），生于浙江省，靠贩卖烟草起家，1934年在上海创建"新华影业公司"。在川喜多长政等人策划的"中华联合制片股份有限公司"（中联，1942年4月）和"中华电影联合股份有限公司"（华影，1943年5月）中据重要地位。战后在香港的电影界继续活动，也在"台湾"作为反共意识的爱国艺术家获得国民党政府的青睐。

红皂白。既然是抗战时期,则爱国救国主题的电影数量增加便是理所当然的,然而在国民党及租界当局的审阅和日军的监视之下,要拍摄直接宣传抗日的电影却是不容易的。由张善琨制片的电影《木兰从军》(1939)尽管采取了历史故事的形式,却被观众目之鼓舞民族主义的电影而大受欢迎,获得高度评价,这一语境便表现了上海电影界形势的复杂性。受到《木兰从军》成功的刺激,1940年上海曾迎来历史片的兴隆。而在言论自由权受到限制时,借助历史来织入政治批判,这种做法在中国的其他地方其他时代也每每有过。

此外,有人认为抗战时期上海电影中爱情片居多①,如果是这样的话,则恐怕与电影自身的特性有关。电影需要制片、器材、宣传、甚至电影院,是倘无巨大的商业资本则无从成立的艺术,与文学相比,商业资本的影响更为巨大。自1937年至1941年,上海租界在"孤岛"时期共拍摄了多达近200部的影片。有见解认为这基于以下几点事实:电影作为产业恰逢发展期,因此尽管有审阅制度却相对地独立于统治者;租界系非战斗地区拥有电影消费能力;当时拥有大量的创作人员等。② 更为现实的问题恐怕是由于战争的缘故,好莱坞等外国电影的进口减少,而与民族主义的高涨相连动,国产影片的拍摄机会得以增加。在这样一种情况下,电影资本方为了拍摄既能够应付限制又能够与短期投资收支平衡的作品,"更热衷于商业性题材的运作"③。另一方面,导演、剧作家、演员等创作方也肯定会千方百计试图躲过限制确保表现的主体性,古装片爱情片兴隆的背后,恐怕有着这样的背景。

然而上海也不可能置身于战争之外,还是有许多电影人离开了上海,其中一部分逃往香港。"其中也包括一些剧作家。这时的上海面临的是'剧本荒'。在原创电影剧本严重匮乏的情况下,很多电影投资商把目光投向了中外文学名著。"④对于这一说明的详细检讨姑且置之不问,恐怕应当说不只是文学名著这一基准,而是改编为电影后具有足够商品价值的文学作品得到了选用。在这一场合,描写爱情和家的主题、得到众多青年读者支持的巴金的小说《家》《春》《秋》获选,可以认为是自然而然的结果。顺便提

---

① 例如李道新:《中国电影史研究专题》,北京:北京大学出版社2006年版,第48页。
② 李多珏主编:《中国电影百年》上编,北京:中国广播电影出版社2005年版,第110—111页。
③ 陆弘石:《中国电影史 1905—1949》,北京:文化艺术出版社2005年版,第106页。
④ 张巍主编:《中国电影专业史研究·电影编剧卷》,北京:中国电影出版社2006年版,第120页。

一句,据说"在1941年,各影片公司共摄制上映八十多部影片,时装片占了六十多部。而且,1941年拍摄、上映的时装片,占整个'孤岛'时期时装片的五分之四"①。与故事内容一道,接近现实生活的电影这一形式受到关注,这也与现代文学名著的电影改编相关。

  这次电影改编,同吴天的话剧改编几乎时期相同,而编写剧本的周贻白②以及几位导演在小说解读的方向性上,也与吴天相似。首先开场就是大年夜阖家聚会,自然地逐一介绍登场人物,这一设定与吴天的话剧相同,只不过由于电影这一表象艺术的特性,场面规模更为宏大。此后的故事展开更是基本上与原作相同,情节不但没有省略,而且更多补充,比吴天的话剧远为接近小说原著。场面的展开就技术而言相对容易,并非使用文字而是可以使用画面来讲述故事,对这样一些电影的特性加以最大限度的利用,通过图像来几乎是全面地再现小说的故事——作品的这一意图清晰可见。因此,尽管故事结构人物造型对原作忠实得无以复加,然而却不同于由文字激发的想象因读者的个别性而异的文学,可以说它变成了一种表象文本,这种文本只是单向地提供由图像来做的故事诠释。承继这部《家》,上海在1942年还拍摄了根据原作改编的《春》和《秋》两部电影③,《激流三部曲》全部被改编成了电影。如果仅仅从单纯的商业主义式的逐利,都市文化中传统与现代的冲突,抑或出自抗战时期的民族主义立场,以爱情婚姻为主题的作品指示了反封建的方向性等角度来说明的话,尚不足以构成20世纪40年代初期这些作品得以在"孤岛"上海诞生的全部理由。

  如果我们把电影《家》视为与小说相同的、意识到了恋爱乃是个人自立的起点、而该作品又是通过多视点多层面的结构宣告了这一点的话,则其意义不是可以从巴金在回忆1939年至1940年间在"孤岛"上海写作《家》的续篇《秋》的意图时所说的"抗战以后怎样? 抗战中要反封建,抗战以后也要反封建"④这一视点中得到理解么? 亦即是说,抗战时期的文化创造,不

---

① 陈文平、蔡继福编著:《上海电影100年》,上海:上海文化出版社2007年版,第237—238页。
② 周贻白(1900—1977年),湖南长沙人,年轻时做过传统戏剧演员,1927年来到上海参加南国剧社。抗日战争爆发后,参加上海戏剧界救亡协会活动。"孤岛"时期创作许多剧本。1941年以降,辗转北京、天津、无锡等地。
③ 电影《春》(1942),中华联合制片股份有限公司制作,导演·剧本:杨小仲,演员:徐立、严化、王慕萍、周曼华、王丹凤、陈琦、梁影、陈一棠等。电影《秋》(1942),中华联合制片股份有限公司制作,导演·剧本:杨小仲,演员:徐立、李丽华等。
④ 巴金:《关于〈激流〉》,《巴金全集》第20卷,北京:人民文学出版社1986年版,第682页。

仅仅是为了单纯的爱国卫国,挺身而出为抗日而战乃是每一个中国人自立与实践现代化的一个过程——应当是立足于这一同鲁迅巴金在国防文学论战中的立场相通的认识的。尽管不甚明晰,然而这恐怕是电影制作者与观众之间在某种程度上所共有的。一方面有一种误解,即描写恋爱容易与娱乐和商业性联系起来,故而每每被批评为通俗媚众,评价不高。然而巴金的成名作《灭亡》(1929)却以为了革命而抛舍爱情的形式,反证了放弃爱别人这一行为可以成为最大限度的牺牲,正因为恋爱问题所引发的为争取个人自立的苦斗吸引了读者和观众的关注,所以才是通俗的、大众的,正因为是通俗的、大众的,所以才能够成为自五四新文化运动以来的现代化实践,我以为恐怕有必要从这一视点来看这部电影。这与民族主义、祖国憧憬问题也相互关联,是在后面讨论的战后香港电影里面由巴金原著改编的影片中亦可发现的重要之处。

改编的情况与此不同的便是1956年上海拍摄的电影《家》。担任导演和剧本的,是抗战时期将《春》改编为话剧的陈西禾,他是原作者巴金的友人,电影剧本的初稿和第四稿也曾给巴金看过①,似乎是与原作者的作品解释立场最近的人物,然而当电影公映后征求意见时,巴金却发表了否定性的见解:"影片只叙述了故事,却没有多少打动人心的戏。编导同志似乎想用尽力气来解释原著,却忘记了他应当做'艺术的再创作'的工作。他放弃了他的责任,所以他失败了。"②这一见解让人联想起了当年对吴天的评价。然而一般评价却与巴金相反,以肯定者为多。"电影《家》则以忠实于原著,且含蓄简约、动人情愫为影界与世人所称赞"③,似乎这一评价在某种程度上为观众所共有。虽然有评论说"同话剧《家》的改编思路不同,这部影片对原小说的主要人物、主要情节大都予以保留,同时,在不削弱觉新戏的同时,根据当时广大青年观众新的审美取向与审美追求,把觉慧放在了比较重要的地位"④,似乎要说故事结构既保留了曹禺话剧《家》中觉新的爱情悲剧部分,又添加了对觉慧鸣凤悲恋的描写,然而实际上小说中的多角度多层面的视点和构造却未能得到再现。

---

① 巴金:《谈影片的〈家〉》,《巴金全集》第18卷,北京:人民文学出版社1993年版,第694页。初出《大众电影》1957年10月26日第20期。
② 同上书,第703页。
③ 孟犁野:《新中国电影艺术史(1949—1959)》,北京:中国电影出版社2002年版,第250页。
④ 同上。

二、香港电影的变迁

战后香港拍摄了许多以巴金小说为底本的电影一事,多少已为人知,然而为何会有那么多的巴金作品被拍成电影,这一问题的揭明尚无大的进展。而且关于这些电影,例如 1950 年代后半期巴金作品批判运动中针对小说《家》曾经有一篇文章说:"解放后,作品的发行数量相当大,而且电影《家》、《春》、《秋》的上演以及《巴金文集》的编印出版以后,读者的范围就更大了。"① 其中所提到的电影《春》、《秋》,其实是香港电影《春》(1953)、《秋》(1954)的普通话配音版。为什么不是民国时期上海拍摄的 1942 年版《春》、《秋》,而是战后香港拍摄的粤语版《春》、《秋》的配音版在社会主义中国得以上映呢?可以想象其间恐怕有针对制片人张善琨在战前和战后政治上的批判,然而还不能说研究已有充足的进展。故在此先就战后香港被称作"文艺片"的、改编自文学作品的电影中巴金作品居多的理由,从历史的脉络出发来进行一番思考。

香港当时虽然是英国殖民地,然而居民大多数为操广东话的中国人,从一开始,就香港的电影市场来看,用粤语制作影片乃是理所当然之举,同时以南洋东南亚为中心,海外居住有操粤语的华侨,粤语电影在海外也拥有市场。然而正如有些看法所认为的那样:"上海电影市场是面向全国和南洋的,南洋片商直接到上海购片。香港电影市场在 1933 年以前,则只限于香港本地或广州,乃至是中国内地影片转口向南洋发行机构的所在地。"② 无论是作为产业的成熟度,还是电影制作的条件、经济规模、人口,20 世纪 30 年代以前的香港电影产业远不及上海。不久,1933 年上海的电影公司天一公司的粤语片《白金龙》在香港和南洋上映,获得极大成功,从此粤语片产业在香港也得以崛起。1939 年共有 69 家电影公司拍摄了 117 部粤语片,1937 年香港的人口约为上海的三分之一,100 万人左右,可以想象电影公司泛滥到何种程度。然而 1936 年国民党政府以统一国语为理由(一说是为了保护国语片产业中心地上海的权益),制定了禁止制作方言片的法律,粤语片制作遭遇重大障碍,经过错综曲折的反对运动后,未几抗日战争爆发,一

---

① 北京师范大学中文系巴金创作研究小组:《出版说明》,《巴金创作评论》,北京:人民文学出版社 1958 年版,第 12 页。
② 周承人、李以庄:《早期香港电影史(1897—1945)》,香港:三联书店 2005 年版,第 134 页。

部分电影产业由上海转移到了香港,法律的实施困难重重。具有讽刺意味的是,战争给电影产业带来的打击反而促进了战前香港电影的兴隆①。因为内地文人的所谓"南下"开始了。

抗战时期的"南下"浪潮共有两次,第一次是广州沦陷的 1938 年 10 月,大量难民流入英国殖民地香港,其中也包含文化人、电影人在其内,所以抗日题材的电影制作得以积极地开展。第二次是国民党对左翼镇压变本加厉的 1941 年 3 月至 5 月,茅盾等文学家也转移到了香港。1941 年香港人口达到 160 万,与 1937 年相比猛增了六成。就这样,"当时香港俨然成为中国文化中心之一,形成以内地人士居主导地位的文化繁荣"②,文化活动活跃起来。然而这也只是一时的现象,1941 年 12 月太平洋战争爆发,香港被日军占领后,直至战争结束,又不得不再次陷入停滞状态。未几抗日战争结束后,这下国共内战正式爆发,又一次的"南下"开始了。1948 年来到香港的左翼文化人中,包括郭沫若、夏衍、曹禺、欧阳予倩、司马文森、于伶、柯灵、程步高等多位文学、戏剧、电影界人士,其中包含了后来将巴金小说改编为电影的作者。

就这样,伴随着战争的结束,香港战前的电影产业复苏,再加上内地流入的电影人,实现了比战前更大的发展。当初由于国民党禁止制作方言片,粤语片在中国内地没有市场,国语片据优势地位,从上海转移来港的张善琨与同为浙江出身的李祖永携手设立的永华电影公司,也是靠制作国语片而获得成功。然而随着 1949 年大陆成立了社会主义政权,香港虽则是英国殖民地,却同台湾一道,成为了另一个体现中国文化的创造基地,并以其经济发展和都市生活为基础,面向自身的电影市场和南洋市场,使粤语片发展成为与国语片相颉颃的片种。香港电影市场的确立,恐怕可以说是殖民地型资本主义的发达和战后香港文化形成的标志。另一方面,再度进入南洋市

---

① 尽管是二手资料:这里有一个统计表以数字表明了上海和香港电影产业地位逆转。引自钟宝贤:《香港影视业百年》,香港:三联书店 2004 年版,第 98 页。

电影拍摄部数

	上 海	香 港
1909—20	33	2
21—30	644	11
31—37	459	195
38—45	571	396
46—49	157	434

② 周承人、李以庄:《早期香港电影史(1897—1945)》,香港:三联书店 2005 年版,第 208 页。

场也许是通过华侨社会、中华民族主义的膨胀,然而换个视点来看的话,也可以说通过广东话,香港电影的越境和国际化开始了。

据统计,1950 年至 1959 年,香港制作的电影约 2130 部,其中粤语片 1530 部,国语片 452 部,剩下的是其他地方语言片。① 直到 1970 年出现逆转为止,在香港粤语片是多数派②,尤其是 20 世纪 50 年代粤语片压倒了国语片。在大陆,共产党成立了社会主义政权,在台湾国民党作为流亡政权继续存在,在这样的对立状况下,香港形成了殖民地文化特有的混合性(Creole)和杂交性(hybrid)。首先是人口上占压倒多数的华裔居民,传统的价值观与五四精神所象征的现代价值观并不是单纯地对立,两者时而对立,时而融合,而且其对立与融合的程度和水平也可能会是不同的。其中还有英国带来的欧美文化,并且还存在着作为自由贸易港的国际性,香港文化拥有着独特的多样性和多层性。就电影而言,在分析 20 世纪 50 年代的香港电影时,有观点将它分为四大类,即传统片,武侠片,文艺·恋爱片和喜剧片。无论哪一种主题,无论是依据传统价值观也罢,抑或是批判也罢,同时也都选择商业上可望成功的主题③。于是乎传统片中虽然描写悲恋,却同时也批判封建道德,志在现代化;描写现代青年自由恋爱的同时,却也将与家庭伦理的冲突作为不可避免的东西加以描写等等,电影制作是在艺术追求和商业追求的相互斗争中得以完成的。然而战后初期香港电影产业一经确立,来自作为市场的马来西亚和新加坡等地的资本便一拥而入,被揶揄为"一片公司"的粗制滥造的粤语片增加,然而影片数量的增加却并不与作品水平的上升直接相关。在这种形势下,1949 年 4 月出现了一批志在提升电影文化水准的人们,发表了《粤语电影清洁运动宣言》。由吴楚帆④、

---

① 廖志强:《50 年代到 60 年代香港粤语片再解读——意识形态的探讨》,《同窗光影——香港电影论文集》,吴月华、陈家乐、廖志强编,香港:国际演艺评论家协会(香港分会)2007 年版,第 187 页。
② 据钟宝贤《香港影视业百年》177 页中统计: 1968—1969 年粤语片和国语片部数为 83 比 72,1969—1970 年逆转为 63 比 95。
③ 廖志强的《50 年代到 60 年代香港粤语片再解读——意识形态的探讨》在 185—191 页分析了传统中国价值观支配了香港电影主要主题的状况。
④ 吴楚帆(1911—1993),本名吴钜璋,原籍福建,生于天津。1930 年香港培正中学毕业后,当过店员、工人,1932 年出演默片《夜半枪声》成为演员,后来出演抗日电影《生命线》(1935)、《人生曲》(1937)获得名声。至 1966 年退休为止共演过 250 部电影,他是演员、导演、制片人、剧作家,活跃于多方面,被称为"华南影帝"。1948 年发起"粤语片清洁运动",1952 年中联成立时他是中心人物,担任总经理。在根据巴金小说改编的粤语片《家》、《春》、《秋》、《爱情三部曲》、《寒夜》、《人伦》中全由他担任男主演。

白燕①、李晨风②等164人署名的这份宣言中,有下面这样一节:

> 华南电影事业,过去由于客观环境的种种困难,及主观认识之不够,我们的出品未符理想,甚至有使社会观众感觉失望。然而,往者已矣,来者可追,时代在不断进步,我们愿意从新检讨,深自反省,今后加倍努力,团结一致,坚定立场,坚守岗位,尽一己之责,期对国家民族有所贡献,不负社会之期望;停止摄制违背国家民族利益,危害社会毒化人心的影片,不再负人负己!愿光荣与粤语片同在,耻辱与粤语片绝缘。③

逐字逐句的检讨姑且搁置不论,我想注意一点的是,在此所明确主张的,乃是虽然生活于殖民地香港,却鲜明地标明了对中国这个国家的归属意识的、民族认同宣言。此处所说的中国,究竟是现实中的社会主义中国,抑或是"中华民国",甚或是继承了传统的、作为文明象征符号的中国,还是充满了期待的想象中的假想国中国,由于篇幅有限,对这一概念的分析姑且留待别的机会,总之拥有这样一种意识的电影人投身于战后粤语片水准的提高,这对于讨论以下将要介绍的根据巴金原著改编的电影来说,颇为重要。这是因为,正是发表这篇宣言的中心人物们,将巴金的《家》、《春》、《秋》改编成电影的。

三、粤语片《家》

经过了1949年的"清洁运动",以及旨在明确传统戏剧和现代话剧的演员角色分担的"伶星分家"运动,到了1950年代成立了被称作四大公司的中联、新联、华侨、光艺四家公司,创作了许多优秀的粤语片。尤其是

---

① 白燕(1920—1987),本名陈玉屏。1935年在广州教忠女子中学就读时投身电影界,未几前往香港成为演员。战后参加"清洁运动"和中联的成立,与吴楚帆合作,在根据巴金小说改编的粤语片《春》、《爱情三部曲》、《寒夜》、《人伦》中担任女主角。
② 李晨风(1909—1985),本名李秉权,生于广州。1927年在广州省立第一中学时为逃避国民党"清党运动"考入岭南大学附属戏剧学院。并于1929年考入欧阳予倩开设的广东戏剧研究所附设戏剧学校,直至该校1931年被国民党解散,一面在该校学习一面从事演剧活动。1933年前往香港,1935年投身电影界。1941年香港落入日军手中后脱逃,辗转南洋。战后返回香港重归电影界,1952年与吴楚帆等人创立中联,1953年将巴金小说改编为电影,并担任导演。
③ 这是二手资料,引自钟宝贤:《南国传统的变更与消长——李晨风和他的时代》,《李晨风——评论·导演笔记》,黄爱玲编,香港:香港电影资料馆2004年版,第20页。

1952年12月15日成立的中联电影企业有限公司（中联），这家电影公司是一个同人组织，这是一种崭新的运营形态，不仅如此，它以"清洁运动"的领袖之一吴楚帆为总经理、李晨风为编剧导演部主任而起步，"南国话剧的传统与粤语片工业进一步结合；五四时代的话剧传统——如反对封建、提倡恋爱自由、知识分子的郁结、读书人的怀才不遇、现实社会的离乱与不公等——亦成了不少中联作品的母题"①，该公司既不是单纯由左翼知识分子"南下"创办，也不是由电影产业投机性的运营付诸实施，而是同时受到两者的影响，作为香港电影人主体性的实践而进行电影制作的集团。可以说为创造战后香港电影现代性的基地而发挥了机能。中联在1952年公司成立时，为表明自己电影制作的方向性而最初拍摄的第一部电影，便是根据巴金的小说改编的粤语片《家》。

粤语片《家》1953年在香港公映，大获成功，不仅中联的经营因此走上了轨道，而且为战后粤语片以及"文艺片"的确立作出了重大贡献。吴楚帆在回忆当时的情况时说道："它的收入比较元旦期中上映的歌唱片还要加倍，戏院连日爆场，售票处的窗口一直排上了长龙，蜿蜒不绝。是这些长龙迫使院商对我们作品的票房价值改观的。"②的确，查看当时的报道，便有这样的记载："《家》自七日起公映，不出所料，第一天收入三万四千多元，第二天比第一天更高。收入三万七千多元。估计第三天可能更卖座，因为九龙方面的'龙城'戏院加入联映。据说院方跟'中联'订的影出日期为一连八天，看目前卖座之盛，一般估计，大概会超出十五天之数"，"据透露，《家》成本约为十二万余元，照目前卖座估计，将来结算《家》在港九一地的影出便有若干赢利。"③ 1950年代的香港粤语片制作费为3万元至8万元，而中联为了提高电影作品的质量，将迄今为止粤语片每90分钟300个镜头（国语片500个镜头），增加到了400个至500个镜头，据说因此制作费大幅度地攀升④。然而电影《家》的票房效益却为中联带来了超过其高额制作费的利益⑤。观众人数究竟达到多少，没有正式的统计，不过有资料认为：从票

---

① 钟宝贤：《南国传统的变更与消长——李晨风和他的时代》，香港：香港电影资料馆2004年版，第23页。
② 吴楚帆：《吴楚帆自传》，台北：龙文出版社1994年版，第160页。
③ 《〈家〉公映后的消息》，香港：《商报》1953年1月10日。
④ 钟宝贤：《香港影视业百年》，香港：三联书店2004年版，第139页、141页。
⑤ 根据余慕云《巴金和香港电影》（香港《文汇报》1984年11月3日），电影《家》的票房收入达到28万港币。另外，据称继之拍摄公映的《春》的票房收入为18万港币，《秋》为25万港币。

房收入逆运算,可推测香港九龙地区的224万居民中18%看了这部电影①。《家》之所以获得如此的成功,其理由除了香港文化的历史文脉之外,我们只能认为终究还是制作方与观众的意图和期待凝集在了表象文本之上的缘故。

站在制作者的立场来看的话,在殖民地香港不管是假象还是现实,以对祖国的憧憬为基础、追求现代性的社会意识恐怕是存在的;而站在观众立场来看的话,则不管是拥护传统伦理也罢,批判也罢,要欣赏描写恋爱和家庭的情节剧的欲求恐怕也是存在的②。光是巴金的原著,战后在香港被改编成电影的作品除了《激流三部曲》之外,还有《爱情三部曲》、《寒夜》、《火》、《憩园》等,主题为恋爱和家庭问题的作品居多③。自从1913年香港开始拍摄电影以来,20世纪被改编为电影的五四文学作品总共33部,其中的三成共9部为巴金的小说改编,紧追其后的是《雷雨》、《日出》、《原野》被改编为电影的曹禺了④,而这些原本便是戏剧,与将小说改为电影,情况和经纬均不同。巴金的小说,尤其是《家》,作为粤语片在香港大获成功,其中当然有上述从战后香港电影的视点来看的理由,然而电影的故事内容本身也融入了香港电影人主体性的解释,对此也应当加以验证。因此接下去我想对粤

---

① 1953年电影《春》公映时的说明书中写到:"《家》的收入,香港、九龙两地的居民为二百数十万人,其中1.8成看过《家》"(香港电影资料馆,档案号码 PR605X)。
② 通过家庭剧和南洋市场来考察殖民地香港的电影由"国片"这一民族身份追求走向蜕变的日本国内先行研究,有韩燕丽的《家庭情节剧的政治学——二十世纪五十年代香港"国片"与变容的母亲表象》(《野草》第80号,中国文艺研究会,2007年8月1日)。
③ 除了《家》改编的两部电影《家》(1953)、《鸣凤》(1957)以外,巴金原作的香港电影有以下作品(参照《影展》30,2006年1—3月,及《香港影片大全》第4卷,香港电影资料馆,2003年1月):
《春》,1953年,中联,粤语,导演・编剧:李晨风,演员:吴楚帆、白燕、容小意、张活游
《秋》,1954年,中联,粤语,导演:秦剑,编剧:司马才华(秦剑),演员:吴楚帆、红线女、张活游、容小意、林家声
《寒夜》,1955年,华联,粤语,导演・编剧:李晨风,演员:吴楚帆、白燕
《爱情三部曲》,1955年,国际,粤语,导演:左儿,编剧:何愉(左儿),演员:吴楚帆、白燕、梅绮、容小意
《火》,1956年,国际,粤语,导演:左儿,编剧:何愉(左儿),演员:红线女、张瑛、梅绮、李亨、冯奕薇、姜中平、李月清、黎雯
《人伦》(原作《憩园》),1959年,中联,粤语,导演:李晨风,编剧:李兆熊,演员:吴楚帆、白燕、张活游、黄曼梨、容小意
《故园春梦》(原作《憩园》),1964年,凤凰,国语,导演・编剧:朱石麟,演员:鲍方、夏梦、平凡、王小燕
④ 文学题材的香港电影细表可参考梁秉钧、黄淑娴《香港文学电影片目》(岭南大学人文学科研究中心,2005年6月),该书223页有原作为"五四文学"的电影片目。

语片《家》的剧本进行一番分析。

这部电影的男主演是总经理吴楚帆,女主演是名列"清洁运动"联署人及公司创立同人的白燕,由此可知有着集体制作的一面,将小说改编为剧本的,是兼任导演的吴回①。将当时吴回们使用的油印剧本②与映像相比较,可知在摄影时还有过变动,不过改变不大,而且文字资料更易于同小说比较,所以在此打算通过这没有公开的剧本来思考小说文本的解读方式。首先是由于电影剧本的性质既不同于小说也不同于话剧,故事是根据摄影场面而分割的,而且大概是为了便于演技指导,剧本开头是对于各登场人物的说明,从年龄到性格,十分详细。与 1956 年上海的电影《家》不同,人物设定相当地忠实于原著。然而,其所描述的故事中,却有着此前的电影、话剧中所没有的独特解释。总共由 70 个场景构成,每一场景又分为多个镜头,因此就形式而言故事是分作 88 段来展开的。首先故事梗概的整体展开几乎与小说相同,然而故事的中心人物为觉慧,与将觉新作为中心人物的 1956 年上海电影《家》完全不相同,这一点乃是与其他诸文本最大的不同之处,而这种解释文本的姿态,让人猜想是否同 1957 年拍摄的、以鸣凤为主人公的电影《鸣凤》有联系。一开始描绘觉新和瑞珏的新婚生活,这一点同曹禺的话剧《家》以及 1956 年上海电影《家》相似,然而其内容在场景 1 至场景 20 中,只占了一半左右而已。从场景 21 至场景 38 是觉慧和鸣凤的悲恋故事,看上去是小说的第 26 章内容忠实的影像化。场景 32 中觉慧试图跳入池塘救投水自杀的鸣凤,没有救成,鸣凤的遗体被放入棺材,从高府的后门运走,这些场面在场景 33 至 38 中得到了详细的描写。场景 39 至最后的场景 70,主要是小说的第 30 章至第 37 章的故事,几乎遵循小说原样展开,因而从整体上来看,这是小说、话剧、其他电影里面都没有的,这样一种新的故事创作,不妨说乃是这部粤语片的最大特征。

在此我们思考制作粤语片《家》的香港电影人为何将觉慧的挫折突出而创造出新的故事这一问题时,有必要再次回到作为文学文本的小说《家》的故事本身。先看恋爱故事一面,它以五四运动后的 1920—1921 年为时代

---

① 吴回(1912—1996),1929 年与卢敦、李晨风一起就读于广东戏剧研究所附设戏剧学校,后于 1931 年与卢敦、李晨风在广州展开剧团活动,1941 年前往香港成为演员,擅长演善良的小市民角色,以后出演的电影超过 100 部以上。从 1947 年的《今宵重建月儿圆》起开始做导演,除了巴金《家》以外,还导演过《败家子》(1952)《原野》(1956)《雷雨》(1957)等 200 部以上的电影。中联成立时的中心人物之一。1970 年之后还打入电视界。

② 粤语片《家》的油印剧本收藏于香港电影资料馆。档案号码 SCR1762。

背景，通过同时展开几个恋爱故事，鲜明地凸显了生活态度各不相同的三兄弟和周围人生活态度的对比及苦恼，描写了恋爱的自由与个人自立问题的不可分割，这一点吸引了众多青年的心。如果将小说中描写的恋爱问题加以分类，可以发现当时的中国青年所可能直面的形形色色的问题都在这里得到了描写。首先围绕着觉新、瑞珏、梅这三人的爱情悲剧，梅与瑞珏的死更加增强了对封建制度的批判和悲剧性。而觉民与琴为争取恋爱自由的斗争，与觉民对自己家庭的反抗相比，由于希望成为一个自立女性的琴的存在，其意义变得更为深远；在揭示了恋爱自由如果没有女性的自立便不可能实现这一点上，明确地主张了女性革命。再加上优柔寡断的虚无主义者陈剑云对琴的单相思，于是拒绝不能自立的男人的女人同未能自立的男人之间的对比变得鲜明，甚至还描绘了觉醒于自立而结果却成为了败残者的男人，如同鲁迅笔下的《孔乙己》或《孤独者》一样，作为社会的多余者而只能生活于边缘，抑或反抗传统共同体而孤立无援地妥协于旧社会。觉慧的恋爱由于超越了身份差别，在三兄弟之中是最为路途艰难的。觉醒于自立的结果，社会运动这一公共革命的道路优先于拯救鸣凤这种私人革命的觉慧，作为一个家里的革命者失败了。最后他拒绝了家这一命运共同体，怀抱着创建新的命运共同体的梦想，走向了离家出走这一结局。

恋爱对觉慧来说，先是争取自由的标志，后来成了自立的途径，最后则为抛开封建大家庭的主因。他认为仅仅恋爱自由并不能够实现个人的自立与解放，在这一立场上他不仅对大哥觉新的妥协、而且对二哥觉民对恋爱和大家庭的态度也做了严厉批评，而最后自己却救不成所相爱的鸣凤，作为封建大家庭的革命失败者，他决定离家出走。在此觉慧出走以后如何并不重要。当然他此后会面临与鲁迅在《娜拉走后怎样》中提到的类似问题，即离家出走的青年往哪里走。但这便是巴金后来通过《爱情三部曲》、《火》、《憩园》、《寒夜》等小说一再验证的个人与共同体、自立与牺牲、自我与幸福等人类的终极问题。小说《家》的核心则在于以觉慧为中心并以封建大家庭和社会运动作背景，表现青年为获得主体性而苦恼和挣扎的过程，尤其是私人革命（恋爱自由和自立）与公共革命（革命运动）的纠葛。这种围绕着自立与主体性的问题是五四以来中国青年所面临的共通问题，在这一观点来说，《家》可以说是一部继承五四精神而探讨现代人如何自立这一课题的具有现代性的小说。在此我要强调的《家》的现代性并不仅仅指同传统社会与文化相对立的、志在摆脱它们的创新倾向。五四时期胡适曾说"替中国创造出一派新中国的活文学"①,这种主张似乎靠近现代主义的创新立场,但问题是所谓"现代的东西必然全都是新的,然而新的东西却未必全都是现代的"②,仅凭新鲜本身尚并不能够规定它便是现代的。关键在于现代性的前提条件,在此便是如何要争取主体性。"现代性也并非最近的东西。它甚至连一个时代都不是。它从广义来说,是写作的另一形态"③,倘若效仿这样后现代的立场的话,在创作上先获得写作的主体性这层意义上,五四新文学本来可以说为文学现代性的实验。巴金《家》继承这种现代性精神而实践写作的主体性,同时通过登场人物探讨当时青年所面临的如何获得自立和主体性这一决定性的重要问题,在这双层的意义上,可以指出小说《家》的现代性。的确,关注到其现代性的解读方式则出现于粤语片《家》里。

　　自己本人也是电影导演的舒琪,谈及1953年版粤语片《家》比1941年版及1956年版要高明的理由时,举出了梅到高家来的场面和鸣凤投水自杀的场面为例④。究竟是否高明乃是个人的价值判断,限于篇幅关系在此不作讨论,然而围绕着鸣凤之死创造出了新的文本,其独特性不妨予以高度评价。拒绝将觉新的爱情悲剧同反封建直线型地联接起来进行解读,而将觉慧的恋爱问题定位为焦点,通过对家里最具反抗精神、最为热情的觉慧为了解救自己所爱的人而告失败、到场参加送葬的形象,与立足于两个时代之间而无力自拔的觉新形成对照,鲜明地表现了反抗、挫折、走向出发与再生的觉慧在家里的人生航路。这个极为独创的改编,一方面使原作中觉慧作为社会活动家的侧面变得看不出来了,这一点显示出了将觉慧这一人物形象平面化了的缺点;然而若从恋爱问题这个视点来看的话,则表明了自由恋爱并非终极目标,从而揭示了现代人自我的出发点这一认识。这样去思考的话,它便由对于小说《家》的非常深邃的解读所支撑,进入到了创造新故事的境地。就这一点而言,它不独是对小说文本的高水平解读,而且成为战后

---

① 胡适:《建设文学革命论》,《新青年》第4卷第4号,第289页。
② Fredric Jameson, "The Four Maxims of Modernity," in *A Singular Modernity : Essay on the Ontology of the Present* (London & New York : Veruso, 2002), p. 18
③ Jean-Francois Lyotard, "A Postmodern Fable," in *Postmodern Fables*, Translated by Georges Van Den Abbeele (Minneapolis & London : University of Minneapolis Press, 1997), p.96
④ 舒琪:《电影〈家〉〈春〉评》,《李晨风——评论、导演笔记》,黄爱玲编,香港:香港电影资料馆2004年版,第63页。此外该文作为先行研究,通过对电影场景的详细分析来论述香港电影《家》《春》,大有参考价值。然而该文不重视1941年上海版电影《家》和1956年上海版电影《家》之间的重大差异,笔者不能苟同。

香港电影人主体性和现代性标志的电影。不仅学习五四文学而且学习香港商业电影,追求图像表现的独特性和主体性的电影实践得到了战后香港观众的热烈支持,乃是香港文化成熟的里程碑。

(作者单位:日本,日本大学)

· 通俗文学

1921—1923年：中国雅俗文坛的"分道扬镳"与"各得其所"

范伯群

一

从晚清到五四，知识精英的雅文学与市民大众的通俗文学就曾有过良好的合作关系。梁启超创办《新小说》时，就视通俗作家吴趼人等为同盟者，将大量的版面供通俗作家们发表那些声讨晚清官场腐败、社会腐朽等题材的小说。而当通俗作家李伯元主持《绣像小说》时，知识精英作家别士（夏曾佑）在该刊上发表了一篇题名为《文学原理》的文章，其中对通俗小说曾予以充分的关注：

> 综而观之，中国人之思想嗜好，本为二派：一则学士大夫，一则妇女与粗人。故中国之小说亦分二派：一以应学士大夫之用，一以应妇女与粗人之用。体裁各异，而原理则同。今值学界展宽（注：西学流入），士大夫正日不暇给之时，不必再以小说耗其目力。惟妇女与粗人，无书可读。欲求输入文化，除小说更无他途。①

以上两例就表明了知识精英作家在一定程度上是承认通俗文学的启蒙作用的，因此，在创作实践上和理论阐发上对通俗文学也极表支持。可见，雅俗文学在历史上是曾经有过"蜜月期"的。在五四运动之后，这种雅俗的合作关系，还在一定程度上有所保留。部分被视为"旧"文化代表的通俗作家在新文化运动中是有过"趋新"的表现的。但关于这一点，我们的文学史家过去却很少关注。

---

① 别士：《小说原理》，《绣像小说》第3期，1903年6月25日，第4页。

首先是在 1920 年的《小说月报》"半革新"时期,沈雁冰主持"小说新潮"栏,通俗作家周瘦鹃与他的合作是很密切的。那时"小说新潮"栏的"新"体现在它主要刊登白话翻译小说,将国外新兴思潮介绍给国人。周瘦鹃在这一年的 12 期"小说新潮"栏中,翻译了 7 个短篇和 1 个多幕剧(易卜生的《社会柱石》)。这个多幕剧连载了 8 次才刊登完毕。也就是说,在 12 期"小说新潮"栏中周瘦鹃的名字出现了 15 次。可见他在茅盾主持的栏目中算是主干之一了。应该说,他是有"趋新"的愿望的;或许他完全自认为是这股"新潮"的拥戴者。可是到 1921 年《小说月报》整体革新时,他就不可能在这一刊物上发表文章了。不过就在 1921 年的 1 月 9 日开始,周瘦鹃在他主持的《申报·自由谈》上开辟了一个"小说特刊",每逢星期日出版一期。这个特刊主要是以新潮的面貌出现的。几乎每一期介绍一位外国小说名家,并登载一帧这位作家的小照,依次计有莫泊桑、巴尔扎克、柯南道尔、大仲马、雨果、狄更斯、皮琴生、华盛顿·欧文、史蒂芬生、萧伯纳、施土活、哈葛德、高尔基、亚伦坡、屈恩白、安徒生、柯贝、马克·吐温等①。例如在对高尔基的简介中说:"俄国之文学的社会革命家也。……以高氏之著作,描写当时社会之病的现象,政府之腐败、专横,和劳动者之可怜可悯。丝丝入扣,最解青年学子之心。"(作者胪云,1921 年 5 月 29 日刊)在这个"星期小说特刊"上对新文学家也有评价。一位名叫凤兮的作者在一篇《我国现在之创作小说(上)》中写道:"鲁迅先生《狂人日记》一篇,描写中国礼教好行其吃人之德,发千载之覆……置之世界诸大小说家中,当无异议。在我国则唯一无二矣。"(1921 年 2 月 7 日刊)。在凤兮所写的《我国现在之创作小说(下)》中又谈到《狂人日记》:"文化运动之轩然大波,新体之新小说群起,经吾所读自以为不少,而泥吾记忆者,止《狂人日记》,最为难忘。"(1921 年 3 月 6 日刊)而凤兮的另一篇《海上小说家漫评》中还这样评价刘半农:"不五年间,脱离卖小说生活,而列于新学者之林矣,不亦可敬哉。"(1921 年 1 月 23 日刊)另外特刊上对冰心的《超人》亦有好评。而对新文学中的翻译家的评论,则在《译小说一席谈》中对周作人大加推许:"二三年来,译风一变。周作人所译,超胡适之上。而新进之翻译者,恐皆以周氏为归,其洵可观者不少,诚好现象也。"(若渠作,1921 年 4 月 3 日刊)在这一"小说特刊"中也对黑幕书进行了批判,题名为《自杀说》:"今亦有冒牌写实主义之黑幕

---

① 皮琴生,现译为比昂松,挪威作家;亚伦坡,现译为爱伦·坡,美国作家;屈恩白,现译为斯特林堡,瑞典作家;柯贝,现译为科佩,法国作家。

小说焉,其主旨一味以揭破社会之黑幕。写描人生之神秘,以致将社会间极不堪极丑陋之兽性的肉欲,和盘托出,犹自鸣得意,夸口于著作林中,不知所谓真正之写实者,必当经科学之洗礼,天性之陶冶,主观之详审,于丑化之深奥处,寻其潜伏之美。"(厚生作,1921年5月8日刊)在每期特刊上,头条是比较系统地介绍短篇小说创作的短文,主要执笔者是擅写"问题小说"的张舍我,在30期特刊上,他刊载了23篇文章。例如在论文《短篇小说之定义》中,提到中外对短篇小说的定义归纳起来主要有6种,而谈到其中称得上精辟的就有胡适的《论短篇小说》在内(1921年1月16日刊)。由于特刊的篇幅有限,只能发表500—1000字的小小说。在30期的29篇小说中,白话小说占23篇,文言小说6篇。其中写下层民众疾苦的15篇,讽刺上层社会的8篇,其他题材的6篇。当然,这个特刊中也有鼓吹新旧调和论,也有说新小说"陈义太高"的。但是我认为从总的方面来看,周瘦鹃还是想表现他也是能"趋新"的,他以和茅盾合作"小说新潮"栏时的姿态办这个小说特刊,从1921年1月9日开始,一直坚持到8月7日,一共出刊了30期。直到5月份创刊的《文学旬刊》严厉批判周瘦鹃们以后,周瘦鹃觉得自己在新文学家的眼中肯定不会是一个"趋新"的人物。于是他在第30期的"告别辞"中说:"劳劳三十度,今后似可小休矣。下星期起,当翻新花样,更以家庭周刊贡献于读者,用此数语,为小说特刊道别。"

  其次,值得提出来的是胡寄尘(怀琛)。他是诗人、小说家和学者,也是一位善写通俗文艺论文的评论家。继胡适的《尝试集》后,他的《大江集》是个人独著的第二本新诗集,1921年3月初版(郭沫若的《女神》是1921年8月初版)。他对自己的"新派诗"是有一套理论的:他认为诗是"偏于情的文学,能唱的文学"。"偏于情不能唱,不能算诗;能唱,不偏于情不算诗。"他给新诗下了一个定义:"极丰富的感情,极精深的理想,用很朴质的、很平易的(便是浅近),有天然音节的文字写出来。"①他的《大江集》的第一首诗是《长江黄河》:"长江长,黄河黄,/滔滔汩汩,浩浩荡荡。/来自昆仑山,流入太平洋,/灌溉十余省,物产何丰穰,/沉浸四千载,文化吐光芒。/长江长,黄河黄,/我祖国,我故乡。"胡寄尘自我介绍说:"它的好处在于对偶和押韵的地方,完全是天生成的,没一字是人工做成的。"②在我们今天看来,倒是很有点爱国主义的情愫。这首诗被胡寄尘视为他的新派诗的"样板"。其实

---

① 胡寄尘:《诗学讨论集》,上海:新文化书社1923年第3版,第23页。
② 胡寄尘:《文学短论》,上海:大中书局1934年第7版,第112页。

他是想写成一种可哼、可吟、可唱的、具有民族形式的新乐府式的白话诗,这未尝不是一种新尝试、新探索。在茅盾主持"小说新潮"栏时也兼刊新诗,胡寄尘发表了一首当时很有点名气的新诗《燕子》,有人说他的《燕子》比胡适的《蝴蝶》写得好。现将短诗抄录如下:"一丝丝的雨儿,一丝丝的风,/一个两个燕子,飞到西,飞到东。/我怎不能变个燕子,自由自在的飞去?燕子说:你自己束缚了自己,怎能望人家解放你?"他在这首诗后面有一段很长的跋语,这里只能抄他自认的"得意之笔",那就是在"雨"字之后所加的一个"儿"字,他以为极有讲究:"第一行里的一个'儿'字,似乎可以不要,岂知不要他便不谐。因为'儿'字上的'雨'和'儿'字下的'一'字,同是一声,读快了便分不清,读慢些又觉得吃力,所以用个'儿'字分开,读了'雨'字之后,稍停的时候,顺便读个'儿'字,毫不费力,且觉得自然好听,这也是天然音节的一斑,不懂这个,新体诗便做不好。"茅盾也曾说他的这番话有积极意义。胡寄尘很重视新诗中的炼字炼句,他还曾发表过若干诗论。胡寄尘还在半革新的《小说月报》上连载以俄国虚无党为题材的长篇小说。但这部小说写得很一般。不过这一切说明,在五四之后,他也是个通俗作家群中能"趋新"的人物。

第三个"趋新"的表现是一本刊物,那就是通俗作家编的《新声》杂志。在《小说月报》半革新时,部分通俗作家也在筹备一个类似的半革新的刊物,以表示自己在五四思潮启迪下的新体悟。那就是1921年1月出版的《新声》——在新思潮的推动下自己也应该发出一种"新的声音"。这个刊物的创办者是施济群与严谔声。施济群是一位医生,但他热衷于文艺,很想自己办一个杂志,但办杂志是需要相当数量的周转资金的。"他是一个学医的,没有钱,但在邑庙附近有两间祖传的市房,他就毅然把它卖掉来作资本。"①编辑部就设在严谔声家中。严谔声是一位"雅俗两栖"的文化人。他在办《新声》之前就为《时事新报·学灯》写稿,说明他对新文化的修养也有一定的基础。这个杂志也的确有一部分很新的内容。最突出的是创刊号至第3期上,开卷第一个栏目"思潮"栏,主要刊载政论与杂文。作者大多是当时政坛与报界的著名人士,例如邵力子、廖仲恺、朱执信、吴稚晖、叶楚伧、沈玄庐、戴季陶等等。这些作者大多是同盟会会员,也即是国民党的元老级人物。这是由叶楚伧(小凤)出面敦请这批人参加撰稿的。当时国民党是

---

① 郑逸梅:《新声杂志》,《鸳鸯蝴蝶派研究资料》,魏绍昌编,上海:上海文艺出版社1962年版,第326页。

在孙中山先生领导之下的革命政党,因此在该刊中所发表的文章也颇有新思潮的光芒,对五四新文化运动也予以了高度评价。在第1期中严慎予的《新思想发生的源泉——"思惟"》一文的开端就写道:

> "五四"以后,中国的思想界、学术界,突然开辟了一个新纪元。一切旧制度旧习惯,统统有"立不定"、"站不住"的趋势,破产的时期也快到了。可是旧制度、旧习惯的本身,并没有变化;是因为"人"对于这种制度、习惯,仔细观察,觉得非常怀疑,非常惊骇,于是现出一种不安的状态,有了脱离这些制度、习惯的要求。这一点"怀疑",便是旧制度、旧习惯、旧思想破产;新制度、新习惯、新思想建立的发源和根据。

文章热情地歌颂五四开辟了一个"新纪元"。另一位作者沈玄庐(他曾是1919年6月8日创办的进步刊物《星期评论》的主编之一),则写了一篇杂文《解放》:

> 现住的世界,是什么世界?是已经觉悟的世界。觉悟点什么?觉悟"解放"的要求。觉悟了,能够不解放么?
> 家属要求家长解放,女子要求男子解放,工人要求资本家解放,农夫要求地主解放。那班做家长、男子、资本家、地主,解放不解放,诚然有一种肯与不肯的问题;但是家属、女子、工人、农夫,是要求定了。

在这些文章中说得最深刻的是朱执信的遗著《睡的人醒了》。发表此文时,朱执信已被桂系军阀杀害,因此在文中还刊登了朱执信的遗像。他是从"睡狮论"谈起的:

> 你如果说中国睡了几百年,我是承认的;说中国现在醒了,我自很希望的;说中国没有睡以前,是一个狮,所以醒了之后,也是个狮,我就不敢附和了。
> 一个国对一个国,一个人对一个人,要互助,要相爱!不要侵略,不要使人怕!不要做狮子!……我只可再说一声,睡的人——要醒了!

朱执信在文中正确地指出,"睡狮论"有时是很符合外国侵略者的需求的,它能为侵略者制造借口:"醒了!这是最好没有的事。不过为什么醒了不去做人,却要去做狮子?他们要侵略中国的,像俾士麦、威廉一辈子的人,自然提起中国来,便说:'这是狮子,他醒了可怕,将来一定有黄祸,我们赶快抵御他。'"像朱执信这样的文章,不仅在当时与新文学所倡导的"人的文学"是相通的,即使到今天,也还有它的现实意义。现在看到中国"醒了",

在国际上不是又有人在炮制"黄祸论",妄图抵制"醒了"的中国吗?我们过去没有发现过《新声》的"思潮"栏的有关资料,其实这一栏中的有些文章是值得大书一笔的。

周瘦鹃与茅盾在《小说月报》半革新时的合作、办《申报·自由谈·小说特刊》时录用的稿件中对新文学的态度、胡寄尘的"新派诗"和通俗作家所办的半革新刊物《新声》也都具"趋新"倾向……如果能利用这些积极因素,团结和争取一切可以团结和争取的文艺界的力量,再通过他们去带动和影响他们周边尽可能多的人,也许中国现代文学史可以有另一种发展的态势,现代文学史可能会有另一种写法,但这种假设是根本不可能的。原因之一是激进的"先锋文学"对文坛上的"常态文学"必然会采取严厉的批判姿态。

二

当《小说月报》全面革新时,茅盾与商务印书馆在谈判时提出的条件之一就是过去《小说月报》已购进的稿件一律不再刊用。当胡寄尘在失去了《小说月报》发表作品的地盘后,他成了《新声》的"常客"。他的新派诗和标明"新小说"的作品,成了这个"半革新"的《新声》的主力。这个"半革新"刊物在1921年1月刚出版,他们希望能跟上《小说月报》半革新的步伐,但是就在它创刊后的10天,《小说月报》却已全面革新了。它成了一个"迟到"的半革新刊物。《小说月报》全面革新的面貌已与它不可同日而语。而周瘦鹃失去了在《小说月报》上发表作品的机会后,他一面在《申报·自由谈》上办"小说特刊";而另一面在1921年3月,与王钝根一起"复活"了在1916年4月停刊的《礼拜六》周刊(这批中国第一代专业作家得靠办刊撰文来获取生活资料的),他在第103期的"编辑室"中声言:"本刊小说,颇注重社会问题、家庭问题,以极诚恳之笔出之。有此类小说见惠者,甚为欢迎。"表示他多少也受到了五四潮流的影响。他在第102期中发表的《血》、第106期中的《子之于归》和第114期中的《脚》就算是他关心社会问题和家庭问题的具体反响。可是就在1921年5月,茅盾与郑振铎创刊了《文学旬刊》,附在《时事新报》发行。茅盾在1979年所写的回忆录上回顾道:"也因为《小说月报》是商务印书馆出版的刊物,而商务的老板们最怕得罪人,我们对有些文艺上的问题,就不便在《小说月报》上畅所欲言。《文学旬刊》创刊时曾公开说是文学研究会的会刊,我们在它上面发表文章就不必存什么顾忌了。首先,我们对于鸳鸯蝴蝶派就可以正面攻击。"①

我们首先应该肯定,《文学旬刊》上发表了不少好文章,但本文着重要谈的是"分道扬镳"的过程。因此着眼于这个先锋文学刊物所担负的繁重的斗争任务。首当其冲的当然是针对刚于3月"复活"的《礼拜六》及其他被《文学旬刊》作者们称为鸳鸯蝴蝶派的通俗文学期刊;其次是南京东南大学的《学衡》派;第三,与创造社郭沫若和成仿吾也公开论战;第四是针对南京高师的一些学写古体诗的青年学生展开了关于"骸骨的迷恋"的批判。

在这许多论争中,本文只介绍它与通俗文坛的交锋:在《文学旬刊》对鸳鸯蝴蝶派的一些批判中,有时缺乏以理服人的态度,对他们有"趋新"和"靠拢"的表现也不予理会,采取的是以"痛斥"为主要手段的"严拒"。该刊的"记者"在回答读者来信时说:

> 《礼拜六》那一类东西诚然是极幼稚——亦唯幼稚的人喜欢罢了——但我们所不惮劳的再三去指斥,实是因为他们这东西,根本要不得。中国近年来的小说,一言以蔽之只有一派,这就是"黑幕派",而《礼拜六》就是黑幕派的结晶体,黑幕派小说只以淫俗不堪的文字刺激起读者的色欲,没有结构,没有理想,在文学上根本没有立脚点,不比古典派旧浪漫派等等尚有其历史上的价值,他的路子是差得莫明其妙的;对于这一类东西,唯有痛骂一法。②

此文将先锋文学之外的常态文学"一锅脑儿"都归入黑幕派门下,这本来就已很成问题了。而对待此类东西,"唯有痛骂一法",更令人感到只是简单地"扣帽子",而缺乏理性的分析。比如在文章中经常出现"文丐"、"文娼"、"狗只会作狗吠"等诬蔑性的谩骂,认为通俗文坛已"无可救药"。而对周瘦鹃的表示要关心"社会问题"与"家庭问题"的回音,则是斥为:"什么'家庭问题'咧,'离婚问题'咧,'社会问题'咧,等等名词,也居然冠之于他们那些灰色'小说匠'的制品上了。他们以为只要篇中讲到几个工人,就是劳动问题的小说了!这真不成话!"③究竟不成什么话呢?语亦不详。

我们觉得这至少是某些新文学倡导者的一种焦躁情绪的反映。他们对通俗文学在市民阶层中的流行百思不得其解。为什么这样"低劣"的刊物

---

① 茅盾:《复杂而紧张的生活、学习与斗争(上)——回忆录(四)》,《新文学史料》第4辑,1979年8月出版。
② 记者:《通讯》,《文学旬刊》1921年9月10日第13期。
③ 玄(茅盾):《评〈小说汇刊〉》,《文学旬刊》1922年7月11日第43期。

会如此畅销;而相形之下,新文学却只能在知识阶层中找寻自己的读者。因此,在"痛骂"通俗作家之外,就只能去责怪读者不争气,即迁怒于读者了。在他们看来,中国的读者们不仅仅是幼稚的问题,"说一句老实话罢,中国的读者社会,还够不上改造的资格呢!"①它是个"懒疲的'读者社会'"。②"现在最糟的,就是一般读者,都没有嗅出面包与米饭的香气,而视粪尿为'天下的至味'。"③总之,在《文学旬刊》的某些编、作者看来,"一般口味低劣的群众正要求着腐烂的腥膻的东西",是"不生眼睛的'猪头三'"。④

不过我们也应该看到,在《文学旬刊》的编、作者中,也有另一种经过思考的较为清醒的声音,那是以叶圣陶和朱自清等为代表的具有建设性的意见:

> 呼号于码头,劳作于工厂,锁闭于家庭,耕植于田野的,他们是前生注定与文学绝缘,当然不会接触新文学。有的确有接触的机会,但一接触眉就皱了,头就痛了;他们需要玩戏的东西,新文学却给他们以艺术,他们需要暇闲的消磨,新文学却导他们于人生,所得非所求,惟有弃去不顾而已。于是为新文学之抱残守缺者,止有已除旧观念,幸而不与文学绝缘,能欣赏艺术,欲深究人生的人;这个数目当然是很少了。就是这少数的人,一边提倡鼓吹,一边容纳领受,便作潮也不能成其大。看看成效是很少,影响是很微,奋勇的心就减了大部;应说的已经说了,其余的还待创作,还待研究,于是呼声低微了,或竟停息了。现在的情形就是这样了。……重行鼓起新文学运动,向多方面努力地运动!……我们不愿听"就是这样了",愿新文学一天有一天的发展与进步!⑤

在《文学旬刊》的第 26、27 期的《民众文学的讨论》专刊中,叶圣陶提出,现在没有可能去培养民众读新诗与新小说,而是要"就他们(指民众)原有的种种以内,加以选辑或删汰,仍旧还他们以各人所嗜好的;这是一。或者取他们旧有的材料,旧有的形式,而为之改作,乘机赋以新的灵魂;这是二。创作各种人适宜的各种文学;这是三。不论改作或创制,第一要于形式方面留心的,就是保存旧时的形式。"而朱自清在那次讨论中也赞成叶圣陶

---

① 西谛:《杂感》,《文学旬刊》1922 年 6 月 11 日第 40 期。
② 西谛:《新文学观的建设》,《文学旬刊》1922 年 5 月 11 日第 37 期。
③ 西谛:《本栏的旨趣和态度》,《文学旬刊》1922 年 5 月 11 日第 37 期。
④ 玄:《评〈小说汇刊〉》,《文学旬刊》1922 年 7 月 11 日第 43 期。
⑤ 斯提(叶圣陶):《杂谈·就是这样了吗?》,《文学旬刊》1921 年 11 月 1 日第 18 期。

的意见,认为就创作与搜辑相比较,搜辑民众文学比创作更为重要,在搜辑后应该作内容上的修改,但"也只可比原意作进一步、两步,不可相差太远。——太远了,人家就不请教了"。"民众文学底目的是享乐呢?教导呢?我不信有板着脸教导的'文学',因为他也不愿意在文学里看见他教师底端严的面孔。"因此他认为要保留"趣味性"与"乡土风",应该用"感情的调子"对他们"稍稍从理性上启发他们",以发挥"'潜移默化'之功"。这些意见在当时都是难能可贵的诤言,可惜以后也很少有人去做那种"搜辑"而又加以"修改"的工作。

不过我们回过头来也应该看到除了周瘦鹃等人的想关心社会问题与家庭问题之外,或是胡寄尘所作的新诗和新小说之外,通俗刊物中也会夹杂若干庸俗低下的东西,例如王钝根的广告词"宁可不讨小老嬷,不可不看《礼拜六》"之类。给予严肃的批判,当然是正确和必要的。在这方面,《文学旬刊》是曾发挥过很大作用的。

当茅盾等对"鸳鸯蝴蝶派"展开了"正面攻击"后,通俗文坛也是有反应的,但是调子相对比较温和。例如在周瘦鹃所编的"小说特刊"的第11号(1921年3月27日刊)上,他在"自由谈之自由谈"(也即是每期例行的"编者按"栏)中说:"小说之作,现有新旧两体,或崇新,或尚旧,果以何者为正宗,迄犹未能论定。鄙意不如新崇其新,旧尚其旧,各阿所好,一听读者之取舍。若因嫉妒而生疑忌,假批评以肆攻击,则徒见其量窄而已。"另外当时也有人想弥合新旧文学的对立。例如黄厚生曾写了两篇文章,一篇《调和新旧文学谭》,但我们未见该文的发表,只是从西谛的批评文章《新旧文学的调和》中,才知道有这么一回事。接着黄厚生马上又写了一篇《调和新旧文学进一解》,《文学旬刊》虽然刊登了,但在同期就发表了西谛的《新旧文学果可调和么?》的批判文章。黄厚生希望新文学作家对通俗作家"却也要时常回回头,招呼招呼他们,指点指点他们,教他向光明正大的路上走去,这也是我们应尽的责任,我们扩充研究文学面积的一个方法"。他还说:"我主张调和的方法,并不是把两方面——新与旧——用等量的力,牵合在一条路上去;乃是想把旧文人的作品,像化学家加些溶剂溶媒,教他们新文学化才好!"黄厚生显然是站在新文学的立场上,希望新旧文学真正能"异道同归"。但是即使是站在新文学立场上的建议,将通俗作家"贬"为被救者,西谛也断然认为是不可能的,认为通俗作家"肝肠冰结,无可救药了"。"他们的热血冷了吧!冷了吧!他们的良心,死了吧!死了吧!'哀莫大于心死'。他们心已经死了,怎么还可以救药呢。"① 这样的结果是,周瘦鹃于 8 月 7 日停办了他的每星期日的"自由谈·小说特刊"。而《新声》在办了 3 期"思潮"栏后,它内部也有了不同意见,认为"那'思潮'是谈新文化的,后来觉得有些新旧不调和,也就把这一栏取消了"。② 这也使这个刊物失去了原有的勃勃生气,后来也只办了 10 期,于 1922 年 6 月宣布停刊。严独鹤和施济群受世界书局之邀去主持另一个通俗文学周刊——《红》杂志。对通俗文坛而言,由于内外多种复合因素,分道扬镳之势就这样形成了。

三

当分道扬镳的态势明朗化之后,有两个过去并不引人注目的小书局觉得有机可乘。那就是大东书局与世界书局。它们过去主要是从事古旧书生意的。现在眼看着商务印书馆开始"革新",而且除了《小说月报》之外,《教育杂志》、《妇女杂志》、《学生杂志》,甚至连办了十五年的老牌《东方杂志》也都先后主编"换马",内容、版面更新。于是这两个书局就也改作新书业,所不同的是你商务老大打"知识精英"牌,我们就打"市民大众"牌。于是他们就请出上海的"一鹃一鹤"——那就是手头掌握一个大报副刊《申报·自由谈》的周瘦鹃和掌握另一个大报副刊《新闻报·快活林》的严独鹤。利用他们在市民大众中的影响力,在各自的书局中办了一大堆通俗刊物。世界书局请出严独鹤与曾办《新声》的施济群编《红》杂志(周刊)它先备足了 4 期稿子,事先印好,才开张发行。以后也每每备 4 期"存货",它宣称是个不脱期的刊物。《红》杂志共出版 100 期,严独鹤几乎写了近 40 篇短篇小说,颇有可读之作;长篇主打平江不肖生的《江湖奇侠传》。真可谓"红"极一时。《红》杂志的延伸就是著名的通俗期刊《红玫瑰》。与办《红》杂志同时,严独鹤等又办《侦探世界》(兼发武侠小说),连载不肖生的《近代侠义英雄传》,书中的大刀王五、霍元甲跃然纸上,这位霍元甲至今还在影视上一再被传颂。世界书局又请江红蕉办《家庭》月刊,请李涵秋办《快活》旬刊。而大东书局将周瘦鹃从《礼拜六》中挖过来,为他们办《半月》、《游戏世

---

① 以上黄厚生和西谛的这 3 篇文章见《文学旬刊》第 4 期、第 6 期,分别于 1921 年 6 月 10 日和 6 月 30 日出版。
② 郑逸梅:《新声杂志》,《鸳鸯蝴蝶派研究资料》,魏绍昌编,上海:上海文艺出版社 1962 年版,第 327 页。

界》。后来《半月》的延伸是著名的通俗期刊《紫罗兰》。而周瘦鹃又以他个人的号召力于 1922 年夏创办了他的个人杂志《紫兰花片》。大东书局还请出通俗文坛老将包天笑办《星期》周刊。《小说月报》革新后虽然发行量有所上升,可是这大批的通俗期刊的销量相加却更为可观。有一位笔名为东枝的人曾这样回顾 1921—1923 年《小说月报》革新时雅俗文坛对峙的情况:"凡是一种新思想新文艺的初次介绍,必有一个时期是与国人心理格格不相入的。"他接着报道了两个信息:"第一件是年来小书坊中随便雇上几个斯文流氓,大出其《礼拜六》、《星期》、《半月》、《红》、《笑》、《快活》,居然大赚其钱。第二件是,风闻该馆又接到前 11 卷《小说月报》的读者来信数千起,都责备《小说月报》不应改良。"①从数千封(这个数字可能是夸大了的)的"呼声"中,说明市民大众的读者市场对通俗文学的需求量是很大的。书商们就觉得大有可为了:你商务印书馆不要市民大众读者,我们正中下怀,这笔大生意我们来做。至于说周瘦鹃、严独鹤等人是"斯文流氓"当然是一种诬蔑,从中也可见当时的"门户"之森严。

周瘦鹃到此时,他虽然不必再表自己的"趋新"倾向了,但是像他这样对新旧文坛的"行情"都熟悉的人,也是不肯自跌身价的。他刚将《礼拜六》的门面撑起来,就被大东书局"挖"去了。于是他将这个摊子全交给了王钝根。他对准备创办的《半月》也是有一番设计的:

> 吾友程小青言,尝闻之东吴大学教授美国某博士,美国杂志无虑数千种,大抵以供人消遣为宗旨。盖彼邦男女,服务于社会中者甚夥。公余之暇,即以杂志消闲。而尤嗜小说杂志。若陈义过高,稍涉沉闷,即束之高阁,不愿浏览矣。是故消闲之小说杂志充斥市上,行销辄数十万或竟达百万、二百万以外。若专事研究文艺之杂志,则仅二三种,行销亦不广。徒供一般研究文艺者之参考而已。即英国亦然。著名之小说杂志,如《海滨杂志》、《伦敦杂志》等,亦无非供人作消闲之品。有《约翰伦敦》周报一种,为专研文艺之杂志,销数无多。海上诸大西肆中竟不备。予尝往叩之,苦无以应。寻得一小书肆中,因订阅焉。据肆中人告余云,此报海上绝无销路。每期仅向英总社订定二册。一归一英国老叟购去,一则归君耳。观于此,则可知英美人专研究文艺者之少矣。返观海上杂志界,肆力于文艺而独树新帜者,亦不过一二种,足以

---

① 东枝:《〈小说世界〉》,《晨报副刊》1923 年 1 月 11 日。

代表全国。其它类为消遣之杂志,精粗略备,俱可自立。顾予意中尝觉未餍。常思另得一种杂志,于徒供消闲与专研究文艺间作一过渡之桥。因拟组一《半月》杂志,以为尝试。事之成否未可知,当视群众之能否力为吾助耳。①

周瘦鹃是一位比较广泛阅读美英杂志的办刊人,以此作为借鉴。他的《半月》的三色精印封面就为以前杂志所未有,令当时的读者眼前一亮。他在结束《半月》续办《紫罗兰》时也说"颇思别出机杼,与读者相见"。谈及有些设计,"此系效法欧美杂志,中国杂志中未见也。……图画与文字并重,以期尽美……"在《半月》中的确刊有不少精彩的长篇和短篇小说,我很难评估说,它是否成为了周瘦鹃所希望的"过渡之桥",因为我不知道《约翰伦敦》是怎样的风貌。不过可以肯定,在消遣杂志"精粗略备"中,他编的《半月》实属"精品"。

世界书局与大东书局办了这么许多受市民大众欢迎的通俗刊物,生意兴隆,俨然有向出版界的"龙头老大"商务印书馆挑战的意味。商务虽因革新而赢得声誉,却未必见得能坐享实惠。商务醒悟到,把老牌的阵地让给新文学是顺应潮流之举,但市民读者实在也不该放弃;否则就正合大东与世界的"胃口",犹如为渊驱鱼。

在1922年7月3日的《晶报》上出现了几首打油诗,其中一首是:"看客双眉皱不停,《疯人日记》忑憪腾。股东别作周刊计,气煞桐乡沈雁冰。"下有小注云:"桐乡沈雁冰先生,新文化巨子也,主任商务之《小说月报》,务以精妙深湛自炫,销路转逊于前。商务主人,乃别组《小说周刊》,为桑榆之收焉。《疯人日记》,《小说月报》中篇名也。"②这大概是较早传出的一则信息:商务要另办通俗小说刊物了。

在商务改组《小说月报》至创办《小说世界》其中隔了整整两个年头。有的中国现代文学史著作上往往将《小说世界》看成是杀回商务的"还乡团"。是通俗作家向商务施加了"压力"才得逞的"复辟"。事实并非如此。试想:"鸳鸯蝴蝶派"向商务施压,"压"了整整两年,才如愿以偿,他们的力气也太不济了;商务老板"顶"也顶了两年,终于顶不住了,"英雄本色"丧失

---

① 瘦鹃:《说消闲之小说杂志》,《自由谈·小说特刊》第27期,《申报》1921年7月17日。
② 清波(毕倚虹):《稗海打油诗(半打)》,载《晶报》1922年7月3日。《小说周刊》乃指后来(1923年1月)出版的《小说世界》周刊。《疯人日记》系冰心的小说《疯人笔记》之误,刊于《小说月报》1922年4月10日第13卷第4号。

殆尽,实在可怜可悯。是这样吗?非也。其实要办一个通俗小说刊物,最着急的不是那些通俗作家们,因为世界书局与大东书局已经给了他们广阔的地盘,况且周瘦鹃手中还有《申报·自由谈》,严独鹤手中还有《新闻报·快活林》。问题的症结是在于商务要将世界书局和大东书局抢占去的市民读者的份额夺回来,至少自己也要分一杯羹。对通俗作家而言,当然是阵地多多益善;再说还能挽回被商务逐出的面子。因此谈不上是因《疯人笔记》小说引起了一场"另办风波"。

　　《小说世界》从1923年创办到1929年终刊,共出版264期。先后由叶劲风、胡寄尘编辑。如果不以成见看问题,这个刊物还是经得起评价的。这个刊物的灵魂人物是被茅盾称为"自己束缚自己"的胡寄尘。①在264期中除他写的《编辑部报告》之类的文字不算,他的作品足足在200篇以上。而写稿较多的几位有徐卓呆(约70多篇,他的长篇《万能术》连载16续,译话剧《茶花女》连载14续,均算一篇)、程小青(约40余篇)、范烟桥(约30多篇)、何海鸣(近30篇)。这几位作家在他们各自的"强项"中皆有自己的特色。徐卓呆在民初《小说月报》上发表的《卖药童》、《微笑》等,在那时就是第一流的短篇;而在《小说世界》时期,他的小说向幽默滑稽的格调上发展,被称为"东方卓别林"。而何海鸣在1920年代初,在《红》上发表的《一个枪毙的人》、在《小说世界》上发表的《先烈祠前》、在《半月》上发表的《老琴师》等短篇决不在新文学家的优秀短篇之下;而他在《半月》上连载的长篇《十丈京尘》的若干片段,直可令人拍案叫绝,颇有果戈理的《死魂灵》风;程小青的侦探小说、范烟桥的文化掌故等虽非独步,但也可算佼佼者之属。由于新文学的某些刊物的门户把守较严,因此,有些外稿也会流到《小说世界》中来。这里只举一部连载了8期的"长篇"(以现在的标准系中篇小说)《恋爱与义务》,作者是罗琛女士。小说前有蔡元培写的"叙"。限于篇幅,这里只录一小段:

　　　　罗琛女士,华通斋先生之夫人也。原籍波兰,长于法国。兼通英德俄诸国语及世界语。工文学。居北京既久,于治家政外,常尽力于慈善

---

① 茅盾对胡寄尘的新诗《燕子》做了一些赞许后又说:"胡怀琛的《燕子》诗最后一句'燕子说:你自己束缚了自己,怎能望人家解放你?'意味深长,是这首诗的警句。但我们研究胡怀琛之为人及其诗文,觉得《燕子》诗这个警句实在为他自己写照。胡怀琛自己束缚自己,思想越来越'不解放'。"茅盾在这首诗发表近六十年后,在写回忆录时还作了如此评价。见茅盾:《革新〈小说月报〉的前后》,《新文学史料》1979年5月第3辑,第69页。

事业;尤喜为有益社会之小说。近日以新著《恋爱与义务》小说汉本见示。余方养病医院,受而读之,心神为之一振。其叙事纯用自然派作法。……1921年12月31日蔡元培叙。①

罗琛女士嫁给一位留法的中国高级工程人员,久居北京。曾译过鲁迅的《阿Q正传》。她的小说既能了解中国的伦理规范,又参之于外国的道德准则,故事既曲折,人情又练达,读了令人既感动又信服,真是难得的好作品,无怪连蔡元培也要"心神为之一振"。其他的外稿这里就不能一一介绍了。

当时,在文坛上有两个事件是具有标志性的:一件是商务既出版新文学刊物《小说月报》,又另办以通俗小说为主的《小说世界》;在商务的上层看来,这两本面向不同的读者群的文艺刊物应该"各得其所";第二件事是《文学旬刊》改版为《文学》周刊,发表宣言称"认清了我们的'敌'和'友'",也说明了"分道扬镳"绝无挽回的可能:

> 以文艺为消遣品,以卑劣的思想与游戏态度来侮蔑文艺,熏染青年头脑的,我们则认他们为"敌",以我们的力量,努力把他们扫出文艺界以外。抱传统的文艺观,想闭塞我们文艺界前进之路的,或想向后退去的,我们则认为他们为"敌",以我们的力量,努力与他们奋斗。②

可见,在当时要"调和新旧"是不可能的。但"分道扬镳"、"各得其所"倒是具有积极的意义。

四

"各得其所"就是"并存",能并存就是说明新文学与通俗文学是"各有受众"的,而且还应该看到,它们是能"各尽所能"的。在我们还未能达到"超越雅俗"的高水准的融会之前,相当的一段时期内"各得其所"是一个应该也必须接受的现实。

在中国文学史中,市民大众往往是具有巨大导向性的"动力源"。鲁迅在谈到宋代市民中兴起的鲜活的文艺时曾大加赞赏:"宋一代文人之为志怪,既平实而又乏文采,其传奇,又多托往事而避近闻;拟古且远不逮,更无

---

① 蔡元培:《〈恋爱与义务〉·叙》,《小说世界》1922年2月9日第1卷第6期。
② 西谛:《本刊改革宣言》,《文学》1923年7月30日第81期。

独创之可言矣。然市井间,则别有艺文兴起。即以俚语著书,叙述故事,谓之'平话',即今所谓'白话小说'者是也。"①可是五四了,向外国文学学习了,中国市民也就被某些新文学家所蔑视,嘴里一口一个"封建小市民"。不可否认,当时在中国是有了新的导向性的动力,那就是对我们颇有启示的外国文学;但市民的导向作用并没有从此消失。特别是在19、20世纪之交,中国社会转型之际,新式大都会纷纷建成,特别是上海开始成为特大的移民都市,乡民的市民化的问题更显得迫切。这一迫切的问题也必然会对文学进行一次大导向——也就是说,在新形势下,也必然会形成中国的现代通俗文学的兴旺与流行。某些知识分子蔑视它,可是市民大众、新移民们需要它。鲁迅说:"现在的新文艺是外来的新兴的潮流,本不是古国的一般人们所能轻易了解的,尤其是在这特别的中国。"②这是很实在的话。但古国的一般人总要有自己看得懂的文艺。新文学作品不仅探求人生,优秀的小说还研究"国计"——例如茅盾的《子夜》研究中国向何处去,中国要不要经过资本主义历史阶段等等之类的问题;可是老百姓还没有达到研究"国计"的高度,他们关心的是"民生"——直白地解释:就是"我们要吃饭"。在新文学家中好像朱自清最懂得这个道理。他认为古人从实际政治中懂得了"民以食为天"的道理,直到现在,我们的老百姓也还只认那"吃饭第一"的理儿。朱自清认为,相对老百姓而言,知识分子有时还不太认识到"吃饭问题"的严峻性,或者他们愿意为自己的理想去忍受暂时的饥饿,"不像小民往往一辈子为了吃饭而挣扎着"。③想当年,天灾人祸将许多难民灾民或其他想找饭吃的人驱进了像上海这样的大都市。但正如包天笑所说:"都市者,文明之渊而罪恶之薮也。觇一国之文化者,必于都市。而种种穷奇梼杌变幻魍魉之事,亦惟潜伏横行于都市。"④通俗作家就是应老百姓之需,告诉他们在这个五光十色、千奇百怪的冒险家的乐园里,老老实实的乡民们要随时警惕暗处潜藏着的陷阱与捕机,千万不能踩上"路边炸弹",以致被炸得"五花粉碎"。再进一层,就是关心乡民进城以后如何从乡民转型,融入市民社会的问题了(这里也包括久居上海的"中国老儿女们",他们也急需在瞬息万变的社会中得到转型的新信息)。"乡民市民化"也是一项现代化的

---

① 鲁迅:《中国小说史略·第12篇·宋之话本》,《鲁迅全集》第9卷,北京:人民文学出版社1981年版,第110页。
② 鲁迅:《关于〈小说世界〉》,《鲁迅全集》第8卷,北京:人民文学出版社1981年版,第112页。
③ 朱自清:《论吃饭》,《朱自清全集》第3卷,南京:江苏教育出版社1996年版,第155页。
④ 包天笑:《上海春秋·赘言》,桂林:漓江出版社1987年版,第1页。

工程,也需要"启蒙"。从如何解决吃饭问题到如何角色转型,这对老百姓说来是一个"安身立命"的大问题。应该说,帮助乡民懂得此类问题也是一种人文关怀。也许在当前的所谓"乡下人进城"的热潮中,随着"城市病"的加剧,我们更加会感到"乡民转化为市民"的工程的重要性与迫切性;由此反观,也会联想到当年知识精英文学与市民大众文学的确有"并存"的必要。在这里,我们还是来听听那些写《上海通史》的历史学家们是如何高度评价通俗文化对市民的"启蒙"作用的:

> 有人说,晚清上海的市民意识是"读"来的。……各种大众化的艺术样式就是市民文化。就其功能而言,主要体现在两方面:一是娱乐消遣,丰富市民的闲暇生活;二是以市民喜闻乐见的形式有效地灌输近代意识……其实,云蒸霞蔚的大众文化,并不仅仅具有娱乐功能,对绝大多数城市民众而言,它更是近代市民意识萌生与滋长的触媒,或者说是近代市民的启蒙教科书。……问题的另一面是大众文化的兴盛又意味着文化向中下层社会的全面开放,它在一般性地满足中下层社会的娱乐消费需求的同时,又从多方面改变和塑造着中下层社会,是上海人从乡民转变为市民的又一座"引桥"。①

这就充分估价了通俗文化的历史使命,通俗文学在这一项现代化工程中是发挥了自己的积极作用的。中国当代的历史学家们已承认了中国现代通俗文学所发挥的启蒙作用;可是中国的新文学家和中国现代文学的研究者,过去不承认,直到今天还有一定数量的人不承认通俗文学在中国现代化的途程中的启蒙作用。当然也有例外,如朱自清,从《文学旬刊》时期发表"搜辑"民众文艺的重要,到老百姓也还只认那"吃饭第一"的理儿,到鸳鸯蝴蝶派倒是中国文学的正宗……一系列的判断也就是他看到新文学与通俗文学是有各自的使命感,是可以"各尽所能"的。

五

行文至此,我觉得可以讲几点简单的结语了。首先应该肯定五四运动的影响是巨大的,即使是被视为"旧"文学界的部分作家也受到了它的感

---

① 周武、吴桂龙:《上海通史·第5卷·晚清社会》,熊月之主编,上海:上海人民出版社1999年版,第387、394、395页。

召。例如周瘦鹃、胡寄尘和办《新声》杂志的那些人们,他们也都有"趋新"的表现。那么,为什么这篇文章不从1919年讲起,那是因为要谈雅俗文坛的分道扬镳与各得其所,实际上是要到1921—1923年矛盾才明朗化。在这以前,两者之间还是有若干"同向"的行动的。例如,在1917年1月胡适在《新青年》第2卷第5期上发表《文学改良刍议》;可是同年同月包天笑已在上海创办了一个通体白话的《小说画报》。当然,胡适提出的"文学以白话为正宗"比包天笑在《小说画报》中提出的"小说以白话为正宗"的文学革命性更为彻底。《新青年》到1918年5月的第4卷第5号上也一律用白话撰文了。包天笑主笔的《小说画报》到1920年8月停刊共办了22期,除他自己之外,有32位通俗作者,发表了147篇次的白话小说,这在通俗文学界也是影响很大的举措。因此,在倡导"言文合一"上,两者之间还可说是"同向"行动的。再就五四爱国主义运动来说,那些通俗作家一般年龄要比新文学家大十岁左右,他们大多是从晚清的民族主义者进而在民国时成为爱国主义者的。早在五四之前,周瘦鹃就发表了许多"爱国小说"。在1915年他出版了《亡国奴日记》,在封面上就赫然印着"毋忘五月九日"。在这本"编造"的日记的按语中说:"吾尝读越南、朝鲜、缅甸、印度、波兰、埃及亡国史矣,则觉吾国现象,乃与彼六国时情状,一一都肖。"于是"设身为亡国之奴,草兹亡国奴之日记。吾岂好为不祥之言哉?将以警吾醉生梦死之国人,力自振作。"在1919年5月,他又"编造"了《卖国奴日记》,并自费出版。周瘦鹃与五四爱国运动是不会有抵触的。在1920年《小说月报》半革新时期,周瘦鹃是与茅盾采取合作的态度的。但茅盾在1920年第1期刊用周瘦鹃翻译的《畸人》时,就有自己的看法,只是当时他没有表白,因此矛盾也就没有公开化。而到1979年,他在写回忆录时,就说得非常清楚,认为这篇小说是与周瘦鹃"礼拜六"派的"奇情加苦情小说"相似的。① 对此,我认为茅盾对周瘦鹃为什么要译这篇小说的动机的"定性"是有偏见的。但限于篇幅。我只能下此断论,无法作详细的分析了。直到1921年5月《文学旬刊》创办而进行所谓"正面攻击",此后发展到1923年7月发表《本刊改革宣言》,定性为"敌我"并要将他们"扫出文艺界",矛盾才彻底暴露,这也到了无法挽回的地步。除了与"鸳鸯蝴蝶派"或称"礼拜六派"的论争之外,还有胡寄尘与胡适有关《尝试集》的争论。胡寄尘为胡适的《尝试集》改诗,像给中学生改作文似的,搞得胡适很无奈,只好不理他,可"天真"的胡寄尘却

---

① 茅盾:《革新〈小说月报〉的前后》,《新文学史料》1979年5月第3辑,第70页。

要逼着胡适表态。后来他又与郭沫若开展关于新诗的论争。这些公案过去我们好像都不大提起。还有就是周瘦鹃在《礼拜六》第 110 期上发表了小说《父子》之后,双方又展开了一场有关"孝"与"愚孝"的论争等等。

从五四以后,新文学家开始在中国的几个大都市中集结,特别是《小说月报》的全面革新,有着重大的文学史意义。既然鲁迅在 1923 年说过,新文艺是外来的新兴的思潮。那么将新文学称之为"借鉴革新派"是完全有理由的:它借鉴外来的新兴思潮在国内进行了一次文学革命,这就是借鉴革新。鲁迅又在 1936 年指出:"新文学是在外国文学的潮流的推动下发生的,从中国古代文学方面,几乎一点遗产也没摄取。"①而通俗文学的大多数作家,所继承的却是中国古代小说的传统,应该说他们是构成了一个具有互补性的"继承改良派"。在 19 世纪末 20 世纪初,随着时代的进展,将古代小说的传统改良为以适应大都会生活为主轴的、以市民为主要服务对象的文学;同时将"乡民市民化"的现代意识通过报刊辐射到内地去,对内地城乡老百姓的生活产生了一定的影响。我们认为借鉴革新是必需的;但有另一批作家去继承弘扬民族古典小说的传统,从而满足广大市民读者的阅读需求,也是必要的。我们还应该看到,继承改良派也是受到五四借鉴革新派的某些影响的。例如周瘦鹃提出刊物注重家庭问题和社会问题,就是受到了五四的影响。他们不再是某生某女了,在五四的启迪下,"他们现在已经晓得非人道的'割股疗亲',丧人格的'贞操问题',通媒妁的'婚姻事件'是不可行的了"②。不然,他们何必要引几个"解放"、"家庭问题"、"社会问题"出来呢。可是对他们的这些"改良",借鉴革新派是采取否定的态度的。茅盾在 1979 年的回忆录中说:"但在'五四'以后,这一派中有不少人也来'赶潮流'了,他们不再老是某生某女,而居然写家庭冲突,甚至写劳动人民的悲惨生活了,因此,如果用他们那一派最老的刊物《礼拜六》来称呼他们,较为合式。也正因为《礼拜六》派中有人在'赶潮流',足以迷惑一般小市民,故而其毒害性更大。"③我至今也还想不通,人家受五四的影响而有所进步,怎么反而毒害性更大了呢?这种见解也有其一贯性。例如西谛在 1922 年所写的一篇《杂谭》中写道:"上海一班通俗小说家(?)现在也注意到文学的原理,也知道有所谓'永久价值的短篇小说'。这原不能说是十分坏的现

---

① 鲁迅:《"中国杰出小说"小引》,《鲁迅全集》第 8 卷,北京:人民文学出版社 1981 年版,第 399 页。
② 厚生:《调和新旧文学进一解》,《文学旬刊》1921 年 6 月 30 日第 6 号。
③ 茅盾:《复杂而紧张的生活、学习与斗争(上)》,《新文学史料》1978 年 8 月第 4 辑,第 11 页。

象。但是'小知是危险的'。一知半解,不如无知。如借了似是而非的言论,来助作恶者之张目,则其可恶,尤胜于愚顽者之作恶。"①一个人从无知到小知,而小知者就有可能走向大知。怎能说是小知还不如无知呢?这道理也令人费解。

五四是伟大的青年爱国运动,也是伟大的新文化运动。但是到了90年之后的今天,我们在总结经验的同时,在歌颂它的成就及巨大影响时,也要更理性更冷静地反思不足与教训。反思,这应该说是我们成熟的表现。有一位华裔历史学家写过一本题为《霓虹灯外——20世纪初日常生活中的上海》的专著,在海内外大受好评。他说,在那时上海有着霓虹灯灯光照不到的大片里弄居民区、甚至棚户区,我们应该知道在霓虹灯外的老百姓的生活。

> 就像城市中被摩天大楼遮蔽的无数的里弄房子那样,在城市精英投射出的令人晕眩的光影映照下,普通百姓的生活显得模糊不清。然而,正是这些为数众多而又地位微贱的"小市民"编织着城市经纬中最丰富多彩的部分。……尽管西方影响从表面上看是城市的主流且被中国的上层社会所渲染夸大,在遍布城市的狭隘里弄里,传统仍然盛行。而且,变化往往与传统的持续性共存、结合或纠缠在一起。如果说中西文化在上海这个交汇之地谁都不占优势,那么,这不是因为两种文化对峙而导致的僵局,而是因为两者都显示了非凡的韧性。对很多人来说,这个城市的魅力正是来自这种文化的交融结合。②

我无意贬低茅盾与西谛在文学上所做出的伟大贡献。我的这篇文章仅就1921—1923年"分道扬镳"的责任发表一点浅见;同时也想说明"分道扬镳,各得其所"并非是坏事,相反,新文学与通俗文学双方的"韧性"与"并存",这种多元共生的文学现象,正是上海乃至其他城市的文化"魅力"之所在。

值得指出的是,所谓"多元共生"也不仅仅只是雅俗两家的问题。我认为"多元共生"的文学史也许要将古今演变(这必然会涉及晚清与民初)、雅俗之争、新文学内部之争、解放区与国统区的文学(其中也包括国民党文学)、少数民族文学,还有台、港、澳以及全球华文文学等等,都应该有机整合进去。但是"多元共生"又不是"拼盘"与"杂烩",作品必须要跨得过"文

---

① 西谛:《杂谭》,《文学旬刊》1921年10月10日第52期增刊。
② 卢汉超:《霓虹灯外——20世纪初日常生活中的上海》,段炼等译,上海:上海古籍出版社2004年版,第274页。

学性"这个标准"门槛",才能在文学史中占一席之地。一切应时之作,随着历史车轮的滚动前进,或将只作为一种文学现象而被提上一笔,或将受到汰洗而消踪匿迹。这一鉴别过程当然有其艰巨复杂性,不是能一蹴而就的,而我的这篇文章也是仅就雅俗文坛而言。在这雅俗之争中,我们应该反思借鉴革新派中的激进的批判态度和颠覆传统的决绝立场,看看我们后人应该从中吸取什么样的教训;同时也寻找继承改良派的积极因素。为什么说是要"寻找"呢?因为我们过去将他们的积极的一面"遮蔽"了,乃至被湮没,因此要在通检原始资料的过程中将它们"找寻"出来。在通俗文学中还是有着许多健康向上的作品的,他们在扬弃了封建糟粕之后也保存了中华民族的传统美德,乃至在"乡民市民化"这一现代化工程中起过推动作用。我们是研究中国现当代文学史的"从业人员",我们应该抱着一种有容乃大、多元共生、异中有同、重写史册的宏大精神,去继承五四优良传统,规划我们学科的未来。

(作者单位:苏州大学)

另类五四青年与章回体罗曼史
——张恨水的北京叙事[①]

宋伟杰

回望 1919 年 5 月,时在芜湖《皖江报》任职的张恨水(1895—1967)虽未能亲身参与五四,但对新文化运动心向往之。仅数月之隔,时年 24 岁的张恨水便辞职北上,只身来到北京,造访而后栖居于这"首善之区"、文化古都以及五四运动的诞生地。我们不妨重温张恨水初到北京的震惊体验:走出北京火车站,闯入眼际并给他打下启蒙或启悟印象的是前门高耸的箭楼。一刹那间,这位浸润于才子佳人作品也阅读过新派文字的安徽"外省青年",情不自禁为古都庄严雄伟、巍然屹立的历史建筑与文化遗迹所震撼。[②]相形之下,自称"来自六千里以外小小山城里的乡巴佬"的沈从文,初来乍到北京,流连忘返于"中国古代文化集中之地"的琉璃厂以及文化博物馆一般"分门别类的、包罗万象的古董店",除此之外,这位湘西"外省青年"也被另一类事物所打动:"初初到这个大都市来,上街见到最多的就是骆驼,所得印象是充满风沙阅历而目光饱含忧戚,在道上却一步一步走得极稳。"[③]从二十年代北京的独特一景——忧戚但也稳健的骆驼身上,沈从文观察、发现并解读着古都的精神气质与文化底蕴。……在沈从文与张恨水等人的文学表述中,都市感受、历史意识、震惊体验既可以浮现在纪念碑式的文物古迹、帝都遗迹中,也可以滋生于俯拾即是默默无语的日常物象中。

在描摹 20、30 年代风云激荡、新旧杂陈的北京时,张恨水的代表作品包

---

① 1928 年 6 月 20 日到 1949 年 9 月 26 日之间,北京改称北平。为行文方便,笔者有时故意将北平与北京"混"为一谈。
② 张伍:《我的父亲张恨水》,沈阳:春风文艺出版社 2002 年版,第 68 页。姜德明初到北京,也同样为箭楼、正阳门所震撼,并"惊愕地望着众多的城楼,长长的宫墙"。参见姜德明编:《北京乎:现代作家笔下的北京,1919—1949》(上),北京:生活·读书·新知三联书店 1992 年版,第 2 页。
③ 沈从文:《沈从文全集》,太原:北岳文艺出版社 2002 年版,卷 27,第 13 页。

括章回体罗曼史《春明外史》(1924—1929)、《金粉世家》(1926—1932)与《啼笑因缘》(1929—1930)。这几部小说的情节安排、叙事策略、人物形象、空间场景,皆突现出张恨水本人混杂的观感与矛盾的姿态:在经受五四运动"人的文学"之洗礼以后,张恨水在北京现代文学的版图上既是旁观者,也是介入者,既是同路人,也是陌路人。他曾借《写作生涯回忆》自我忏悔,在五四时期的青年时代,他本人的双重人格表现在他既是一个受惠于五四新文化、剪掉辫子的"革命青年",又是一个难脱"名士派"、"头巾气"的"才子崇拜者"。① 实际上张恨水在此一时期渲染自己的北京想象时,作者的"两重人格"也显影于他笔下的一系列矛盾的人物形象上:他们是不完全的"新青年",也是不彻底的"旧才子"/"老灵魂"。② 他行销甚畅的章回体北京叙事在刻意经营现代北京的外史、稗史、野史、罗曼史之际,勾画出一系列徘徊在传统与现代、旧学与新知之间,具有双重人格、轻度精神分裂的"后五四"青年形象,如杨杏园、金燕西、樊家树等。值得申辩的是,五四本身并非铁板一块的同质话语,它牵涉到文学革命、思想革命与政治革命等不同层面,而且新文化阵营本身的复杂性、歧异性与多元并存的状态,也值得深细考辨。③ 另一方面,旧文学、通俗小说、市民文学等文学类型,经受五四新文化

---

① 张恨水:《写作生涯回忆》,《张恨水研究资料》,张占国、魏守忠编,天津:天津人民出版社 1986 年版,第 16—17 页。另参见范伯群:《张恨水的几部代表作》,收录《礼拜六的蝴蝶梦》,北京:人民文学出版社 1989 年版,第 227—251 页;范伯群主编:《中国近现代通俗文学史》,南京:江苏教育出版社 1999 年版,特别是"社会言情编"(范伯群、张元卿);孔庆东:《超越雅俗:抗战时期的通俗小说》,北京:北京大学出版社 1998 版;赵孝萱:《张恨水小说新论》,台北:学生书局 2002 年版;T. M. McClellan, *Zhang Henshui and Popular Chinese Fiction*, 1919-1949, Lewiston, N. Y. : Edwin Mellen Press, 2005; Yingjin Zhang, *The City in Modern Chinese Literature & Film*, Stanford University Press, 1996。

② 夏志清早就指出有必要分析张恨水作品里面的"白日梦"与"幻想",参见 C. T. Hsia, *A History of Modern Chinese Fiction*, with an introduction by David Der-wei Wang, Bloomington and Indianapolis: Indiana University Press, 1999, p. 25。左翼"新青年"对张恨水作品的批评,可以参见杨沫《青春之歌》第 26 章,其中写到一位失业青年任玉桂(原是汉路火车上的司炉),曾经中过张恨水《啼笑因缘》、《金粉世家》的"毒",在林道静的帮助下身心逐渐康复:"任玉桂渐渐变了。他不仅身体变得健康一些,而且精神也变得愉快了。从前,他躺在炕上无聊时,不是呻吟就是咒骂;要不,就看些《七侠五义》、《封神榜》或者《啼笑因缘》、《金粉世家》一类小说来解闷。现在在道静的启发下,他阅读起她偷偷拿给他的《大众生活》、《世界知识》等进步书刊来。"英文译本参见 Yang Mo, *The Song of Youth*, trans. Nan Ying, Beijing: Foreign Languages Press, 1964, pp. 455-457。

③ 参见陈平原:《何为/何谓"成功"的文化断裂——重新审读五四新文化运动》,《南方都市报》2008 年 11 月 14 日。

运动的冲击,也存在着不同程度的"回旋"或"内爆"的踪迹。① 具体到张恨水20、30年代的北京罗曼史,五四运动的核心命题之一"人的文学",便迂回曲折地浮现在张恨水章回体"社会言情"小说中的个体形象、人物画廊以及自由恋爱甚至多角恋爱等情节安排上:譬如杨杏园与梨云、李冬青,金燕西与冷清秋、白秀珠,樊家树与沈凤喜、关秀姑、何丽娜等缠绵悱恻的故事。虽然屡被新文学作家和批评家所诟病,张恨水在"新旧参合"的叙事安排中,还是引人注目地将"人"的问题以及作为新的主体/个体的"人之解放"的可能、尝试及其困境,转述到他一时"洛阳纸贵"的北京罗曼史当中,并有力凸现了五四新文学、新思潮与现代通俗文学、畅销小说之间的张力关系以及互动的格局。

一、好奇,幽闭,鬼屋啼笑:《春明外史》

是否因为过渡时代变动太剧烈,虚构的小说跟不上事实,大众对周围发生的事感到好奇?

——张爱玲②

好奇不仅仅是走马观花时的消闲娱乐,更是城市生存的一种模式。
——芭芭拉·本尼迪克特(Barbara M. Benedict)③

"好奇"不仅仅是无足轻重、即兴而来的小娱小乐。1920年代的北京处于变动剧烈的过渡时代,纷繁复杂的事实本身甚至比虚构的煽情悲喜剧还要精彩,而"好奇"正可以成为在新旧杂陈的城市环境中发现并整理都市观感、错乱印象与时空记忆的生存模式。就此意义而言,对于新闻、报纸、时事报道的"好奇",正是捕捉时代问题的心理驱动力,诉诸文字则成为记载时代问题的有效形式。张恨水的《春明外史》正是以好奇姿态与新闻报道的风格,搜集京城的趣闻轶事与现代风情。与此同时,作者本人的才子佳人阅读经验,又驱使他开辟出主人公离群索居的"幽闭"式古典空间,编织缠绵

---

① 有关晚清狎邪、侠义公案、谴责、科幻等小说文类"回旋"或"内爆"的讨论,参见王德威:《被压抑的现代性:晚清小说新论》,宋伟杰译,台北:麦田出版公司2003年版。另参见吴福辉:《消除对市民文学的漠视与贬斥——现代文学史质疑之二》,《文艺争鸣》2007年 第9期,第62—64页。
② 张爱玲:《谈看书》,收录《张看》,台北:皇冠出版社1991年版,第188页,着重号为笔者所加。
③ Barbara M. Benedict, *Curiosity: A Cultural History of Early Modern Inquiry* (Chicago and London: The University of Chicago Press, 2001), p.94.

悱恻的罗曼史叙事。

应成舍我之邀,张恨水为《世界晚报》的副刊"夜光"撰写了《春明外史》,从1924年4月12日起一直连载到1929年1月24日止。①小说的主人公杨杏园是皖中世家子弟,初到北京客居皖中会馆,他羁留之所的前任住户是科举考试三次落第的文官,"发疯病死于此,以后谁住这屋子,谁就倒霉"。②不信邪的"羁旅下士"杨杏园停留此地(后来移居一处假四合院子),白天是穿梭于北京大街小巷、"与时俱进"的现代记者,晚上则是幽居租赁而来的小四合院、"伤地闷透"(sentimental)的古典诗人,一生"无日不徘徊于避世入世之路"。③ 自封为"落伍青年"的杨杏园起初痴情于青楼雏妓梨云,但梨云因小肠炎而死;尔后他与才女李冬青(新式女学生与多愁多病旧式女子的合体)情投意合④,但李冬青身有隐疾,好事难成;最终杨杏园因肺病吐血身亡,魂断北京。造成杨杏园之死的肺痨,可谓一种现代疾病,罹病患者因过度疲乏、不堪生活/时代的重负而终至撒手人寰;而才女李冬青身有隐疾,正象征中国的古典传统在现代社会,无可奉告也无法言传的症候和隐痛。

笔者愿意用鬼屋啼笑的意象来解读张恨水的第一部章回体北京罗曼史。李欧梵在研究鲁迅的作品时,曾引用鲁迅本人描述现代中国精神状况的意象"铁屋",而新文学写作与新文化运动不啻"铁屋中的呐喊"。⑤相形之下,与新文化运动若即若离的张恨水在他寓居北京的成名作《春明外史》中,提供的是鬼屋啼笑的主体位置与叙事策略。"鬼屋"中的幢幢鬼影,有因科举考试失败而疯狂至死的考生,有红颜薄命的青楼女子,也有在现代记者与古典诗人身份之间游移挣扎终致梦断北京的老灵魂/旧才子/新青年。"啼",延续着"旧"小说才子佳人的眼泪,在五四前后联系着鸳鸯蝴蝶派踵

---

① 王晓薇曾分析张恨水《春明外史》中的传统叙事模式,参见 Hsiao-wei Wang Rupprecht, *Departure and Return: Chang Hen-shui and the Chinese Narrative Tradition*, Hong Kong: Joint Publishing Co., 1987, p. 14.
② 张恨水:《春明外史》,太原:北岳文艺出版社2001年版,第1页。
③ 同上书,第942、489页。
④ 李冬青自言,"我就是吃了旧文学的亏,什么词呀,诗呀,都是消磨人志气的,我偏爱它。越拿它解闷,越是闷,所以闹得总是寒酸的样子。自己虽知道这种毛病要不得,可是一时又改不掉"。杨杏园也有类似的偏好,气质,落魄和忧郁,同上书,第337页。
⑤ 参见 Lu Xun, *Diary of a Madman and Other Stories*, trans. William Lyell (Honolulu: University of Hawaii Press, 1990),以及 Leo Ou-fan Lee, *Voices from the Iron House* (Bloomington: Indiana University Press, 1987)。

事增华的叙事模式,是卿卿我我、涕泪飘零的言情传统,在《春明外史》中,张恨水不断提及《红楼梦》与《花月痕》等前朝作品;①而"笑",则是愤世嫉俗、心中块垒难平的讽刺与批判社会现状的"写实主义"传统,张恨水亦坦陈他如何受惠并改良《老残游记》《官场现形记》《二十年目睹之怪现状》等晚清小说。于是这鬼屋啼笑的叙事姿态,借助着与时俱进、却也与时代保持距离的"外史"文类,铺陈了张恨水所理解的 1920 年代北京城的社会史与心灵史。此处,"外史"一词意义丰富。所谓"外史",就是不同于"正史",或者是在"正史"阙如的情况下,书写的北京史。"外",既是在"主流"、"正统"、"官方说法"之外,也是在新文学写作之外。所以张恨水谦称自己的《春明外史》是局外人的观察,是外行的说法。然而,此"外史"在"例外"之外,也不乏"例内"的涵义,即尝试书写原汁原味的北京形象,并提供内行说法。张恨水曾经与一些"老北京"如马芷庠、齐如山等通力合作,为出版社编撰北平指南、导游手册,就此意义而言,他也是"北京通",是以资深作者(家)、权威人士的身份提供"真"北京的内行指南。

《春明外史》将公共话题转写成巷陌流言,其新闻体的城市快照凸显了可供索引的日用类书,其哀感顽艳的罗曼史感染过新、旧两派读者。请让我重申鬼屋啼笑的主人公杨杏园所具有的游离、分裂的主体形象。在白昼的工作时间里,他是职业记者、业余侦探、仿佛无所不知的旁观者,他的行动空间包括议会、豪门、剧场、公园、庙宇、名胜、公寓、旅馆、会馆、报社、青楼、学校、通衢、胡同、大杂院、小住户、陋巷、贫民窟、俱乐部、游艺场、茶楼、高级饭店等等。而在黑夜的"幽暗"时间里,他住在皖中会馆的鬼屋或是后来租赁的小四合院,写作古典诗词(甚至偶撰武侠小说)、私人信函,与友人、恋人相会,在私密空间保留旧才子/老灵魂的书卷气,"词华藻丽,风流自赏",却也黯然憔悴。② 杨杏园的"两重人格"或"双重身份"在折射作者本人初居北京的精神世界之时,也将城市陌生人与北京专家、匆匆过客与都会导游的矛盾身份糅和一起。毋宁说,杨杏园的北京生涯从一开始就笼罩于层叠难散的城市魅影当中:有混沌动荡的都城现状,有挥之不去的古城旧影,有难以排遣的浪漫挫折与感伤……京城十年屡睹"怪现状"的杨杏园,其生活的

---

① 张恨水:《春明外史》,太原:北岳文艺出版社 2001 年版,第 208、305 页。
② 在"鬼屋"之内壁挂佛像,地放蒲团,读佛诵经,是杨杏园在现代北平疗伤治病、化解内心痛苦的逃遁方式,第八十一回,这位"老少年"对新青年富家骏说,"你们年青的人,正是像一朵鲜艳的香花一般,开得十分茂盛,招蜂引蝶,惟恐不闹热。我们是忧患余生,把一切事情,看得极空虚,终究是等于零"。同上书,第 874 页。

戏剧性或许不及《二十年目睹之怪现状》的"九死一生",但杨氏本人终于难逃厄运,心力交瘁而命断首善之都,这不仅仅是"冠盖满京华,斯人独憔悴"的老套落魄才子叙事,更是五四之后的动荡时期在新旧文化之间一个不堪重负而终致崩溃的现代敏感者的浪漫写照。

二、家族谱系与城市魅影:《金粉世家》

> 罗曼史是走向最后审判的旅程,审判之后,
> 家是可能的,或者无家可归就够了。
> ——哈罗德·布鲁姆(Harold Bloom)①

布莱希特(Bertolt Brecht)称巴尔扎克的巴黎叙事"书写了巨型谱系",而且"家是有机形式,个人在其中长大成人"。② 张恨水的《金粉世家》则提供了有关北京望族金家的"巨型谱系",它最初于1926至1932年连载于《世界日报》的文学副刊"明珠",后经作者修改而出版单行本。张恨水在《写作生涯回忆》中说:《金粉世家》销路远在《春明外史》之上,是因为"书里的故事轻松、热闹、感伤,使社会的小市民层看了以后,颇感到亲近有味"。③在张恨水笔下,北京成为悲喜情节剧的场景,新旧杂陈的城市叙事被结构成"家庭罗曼史"(弗洛伊德语)。在弗洛伊德那里,"家庭罗曼史"是孩子(有时是神经官能症患者)讲述的美梦成真的童话故事,是孩子成长过程中为了躲避生身父母的权威或冷落,而构造的替代式的、理想化的父母形象,尽管他们父母在现实生活中远非那样完美。这种幻想是对家庭成员、家庭生活以及家庭秩序的美化,也是对实际家庭生活的刻意扭曲、修改或"矫正"。④ 此处我借用"家庭罗曼史"一词,意义更为宽泛,关注的是金家两代的冲突、张力、欲望、爱恋、幻想与幻灭的叙事。从《春明外史》到《金粉世家》的文学旅程,是从"外史"与感伤罗曼史走向"正史"("世家")与多角恋爱的嬗变。张恨水北京叙事的主人公从"双重人格"者杨杏园改变成京

---

① Harold Bloom, *The Ringers in the Tower: Studies in Romantic Tradition*, Chicago: University of Chicago Press, 1971, p.3.
② 转引自Patrizia Lombardo, *Cities, Words and Images: From Poe to Scorsese*, New York: Palgrave Macmillan, 2003, p.64.
③ 张恨水:《写作生涯回忆》,太原:北岳文艺出版社1993年版,第41页。
④ Sigmund Freud, "Family Romance", in Peter Guy ed., *The Freud Reader*, New York: W. W. Norton & Company, Inc., 1989, p. 297-300.

城浪荡子金燕西,其空间场景也从租赁的鬼屋转移到金家的豪宅,甚至到放映金燕西生活经历的电影院里面。

"世家"体在太史公的绝唱中,记载的是诸侯开国承家、子孙世袭的事迹。《金粉世家》不妨看作张恨水走出《春明外史》的"外史"叙事,经营"正史"的尝试。五四以降的新文学激进批判大家庭家长的权威,力倡背叛封建家族,离家出走,寻找真理与自由。《金粉世家》却"背道而驰",刻画了理想父亲与一群不孝子女的形象。金铨是北洋军阀时期的内阁总理,也是金氏家族开明的家长、理想的父亲,身体力行儒家伦理之余,也不排斥西方理念。其在古今、新旧、中西之间圆转灵活的折衷态度,体现在金家半旧半新的春节礼仪:"他们家里,说新又新,说旧又旧。既然过旧年,向祖宗辞岁,同时可又染了欧化的迷信。"①而金铨初见儿子金燕西的太太冷清秋即很满意,因为冷清秋衣着"华丽之中,还带有一份庄重态度,自己最喜欢的是这样新旧参合的人"②。新与旧、传统与现代的折衷态度,还体现在金铨去世后丧葬礼仪的选择:是中国旧式的奢华气派,也是外国新式的简易风格。叙事者以全知视角揭示了金铨的长子凤举如何揣摩"新旧参合"的解决方案:

> 对于出殡的仪式,凤举本来不主张用旧式的。但是这里一有出殡的消息,一些亲戚朋友和有关系的人,都纷纷打听路线,预备好摆路祭。若是外国文明的葬法,只好用一辆车拖着灵柩,至多在步军统领衙门调两排兵走队子而已,一个国务总理,这样的殡礼,北京却苦于无前例。加上亲友们都已估计着,金家对于出殡,必有盛大的铺张。若是简单些,有几个文明人,知道是文明举动,十之八九,必一定要说金家花钱不起了,家主一死,穷得殡都不能大出。这件事与面子大有妨碍了。有了这一番考量,凤举就和金太太商量,除了迷信的纸糊冥器和前清那些封建思想的仪仗而外,关于喇嘛队,和尚队,中西音乐,武装军队都可以尽量地收容,免得人家说是省钱。金太太虽然很文明,对于要面子这件事也很同意,就依了凤举的话,由他创办起来。③

不过《金粉世家》的真正主角,是金家的不孝子金燕西,一个"时装贾宝玉",一个现代颓废都市青年,一个显赫家族的纨绔子弟,以及他对出身寒

---

① 张恨水:《金粉世家》,太原:北岳文艺出版社2001年版,第506页。
② 同上书,第464页。
③ 同上书,第761页。

微、才貌双全的女学生冷清秋始乱终弃的故事。本雅明曾经将游手好闲者界定为城市人群中英雄式的步行者。安科·格里博(Anke Gleber)在研究欧洲小说(尤其是魏玛时代早期的作品)时,也将游手好闲者联系到体现现代性的人物身上,如收藏家、旁观客、做梦人、艺术家、历史学者等,因为这些现代人物有能力将他们的观察转化成文本与图像。①张恨水笔下的金燕西一开始并非如此类型的现代人物,他也有别于上海新感觉派作品中的新式主人公,充其量他只是一个飘来荡去、摇摆不定、缺乏目的、不会判断与算计的城市多余人。他对旧学与新知都所知甚浅,他对异性的追求,也同样缺乏主见,三心二意。直到他遭遇冷清秋,才局部改变自己无根飘零的游荡状态。冷清秋是另一个李冬青,或者是女性版的杨杏园,她是现代世界的"老灵魂",当步入金氏的豪门而倍感不适时,她与杨杏园类似,退入自己庭院的阁楼阅读古典诗词与佛教经书。冷清秋虽然不是"阁楼里的疯女人",但她退守的姿态,仍旧无法持久地占据一个属于她本人的女性空间。突如其来的神秘火灾,令她与孩子离家出走,最后在北京偏僻街巷卖字为生。

诚如有论者指出的:"《金粉世家》帮助人们意识到,章回小说这个古老的形式并不一定局限于表现陈旧的内容,它是能够表现新思想新事物的。"②不过在新、旧之间,张恨水仍旧无法觅得或提供一个现代主体可以栖居的空间位置,他甚至只好求助于佛教信仰。金铨太太部分接受新式文明,但更笃信佛教,金氏家族因金铨的猝然去世而解体在即,金太太在夕阳西下的北京西山草亭,如是观照烟影里的现代北京:"你看,那乌烟瘴气的一圈黑影子,就是北京城,我们在那里混了几十年了。现时在山上看起来,那里和书上说的在蚂蚁国招驸马,有什么分别?哎!人生真是一场梦。"③这一旁观、不介入、幻灭之后的纯然客体化的视角④,位于北京城外,也在新文化运动的启蒙规划之外。在这一梦醒、警幻时刻,五四之后不久的北京城被解读成一个抽象的客体,一个佛经的隐喻,一个空虚的镜像。西山顶上的全景凝视,症候式地将纷繁的现代城市景观与漫长的人生阅历,指认并描摹成富

---

① Anke Gleber, *The Art of Taking a Walk: Flanerie, Literature, and Film in Weimar Culture*, Princeton University Press, 1999, p.26.
② 袁进:《小说奇才——张恨水传》,台北:业强出版社1992年版,第104页。
③ 张恨水:《金粉世家》,太原:北岳文艺出版社2001年版,第1026页。
④ Joan Ramon Resina, "The Concept of After-Image and the Scopic Apprehension of the City", in *After-Images of the City*, edited by Joan Ramon Resina and Dieter Ingenschay, Ithaca and London: Cornell University Press, 2003, p.7.

于象征意味的"雾中风景",凸显了老一代的女性俯瞰者带有宗教超越意味的另一种启悟。

有趣的是,张恨水在《金粉世家》的收束处,添加了一处叙事转折,从而开创了一处城市空间,并将金燕西变形为一个本雅明所阐述的现代人物。金燕西从欧洲游学归来,成为电影工业的明星。虽然在莫名火灾中失去妻、子、家庭,金燕西却有能力将自己的情史、痛史转换成荧屏之上的煽情悲喜剧,并大获成功。彼得·布鲁克斯(Peter Brooks)曾经论及"情节剧的核心表达了戏剧冲动本身:即戏剧化、凸显、表达、演出的冲动。"①毋庸置疑,金燕西在北京的电影院完满了自己的戏剧冲动,演出了《火遁》的悲喜剧,而且反转了"真相":将妻子刻画成嫉妒成性的女子,报复心切,抱子跳入烈火,并将痛失妻、子的丈夫表演成狂癫之人,"临死的时候,口里还喊着,火里有个女人,有个孩子,救哇救哇!"②借助戏中戏、情节剧中的情节剧,张恨水将观看电影的现代体验与现实故事的叙事反转结合一处,冷清秋竟也是热泪盈眶的影院观众之一。鲁迅"救救孩子"的铁屋呐喊,被转换成"救救我的孩子"、"救救我的女人"的煽情悲喜剧情节。"西洋镜"里的世界重写了金燕西的都市体验与创伤记忆,拓展了生活空间,将私人情史翻拍成公共影像。于是张恨水章回体罗曼史里面那个游手好闲的多余人金燕西,竟出人意表地找到了将自己半新半旧的城市体验转化成文本与图像的新奇方式。

三、情史,恨史,痛史:《啼笑因缘》

> 展览通过直接宣示,或间接暗示,再现了身份认同。
> ——伊万·卡普(Ivan Karp)③

1929年,张恨水受严独鹤邀请,为上海《新闻报》撰写北京故事《啼笑因缘》,两年间连载于"快活林",并成为张恨水的代表作品之一。《啼笑因缘》仍以章回体罗曼史的叙事模式,为上海乃至中国的读者详细展览了北京的

---

① Peter Brooks, *The Melodramatic Imagination: Balzac, Henry James, Melodrama, and the Mode of Excess*, New Haven and London: Yale University Press, 1976, xi.
② 张恨水:《金粉世家》,太原:北岳文艺出版社2001年版,第1049页。
③ Ivan Karp, "Culture and Representation", in Ivan Karp and Steven D. Lavine, eds., *Exhibiting Cultures: The Poetics and Politics of Museum Display*, Washington and London: Smithsonian Institution Press, 1991, p. 15.

市情风俗画(尤其是天桥风情),并造就了持久不衰的张恨水热,其跨文类流行遍及电影、电视剧、话剧、京剧、说书、粤剧、新剧、歌剧、滑稽戏、木头戏、绍兴戏、露天戏、连环画、小调歌曲等,至今盛行不衰。① 张友鸾读罢《啼笑因缘》后大为激动,对张恨水说:"'五四'新文学的主张是深化文学创作中的阶级意识,我认为你已自觉不自觉地在深化这种阶级意识,你已毫无愧色地走进新文学的队伍中了。"②

张恨水的"阶级意识"表现在他对北京不同类型空间及其涵义的"直接宣示"或者"间接暗示"的展览,也表现在他笔下的主人公樊家树与阶级背景不尽相同的三位女性之间错综复杂、难以割舍的浪漫情缘。与《春明外史》的杨杏园有所不同,《啼笑因缘》里的樊家树是现代新青年,离开南方的故园,求学北京。他是嗜读《红楼梦》、《儿女英雄传》的"外省青年",是被情史、恨史、痛史所困扰的新学堂大学生,也是最终黯然出关、离开北京的"平民化的大少爷"。樊家树遭遇到三位女性:天桥女子沈凤喜,是来自底层民间社会的天真、轻信、不幸的鼓书艺人;另一位天桥女子关秀姑秉着儿女情长却有英雄气概,是现代版的花木兰与侠女十三妹,是勇于参加东北抗日义勇军、为国效力的奇女子;何丽娜则是上层社会的摩登都市女郎,是财政部长的千金,相貌上与凤喜相似,清瘦之余,"有一种过分的时髦,反而失去了那处女之美与自然之美",仿佛是"冒充的外国小姐"③,但是因喜欢樊家树而改变自己的仪表、性情与价值取向。张恨水借樊家树所呈现的北京罗曼史,并非简单的多角恋爱式滥情故事,而是"后五四"青年面对复杂的都市空间、阶级差异、社会现实、浪漫情感时,身处其间、难以取舍的精神境遇。

---

① 赵孝萱:《张恨水小说新论》,台北:学生书局2002年版,第92—95页。许子东指出,《啼笑因缘》因为是张恨水为上海读者而写,在上海连载发表,所以上海的编辑、评论家、读者的期待与意见,如要看武侠,要看噱头等等,也参与了这部章回体小说本身情节编织的过程。他提出了一个有趣的问题:"假如《啼笑因缘》当初是在北京的报上连载,结局是否会有所不同?"见许子东:《一个故事的三种讲法——重读〈日出〉、〈啼笑因缘〉和〈第一炉香〉》,收入王晓明主编:《二十世纪中国文学史论》(第二卷),上海:东方出版中心1997年版,第497页。
② 石楠:《张恨水传》,南京:江苏文艺出版社2000年版,第143页。另参见139页谈张恨水与晚清小说;183页谈《金粉世家》的小说结构。
③ 张恨水:《啼笑因缘》,太原:北岳文艺出版社2001年版,第153页。

暂且不论五四运动是否可以用"文化启蒙"、"文艺复兴"来命名,[1]在张恨水那里,"后五四"青年樊家树的城市体验可以通过空间叙事来形塑。樊家树的平民主义倾向落实在他对不同类型空间与物象的适应与不适。他在舞厅受到声色的刺激,需要回到自己的"上房"翻看《红楼梦》等古典小说重获内心的安宁。他对天桥世界、平民生活的关注,远甚于他对奢华宅院的兴趣。天桥鼓书艺人凤喜经樊家树资助,进入现代学堂(女子职业学校)补习,与其说她受洗于新知,不如说她更钟情于新潮物质的诱惑:手表、两截式高跟皮鞋、白纺绸围巾、自来水笔、玳瑁边眼镜、金戒指等时髦物件。她的新青年学堂梦,体现在跟新文化启蒙与新式教育相关联的物质表象上面。[2]这是张恨水人情练达,深刻理解并刻画的某类底层女性的物质渴望,虽然在阶级意识上不够进步,但张氏的描写却表现出他对人性缺憾的洞见卓识。所以在他笔下,凤喜出入军阀刘将军的宅第,情不能已地目眩神迷于殿堂的饰物、高大的座钟、软绵绵的地毯、大铜床、无线电收音机、外国戏、瓷砖浴室、与电扇香水等等。[3]在张恨水看来,凤喜的悲剧源自她性格的弱点,她在受到逼迫之余,也半推半就地以身作妾,"想到这里,洋楼,汽车,珠宝,如花似锦的陈设,成群结队的佣人,都一幕一幕在眼面前过去"[4]。奢华摆设与西洋器物在张恨水的章回体罗曼史中,被赋予了道德评判的色彩。

樊家树与关秀姑的交往,关乎书籍的交流、启蒙知识的讲授,也触及文学本身的娱乐或教育功能。关秀姑的阅读书目,包括《红楼梦》(情窦初开际)、《儿女英雄传》(儿女情长的猜测),以及《金刚经》、《心经》、《妙法莲花经》(克制情欲时)。侠女关秀姑的阅读史,关乎现代青年的情感教育,关乎新女性意识的启蒙(关秀姑质疑侠女十三妹对儒家伦理的服膺,不满文康书写的"女侠的雌伏"),也关乎在佛家禁欲经典与挺身报国的民族主义意识之间的取舍。张恨水所书写的五四之后的北京罗曼史,有戏剧化的万花筒展示,有情感与内心世界的丰富呈现。在逼仄的城市巨型空间与狭窄窘

---

[1] 参见余英时(Yu Ying-shih),"Neither Renaissance nor Enlightenment: A Historian's Reflections on the May Fourth Movement",以及李欧梵(Leo Ou-fan Lee),"Incomplete Modernity: Rethiking the May Fourth Intellectual Project", in *The Appropriation of Cultural Capital: China's May Fourth Project*, ed. Milena Dolezelova-Velingerova and Oldrich Kral, Cambridge, MA and London: Harvard University Press, 2002, pp. 299-324, 31-65.
[2] 张恨水:《啼笑因缘》,太原:北岳文艺出版社2001年版,第53—54页。
[3] 同上书,第109—110页。
[4] 同上书,第123页。

迫的大杂院之间,张恨水的文化价值观、情感圭臬、阶级意识、空间想象得以充分展开,呈现了经受传统章回体小说的浸润、五四新文化运动的吹拂之下,新旧并存的现代城市景观。

佐思(王元化)在《"礼拜六派"新旧小说家的比较》一文中指出,"张先生在最近出版的小说《蜀道难》中借李小姐的口说:'我们有力量,就赶上大时代的前面去站定,没有力量,只好安守本分,听候大自然的淘汰,伤感是没有用的'(四十三页)。这也是张先生自己的人生观:不伤感,不悲观,不失望,他只冷静的跟随着大时代走。自然,这还不是最正确的态度,但在礼拜六派的作者中,却要算出人头地的意见了"。他也指出,"时间会使某些新文学家衰败,也会使某些旧小说家新生"。[1]张恨水的北京外史、稗史、野史、通史,其核心要素是罗曼史,更确切地说,是失败的罗曼史,是既旧且新的感伤故事。在《春明外史》中,是古典诗人/现代记者杨杏园与艺妓梨云、才女李冬青失败的恋情;在《金粉世家》中,是纨绔子弟金燕西与冰雪聪明的冷清秋之间的始乱终弃;在《啼笑因缘》中,是新学堂的大学生樊家树与天坛鼓书艺人凤喜、富家女子何丽娜的有始无终。彼得·布鲁克斯在论述情节剧时曾指出这些悲喜剧中所展露的现实:在真实戏剧的面具背后所隐藏的现实,是神秘的,只能进行影射或加以质疑。[2] 如果借用彼得·布鲁克斯所论述的情节剧来讨论张恨水的小说,我们不妨说,张恨水的章回体北京叙事是情节剧式的,但张恨水的罗曼史不是平面化的,而是具有一定的深广度,是在纷繁复杂的社会、政治、文化表象下面新旧杂陈、丰富涌流、被影射也被质疑的一种百科全书式的现实。张恨水的空间叙事与城市想象,既不同于(左翼)新文学,也有别于鸳鸯蝴蝶派。它在旧式章回体的长篇叙事当中,掺杂、渗透了新奇的写作技巧(如电影的"小动作"、日常生活琐屑繁冗但别有意味的"小叙事"与精彩细节等)与微妙的现代意识。张恨水城市快照的叙事策略,新、旧物像的有意参合,万花筒般的都市景观,集锦式的市情展览,经由作者有意为之的全知视角与全景演示,在空间的意义上,捕捉到上

---

[1] 佐思(王元化):《"礼拜六派"新旧小说家的比较》,《张恨水研究资料》,张占国、魏守忠编,北京:知识产权出版社2009年版。有关新文学在"五四"时期、30年代初以及40年代前期对市民小说的批评态度,参见汤哲声:《新文学对市民小说的三次批判及其反思》,《中国现代文学研究丛刊》2004年第4期,第118—132页。

[2] Peter Brooks, *The Melodramatic Imagination: Balzac, Henry James, Melodrama, and the Mode of Excess*, p. 2.

至金粉世家、下至杂院街角的城市罗曼史，从而凸显了新生事物、现代思潮与传统观念、历史遗绪之间掺杂并置的状况，并有力描述了夹缝中生存的老灵魂/新青年所体现出来的复杂深广、歧异多元的"五四问题"与时代症候。

（作者单位：美国，Rutgers University）

五四新文学与"鸳鸯蝴蝶派"文学究竟是什么关系

汤哲声

自从五四新文学登上文坛之后,"鸳鸯蝴蝶派"文学就是新文学的批判对象。新文学对"鸳鸯蝴蝶派"文学的批判具有重要的现实意义。没有这样的批判新文学就不会义无反顾地成为中国文学的"正宗",新的文学观念和创作方式就不可能迅速地成为中国文学的创作主流。五四新文学开辟了中国文学的新境界,其历史意义不容否定。但是当我们站在历史的高度看待这段历史的时候,一些历史的问题是否值得我们重新审视?特别是一些被新文学批判的对象是否就那么的一钱不值?倒也不是。在我看来,"鸳鸯蝴蝶派"文学的价值和历史地位就很值得我们思考和反思。

五四新文学与"鸳鸯蝴蝶派"文学究竟具有什么关系呢?我们从五四新文学的特征说起。"五四"新文学有很多特征,但是核心价值是两个,一个是高举"民主""科学"大旗的启蒙主义,一个是要求使用白话进行文学创作,也就是胡适所说的"国语的文学,文学的国语"[①]。论述五四新文学与"鸳鸯蝴蝶派"的关系,就必须从这两个核心价值的视角出发。

"鸳鸯蝴蝶派"文学有没有启蒙意识呢?回答是肯定的。"鸳鸯蝴蝶派"文学对国民的启蒙,我认为突出表现在四个方面:首先是强烈的爱国主义情绪。我举两个例子说明这个问题。1915年,日本和德国为了各自的利益在中国领土青岛开战,4月,《礼拜六》第46期上发表了剑侠的纪实小说《弱国余生记》,描述了两个外国在中国开战,中国人受罪的奇怪现象,感叹中国的贫弱。该年5月,《礼拜六》第51期开始连载王钝根根据日本人在中国的种种罪行写的长篇纪实文学《国耻录》,喊出了"嗟我同胞,不起自卫,行且尽为亡国奴"的口号。此时,周瘦鹃一连写了《中华民国之魂》、《祖国重也》、《为国牺牲》等小说,强调祖国和民族的利益高于一切。"鸳鸯蝴

---

① 胡适:《建设的文学革命论》,《新青年》1918年4月15日第4卷第4号。

蝶派"作家在国家和民族的问题上是毫不含糊的,始终要求自强、自尊。1919年五四运动爆发,"鸳鸯蝴蝶派"作家立即在当时的《小说新报》上发表了大量的歌调、民歌,运用文艺形式支援学生运动。阅读同时期的《新青年》,对五四运动也仅仅是在《国内新闻》中做了个简单报道。二是为国民规划"新国家"的美好蓝图。"新国家"究竟是什么样子一直是清末民初的作家们所试图描述的对象,梁启超的《新中国未来记》、徐念慈的《新法螺先生谭》都有精彩的描述。到了"鸳鸯蝴蝶派"的作家手中,这样的想象更加具体,也更加具有预见性。我举陆士谔出版于1909年的《新野叟曝言》等小说为例。这些小说都具有《新中国未来记》般充满豪情的畅想,这是晚清那些"强国小说"的流行色,但是在建国的设想上有了更多的新方案。陆士谔的"新国家"标准是"道德持国"和"科学治国"。为此,他列下了"新国家"的很多细则,细阅这些细则,我们看到作家居然将"计划生育"也列入其中。作家认为:中国人多物少,求大于供,所以中国必须节制人口。怎么做到"计划生育"呢?作家认为:禁止早婚;禁止娶妾;民须有恒产,所入的款够于"仰事俯畜者"才准婚娶等等。这大概是我国最早的"计划生育"的主张之一,在当时是够新鲜的了,放在现在也不无道理。1918年2月至11月,贡少芹在《小说新报》上发表了他的长篇小说《傻儿游沪记》。小说用滑稽的笔法写了一个来自江北的傻儿游历上海而闹出的各种滑稽事,是一部滑稽小说。值得我们注意的是,小说提出了用法律的手段解决社会问题。小说的结局是通过法庭、运用法律惩治恶人,解救好人,整顿社会。从这个意义上讲,这部小说大概是我国最早的一部法律小说了。三是要求建立"新道德"。他们反对奴性和不思进取的国民心态,于是我们看到了陈景韩一片杀声的《刀余生传》;反对贪财好色的人生恶习,于是我们看到了李涵秋的《怪家庭》;反对不讲孝道的所谓的"人性自由",于是我们看到了王钝根的《生儿观》;反对追求商业价值和自由思想而带来的世风日下,于是我们看到了包天笑的《上海春秋》等黑幕小说。他们坚守着中国传统的做人标准,认为即使是到了新的时代,这样的传统也不能丢,于是我们就看到一个接受新教育的新青年,为父亲输血而死去(周瘦鹃《父子》);看到了尽管是旧式婚姻模式,却能相亲相爱(李定夷《伉俪福》)。四是他们告诉国民,做一个新国民,不仅是道德好,还应该具有新知识。"鸳鸯蝴蝶派"作家在他们的作品中努力地向国人介绍,什么是国会、议会、法庭、银行、专科院、国民游习所,什么是飞机、汽车、自来水、自行车、电力等等。有特色的是,"鸳鸯蝴蝶派"总是将新知识的启蒙夹杂在有趣的故事描写中。1909年,陈冷写了一部小说《新西游记》(未完,仅见五回),通过写唐僧师徒四人来上海考察新教的故事,告诉国人很多新的生活知识,他们把高楼当作如来佛的手指,把报纸当作菜单,把印刷机当作蒸笼,把洋车当作簸箕,把汽车和脚踏车当作哪吒脚下的风火轮,孙悟空想冲天却被电线弹了回来,八戒想入地却被水门汀撞回来……孙悟空等人在中国人的心目中都是超人,他们现在都过时了,可见掌握新知识是多么的重要。

"鸳鸯蝴蝶派"文学对白话建设有没有贡献,回答同样是肯定的。在新文学登上文坛之前,中国文学就已经开始进行白话创作的努力。白话写作本来就是小说这种文体所决定的。在中国文学中,话本是现代小说起源之一,大众化是小说创作的主要动力,所以利用最浅显的俗话进行创作理所当然;"鸳鸯蝴蝶派"应该是最早提出运用白话进行文学创作的文学流派。1917年1月,包天笑主编的《小说画报》创刊。包天笑在杂志的《例言》中标明:"小说以白话为正宗,本杂志全用白话取其雅俗共赏,凡闺秀学生商界工人无不咸宜。"同年同月,胡适在《新青年》上发表《文学改良刍议》,提出白话为正宗的主张,包天笑有这样见解,十分难得。《小说画报》从第一期开始就是全部白话创作,当时《新青年》还是文言写作,《新青年》的白话创作要到1918年5月鲁迅的《狂人日记》才开始。

二

承认"鸳鸯蝴蝶派"文学的价值观念具有启蒙的一面,并不是说它就与五四新文学同调。事实上它们有着很大的差别。五四新文学强调的是"人"、"人性"和"人道主义",而"鸳鸯蝴蝶派"强调的是"新国家"和"新国民"。它们之间的差别起码表现在两个方面:一是五四新文学是"世界意识","鸳鸯蝴蝶派"文学是"国家意识"。一方面强调的是"世界",一方面强调的是"国家"。五四新文学要求的人性和人格是世界视野中的人性和人格,陈独秀在《人生真义》、鲁迅在《文化偏至论》、周作人在《人的文学》等文章中都有很多的表述,此时的李大钊甚至将"国家"视为发展中的"阻碍"和"烦累",他曾经说过:"我们现在所要求的,是个性解放自由的我,和一个人人相爱的世界。介在我与世界中间的国家、阶级、族界都是进化的阻碍,生活烦累,应该逐渐废除。"①"鸳鸯蝴蝶派"作家很少有阐述自己人生观

---

① 李大钊:《我与世界》,《每周评论》1919年7月7日,署名守常。

念的理论文章,但是从他们的作品中可以看出他们的启蒙要求是以国家和民族为根本。二是五四新文学要求的是人性得到自由地发挥,而"鸳鸯蝴蝶派"文学则要求新道德和新知识的新的"国民"。一方面强调的是"人",一方面强调的是"民"。什么是人性自由地发挥,用鲁迅在 1919 年说的话来概括,就是"健全的产生,尽力的教育,完全的解放"①。到了 1925 年鲁迅还是坚持这样的观点:"有敢来阻碍这三事者,无论是谁,我们都反抗他、扑灭他。"②对于中国的道德,鲁迅是这样评价的:"中国的社会,虽说'道德好',实际却太缺乏相爱相助的心思。"③而"鸳鸯蝴蝶派"文学恰恰就是要国民"道德好"。

五四新文学"世界"和"人"的启蒙意识来自于欧美,写《人的文学》的周作人明确地说,他所提倡的"人的文学"就是借欧洲的思想来中国"辟人荒"的。而"鸳鸯蝴蝶派"的"国家"和"国民"的启蒙意识来自于什么地方呢?我认为应该从三个方面理解。一个方面是中国晚清社会所特有的"民权"思想。过去我们一直简单地认为"鸳鸯蝴蝶派"就是中国传统的文化思想在现代的延续。但是,如果我们仔细分析他们的"新国民"的内涵,就会发现他们是坚持中国传统的文化观念和做人的标准,但是其中已经有了相当大的变化,已经具有了新的时期的新的内容。他们将国家民族的强大看成人生的最高的价值,但是他们更强调民权,认为只有国民素质加强了,国家才能兴旺,他们反对那种君权神圣的愚忠思想;他们要求"以德立人",但是也要求具有人格独立的意识,反对那种没有自主意识的奴隶的思想;他们强调中国利益,但是也要求国人"开化",反对那种闭关自守的锁国心态。这是一种很具有中国特色的启蒙思想。仔细追寻这些思想观念的源泉,我们可以看到梁启超等晚清思想启蒙家的"新民"思想。1902 年前后,逃亡在外的梁启超发表了《中国积弱溯源论》、《十种德性相反相成义》,特别是他的《新民说》,全面地深入地论述了中国国民积弱的原因,详细规划了中国国民的理想人性。梁启超指出中国国民"积弱"的五大原因:"一曰大一统而竞争绝也","二曰环蛮族而交通难也","三曰言文分而人智局也","四曰专制久而民性漓也","五曰学术隘而思想窒也"。于是他反对中国国民

---

① 鲁迅:《坟·我们现在怎样做父亲》,《鲁迅全集》第 1 卷,北京:人民文学出版社 1981 年版,第 130 页。
② 鲁迅:《华盖集·北京通信》,《鲁迅全集》第 3 卷,北京:人民文学出版社 1981 年版,第 51 页。
③ 鲁迅:《坟·我们现在怎样做父亲》,《鲁迅全集》第 1 卷,北京:人民文学出版社 1981 年版,第 130 页。

所谓的"适应机能":奴隶性,要求国民具有"自由"的精神。但是怎样才能达到自由的境界呢?梁启超提出了一个很有意思的明确观点:

> 夫言群治者,必曰德、曰智、曰力,然智与力之成就甚易,惟德最难。今欲以一新道德易国民,必非徒以区区泰西之学说所能为力也,即尽读梭格拉底、柏拉图、黑智儿之书,谓其"新道德学"也则可,谓其有"新道德"也则不可……苟行道德也,则因于社会性质之不同,而各有所受,其先哲之微言、祖宗之芳躅,随此冥然之躯壳,以遗传于我躬,斯乃一社会之所以为养也。一旦突然欲以他社会所养者养我,谈何容易耶……然则今日所恃以维持吾社会于一线者何在乎?亦曰:吾祖宗遗传固有之旧道德而已。①

西方的思想理论只是"新道德学",而不是"新道德",欲"新民"不能"欲以他社会养者养我",只能是"生我养我"的"吾社会"中的"吾祖宗遗传固有之旧道德"。梁启超的"新民"思想明显受到西方先进伦理思想的影响,但是他绝不愿意全面地接受西方的伦理思想,绝不愿意丢掉中国传统的文化观念。他要求的是将西方的文化纳入本国的文化中来,使之成为"新民"的思想依据。也就在发表《新民说》的1902年,梁启超创办了《新小说》,要求以小说的形式"新国民"。作为开风气者的梁启超等人都是些社会活动家,真正能够落实梁启超号召的只能是那些作家们,是吴趼人、李伯元、徐枕亚、陆士谔、包天笑、周瘦鹃等人。这些人都是晚清和"鸳鸯蝴蝶派"的主要作家。从思想观念上说,他们继承了梁启超的思想。后来包天笑曾经对他们的思想做了一个概括:"大约我所持的宗旨,是提倡新政制,保守旧道德。"②在小说创作上梁启超创作了几部政治小说就不写了,倒是这些作家成为了当时小说创作的主力。吴趼人不仅自己创作了众多的小说,创办《月月小说》等杂志,还接替梁启超编辑《新小说》,李伯元、徐枕亚、包天笑、周瘦鹃等人都是当时主要文学杂志的编辑者和当时主要作品的创作者。他们成为了梁启超坚持的继承"祖宗遗传固有之旧道德"、用小说形式启蒙"新国民"的实践者。第二个方面来自于晚清以来逐步浓厚起来的"共和意识"。戊戌变法、晚清新政、立宪制度、辛亥革命、共和国的建立、民初的议会等等。

---

① 梁启超:《新民说》。《新民说》发表在1902年2月8日到1903年11月2日的《新民丛报》上,共20节。本文所引自吴嘉勋、周华兴编:《梁启超选集》,上海:上海人民出版社1984年版,第206页。

② 包天笑:《钏影楼回忆录》,香港:大华出版社1971年,第391页。

虽然大起大落、挫折不断,晚清以来中国社会变革的主流观念就是"共和意识"。对于这样的变革,晚清的知识分子们是既欣喜又忧虑。① 这种欣喜和忧虑的情绪表现在小说创作中就是一方面宣扬共和制度将给中国带来什么样的变化,另一方面不断地"曝光"、"现形"那些借新政、立宪之名肥自己利益的"怪现状"和"黑幕"。不管是宣扬还是批判,都表现出当时知识分子的一种潜意识,就是将宣扬和维护"新国家"和"新国民"作为自己的时代使命和人生责任。作为生活在时代中的"鸳鸯蝴蝶派"作家,不可避免地将被这样的时代潮流所感染,那是时代中人的"宿命"。第三个方面是中国社会现实的内外交困的模本。"鸳鸯蝴蝶派"作家要进行"新国家"、"新国民"的启蒙,但是他们并没有什么成熟的国家、国民的理论修养。怎么办呢?他们一方面将西方国家的社会体制,特别是当时一些中国租界中的管理模式、西方人的生活形式不断地介绍给国人,另一方面,将西方列强欺负中国的状态反其道而行之地向国人描绘。陆士谔在《新野叟曝言》中向我们所描绘的"强国""强民"的图景是什么样子呢?希望中国的"海陆两军都是全球第一,国势一层不必说了";希望"全世界文字势力最大的就是吾国汉文……差不多竟成了世界公文公语……毕业生应聘出洋当教员的有二千多人";希望中国经济能够腾飞,"全世界无论哪一国所有的东西几乎没有一样不是中国货","人民生活差不多个个是小康"。这样的"强国""强民"的思路,与稍早的梁启超在《新中国未来记》中提出让中国人成为世界议会的议长、吴趼人在《新石头记》中描述的那个"东方强国"是一致的,他们都是从外国怎样进入中国以及外国人怎样生活的形态中想象"强国""强民"的形态是什么。

　　五四新文学主张的白话创作与"鸳鸯蝴蝶派"作家主张的白话创作也有区别。这样的区别在我看来,也有两点相当突出,一是五四新文学是从科学主义的态度建立一种"文学的国语",而不是仅仅看中白话的世俗性和浅显性而加以利用,因此他们是用比较规范的白话,而不是"说话"写作;二是他们创建了白话诗。诗歌是中国传统中最有规范的文体,虽然在晚清时"新派诗"对中国诗歌中的那些规范作了调整,但总体上还是依照规范办

---

① 1902年10月16日,梁启超在《新民丛报》上发表《敬告当道者》,文章说:"某窃观一、二年以来诸君中仰首伸眉言维新、言改革者踵相接,吾不禁跃然以喜,乃日日延颈以企,拭目以俟。——详考诸君所行维新改革之实际,吾不禁尽然以忧。此一喜一忧谅非独某一人之私言,当亦举国之所同感矣。"此段话在当时很有代表性。

事。白话诗是彻底解放了的诗体,其背后的意义在于要求将自主、解放、创造的意识贯穿于文学创作之中,哪怕是在最有规范性的中国诗歌领域也不例外。

三

无论是五四新文学的"人性"、"人道主义"思想的启蒙,还是"鸳鸯蝴蝶派"文学的"新国家"、"新国民",都是启蒙中国的民众,无论是"五四"新文学的白话,还是"鸳鸯蝴蝶派"文学的白话,都是利用浅显的文字灌输一些新思想和新知识,它们完全可以并存。可是在中国的文学实践中并非如此。在五四时期,新文学的观念和白话被认为是新的观念和白话而受到推崇,而"鸳鸯蝴蝶派"的观念和白话却被作为守旧和保守的观念和白话而受到了批判。为什么会出现这样的状态,我认为原因有三:一是中国的政治形势变化使得人们对"祖宗遗传固有之旧道德"感到失望。1915年袁世凯复辟帝制是对当时中国精英人士的重大刺激。伴随着袁世凯复辟的是当时全国上下的一片尊孔祭孔的运动。1911年以后,康有为成立了孔教会,把孔学上升到孔教,还要求将孔教定为国教。1912年9月,袁世凯发布《尊孔伦常文》,提倡尊孔,随后康有为开始建孔教的运动。孔教建立后,袁世凯给予特别支持,殊甚嘉许。1913年9月,尊孔人士在上海举行了祭孔仪式。1914年初,袁世凯也举行了祭孔大典。我们很难说,尊孔的运动就导致袁世凯复辟了帝制,但是它们之间确实有着密切的互动,而且结果就是帝制复辟了。既然袁世凯的复辟帝制被看作对共和体制的倒退和反动,以孔学为中心的中国伦理道德又怎么能逃脱守旧和反动的命运呢?二是新文学的进化论的社会观念和矛盾律的思维观念。新文学家们都有很深的中西文化修养,难道他们就不知道中国传统文化的价值吗?答案并非那么简单。五四新文学家的社会观念主要是进化论的观念。社会进化论的核心观念是两条,首先是生存的可能性,所谓的"适者生存",其次是发展的可能性,所谓的"将来比现在好"。在这两个问题上,五四新文学家都认为中国传统道德思想全部过时了。他们认为中国传统的道德观念根本就解决不了中国现实和未来的问题,鲁迅就说过:"以中国古训中教人苟活的格言如此之多,而中国人偏多死亡,外族偏多侵入,结果适得其反,可见我们蔑弃古训,是刻不容缓的了。这实在是无可奈何,因为我们要生活,而且不是苟活的缘故。"①既然中国传统道德思想不能保存,我们要它何用呢?再说将来,欧美强大的社会现实放在面前,日本"脱亚入欧"的发展路向所显示出的变化放在面前,不向欧美学习又向谁学习呢?五四新文学的这种社会观念又在非此即彼两者不容调和的思维观念中得到强化。"要么这样,要么就那样","我们要这样,就非得要那样",这是陈独秀等人的文章中的常见句式。这样的矛盾律思维显示出态度的坚决不容调和,更重要的是将事物的双方都简约化、抽象化了。于是中国传统的伦理道德与那些思想内涵不同的西方文化思潮被简约抽象为旧思想和新思想、不人道和人道、不自由和自由、不平等和平等矛盾的对立,而且又常常和社会、国家等政治性概念结合起来分析。既然引进西方文化被看成现在和未来,而传统的道德文化却与旧体制、旧国家挂起钩来,中国传统的伦理道德自然非淘汰不可了。三是"鸳鸯蝴蝶派"文学的创作重心发生了转移。1911年以后,徐枕亚的《玉梨魂》引发了一股言情小说创作热潮,张春帆的《九尾龟》成为社会上最畅销的小说,"鸳鸯蝴蝶派"文学的创作重心由"社会"转向"言情"、由"谴责"转向"黑幕",那些陈词滥调和揭丑卖乖的言语及描述明显增多,新道德和新知识的启蒙明显减少。与此同时,那些具有日本、欧美留学背景的留学生纷纷回国,这些留学生具有与"鸳鸯蝴蝶派"完全不同的启蒙观念,他们的文章以强烈的问题意识和批判意识受到一些青年学生的欢迎,在社会上产生重要的影响,逐步地成为社会启蒙的主旋律。为了夺取中国文坛的话语权,取得中国文学的"正宗"的地位,五四新文学对"鸳鸯蝴蝶派"文学以及启蒙思想的批判势在必行,对"鸳鸯蝴蝶派"文学所做的推广白话的努力也就视而不见了。

四

将五四新文学和"鸳鸯蝴蝶派"文学割裂开来,而且作为创新和守旧、批判者和被批判者两种文化、文学思潮看待,造成的结果只能是一些文学史的实际意义被遮蔽了,其中有三大问题特别重要。

首先就是对"鸳鸯蝴蝶派"的评价。"鸳鸯蝴蝶派"的名称是五四新文学作家在批判和否定他们的文学创作时给予他们的名称,其中的贬义不言而喻。对这个流派真实的评价不应该纠缠于它的名称,而是要注重文学史

---

① 鲁迅:《华盖集·北京通信》,《鲁迅全集》第3卷,北京:人民文学出版社1981年版,第52页。

实。文学史的事实告诉我们,"鸳鸯蝴蝶派"并不是单纯追求文学消闲、愉悦的文学流派,而是一个将"新国家"、"新国民"的启蒙贯穿于消闲、愉悦的文学创作中的文学流派;五四新文学与"鸳鸯蝴蝶派"文学的文化、思想观念有分歧,但并不是什么创新和守旧的性质,而是"世界"中的"人"和"国家"中的"人"的区别。这两种文化、思想观念在当时都是具有改革、创新、启蒙意识的现代意识。"鸳鸯蝴蝶派"作家不是什么封建的知识分子,而是一批坚守着中国文化传统、接受着新的时代知识并努力启蒙民众的新型知识分子,他们是晚清以来要求社会变革、制度创新的文学实践者,是那个时代中的知识精英。"鸳鸯蝴蝶派"文学确实有一些格调低下的文学,但是主流作品是健康的。这些主流作品在艺术上和文学上为社会的变革留下了文字记录。这种状态和我们肯定的五四新文学的主流作品是一样的。

两者的割裂遮蔽了对中国现代文学的性质的认定。新文学与现代文学是两个既有密切联系又有本质区别的概念,新文学是现代文学的重要组成部分,但是绝不等同于现代文学。长期以来我们都是将新文学等同为现代文学,其中一个重要原因就是将新文学对"鸳鸯蝴蝶派"文学的批判看作现代文学的开始。既然是被批判对象,"鸳鸯蝴蝶派"文学所有的特点和性质就不具备现代文学的特点和性质,既然是批判者,新文学具有的特点和性质也就等同于现代文学的特点和性质。这样不仅使现代文学的特点和性质变得相当狭窄,还导致了新文学排斥现代文学某些特点和性质的滑稽状态。五四新文学确实对"鸳鸯蝴蝶派"文学展开了激烈的批判,但是,我们应该明确,这是现代文学内部的一次文学争论和批判,是新文学登上文坛、向具有现代文学性质的"鸳鸯蝴蝶派"文学争夺话语权的争论和批判。我们不仅要看到它们之间的分歧,还要看到它们之间的联系。这不是降低五四新文学的地位,也不是人为地提高"鸳鸯蝴蝶派"文学的价值地位,而是文学史实就是如此。

更为重要的是,两者的割裂遮蔽了我们对现代文学的发生期的判断。中国现代文学发生在什么时期,既有的文学史告诉我们,是从批判"鸳鸯蝴蝶派"文学开始的。这样的论史思维就是"割裂"思维,是用"新文学"论定现代文学的思维。如果我们从"现代文学"的思维角度出发,我们就会清楚地看到它们之间更多地不是"割裂",而是联系。无论是"新国家"、"新国民",还是"新人"的启蒙,都是不同于古代文学的"现代性"的内涵,都是中国现代文学的本质特征,它们一起构成了中国现代文学的开始。如何看待它们之间的关系呢?我认为它们构成了中国现代文学形成的两个阶段。

"鸳鸯蝴蝶派"文学与之前的晚清文学革命形成了中国现代文学形成的第一个阶段。这个阶段并没有对中国传统文学展开激烈的批判，但是却以"新国家"、"新国民"的国民教育与歌颂朝廷或修身养性的传统文学的价值取向展开了切割（那种总以为发生切割就要出现革命式批判的思维是不对的），五四新文学以世界的眼光进行"人"的启蒙，形成了现代文学发生期的第二个阶段。在五四新文学成为中国现代文学主流的时候，现代文学的"新国家"、"新国民"的意识并非就消失了，而是贯穿于整个现代文学发展的始终。中国现代文学的发生期有一个是"新国家"、"新国民"为主导的启蒙向"新人"为主导的启蒙变化的阶段，有一个由口语的白话向规范的白话发展的过程，这两个阶段因为都是用俗字俗语启蒙，因此有着更多的联系（那种总以为发生了革命式批判就是本质上的切割的思维同样也是不对的）。

（作者单位：苏州大学）

大众文化对"民间遗产"的继承与改造

徐国源

在大众文化的自我指认中,通常自认为"庶民文化"或"民间文化",似乎与体制(官方)文化和精英文化"道不同,不相谋"。这种划分中外皆然,形成不同文化区隔的价值取向与审美趣味。但这种"区隔"其实相当模糊,不仅它们之间也经常妥协、互融,可以"混"(mixed)得很完美,且从"发生学"角度看,"大众文化"与"民间文化"其实也相去甚远,两者处于全然不同的文化生态中,是在不同社会场域生成的文化形态。

仅就中国来看,大众文化以"民间"为标榜,借"民间"做广告,其实是简化了"现代性"议程对社会文化的改造过程,从而忽略了两者之间的本质差异。这种文化思维,也许可以看作是我国由来已久的一种"托古"传统,即我们固有的文化思维惯于从历史传统中寻找话语资源,以证明当下知识法则的合理性,由此在一种被无意识内化了的传统因素影响下,来建构我们当代知识文化的谱系(例如,无论在文学、历史等叙述中,言必从三皇五帝、孔子老子说起,就是一例)。这种思维带来的问题是,古今不分,以古同今。大众文化正是借助"同化"(而不是差异化)思维,一方面建构出"有来头"的文化身份,另一方面也着手从文化母体汲取营养,并按照"当下"原则重构"民间性"。

一、"民间"意识溯源

关于文学叙述中的"民间"和"民间性",在此有必要稍作梳理。尽管"民间"作为一个标明阶层、文化身份序列的社会群体早就存在,但真正把它看作独立的范畴,并明确提出这一文学概念,则晚至明代小说家冯梦龙。在《序山歌》这篇短文中,冯梦龙非常明确地提出了同主流文学、文人写作相分野的"民间"说:"书契以来,代有歌谣,太史所陈,并称风雅,尚矣。自楚骚唐律,争妍竞畅,而民间性情之响,遂不得列于诗坛,于是别之曰山歌……惟诗坛不列,荐绅学士不道,而歌之权愈轻,歌者之心亦愈浅。"在这个表述中,冯梦龙很鲜明地指出,以述唱"民间性情"为特色的歌谣,是早就存在的;同时他还指明,这个"并称风雅"的文学源头,一个独立自足的文学空间、一种美学格调,是由于遭到历代以来"正统"文学的冷漠和排挤,而变成了不列诗坛的"山野之歌"。可贵的是,冯梦龙与"荐绅学士"所持的文学立场不同,他还特别推崇这种抒发着"民间性情之响"、"不屑假"的歌谣,以为"歌之权轻"的民间文学看上去"浅",但浅则浅矣,而"情真而不可废也",因为"但有假诗文,无假山歌"。正是基于对"非官方"(权力)、"非主流"(文体)文学审美趣味的认同和赞赏,他便另辟蹊径,搜集整理了大量的民间白话小说和山歌民谣,以文学实践张扬了中国文学的一脉,同时在理论上也彰显了一种"民间性"的文学价值观念的存在。

冯梦龙所持的文化立场和美学趣味,其实也是正在兴起的文学"市民化"的投影。自明代以还,传统诗文虽无衰落,但更为大众化的小说却从"街谈巷语"①变为普泛媒介,并日趋成熟。在市民文学的滥觞期,不只出现了《三言》、《二拍》等整理自民间的话本与拟话本小说,而且在同样基础上还诞生了成熟的长篇小说如所谓"四大奇书"(《三国演义》、《水浒传》、《西游记》和《金瓶梅》),中国小说的几大传统——历史、游侠、世情、神魔,都因之而发育成熟。这些长篇小说虽属文人创作,但无疑是在融入了大量来自民间的文化与艺术因素的基础之上诞生的,体现了浓厚的民间意识与审美价值取向。

明、清以还市民文学的勃兴,从文学的角度看其意义在于:它以切实的文学形象提供了一种真实的"民间想象","再现"了一个通俗而生动的"民间"语义场,并由此影响了中国民间传统的意识构成。具体而言,反映在以下几个侧面:(1)呈现了一幅从权力体制和宗法礼俗中游离出来的"江湖"游民和市井"人情"的生活图景,释放出在现实层面被抑制的自由精神文化;(2)大力张扬道德伦常的"民间化",把庙堂等级制下的统治者道德——"忠",转向具有民间"江湖"意味的"义"。同时,赋予民间道德以人性、人情色彩,所谓忠奸对立、善恶报应、富贵忘旧、见利忘义、富贵无常、祸福轮回等等,都是民间最常见和最典范的道德评判模式;(3)推崇文学(话本)的故事性和传奇性,满足大众观赏性、娱乐性、消闲性和刺激性的需要,"好看"

---

① 班固:《汉书·艺文志》。

原则也由消费者需要,并演变成了小说美学观念的最重要的因素,等等。①

值得注意的是,在中国文化从"传统"向"现代"演变的过程中,尽管各种社会意识形态对旧文化进行了"洗心革面"的改造,但由《水浒》、《三国》和其他通俗文学培育的"民间"理念和"民间化"法则,却始终构成文化意识较为稳定的层面。在历史的演变过程中,虽然由于民族救亡和革命的需要,"民间"也曾经历了被主流精英话语"收编"和"改扮"的曲折,如在文学领域,五四新文化强调平民(民间)与贵族的对立关系,倡导"平民的文学"以抵抗"旧文学",但其实像这类偏于"工具革命"的界定色彩,已不惜伤及"民间"概念的纯粹性质②;又如1930年代以后,革命文学强调民众与上层的对立关系,提倡"为工农兵服务"、"向民歌学习"等等,都曾是它的某种变相形式,然而上述"民间"的意义,实际上已被"主流化"了,偏离了真实、自在的民间性质。但是,一旦撤开"革命"和"政治"话语的雾霾,文学理性回归"常态",人们还是认同由"传统"形成的观念:"民间"作为一个社会象征系统,它所承载的始终是"民间自在的生活状态和民间审美趣味"③,既指来自中国传统农村的村落文化的方式,也包括来自现代经济社会的世俗文化的方式。

1980年代以后,由于社会情境的巨大变迁,"民间"问题像现代史上经常出现的情况一样再次浮出,人们开始还原它以本真的内涵——"民间"又成了一个与"庙堂"相对应的精神世界和空间,成了个性与自由的载体,本源和理想的象征。但值得注意的是,几乎是在"民间"回归文学的同时,"民间"本身却在文学书写中开始裂变与分化。1980年前后,作家文学的"民间意识"再度复活,并开始楔入文学写作,着意于勾画一幅幅古老的中国式城市、乡村民间社会的风俗画卷,汪曾祺的《受戒》、《大淖记事》,邓友梅的《那五》、《烟壶》,陆文夫的《小贩世家》、《美食家》和冯骥才的《神鞭》、《三寸金莲》等,带着温情描写乡间民俗和市井生活场景,"乡村"和"城市"的民间景致一并浮现;而几乎与此同时,一个新名词——大众文化,则直接以"大众"、"民间"自居,在文化的舞台炫目出场了。以邓丽君歌曲的流行,和不久以后纷纷登陆的港台影视为标志,它们以不同于作家文学的大众文本形态,宣示了"民间"将以自我言说、而不是"他人"的文学想象直接呈现出来。

---

① 张清华:《民间理念的流变与当代文学中的三种民间美学形态》,《文艺研究》2002第2期。
② 陈泳超:《中国民间文学研究的现代轨辙》,北京:北京大学出版社2005年版,第3页。
③ 陈思和:《民间的还原:"文革"后文学史某种走向的解释》,《文艺争鸣》1994年第1期。

人们注意到,这些不久后被称为"大众文化"的文本,不仅表达的媒介不同(前者主要是以传统的小说、散文形式出现,后者则主要以通俗歌曲、武侠和言情小说、舞台小品、影视剧等新媒介涌现),而且它的表现内容也不同(如故事、俚语、野史、传说、笑料、民歌、神怪故事、习惯风俗、情爱方式等等,其中大部分鲜见于经典、不入正宗,但他们却"像巨大无比、暧昧不明、炽热翻腾的大地深层",承托着地壳,渗透到规范性文化)。① 这是一个为精英文学所陌生的江湖怪客,鲜有"规范",却生机勃勃,且赢得了巨大的读者群和商业市场。

二、"民间"的文化想象

需要追问的是,长期以来,"民间"就一直以自给自足的方式存在,但它除了被掠夺以外,一直处在差序化的权力和文化格局中的次等地位,历来被污名化为"下里巴人",且在文化价值评判中,它的"杭育杭育"歌与文化精英们创造的歌赋雅乐何止相距千里?大众文化的理论家与实践者竟何以将"民间"作为想象力资本,并对这个文化符号倾注如此巨大的热情?在我看来,这只能从社会的"后现代转向",及人们的精神境遇中寻找答案:

其一,民间尤其是乡村,是哺育人类的"血缘"之地,始终散发着原始魅力。真正的民间建立在"身体"与自然的关系基础上。它远离权力体系,与国家话语无关,与精英表述无关,保持着自身与土地、植物、动物的天然联系;它既不像政治巫师那样关心宇宙结构与社会结构的对应关系,也不像知识分子那样关注自然与社会主体的对应关系。"民间想象建立在'身体'与自然的恒久关系之上。他们想象着自己像谷子一样永远循环往复地孕育、生长、死亡。他们作为欲望(身体)主体,既是'人',又像'植物';'欲望化'是对外部世界的占有,'植物化'是向外部世界支出。这种收支平衡状态,使民间想象力既刺激又消解'身体'欲望。"②因此,与其他承载过多的功能性文化比较,真正的民间想象保持着"食色,性也"的天然状态,就如同一篇童话、一曲牧歌,是最为大众化的遥远而亲切的历史记忆。

其二,"民间"看起来是一个相当简单的语词,实际却隐含一种极其根

---

① 韩少功:《文学的"根"》,《作家》1985年第9期。
② 张柠:《想象力考古》,参见朱大力主编:《21世纪中国文化地图》(第二卷),桂林:广西师范大学出版社2004年版,第23页。

深蒂固的、中国人看待政治生活和政治社会的传统方式——这就是"民间对体制"、"民间对精英"、"民间对现代"等这样一种二分式基本格局。对此,学者甘阳有个观点,认为"民间"概念的含混性与"对抗性"的态度取向有关,因而人们使用"民间"时,云集着各种话语势力,放大了某种"对立性"。"民间社会这个词绝不仅仅是一个抽象的概念,而毋宁是一个可以唤起一大堆非常感性的历史记忆的符号。"①因此,"民间"与其说是带有"共时性"的想象建构,不如说是由中国代代相传的无数历史记忆和文学形象所构成的。

其三,民间想象在大众文化层面的巨大释放,某种程度上暗含了人们对现代文明范式的"反动"。且不说建立在科学技术之上的现代文明远未像它标榜的那样尽善尽美,即便科技高度发达如西方世界也并不能真正做到物畅其流,人遂其愿,何况人的精神追求还有许多"非技术因素"必须考虑在内?著名文学家J.乔伊斯曾以感性的笔触写道:与文艺复兴运动一脉相承的物质主义,摧毁了人的精神功能,使人们无法进一步完善。现代人征服了空间、征服了大地、征服了疾病、征服了愚昧,但是所有这些伟大的胜利,都只不过在精神的熔炉中化为一滴泪水。当下的"民间想象",其实就包含了一种"回归"意识,即从商业物流、都市红尘中自拔出来,返回到人之为人的置身之地。因此,所谓"原乡感"、"怀乡症"等情结,莫不包含一种深刻的"时空差异",涉及了今昔之比、异国他乡与故里老家之比。

尽管今天的都市大众远非"乡土中国"的大众原型,但在大众文化的视野里,"民间"作为对应于自然、身体、回归与历史记忆的多重性"意义符号",却意外成了最具"卖点"的文化想象。于是在莫衷一是的状态下,"民间"便作为一个最有力的符号、手段和最终落脚点,成为当代文化最热衷的宏大叙事,以及最具有召唤性的文化想象。

三、"民间":重构与呈现

与作家文学的民间叙事不同,大众文化的民间表述被认为是一个具有自足意义的存在。如果说作家文学所持的民间理念与民间立场,多少还只是由于"在启蒙话语受挫,并同时受到市场语境的挤压","广场上的知识分

---

① 甘阳:《"民间社会"概念批判》,参见张静主编:《国家与社会》,杭州:浙江人民出版社1998年版,第236页。

子重返庙堂的理想"已被终结,鉴于此,作家开始对当代文学精神价值进行一种重新寻找和定位,但他们仍是站在知识分子的传统立场上说话,只是一种由"体制"转向"民间"的视角转换。而大众文化创作者的民间立场则基本立足于本位,无需调整姿态,他们拒绝认同各种社会政治身份,被称为城市的边缘人、游走者、文化闲人或"精神瘪子",其身份同传统中的三教九流、市井人物之间具有某种微妙的血缘联系。随着主体身份的建构完成,其民间立场也更为鲜明,它们不仅与体制保持距离,而且与知识精英也互不来往,而只是一味地迎合市场和读者,"形象一点说,他们(她们)的另类已经完全商业化了,成了一种角色定位和商业包装的需要,成了一种对市场份额的谋算"①。

尤其需要指出的是,由于立场和视角的差异,作家文学与大众文化形成的"民间"美学趣味,也是迥然不同的。作家文学提出的"回归民间",从根本上说其实是一种"外视角",是艺术的想象和"表演"而已,是"为文化而文化";而大众文化就来自民间,是"内视角"的真实书写,是民间的自我表现。用来自民间的大众文化的创作者的话说,他们与精英文学艺术的差异在于:大众文化的"根源就是我们的现实生活,我们就真实地生活在这火热的土地上,我们的出路就在当下现实的改造中,所以我们对传统文化的需求就变得很踏实,不是为了文化而文化"。这种直接面对现实的态度,便必然会形成不同于主流精英的民间美学:

> 我知道当我们感受到现实的疼痛时,就会喊出来,正如一个工友说的,我们不可能把这种疼痛写成多么深沉而朦胧的东西。我觉得民众文艺有着自己的美学,这种美学肯定是区别于主流的、精英的,是大众的,是来自我们劳动第一线的,是要让大家能够来表达的。而表现形式也是鲜活生动的,让大众能接受的,它当然要和我们的传统文化做连接,充分吸取其养分,但肯定不是像一些艺术家那样有洁癖,不是那样唯艺术论。文艺的普及和提高是一个自然生长的过程,每个阶段都有其不可取代的价值。②

这里,大众文化的"宣言者"明确划清了与主流精英的分界线,自觉指认出自己的艺术来自民间生活、也为民众服务的本质,而且其表达形式和语言也

---

① 张清华:《民间理念的流变与当代文学中的三种民间美学形态》,《文艺研究》2002 年第 2 期。
② 林生祥等:《歌唱与民众》,《读书》2008 年第 10 期。

间,与"为文化而文化"的唯艺术论观念显然不同。

不过,仍需厘清的是,即便大众文化的理论家和实践者高喊"民间",指认其为精神故乡,但这个"民间"的语义场毕竟与中国传统农村的村落文化的状态,或者与来自工业化早期的城镇市井文化的生态已经有了"质"的差异。1990年代以后,在大众文化文本中所大致呈现的三种形态,即"乡村民间"、"城市民间"和"大地民间",从根本上讲是新的文化范式的产物,是传媒消费文化的体现,而与自在、本然状态的真正民间相去甚远。例如,传统民间的节庆活动——中秋节,如何适应现代需求演变为消费性大众文化,便是一例。中秋节原本是一个祭祀节日,据《周礼·春官》记载,周代已有"秋分夕月(拜月)"活动。到了唐代,中秋已成为官方和民间都相当重视的节日。北宋时,农历八月十五被定为中秋节,并出现"小饼如嚼月,中有酥和饴"的节令食品。众所周知,中秋节最核心的文化内涵是祝愿社会和谐进步和家庭团圆幸福,所以为海内外炎黄子孙重视。但随着时代的发展,特别是多元文化日益丰富,使得包括中秋在内的诸多民族传统节日被人们淡忘。原有的文化内涵逐渐消失,端午成为"粽子节",中秋成为"月饼节"。节日被商家包办,沦为美食节、购物节、旅游节,失去了它原来的味道。冯骥才认为,过去中秋节吃的月饼包装很简单很朴素,但负载的美好愿望和生活理想很珍贵,现在的月饼虽然被包装得精美、豪华,却渐渐变成了纯礼品,这些礼品又被负载了另外的内容,比如利益、交换等。这些世俗的东西融入月饼中,就把节日那种朴素的美好东西冲淡了。

当然,大众文化的民间性自有其两面性。巴赫金等理论家从"狂欢"文化的视角出发,正面指出它的积极意义,认为民间文化是自下而上表征欲望的生产,在集体的狂喜之中,一方面预演了一种天下大同的乌托邦,一方面从流行真理和既定秩序中解放出来,将阶层等级、性压抑、家长权威、经典教义等悉数抛诸脑后。大众文化所潜藏的民间意义,正在于它消除差序、颠覆威权,以平等对话、戏谑和讽刺等形式,构成了对权威、精英文化的冲击,实现了寄托着自由精神的文化基因对传统体式、思维和语言等方面的全面渗透,并以俗文化的鲜活生命力建构起自身的文化实体,从而跻身于文化的殿堂,实现各种差异性文化的重组。

(作者单位:苏州大学)